LAURA CARDEA

MEL

Wächterin der Dämonen

DARK
DIAMONDS

© privat

Laura Cardea wurde seit ihrer Kindheit dazu ermahnt, nicht so viel zu träumen. Statt darauf zu hören, tauchte sie immer wieder in neue Bücherwelten ein. Irgendwann reichte ihr das Lesen nicht mehr und sie erträumte sich eigene Welten. Das Schreiben von Geschichten zieht sich seitdem durch ihr Leben. Neben dem Schreiben studiert sie Medien- und Kulturwissenschaften und arbeitet als freiberufliche Mediendesignerin sowie Bloggerin.

Für Mini,
die mehr an dieses Buch geglaubt hat,
als die Geister des Murkwood-Anwesens
sich ans Diesseits klammern.

KAPITEL 1

»Warum, zur Hölle, hat Großmutter das Murkwood-Anwesen an Melpomene vererbt?« Kalliope, die Älteste von uns Drillingsschwestern, starrt mich mit offenem Mund an. Sie studiert Physik und hat immer das Bedürfnis, jede Kleinigkeit zu hinterfragen.

»Kalliope!«, ruft Thalia, meine andere Schwester. »Achte auf deine Wortwahl!« Sie tippt mit ihren perfekt manikürten Nägeln auf den Holztisch.

Meine Schwestern fluchen so gut wie nie und wenn es jemand schafft, das perfekte Bild einer selbstbestimmten, erfolgreichen Frau zu erreichen, sind es die beiden. Ich habe keine Ahnung, wie sie bei der Erziehung unserer Mum solche Vorzeigeexemplare werden konnten.

»Thalia!«, ahme ich sie affektiert nach. *»Iss bitte auf, bevor du sprichst.* Dieser Frühstücksbrei ist so schon eklig genug, niemand will ihn halb zerkaut in deinem Mund sehen. Und zum millionsten Mal: Nennt mich nicht Melpomene.«

Nur Mum konnte es schaffen, beim Standesamt derart lächerliche Namen durchzubekommen. Hat vermutlich die Mitarbeiter dort mit ihrem Edelsteinpendel hypnotisiert, bis sie ihr erlaubten uns nach drei griechischen Musen zu benennen. Oder die Leute dort wollten die Frau, die so wirkte, also könne sie stundenlang einen Monolog über den spirituellen Nutzen eines inspirierenden Namens halten, schnellstmöglich loswerden.

Mum schnalzt mit der Zunge, während sie sich über mich beugt, um ein Räucherstäbchen auf den Tisch zu stellen. Patschuli. Sie will mich schon frühmorgens mit dem schlimmsten aller Esoterikdüfte quälen. »Haferspelz ist unfassbar gesund für deine Verdauung, mein Schatz.«

Sie ignoriert mein theatralisches Würgen, dann wendet sie sich Kalliope und Thalia zu.

»Und Thalia, in dieser Familie darf die Kommunikation frei fließen. Wenn Kalliope das Bedürfnis hat zu fluchen, ist das ein völlig legitimer Ausdruck ihrer Gefühlswelt.«

Seufzend blende ich die Diskussion von Mum und meinen Schwestern aus. Über den Brief meiner Großmutter gebeugt schaufle ich den Rest Ökomüsli in mich hinein. Es klebt an meiner Zunge wie trockene Pappe, trotz Agavensirup und Mandelmilch, und es fällt mir schwer zu schlucken. Für einen Donut würde ich töten. Aber dann würde Mum in Tränen ausbrechen. Nicht wegen der moralischen Bürde, die auf mir lasten würde, sondern weil Zucker für sie die Ausgeburt der Hölle ist. Sie erlaubt uns so gut wie alles, egal ob Piercings, laute Musik, Kunststudium, Gras oder – ihr Lieblingsthema – selbstbestimmte Sexualität. *Urgh.* Aber wehe, wir halten uns nicht an ihren ganzheitlichen, chakraleitenden Ernährungsplan.

Niemand aus meiner Familie kann glauben, dass meine Großmutter *mir* das Anwesen vererbt hat. Obwohl sie eine unfassbar seltsame Frau ist, die seit jeher darauf besteht, von uns Muriel genannt zu werden, und immer in schwarzen wallenden Spitzengewändern umherwandelt. Aber mir das Anwesen zu vererben, ist sogar für sie einen Tacken zu verrückt. Besonders weil sie noch nicht einmal gestorben ist.

»Können wir jetzt bitte auf das Anwesen zurückkommen?«, beschwert sich Kalliope. »Was hat sie sich dabei gedacht?«

»Ich muss zugeben, dass das superseltsam ist.« Thalia grapscht nach dem Brief, bevor ich ihn festhalten kann. »Oder hat einer von euch jemals das Gefühl gehabt, Großmama könne Melpomene gut leiden? Und diese kryptischen Sätze: ›Du wurdest geboren, um dieses Haus zu säubern, Melpomene.‹ Mel scheitert schon daran, ihr eigenes Zimmer aufzuräumen. ›Es ist an der Zeit, dass dieses Haus dir deinen Weg zeigt.‹ Ich meine, wieso beauftragt sie nicht mich damit, die Bruchbude auf Vordermann zu bringen? Immerhin studiere ich Innenarchitektur. Mel hingegen hat den Geschmack einer Siebzehnjährigen in ihrer Punkrock-Phase.«

Man könnte meinen, meine Schwestern gönnten mir das Erbe nicht. Aber was sie sagen, ist schlicht und ergreifend die Wahrheit. Es ist leicht, sie auf den ersten Blick für aufgesetzte Cheerleader-Typen zu halten, aber ich weiß es besser. Mich kann niemand mit vorgespielter Freundlichkeit täuschen, denn seit ich klein bin, sehe ich die Auren anderer Menschen. Um die beiden fließen meistens tropisch blaue Wellen. Wohltuend, heiter, klar. Ich sehe auch jetzt keine Tentakel im trüben Grün der Missgunst, die nach mir und meinem Erbe tasten. Nur einige Funken neugieriges Orange, die versuchen das Geheimnis um Muriels Brief zu verstehen.

»Wenn du magst, helfen wir dir dabei, das Anwesen zu renovieren. Dann kannst du es vermieten und von den Einnahmen deine Kunst finanzieren«, schlägt Kalliope vor. Dann schaut sie schuldbewusst drein. »*Bis* du von deiner Kunst leben kannst, natürlich. Wir glauben echt an dich!«

Ich stöhne auf. Diese Zuversicht der beiden hätte ich manchmal auch gern. Meistens nervt sie mich aber nur. Wir sind Drillinge, aber nur Kalliope und Thalia ähneln sich. Das war schon immer so. Beide tragen ihr rotblondes Haar kurz geschnitten, was die *Instyle* als Pixiecut beschreibt und unsere Mum als »flippig-frechen Kurzhaarschnitt«. Meins reicht bis zu meinen Schulterblättern, ist kaum zu bändigen und seit ich denken kann, färbe ich es mit Mums Hennafarben dunkelrot. Ich fange gar nicht erst von unseren Persönlichkeiten an. Kalliope und Thalia sind Hanni-und-Nanni-Material. Ich bin eher wie eine der Olsen-Schwestern in diesem Film über die ungleichen Zwillinge. Was in Ordnung wäre, wenn wir einfach zwei unterschiedliche Zwillinge wären. Aber das schwarze Schaf von Drillingsschwestern darzustellen, ist ganz schön ätzend. Und ich kann ihnen nicht einmal böse sein. Nicht, wenn sie mich so breit anlächeln – ohne einen Hauch von Missgunst.

»Ich rede zuerst mit Muriel«, beschließe ich und springe vom Stuhl auf. Also ziehe ich Thalia den Brief aus den Händen, stopfe ihn in meinen Lederrucksack – Fake-Leder, denn sonst würde Mum mich umbringen und aus *meiner* Haut eine Tasche klöppeln – und stampfe aus der Küche.

***

Das Haus von Muriel – das, in dem sie lebt, nicht das modernde Murkwood-Anwesen – ist den meisten ein Dorn im Auge. Zwischen den weißen stromlinienförmigen Bungalows der Neureichen hält ihre Villa aus Ebenholz und gusseisernen Zäunen wacker dem Verfall stand. Die Nachbarn haben vor ein paar Jahren alles versucht, um die Villa abreißen zu lassen, aber Muriel hat vertrocknetes Unkraut vor deren Haustüren geworfen und sie ziemlich überzeugend verflucht. Seitdem ist Ruhe.

Ich kämpfe mich durch den überwachsenen Weg zu ihrer Haustür und nutze den Türklopfer. Sie hasst Klingeln. Keinen Atemzug später starrt mich ihr hageres Gesicht durch den Türspalt an, als hätte sie auf mich gewartet.

»Hat dir deine Mutter nicht beigebracht, dass man nicht unangekündigt vor der Tür anderer Leute auftaucht?« Sie öffnet die Sicherheitskette und lässt mich herein.

»Meine Mutter hat mir beigebracht andere zu grüßen«, murmle ich. Ich weiß, dass sie mich mit ihren viel zu guten Ohren hört, aber ich kann mir den Kommentar nicht verkneifen.

»Tritt nicht auf das Salz!«, keift sie, während sie in Richtung Salon stöckelt. Ich schaue nach unten, wo ich mit meinen Stiefeln direkt auf der Salzspur stehe, welche sie in einem Halbkreis um die Tür gestreut hat. Hastig hocke ich mich hin und schaufele die Lücke im Salz wieder zu. Also besteht Muriel immer noch darauf, ihre Villa vor Dämonen zu schützen. Mit Salz. Einem Würzmittel.

Ich folge ihr seufzend in den Salon. Das wird nicht einfach.

Wenn Muriel einen Einrichtungsstil im Sinn hatte, der Vampirversteck schreit und bei dem sich die Fußnägel kräuseln, war sie erfolgreich. Ich habe nichts gegen düster, ganz im Gegenteil, aber Muriel übertreibt es. An blutroten Damasttapeten hängen Gemälde von blassen Aristokraten, bei denen ich mir sicher bin, dass sie keine Vorfahren von uns sind. Auf dem schwarzen Marmorkamin mit den verschlungenen Verzierungen sammelt Muriel Tierschädel, Federn, getrocknete Rosen in Glasglocken und dicke Bücher mit Ledereinbänden. Ich nehme auf der Chaiselongue gegenüber meiner Großmutter Platz, die mit ihrem schwarzen Spitzenkleid und dem ebenfalls schwarzen Schlapphut im dunklen Ohrensessel versinkt. Ihre spindeldürre Hand umklammert die Armlehnen. »Ich habe nicht viel Zeit für deine unbedeutenden Fragen, Kind«, beginnt sie ohne Umschweife.

Ich ziehe eine Augenbraue hoch. »Wieso? Planst du ein Bankett für deine zahlreichen Freunde?«

Einen Moment lang starrt sie mich aus ihren milchig-blauen Augen an, ohne eine Regung zu zeigen. Sie hasst meinen Sarkasmus. Wenn ich es mir recht überlege, hasst sie eine ganze Menge an mir. Aber das nehme ich mir nicht zu Herzen, da sie so ungefähr alles und jeden hasst. Dann schweift ihr abschätziger Blick über mich – von Kopf bis Fuß. »Deine Mutter wieder zu beschäftigt, um dir eine vernünftige Garderobe einzurichten?«

»Es ist ein wenig zu spät, um mich in hübsche Kleidchen zu zwängen. Ich bin erwachsen.«

Ihr Blick bleibt an meinen zerrissenen Strumpfhosen hängen. »Ganz genau. Fast einundzwanzig und läufst immer noch in diesem groben Flickenzeug herum.« So schlimm, wie Muriel es darstellt, kleide ich mich gar nicht. Gut, meine Stiefel haben bessere Zeiten gesehen und ich verstehe, warum eine alte Dame beim Anblick meines Bandshirts und Secondhand-Männerparkas nicht in Verzückung gerät. Aber alles, was ich trage, ist sauber und bedeckt jede kritische Stelle.

Ich zerre den mittlerweile arg zerknitterten Brief aus meiner Tasche. »So schön ich es auch finde, dass du endlich Gefallen an unverfänglichem Small Talk hast, bin ich nicht hier, um nette Konversation zu betreiben.« Ich knalle den Brief auf den Tisch. »Was ist das?«

Ihr Blick bohrt sich in das Papier. »Ein Brief.«

Ich werfe die Hände in die Luft. »Ist das dein Ernst, Muriel? Du schickst mir einen ominösen Brief mit noch ominöserer Nachricht und rückst jetzt nicht mit der Sprache raus, was das soll?«

»Das Anwesen ist eine Bürde unserer Familie, die ich nun nicht länger tragen muss.« Muriel steht auf und tätschelt die Buchrücken in einem Regal, das auf Greifklauen steht.

»Muriel? Wie hoch ist die Hypothek auf der Bruchbude?«, frage ich argwöhnisch. Keiner weiß, wie sie ihren eklatanten Lebensstil finanziert. Ich befürchte, ich bin dem Geheimnis auf die Spur gekommen.

»Auf dem Murkwood-Anwesen liegt keine Hypothek. Aber morgen ist dein einundzwanzigster Geburtstag und bisher hast du in deinem Leben nichts erreicht. Ich möchte, dass du das nächste Jahr nutzt und dich um das Anwesen kümmerst.«

»Ich glaube, Thalia wäre die bessere Wahl, wenn –«

»Nein!«, dröhnt Muriel, ihre Aura wie Gewitterwolken um ihre Silhouette. »Es ist *deine* Aufgabe. Dein Schicksal.«

Ich schrecke zurück. Trotz ihrer ruppigen Art leuchtet ihre Aura meist wie ein silberfarbener Nimbus, wabert in langsamen, friedvollen Bewegungen um sie herum. Dieser Ansturm von dunklen Wolken und knisternden Blitzen ist neu. Ich habe keine Anleitung, was die Aurafarben- und formen bedeuten, aber das hier ist ziemlich eindeutig.

Dann zerrt sie eine Holzschatulle aus dem Bücherregal, die sie vor mich auf den Tisch stellt. Ihre Aura legt sich wieder, zieht sich zurück zu regengeschwängerten Wolken, und ich atme aus. Muriel öffnet den Deckel und zieht einen gefalteten Stapel Pergament hervor. Doch ich kann nur auf die kleinen Fässchen starren, die darunter zum Vorschein kommen. Farben.

»Das hier ist ein Vertrag und die Urkunde der Grundrechte am Murkwood-Anwesen.« Sie faltet die Papiere vor mir auf, doch mein Blick ist immer noch auf die Farben gerichtet. Bis sie den Deckel zuschlägt und ich hochschrecke. »Ich möchte, dass du dich ein Jahr lang um das Anwesen kümmerst. Für das Jahr werde ich dich finanziell reichlich entlohnen. Dann gehört das Anwesen dir und du kannst damit tun und lassen, was du willst.«

»Und wenn ich es abreißen lasse?«

»Mir soll es gleich sein. Solange du das Haus vorher reinigst.« Sie beharrt auffallend stark auf dieser Reinigung. Argwöhnisch werfe ich einen Seitenblick auf die Staubschichten, die jedes ihrer Möbelstücke überziehen. Meine Vermutung, dass Muriel nicht mehr alle Tassen im Schrank hat, verdichtet sich.

»Danke, kein Interesse. Falls du es vergessen hast, nicht nur Kalliope und Thalia studieren. Auch wenn du Kunst nicht als Studium empfindest. Ich kann mich wirklich nicht …« Meine Gedanken schweifen ab, weil Muriel die Farbgläschen aus der Schatulle holt.

»Außerdem wird *das* in deinen Besitz übergehen, wenn du deine Aufgabe erfüllst.«

Ich verenge meine Augen, um im schummrigen Salon besser sehen zu können. Auf vergilbten Schildern stehen Wörter in alter Schnörkelschrift. »Ist das …?«

»Reines Lapislazuli-Pigment. Hundert Gramm. Dein Großvater hat es kaum benutzt.«

»Hundert Gramm? Das ist unbezahlbar!« Ich strecke meine Hände nach dem Glas aus. Selbst im Dunkeln des Salons strahlt der Inhalt tiefblau. Das Pigment muss fast zweitausend Dollar kosten. Aber das andere Glas mit seinem reinweißen Inhalt … »Du hast nicht ernsthaft ein Glas mit Bleiweiß? Das ist hochgiftig! Und für Privatpersonen verboten«, empöre ich mich. Aber das toxische Pigment zieht mich magisch an. Wie wäre es, damit zu malen? Das Lichtspiel, welches ich auf eine Leinwand bringen könnte …

»Beides gehört in einem Jahr dir. Wenn du das Murkwood-Anwesen reinigst.«

Ich beiße mir auf die Unterlippe, obwohl meine Entscheidung schon gefallen ist. Das Lapislazuli-Pigment könnte ich mir irgendwann selbst leisten. Aber Bleiweiß ist nur unter strengen Auflagen für die Restauration alter Gemälde erhältlich. Niemand malt mehr damit.

»Alles klar, ich putze deine baufällige Gefahrenzone. Wo muss ich unterschreiben?«

Muriel reicht mir einen Füllfederhalter, dessen Spitze auf dem Pergament kratzt und mir eine Gänsehaut über den Rücken jagt.

***

Ich schaue nach draußen und bekomme einen Schock. Meine Schwestern und Mum bauen den halben Garten mit Partygarnituren zu, sodass nichts mehr von Mums Heilkräuterbeet zu sehen ist. »Wie viele Menschen habt ihr eingeladen?«, schreie ich aus meinem Fenster im Dachgeschoss.

»Dir auch alles Gute zum Geburtstag, Schlafmütze«, ruft Kalliope zurück. Thalia wirft mir Kusshände zu, die ich mit einer rüden Geste quittiere. Meine

Schwestern brechen in Gelächter aus und lassen eine Bank auf Mums Fuß fallen. Anstatt vor Entsetzen zu brüllen, atmet sie ihren Schmerz in sich hinein, so, wie sie es in ihrer Glückssekte gelernt hat. Ihr Gesicht läuft blau an, die Atemtechnik scheint also nicht sonderlich von Erfolg gekrönt zu sein.

Ich ziehe meinen Kopf rein und bahne mir einen Weg durch mein Zimmer. Meine Möbel vom Flohmarkt versinken unter Klamotten und an jeder freien Fläche drängen sich Leinwände. Leinwände, die ich seit Wochen nicht mehr angerührt habe. Ich trete gegen eine leere Flasche Acrylfarbe, die unter mein Bett schlittert. Keine Ahnung, wieso ich nicht mehr malen kann. Ich hab es auch mit Töpfern, Zeichnen, Modellieren und Mums aktuellem Hobby, für das sie einige Jahre zu spät dran ist – Window Color – probiert. Nichts. Außer dass unser Küchenfenster jetzt aussieht wie ein Kirchenfenster. Ich ziehe in Erwägung, eine Miniaturversion der Sixtinischen Kapelle an die Decke zu bringen, aber bei Mums Kochkünsten zerstörten ihre Kräuterdämpfe und Seitangebräue mein Kunstwerk in wenigen Wochen.

Ich zerre wahllos ein T-Shirt aus dem Kleiderschrank, eines von denen, auf die ich eigenhändig Bandlogos gemalt habe, und eine von Mums Karohosen aus den Achtzigern. Obwohl draußen die ersten Sonnenstrahlen über die Baumkronen blitzen, werfe ich mir einen ausgeleierten Cardigan über. Es sieht nach einem sonnigen Tag aus, doch ich spüre, dass sich das Wetter wenden wird. Das werde ich vor meinen Schwestern geheim halten, weil sie es gruselig finden, wenn ich so was völlig grundlos behaupte. Und recht behalte.

Dann krieche ich die Holztreppe hinab, bei der ich jeden Moment Angst habe, dass sie einstürzt. Ich beschwere mich oft, aber eigentlich mag ich unser Haus. Es sieht aus wie eine Mischung aus Gewächshaus, Orientzelt und Antiquitätenladen. Und überall hängen, stehen und liegen Mums mythologische Artefakte. Niemand, der sie sieht, würde sie für eine der renommiertesten Mythologieprofessorinnen Amerikas halten. Die meisten tippen auf Waldorflehrerin, Hellseherin oder professionelle Hanfzüchterin. Selbst ich halte es für einen Scherz, dass sie unseren Vater, Muriels Sohn, während einiger Semester Jura kennengelernt hat.

In der Küche rührt Kalliope in einem riesigen Emailletopf. Bei meinem

Anblick lässt sie den Holzlöffel in den Topf fallen, zieht mich an sich und drückt mir einen Kuss auf die Wange. »Alles Gute, kleine Schwester.«

Ich reibe mir über die Wange. »Wir sind Drillinge, ich bin haargenau so groß wie du.«

»Aber du bist die Jüngste von uns«, flötet sie und wendet sich dem Topf zu.

Es riecht nach Pizzasuppe und mein Magen knurrt. »Tante Mathilda hat aus den Neunzigern angerufen, sie will ihr Rezeptbuch zurück«, necke ich und grinse.

»Das ist einfach die beste Suppe. Wenn du lieber eine fancy Quinoa-Superfoodsuppe willst, bitte. Die Küche ist groß genug.«

»Du machst das schon«, säusle ich und verschwinde schnell durch den Wintergarten nach draußen.

Mum und Thalia decken die Tische. Sie haben sich für ein Bohemian-Motto in Weiß entschieden und wickeln Feenlichter um lange Äste. »Mel, wie viele Gäste kommen für dich? Wir wissen nicht, ob wir noch einen Tisch mehr brauchen«, ruft Thalia.

»Lass mich überlegen. Mit mir müsste es etwa …«, ich lege meine Finger in Denkerpose an mein Kinn, »eine Person sein.«

»Tu nicht so, als hättest du keine Freunde.« Sie bewirft mich mit einem weiß lackierten Tannenzapfen, den ich abwehre.

»Du weißt, dass das hier nicht so ihr Ding ist.«

»O bitte. Ich weiß mit Sicherheit, wie sehr Viper so was mag. Erst vorgestern hab ich sie im *Sugar Slice* gesehen. Hat sich einen winzigen Cupcake reingehauen.«

»Niemals!«, rufe ich lachend. Keiner würde meine beste Freundin Viper in einem pastellfarbenen Café erwarten.

»Pink Sprinkles Cupcake mit Zimt-Latte. Ich schwöre es!«

Viper ist das genialste Mädchen, das ich kenne. Seit der neunten Klasse trägt sie ausschließlich Smaragdgrün und gibt einen Scheiß darauf, was andere denken. Es würde genau zu ihr passen sich in einen Cupcakeladen zu setzen, um anderen Kunden einen Schrecken einzujagen. Oder weil sie einfach Hunger auf zuckersüßes Gebäck hat. Vermutlich beides.

»Sie und Larkin kommen später, wir wollen Pizza essen und ins Kino gehen.«

Thalia lässt die Schultern hängen, und Schuldgefühle kitzeln eine Stelle hinter meinem Herzen. »Hast du so wenig Lust, mit uns zu feiern?«

»Hey, ich bin den ganzen Tag hier, mit Kuchen, Topfschlagen, Geburtstagsliedern und allem, was dazugehört«, versuche ich zu schlichten. »Danach brauche ich was zum Ausgleich. Du weißt, es liegt nicht an euch. Aber ich kann mir nicht den ganzen Abend eure Collegefreunde antun.«

Thalia seufzt. Dann grinst sie. »Na ja, ich weiß von einem meiner Collegefreunde, den du nicht ganz so ätzend findest.«

Ich zwicke sie in die Seite. »Warum fangt ihr immer wieder von Cole an? Nur weil ich *einmal* gesagt habe, dass er nicht ganz so ätzend ist wie die and–«

»Interessant, dass du sofort an Cole gedacht hast.« Ihr Grinsen wird noch breiter.

Mum eilt zu uns, so schnell es ihre Gesundheitslatschen zulassen. Ihre rotblonde Mähne weht hinter ihr her, verwirbelt sich mit ihrer herbstfarbenen Aura. »Es gibt Neues über Cole?«

»Mum!«, rufe ich.

»Ich habe zwischen euch beiden schon lange diese Energiefelder gespürt! So wie bei mir und meinem Horst. Fühlst du auch diese magische Anziehungskraft seiner männlichen Energie?«

»MUM!«, rufen Thalia und ich zusammen und klatschen uns die Hände auf die Ohren. Wenn Mum sich erst mal über ihren aktuellen Liebhaber in Fahrt redet, kennt sie kein Halten mehr. Und keine Grenzen. Wir alle wissen deutlich mehr über Horsts männliche Energie, als irgendjemand wissen sollte.

»Ich sage ja nur … Wenn du eine Verbindung spürst – und selbst wenn sie nur körperlicher Natur ist –, solltest du deiner Seele keine Zügel anlegen!«

Ich stöhne und stampfe zurück in die Küche.

***

Später am Nachmittag drückt das nahende Gewitter auf meine Schultern, während alle anderen Gäste ihre Arme in der Herbstsonne rekeln. Die Freunde meiner Schwestern, die mit an unserem Tisch sitzen, werfen meinem Cardigan skeptische Blicke zu. An meinen Stil sind sie halbwegs gewöhnt, aber nicht daran, dass ich bei strahlendem Sonnenschein dick angezogen herumlaufe. Die Blicke sind nichts Neues. Trotzdem nervt es.

»Ihr habt so wunderschön dekoriert«, jauchzt Ina, eine Kommilitonin von Thalia, die immer wieder versucht mich in ein Gespräch zu verwickeln, obwohl wir absolut *nichts* gemeinsam haben. Um sie herum sprühen rosa Blüten und ich bin mir nicht sicher, ob das ihre Aura oder ihr penetrantes Rosenparfüm ist, das mich halluzinieren lässt.

»Ich arbeite neben dem Studium als Wedding Planerin«, witzle ich schulterzuckend.

»Wow, das ist ja Wahnsinn! Toll, das hätte ich *nie* gedacht!«

Sie nimmt mich wirklich ernst. Mit aller Kraft umklammere ich meine Gabel, um mir nicht an den Kopf zu greifen. Den Monolog über ihre Traumhochzeit blende ich aus. Interessiert mich wirklich null, welche Taubenrasse sie sich wünscht und neben wen sie ihren schwierigen Cousin Tommy setzen möchte.

Stattdessen versuche ich mich aus Coles Blickfeld zu winden, aber zu spät. Er hat mich entdeckt und schlendert in seinen nervigen Chinohosen auf mich zu. Wenn er doch nur nicht diese verdammten schwarzen Haare hätte. Die lassen mich, trotz Poloshirt und Quarterback-Grinsen, schwach werden. Und seine tiefgelbe Aura, die mich an die Ruhe und Inspiration beim Malen erinnert. Für einen kurzen Moment plane ich meine Flucht unter dem langen Tisch entlang, entscheide mich aber, das Treffen über mich ergehen zu lassen.

»Hey, Mel. Nette Party.« Cole lehnt sich an den Tisch neben mir, bis Thalia grinsend aufspringt und etwas von neuer Bowle faselt. Er zögert nicht sich ihren Platz zu schnappen.

»Ich hab Ina schon erzählt, dass meine Leidenschaft der Hochzeitsplanung gilt.«

Cole lacht. Immerhin begreift er, wenn ich Witze mache. Und seine Aura strahlt heller, während er lacht. Ich zwinge meine Wangen nicht rot anzulaufen.

»Schön zu sehen, wie sehr du in eurem Motto aufgehst«, sagt er und deutet auf die in Weiß und Creme gekleideten Gäste, dann auf meine schwarz-rote Kleidung.

Jetzt muss ich grinsen. »Meine Schwestern wissen, dass sie mich niemals in etwas Weißes zwängen können. Ich habe eine Sondererlaubnis für schlechten Geschmack.«

»Ich mag deine Klei–«, beginnt er, doch Thalia unterbricht ihn und wirft von hinten ihre Arme um mich.

»Vielleicht sehen wir Mel ja eines Tages im weißen Hochzeitskleid!« Ich spüre die Wimpern ihres zwinkernden Auges an meiner Wange.

»Thalia«, stöhne ich und versuche sie wegzuschieben. O Gott, wieso muss meine Familie immer *so* peinlich sein? Ich lasse meinen Kopf in meine Hände sinken. Das hier entwickelt sich zum schrecklichsten Geburtstag aller Zeiten. Zum zweitschrecklichsten.

»Ich sag ja nur, so, wie du immer von Cole schwärmst?«

Ich springe auf und schüttele sie von mir ab. »Ich habe noch NIE von ihm –«

Natürlich kommt auch noch Mum zu uns. Ihr weißer Kaftan weht um sie herum. »Deine Frustration könnte ein Grund dafür sein, warum du momentan nicht mehr malen kannst. Ein neuer Liebhaber wirkt bei mir immer Wunder«, schwärmt sie und legt Cole zu allem Überfluss eine Hand auf die Schulter. Er sieht fast so peinlich berührt aus, wie ich mich fühle. Das bringt das Fass zum Überlaufen.

»Danke für den fantastischen Geburtstag!« Ich stürme in Richtung Haus, ohne mich umzublicken. Ich sollte sie nicht so anschreien, aber durch jede meiner Venen strömt Zorn. Ich könnte schwören, dass das Herbstlaub auf dem Rasen aufweht, während ich durch den Garten stampfe.

»Komm schon, das war doch nur ein Witz. Sieh doch nicht immer alles so eng«, ruft Thalia mir hinterher.

Ihre Worte stacheln mich nur noch mehr an und ich drehe mich um, während ich rückwärts weiterlaufe. »Ich verfluche diese Party!«, brülle ich ihnen entgegen, und genau in dem Moment bricht der Regenschauer durch die Wolken.

KAPITEL 2

Ich halte nur an, um mir meinen Parka aus dem Flur zu holen, dann stürme ich durch die Haustür hinaus und die Straße hinab, bis ich Seitenstechen bekomme, meine Lunge schmerzt und ich langsamer werde. Ich schiebe meine Kapuze über meinen Kopf, obwohl meine Haare im strömenden Regen sowieso schon triefen. Immerhin sieht so niemand die roten Flecken, die auf meinen Wangen blühen.

Meine Füße tragen mich zum Murkwood-Anwesen, ohne dass ich mich bewusst dazu entschieden habe. Während ich die menschenleere Allee entlanglaufe, schützen mich die dichten Weiden am Wegesrand vor dem Großteil des Regens. Durch ihre Blätter, die an manchen Stellen über meine Schultern streichen, erkenne ich in weiten Abständen die gepflasterten Auffahrten zu anderen Anwesen. Doch die Häuser sehe ich nicht, so weit reichen die Vorgärten.

Endlich erreiche ich die Mauer mit dem schmiedeeisernen Zaun, der zum Murkwood-Anwesen gehört. Das Tor steht einen Spalt weit offen, also zwänge ich mich hindurch. Den Vorgarten hat garantiert seit Jahren niemand mehr gepflegt. Er muss einmal prächtig ausgesehen haben, aber jetzt bedecken Trauerweiden, Bluthaseln und Spitzwegerich den gesamten Garten. Vor Unkraut erkenne ich den Weg kaum vor meinen Füßen, aber ich kämpfe mich tapfer durch das Gestrüpp. Wenn ich schon mal hier bin, will ich das Anwesen auch sehen.

Der eintönige Weg beruhigt mich. Ich hasse es, wenn ich so ausraste, kann mich aber nie bremsen. Erst wenn ich Zuflucht in der Einsamkeit finde, kann ich einen klaren Gedanken fassen. Und dann fühle ich mich mies, weil Thalia und Kalliope genauso unter Mums Peinlichkeiten leiden müssen wie ich. Doch sie können es locker nehmen. Nur ich bin anders – wie immer.

Ich könnte mir einreden, dass ich anders bin, weil ich seit meiner Kindheit Auren sehe. Ich habe mich damals meinen Schwestern anvertraut. Doch sie hielten es für einen Scherz und zerstörten meine Hoffnung, dass sie die gleiche Fähigkeit haben. Dann begannen die Voraussagungen. Nur Kleinigkeiten: das Wetter, wann der Postbote klingelt, wer beim Spielen stürzt, wenn wir nicht aufhören … Aber es reichte, um andere zu beunruhigen.

Und dann machte ich diese eine Voraussagung, die alles änderte. Nach ihr behauptete ich, nichts mehr zu sehen. Jeder war erleichtert, sogar Mum.

Der im Regen auftauchende Eingang zum Anwesen reißt mich aus meinen Gedanken. Zwei bemooste Steinsäulen umrahmen die riesige Tür. Auf dem Treppengeländer lauern zwei Gargoyle-Statuen. Ernsthaft, wer baut so was? Das Anwesen sieht aus wie das übertriebenste Horrorfilmset aller Zeiten. Ich blicke nach links und rechts und kann das Ende des Gebäudes kaum ausmachen. Auch das Dach und der Uhrenturm verschwinden über mir im Regen.

Ich steige die Stufen zum Eingang hinauf und krame in meiner Jackentasche herum – zwischen Taschentüchern, Kaugummipackungen und Haargummis. Dann spüre ich die kalte, glatte Oberfläche des Messingschlüssels, den Muriel mir zugeschoben hat. Ich stecke ihn in das Schloss, doch die Tür öffnet sich nicht. Mit zusammengekniffenen Augenbrauen rüttle ich am Griff.

Ein Schatten huscht hinter mir durch den Regen. Ich wirble herum, sehe jedoch nichts. Nur die langen Zweige der Trauerweiden, die im Wind umherpeitschen. Ich lache kurz über mich selbst, weil ich mich vor dem Wind erschrecke. Doch die Härchen in meinem Nacken bleiben aufgestellt. Ich wende mich der Tür zu, aber sie bewegt sich immer noch nicht.

Ich werfe mich gegen die verdammte Tür, bis meine Schulter steif ist und schmerzt. Meine Nase läuft wie ein Wasserfall, und meine Finger frieren langsam ein. Nach dem gefühlten hundertsten Mal gebe ich auf.

»Scheißtür«, zische ich sie an und trete als Zugabe fest dagegen. Selbst durch meine Kampfstiefel prelle ich mir meinen großen Zeh. Ich stöhne auf und hinke die Treppenstufen hinab.

Etwas zieht mich weiter, und ich umrunde das Anwesen. Dabei halte ich mich nah an der mit Efeu bewachsenen Wand, um mich vor dem Regen zu schützen. Auf meinem Weg sehe ich nicht viel, nur große, dunkle Fenster, die über mir schweben. Ich lasse meine Finger über die alten Backsteine gleiten. Das Gefühl von vergangenem Leben durchfährt meine Hand, leise, wie ein Flüstern der ehemaligen Bewohner. Endlich erreiche ich die Rückseite des Anwesens und steige eine Treppe hinauf. Nur verschwommen erinnere ich mich an meinen einzigen Besuch vor Jahren, aber hier hinten war ich noch nie. Von der weitläufigen Marmorterrasse aus schweift mein Blick über einen gigantischen See, dessen Oberfläche im Regen seltsam still bleibt. Als würde er jeden Tropfen in die Wassermassen saugen, um seine eigenen Ausmaße zu vertiefen.

Ich fasse mir an den Hals. Der Anblick ergreift mich. Obwohl mir das Wasser in den Stiefeln steht, mir mein Ausraster mittlerweile unfassbar peinlich ist und mein Leben momentan alles andere als optimal verläuft, fällt eine Last von meinen Schultern. Dieser Ort wird etwas ändern. Ich spüre es wie den Regen in meinem Nacken, wie den Wind an meinen eisigen Wangen. Meine Finger sehnen sich plötzlich nach Pinsel und Farbe. Nur weil ich diesen See anblicke?

Ohne darüber nachzudenken, schiebe ich meine Kapuze von meinem Gesicht und schließe die Augen. Die Aura des Ortes streckt farblose, schillernde Finger nach mir aus.

Das Vibrieren meines Handys reißt mich aus meiner Trance. Hastig ziehe ich es aus der Hosentasche, doch es rutscht mir aus den gefrorenen Fingern. Ich versuche es zu fangen, aber es hüpft wieder und wieder aus meinen Händen, bis ich es kurz vor dem Aufprall auf den Boden zu greifen bekomme.

Ein Kichern hallt durch die Luft, verzerrt durch den Regen.

Ich presse mein Handy gegen meine Brust und schnelle herum. Doch wieder ist niemand zu sehen. Vermutlich ist das schimmelige Haus kurz davor zusammenzubrechen und ich höre die Balken und Wände knarzen. Ich lese die Nachrichten auf meinem Handy, die nacheinander eintrudeln, als hätte ich erst jetzt Empfang.

Besorgte Texte voller Entschuldigungen von Mum und meinen Schwestern, die ich erst mal ignoriere. Schuldgefühle zupfen an meinem Herzen, weil ich ihnen zumindest schreiben sollte, dass es mir gut geht. Aber ich kann mich nicht dazu durchringen. Stattdessen lese ich mit einem Schrecken mehrere Nachrichten meiner Freunde Viper und Larkin, die seit Ewigkeiten auf mich warten. *Shit.*

Ich stürme den Weg zurück, über den ich gekommen bin. Meine Erkundung muss ich ein anderes Mal fortführen.

***

»Ich hoffe für dich, dass du der Pizzabote bist, denn falls du Mel bist, bringe ich dich um«, zischt Viper, während ich in mein Zimmer stürze. Sie liegt mit geschlossenen Augen auf meinem ungemachten Bett, mitten in einem Haufen frischer Wäsche, die eine meiner Schwestern in mein Zimmer gebracht haben muss. Viper hat sich ihren Kurzhaarschnitt mit dem Mikropony knallorange gefärbt. Zusammen mit dem smaragdgrünen Kleid, das sie trägt, erinnert mich ihr Aussehen an einen Leprechaun, aber ich würde mir eher die Zunge abschneiden, als ihr das zu sagen.

»Ich bringe dich um, wenn du mich noch eine Sekunde länger mit der Irren allein lässt«, murmelt Larkin, der sich mit meinen Kopfhörern auf den Ohren auf dem Architektenstuhl dreht. »Und deine Musik ist Mist.«

»Das denkst du, weil du nur jammernde Indiebands hörst.« Ich pelle mich aus meinem durchtränkten Parka und Cardigan, dann fische ich einen Strickpullover aus dem Schrank, den ich mir überwerfe. Ich spüre, dass eine Erkältung im Anmarsch ist, wenn ich mich nicht umgehend wärmer anziehe.

»Sie verstehen meinen Schmerz«, erklärt er theatralisch, setzt die Kopfhörer ab und wuschelt sich durch seine dunkelbraunen Locken.

»Pft, was für ein Schmerz? Du bist der glücklichste Kerl, den ich kenne«, murmelt Viper und rollt sich vom Bett.

»Frag dich mal, warum. Ich bin der *einzige* Kerl, den du kennst.«

Ich muss lachen, denn Viper kennt wirklich kaum Leute. Wenn ich darüber nachdenke, habe ich sie noch nie mit jemand anderem als uns gesehen.

Sie hat eine ziemlich niedrige Toleranzschwelle für soziale Kontakte. Sie ist seltsam, was genau der Grund ist, warum wir uns so gut verstehen.

Aber am seltsamsten von uns ist Larkin. Ein Superhelden-T-Shirt tragender Runningback im Footballteam, der mit jedem befreundet sein könnte – und mit uns abhängt. Es ist nicht so, als hätten wir am College diese absolut stereotypen Gruppen, die nichts miteinander zu tun haben wollen. Niemand macht Viper und mich fertig, im Gegenteil. Eigentlich ist jeder ziemlich nett zu uns. Auch Larkins Footballfreunde. Aber man sollte meinen, er hätte *nichts* mit uns gemeinsam. Tatsächlich ist er der Kleber, der Viper und mich zusammenhält.

»Alles Gute, Mel!«, ruft Larkin und wirft die Arme um mich. Viper seufzt und quetscht sich halbherzig zu uns, denn ihr sind Geburtstage zuwider. Diese *patriarchale Tradition zur Stärkung des Kapitalismus* kritisiert sie bei jeder Gelegenheit.

»Ich wollte dir nichts kaufen, aber Larkin hat darauf bestanden.« Mit den Worten schiebt sie mir ein schmales, in Zeitungspapier eingewickeltes Päckchen in die Hände.

Ich reiße das Papier auf und öffne die Samtschachtel darin. In ihr liegt ein Brieföffner aus Silber mit einem filigran gearbeiteten Griff. Meine Finger streichen über den schwarzen Turmalin, welcher in der Mitte des Griffes eingelassen wurde. Er knistert unter meiner Berührung. Ich kenne diesen Brieföffner.

»Du solltest ihn bei dir tragen, um dich gegen Angreifer zu verteidigen!« Vipers Augen blitzen, als könnte sie gar nicht erwarten, dass ich den Brieföffner in einem Duell verwende.

»Eigentlich hat Viper …«, beginnt Larkin flüsternd, doch ich unterbreche ihn.

»Ich weiß. Sie war dabei, als ich den Brieföffner in Hopkins Antiquitätenladen entdeckt habe.« Wir grinsen uns an. Keiner von uns muss aussprechen, dass Viper jedes unserer Geschenke aussucht, nachdem sie uns monatelang beobachtet hat, um das beste Geschenk zu finden. Das würde sie aber niemals zugeben.

Es klopft an meiner Zimmertür, die typische Klopfabfolge meiner Mum. Wenn es eine gute Sache an ihr gibt, dann ist es, dass sie unsere Privatsphäre respektiert. Gut, immer wenn wir Besuch bekommen, versteckt sie vorher heimlich Verhütungsmittel an allen möglichen Stellen unserer Zimmer, aber sie meint es ja nur gut. Auch wenn es superpeinlich ist, wenn man einfach nur mit jemandem lernen will und dir ein Monatsvorrat Kondome aus dem Mäppchen fällt.

Sobald ich sie hereinbitte, steckt sie ihren in ein Seidentuch gewickelten Kopf durch den Türspalt. »Schön, dass du wieder hier bist, Mel! Es tut uns leid, wenn wir dich vor deinem Freund blamiert haben. Thalia hat sich die ganze Zeit Sorgen gemacht.«

»Tut mir leid«, nuschle ich. Klasse, jetzt fühle *ich* mich schlecht.

»Kein Problem, Schätzchen, jetzt bist du ja wieder hier. Solange du deine Wut nicht unterdrückst, kann dein Chakra frei fließen. Keiner von uns will, dass deine Chakraöffnungen verstopfen.« *Keiner von uns glaubt, dass Chakraöffnungen existieren.* »Eigentlich bin ich hier, um dir zu sagen, dass Muriel angerufen hat!«

»Was wollte sie ...?«, beginne ich. »Moment mal. Hat sie *wirklich* hier angerufen, mit einem Telefon? Oder glaubst du nur wieder, ihr hättet durch eure Geisteskräfte miteinander kommuniziert?«

Mum stemmt einen Arm in die Hüfte und blickt mich mit geschürzten Lippen an. »Sie hat mit einem Telefon angerufen. Als würde ich glauben, dass ich mich telepathisch mit deiner Großmutter verständigen könnte.« Sie streicht ihren Flatterrock glatt. »Über die Entfernung klappt das nur mit einer Astralreise. Aber das Level habe ich noch nicht erreicht.«

Die alte Türklingel schrillt durch das gesamte Haus.

»Pizza ist da!«, brüllt Viper und stürmt aus dem Zimmer. Komisch, dass ihre Abneigung gegen fremde Menschen nicht auf Pizzaboten zutrifft.

Ich nehme einen tiefen Atemzug. »Mum, du bist doch nicht immer noch in dieser beknackten Sekte?«

»Wir sind keine Sekte. Wir sind eine Zusammenkunft gleichgesinnter Menschen mit dem sechsten Sinn.«

»Und zahlt jeden Monat einen Mitgliedsbeitrag.«

»Einen Unkostenbeitrag! Die Lichtritter- und ritterinnen haben keinerlei religiösen oder ideologischen Hintergrund und jedes Mitglied behält völlige Autonomie über seine Entscheidungen – ergo sind wir keine Sekte.« Sie blickt mich von oben herab an, mit einem Grinsen in ihren Mundwinkeln. »Wenn du wissenschaftliche Literatur findest, anhand derer du belegen kannst, dass wir eine Sekte sind, nur zu.« Sie weiß genau, wie sehr ich wissenschaftliches Arbeiten hasse.

Ich seufze ergeben. »Alles klar, du hast gewonnen.«

Viper balanciert die Pizzakartons mit einem breiten Grinsen auf ihren Lippen herein.

Mum lächelt mich an. »Also besuchst du Muriel morgen früh? Ich habe ihr gesagt, du hast Zeit.«

Ich starre sie grimmig an. Wieso geht jeder davon aus, dass ich nie etwas zu tun habe? »Vielleicht gehen wir ja doch gleich runter zur Party und ich habe morgen einen Kater?«

Viper schnaubt. »O bitte. Du wirst dir gleich einen Film im Kino ansehen und nach einem Drittel einschlafen.«

Ich reiße ihr die Pizzakartons aus den Händen. »Danke, dass du mir in den Rücken fällst.«

»Perfekt!«, ruft Mum und verschwindet rückwärts durch die Tür. »Dann viel Spaß bei Muriel morgen. Sie klang sehr engagiert.«

***

Ich liege im Bett und starre die Dachschrägen an, lange nachdem die Geburtstagsfeier vorbei ist. Erneut drehe ich mich auf die andere Seite, trete die in meinen Beinen verhedderte Decke weg. Von wegen ich schlafe nach der Hälfte des Films ein.

Gedanken rasen in meinem Kopf, ohne dass ich einen von ihnen richtig fassen kann. Da ist nur diese innere Unruhe, die mich aufwühlt. Viper und Larkin haben mich nach meiner Flucht zum Anwesen aufgemuntert, aber jetzt kommen die Schuldgefühle wieder hoch. Ich weiß, dass meine Familie mich liebt. Und ich habe kein Problem damit, ein wenig anders zu sein. Ich mag meine Art genauso, wie ich Viper und Larkins Art mag.

Es ist nur so, dass ich nie ganz zu meiner Familie gehöre.

Die Dinge, die ich spüre, die ich sehe – die ich *voraussehe* – schieben sich wie Glaswände um mich, schotten mich von meiner Familie ab. Wie wäre es, wenn ich wie Thalia und Kalliope wäre? Hätte ich heute mit ihnen gefeiert? Hätte ich mit ihren zahlreichen Freunden gelacht? Wäre ich nicht ausgerastet und weggerannt wie ein Kind, wenn ich nicht diese Mauer zwischen uns spüren würde? Selbst Mum ... Man sollte meinen, sie wäre begeistert von meinen Fähigkeiten, aber ich habe als Kind schmerzlich gelernt, dass dem nicht so ist. Ihr Hang zum Übersinnlichen beschränkt sich auf Räucherstäbchen und Lichtrituale. Und auch wenn sie immer wieder behauptet, Chakren sehen zu können – sie liegt jedes Mal so daneben, dass es mich an ihrer generellen Menschenkenntnis zweifeln lässt.

»Bist du noch wach?«, wispert eine Stimme.

Ich schrecke im Bett auf. »Thalia?«

Meine Schwester schleicht sich in einem blau-weiß gestreiften Seidenpyjama durch mein Zimmer. Ich starre an mir herab – der gleiche Körper in ein kariertes Männerhemd gehüllt. Thalia hockt sich im Schneidersitz neben mich. Ich bezweifle, jemand würde uns für eineiige Zwillinge halten. Selbst jetzt, ohne meinen Eyeliner und roten Lippenstift und ihren zarten Make-up-Look. Was wäre, wenn ich meine Haare abschneiden, die Hennafarbe herauswachsen lassen und mir Klamotten aus Thalias Kleiderschrank picken würde? Es gäbe immer noch diesen Unterschied zwischen uns, den ich nicht erklären kann. Das, was nichts mit Kleidung und Styling und Interessen zu tun hat. Denn auch Thalia und Kalliope unterscheiden sich in gewissen Aspekten. Mum wollte nie, dass wir uns zu sehr aufeinander fixieren und keine anderen Bezugspersonen finden, weshalb sie auch immer auf Einzelzimmer bestanden hat.

Sobald wir alt genug waren, mussten wir einzeln mit ihr in Baumarkt und Möbelgeschäfte, um unser eigenes Zimmer einzurichten. Thalia wählte zartes Veilchenblau als Wandfarbe, Kalliope Pastellgrün, während ich mich für eine Tapete mit Grafittiaufdruck entschied. Sie suchten sich hübsche Bettgestelle aus weiß lackiertem Metall aus, immerhin zwei unterschiedliche Modelle, und ich baute mit Mum ein Hochbett, das wie ein Baumhaus aussah. Doch Mums Bemühungen, uns zu eigenständigen Charakteren zu erziehen, funktionierten nur so lange, bis sie schlief. Dann schlichen wir uns wie auf Kommando in eines unserer Zimmer, quetschten uns in ein Bett und kicherten mit Taschenlampen bewaffnet, bis wir übermüdet einschliefen.

Vor ein paar Jahren hat das aufgehört.

Umso mehr überrascht es mich, Thalia neben mir sitzen zu sehen. Ich starre sie an, bis sie mir ein riesiges, schweres Paket überreicht.

»Ich bin noch gar nicht dazu gekommen, dir mein Geschenk zu geben«, erklärt sie im gleichen Moment, in dem Kalliope durch die Tür schlüpft und dieselben Worte spricht. Wir brechen in Gelächter aus, das wir erfolglos zu unterdrücken versuchen. Dann schlüpft Kalliope auch unter die Bettdecke.

Ich öffne Thalias Geschenk, während ich einen Kloß im Hals hinunterschlucke. Es tut gut, so wie früher zusammenzuhocken. »Schenkst du mir Ziegelsteine?«, keuche ich, während ich den Karton mit aller Kraft hochstemme, um das Papier zu entfernen. Das Ding muss mindestens zehn Kilo wiegen.

Thalia lacht nur.

Dann öffne ich den Karton und hieve tatsächlich einen Stein heraus. Zuerst runzle ich die Stirn, doch dann drehe ich ihn auf meinem Bett und entdecke die zwei Löcher, welche sich durch den Feuerstein gebohrt haben. Für einen Moment spüre ich Sand und Wellen unter meinen Fingerspitzen, die jahrhundertelang diesen Stein durchspült haben.

»Ich dachte mir, du kannst damit vielleicht eine Skulptur bauen oder so etwas!«

Ich beuge mich über den Feuerstein, um sie zu umarmen. »Er ist perfekt! Danke, Thalia.«

»Ich wusste, dass er perfekt ist, als mich alle Leute auf der Straße angestarrt haben, während ich ihn nach Hause getragen habe. Wieso schenkt man dir immer die seltsamsten Dinge?«

»Apropros seltsam«, unterbricht uns Kalliope und reicht mir ihr Geschenk, »das hier ist von deiner Lieblingsschwester.«

Sobald ich das Päckchen in der Hand halte, weiß ich, dass es ein Buch ist. Nicht durch meine Fähigkeit, Dinge vorauszuahnen, noch nicht einmal, weil Bücher selbst eingepackt immer eine sehr verräterische Form haben. Ich weiß es, weil Kalliope mir *immer* ein Buch schenkt.

Ein Buch mit indigofarbenem Einband fällt mir in den Schoß und der typische Geruch von altem Papier steigt mir in die Nase. Ein Siegel ist auf dem Cover eingeprägt, ein verziertes Hexagramm, das von einer Banderole mit unleserlichen Buchstaben umgeben ist.

»Es ist ein Grimoire«, strahlt Kalliope. »Steht ganz schön gruseliges Zeug drin, aber dir gefällt es garantiert.«

»Kalliope, das Buch ist wirklich *alt!*«, hauche ich, während ich eine zufällige Seite mit einem magischen Ritual zum Bannen von bösen Geistern aufschlage. Feingliedrige Buchstaben fließen um eine Grafik in der Mitte der Seite. Das hier ist kein billiger Nachdruck. »Welche Bank hast du überfallen, um das kaufen zu können?«

»Ach, das sieht nur wertvoll aus. Der Typ aus dem Bücherladen hat es mir hinterhergeschmissen. Meinte, das sei nur ein Haufen Humbug, er brauche Platz für Bücher über echte Magie. Aber es passt super in deine Sammlung, oder?«

Es passt wirklich zu meinen antiken Büchern, die ich zu allen möglichen Themen sammle. Ich lasse mich bei meinen Bildern gern von ihnen inspirieren, egal ob Wälzer über Anatomie, biblische Schriften oder Kompendien über essbare Pilze.

Ich werfe mich auch ihr um den Hals. Dann lasse ich mich auf den Bauch fallen und krame unter meinem Bett herum, bis ich ihre Geschenke finde. Beiden drücke ich das gleiche Buch in die Hand. »Ich kam nicht dazu, sie einzupacken«, erkläre ich und streiche mir über den Nacken.

Die beiden hören mir nicht zu, sondern blättern in ihren Fotobänden. Ich habe mich ein paar Monate mit analoger Fotografie beschäftigt, bevor ich mich wieder dem Malen zugewandt habe. Es hat mir Spaß gemacht, aber mir fehlte es, völlig Neues zu erschaffen. Doch es sind so viele Fotos von meinen Schwestern und Mum entstanden, dass ich sie entwickelt habe.

»Oh, Mel, das ist so wunderschön!«, ruft Thalia.

Kalliope schlägt ihr die Hände vor den Mund. »Nicht so laut! Mum schläft!« Doch sofort löst sie ihre Hände von unserer Schwester und blättert weiter. »Sieh dir das an!«, ruft sie dann genauso laut. Sie deutet auf ein Foto von einem besonders heißen Sommertag, als wir versucht haben, einen Pool im Garten aufzubauen. Wir trugen alle einen von Mums luftigen Kaftanen, die sie vor Jahren aus Marokko mitgebracht hatte. Ich schlich mich weg, um ein Foto von den dreien zu machen, wie sie sich gegenseitig mit Gartenschlauch und Rasensprengern vollspritzen, während der Pool vergessen an der Seite lag.

»Wie hübsch Mum ist«, schwärmt Thalia und hält uns die Nahaufnahme von Mum hin, auf dem sie an ihrem Mahagonitisch sitzt und Hausarbeiten korrigiert. Sie trägt kein Make-up und ihre Masse an Locken wallt über ihre Schultern. Nur wir wissen, dass sie wie immer beim Korrigieren von Arbeiten nackt ist, was man durch die geschickte Platzierung einer Pflanze und ihrer Haare nicht sieht. Gleichzeitig prusten wir erneut los.

»Wo hast du die Fotoalben gekauft?«, fragt Kalliope. »Die sind superschön!«

Ich druckse ein wenig herum. »Ich hab sie selbst gebunden.«

Meine Schwestern schlagen die Bücher zu und bewundern die Fadenbindung am Buchrücken. Ich habe die Buchdeckel aus Karton in ihren Lieblingsfarben bemalt und dann mit Blumen in Gold und Silber bestempelt. Zusammengehalten wird das Buch von einer japanischen Bindetechnik mit kontrastierenden Fäden.

»Kannst du uns nicht einmal etwas Selbstgebasteltes schenken, das total beschissen ist?«, zetert Thalia lachend.

»Jetzt sind wir wieder wie die doofen Schwestern, die dir nur was kaufen!« Kalliope wuschelt meine Haare durcheinander und ich versuche mich zu befreien. Unser Kampf gipfelt darin, dass wir Thalia aus dem Bett treten und in einen Lachanfall ausbrechen.

»Ich vermisse das«, seufze ich, nachdem wir uns beruhigen und uns Lachtränen aus den Augen wischen.

»Mel, genau so kann es wieder sein. Aber seit Jahren –«

Ich unterbreche Kalliope. »Ich will nicht darüber reden, okay? Nicht heute.«

»Du weißt, dass wir dich genauso lieben, wie wir uns lieben, oder? Auch wenn du dich anders kleidest oder anders –«

»Ernsthaft, können wir das Thema sein lassen?«, fahre ich sie an. Ich will die Gründe nicht hören, warum ich anders bin. Ich will nicht hören, wie sie mir schwören, dass ich ihnen genauso wichtig bin, denn das ist nicht wahr. Vielleicht glauben sie es selbst, behandeln mich nicht absichtlich anders, aber ihre lieb gemeinten Worte können diese unüberwindbare Barriere zwischen uns nicht einreißen.

Beide starren mich einige Atemzüge lang an. Nicht vorwurfsvoll, sondern enttäuscht. Aber ich will diesen Moment bewahren, in dem alles so ist wie früher, und ihn nicht durch einen weiteren Ausraster zerstören. Also ignoriere ich ihre Blicke und den Knoten in meinem Magen, bis sie ergeben seufzen.

»Können wir dann jetzt eine epische Geburtstagsbude bauen und uns danach endlich schlafen legen?«, schlage ich vor. Das war früher unser Ritual an jedem unserer Geburtstage.

Die beiden stimmen entzückt ein, und schon bald rennen wir mit Decken, Bindfäden und Lichterketten durch mein Zimmer. Mum *muss* unser Getrampel hören, denn ihr Zimmer liegt so wie die meiner Schwestern in der Etage unter uns, aber sie beschwert sich nicht. Die Rechnung werden wir morgen früh bekommen, wenn Mum völlig übermüdet versucht Frühstück zu machen. Doch mit dem kulinarischen Desaster können wir leben.

KAPITEL 3

Muriel nach so wenigen Tagen erneut zu besuchen ist ungewöhnlich. Normalerweise versuchen wir Besuche, so lang es geht, hinauszuzögern. Muriel ist kein schlechter Mensch, aber sie kann einfach sehr schwierig sein.

Doch jetzt hocke ich seit einer halben Stunde in ihrem Esszimmer auf einem Polsterstuhl, der vor Monaten hätte ausgeklopft werden müssen, und kämpfe mit dem trockenen Kuchen.

»Lecker«, sage ich mit vollem Mund, um die Stille zwischen uns zu brechen.

Muriel rümpft die Nase. »Erst schlucken, dann sprechen. Ich suche dir das Rezept raus. Nichts Besonderes, aber besser als diesen Fraß, den eure Mutter euch vorsetzt.«

Ich schlinge den viel zu heißen Tee hinunter, um die staubigen Kuchenkrümel schlucken zu können, und verbrühe mir prompt meine Zunge. Selbst Mum backt besser als Muriel. Aber ich sollte meine Klappe halten, sonst artet das hier in eine derart hitzige Diskussion aus, dass Muriel mich mit ihrem knüppelharten Kuchen bewirft. Das Verletzungsrisiko gehe ich nicht ein.

»Kann ich das Fenster öffnen? Hier muss echt mal durchgelüftet werden«, erkläre ich, während ich schon aufstehe und zum Fenster gehe. Alles riecht nach den getrockneten Kräutern, die vor jedem Fenster und in jedem Türrahmen hängen, nach Mottenpulver und einer Menge Staub, der einem die Tränen in die Augen treibt.

»NEIN!«, keift Muriel ihr Lieblingswort, kurz bevor ich meine Hand an den Fenstergriff legen kann. »Die Fenster bleiben geschlossen.«

»Dir ist schon klar, dass du ab und zu lüften musst, damit hier nicht alles schimmelt?«, frage ich und schlurfe durch staubige Sonnenstrahlen zurück auf meinen Platz.

»Lieber Schimmel, als dass irgendetwas Unerwünschtes reinkommt.« Muriel stiert das Fenster an, als könne sie durch bloße Willenskraft Pollen, Einbrecher oder was auch immer für sie *unerwünscht* ist, verjagen.

»Langsam wird mir klar, wieso das Anwesen so verwahrlosen konnte«, merke ich an.

»Das Anwesen verwahrlost, weil ich zu alt bin, um das Theater dort mitzumachen.«

Ich lasse noch zwei Würfel Zucker in den Kräutertee fallen, von denen Mum nie etwas erfahren darf.

»Du besitzt eine Villa *und* ein gigantisches Anwesen, du musstest noch nie in deinem Leben arbeiten und jeder einzelne der Ringe an deinen Fingern ist mehr wert als Mums Auto. Ich lehne mich jetzt mal aus dem Fenster und behaupte, ein paar Maler und Bauarbeiter sind bei dir finanziell gerade noch so drin.«

Muriel lehnt sich im knarzenden Stuhl zurück und faltet die Hände vor dem Bauch. »Du hältst dich für sehr pfiffig, nicht wahr?«

»Pfiffig genug, um ein Haus nicht so sehr verfallen zu lassen, dass nicht mal die Türen aufgehen.«

Muriel seufzt. »Das finden sie also immer noch lustig«, murmelt sie.

»Wer findet was lustig?«, frage ich, doch sie ignoriert mich. Statt zu antworten, schlurft sie aus dem Raum und ich nutze den Moment, um ein riesiges Stück Kuchen im Tee einzuweichen.

Muriel betritt das Esszimmer mit einer Kette in der Hand, die sie mir in den Schoß wirft. Ich hebe den Anhänger von der Größe einer Visitenkarte hoch, ein silbernes Amulett in Form einer Hand, das bis in die kleinste Ecke mit Symbolen, Schriftzeichen und Zeilen, die nach Bibelversen aussehen, gefüllt ist. Wie bei einem Bettelarmband hängen an jedem Finger mehrere kitschige Figürchen – ein winziger Buddha, ein Tierzahn, ein christliches Kreuz, eine winzige Schatulle aus Keramik und ein Edelstein. Echte Federn baumeln am Verbindungsstück zwischen Anhänger und Kette.

Ich starre das groteske Ding in meinen Händen an. »Was ist das für eine aus Silber gefertigte Abscheulichkeit?«, frage ich entsetzt.

»Dein Geburtstagsgeschenk.«

Ich schaffe es nicht, mich zu bedanken. Zu meiner Verteidigung: Das Amulett wiegt so viel wie etwas, womit die Mafia Verräter in Flüssen versenkt.

»Das wäre doch nicht nötig gewesen.« *Womit habe ich das nur verdient?*

»Glaub mir, es ist nötig. Ich will, dass du es immer trägst.«

Ich lasse das Amulett sinken. »Definitiv nein. Tut mir leid, Muriel, aber dieses absurde Objekt geht mir eine Nummer zu weit. Bist du überhaupt sicher, dass man es als Schmuck trägt und nicht verwendet, um ... ich weiß nicht, Bären zu fangen oder einen Acker umzugraben?«

»Du hast einen rechtskräftigen Vertrag unterschrieben, laut dem du dich verpflichtest, das Amulett von Tanit zu tragen.«

Sie besitzt die Dreistigkeit, mich überlegen anzugrinsen. Ich glaube, ich sehe zum ersten Mal so etwas Ähnliches wie ein Lächeln auf ihrem Gesicht. Und es gefällt mir gar nicht.

»Wie willst du das kontrollieren?« Darüber, was ich noch alles blindlings unterschrieben habe, will ich gar nicht nachdenken. Schlimm genug, dass der übergroße Angelhaken auch noch einen prätentiösen Namen hat. *Das Amulett von Tanit.* Affig.

»Wenn ich dich auch nur ein einziges Mal ohne das Amulett sehe, egal ob im Anwesen, auf der Straße, beim Duschen, beim Nacktbaden oder was auch immer ihr Gören heutzutage macht, kannst du dir das Murkwood-Anwesen abschminken. Und du musst mir jegliches Kapital zurückzahlen, welches ich dir für die Reinigung des Hauses überlassen habe.«

Ich könnte das Erbe einfach ausschlagen. Jetzt sofort, ohne dass ich dieses Ding tragen oder einen einzigen Finger im Anwesen rühren muss. Aber ich kann das Gefühl nicht abschütteln, das mich hinter dem Murkwood-Anwesen am See überrumpelt hat. Ich kann die Anziehungskraft des Ortes nicht vergessen. Jeder Herzschlag schickt das Bedürfnis durch meine Adern, dort zu malen. Einfach nur dort zu sein. Und was ist schon ein Jahr mit dem Amulett des Grauens, wenn ich danach das renovierte Anwesen für so viel Kohle verkaufen kann, dass ich nie wieder arbeiten muss? Ich könnte mein Leben lang malen, ohne mich über so weltliche Probleme wie Lebensmittel und Altersvorsorge zu sorgen.

»Kann ich es unter meiner Kleidung tragen?«, brumme ich und hänge mir das Zaumzeug um den Hals. Es legt sich schwer an mein Schlüsselbein, kalt und unnachgiebig.

»Solange du es an deinem Körper trägst. Dein anderes Geschenk wirst du auf deinem Konto finden. Falls das nicht reicht, melde dich.«

»Warum soll ich dieses Teil überhaupt tragen?« Ich bezweifle, dass sie mir eine Antwort gibt, zumindest eine, die über kryptische Anspielungen hinausgeht.

»Es soll dich schützen.«

»Wovor? Vor einem Angriff mit einer Panzerfaust?« Ich strecke ihr das Amulett wie ein Schutzschild entgegen.

»Du kannst dich so viel darüber lustig machen, wie du willst. Aber du wirst mir noch dankbar sein.«

***

Auf dem Weg zurück nach Hause treffe ich von allen Leuten, die mir begegnen könnten, ausgerechnet Cole. Und allem Anschein nach mit dem gleichen Ziel wie ich. Das Haus meiner Familie. Wir wohnen recht weit außerhalb in einer Straße voller frei stehender Altbauhäuser mit Gärten. Bei Weitem nicht so prunkvoll wie Muriels Villa, aber auch keine üble Wohngegend. Mum könnte sich von ihrem Gehalt ein schickeres Haus weiter im Stadtzentrum leisten, doch sie wollte lieber mehr Platz und einen großen Garten. Wir reden nie darüber, was sie mit dem Haus macht, wenn wir Drillinge irgendwann ausziehen. Unser Vater ist schon lange weg, trotzdem hat Mum nie wieder geheiratet. Ab und an bringt sie mal einen Freund mit, aber nie etwas Ernstes.

Jedenfalls kommt am Ende unserer Straße nicht mehr viel, was Cole als Ziel dienen könnte. Daher gehe ich davon aus, dass er zu uns will. Für einen Moment plane ich einen Sprung in einen Rosenbusch, um ihm nicht gegenübertreten zu müssen. Aber den ganzen Abend zwischen Dornen zu verharren, bis er wieder geht, ist auch kein grandioser Plan.

Also atme ich tief durch und winke ihm zu, sobald er mich bemerkt. Er bleibt stehen, bis ich die Straßenseite wechsle, dann laufen wir zusammen weiter.

»Wie geht's?«, fragt er mit einem schiefen Grinsen. Etwas in meiner Magengegend flattert. Definitiv keine Schmetterlinge. Auf keinen Fall. Vielleicht eine einzige klitzekleine Raupe.

»Ganz okay. Hab mich nur total vor einem Freund meiner Schwester blamiert.« Ich schiebe meine Hände in die Taschen meiner Kapuzenjacke.

Er lacht kurz auf und mir wird noch ein wenig wärmer. »Vergiss das einfach, okay? Ich hab auch eine Mutter und zwei ältere Schwestern, ich weiß, wie schräg die sein können.«

»Du hast auch zwei ältere Schwestern?«, frage ich überrascht. Er wirkt eher wie ein älterer Bruder.

»Jep, und wenn deine nur halb so anstrengend sind wie meine, verstehe ich voll und ganz, dass du manchmal einfach nur wegwillst. Ich war so froh, als die beiden endlich ausgezogen sind, aber jetzt vermisse ich sie manchmal. Na ja, seitdem verstehen wir uns besser, also hat es auch was Gutes.« Er wischt sich einige schwarze Haarsträhnen aus der Stirn und der höchste Punkt seiner Wangen färbt sich rosa.

»Du hast sie wirklich gern, oder?« Ich kann ein Lächeln nicht unterdrücken. Ihm mag es peinlich sein so über seine Schwestern zu reden, aber ich finde es charmant. Mit ihm zu reden fällt mir erstaunlich leicht. Jedes Mal finden wir leicht von Small Talk, den ich hasse, zu Themen, die mich tatsächlich interessieren.

»Wenn sie mich nicht gerade total blamieren, ja.« Er wirft mir noch ein Grinsen zu, bei dem ich seine Klamotten, die aussehen, als wolle er jeden Moment mit seiner ultrateuren Jacht ablegen, vergessen kann.

Vor unserem Haus bleiben wir stehen, mustern für einige Augenblicke die Wildblumenwiese im Vorgarten, als wären sie das Spannendste, was uns seit Monaten begegnet ist. »Soll ich Thalia Bescheid sagen, dass du hier bist?«

Jetzt läuft er knallrot an und tritt mit seinen schicken Schuhen gegen einen Kieselstein. Mein Herz schrumpft ein wenig. Mir war nicht klar, dass er Thalia ...

»Eigentlich wollte ich dir nur sagen, dass dir das gestern nicht peinlich sein muss.«

Oh. Mit mir will er reden, nicht mit Thalia.

»Na ja, das habe ich ja jetzt. Also ...« Er schweift ab und hebt seinen Kopf, um mich aus seinen hellbraunen Augen anzuschauen. So unsicher habe ich ihn noch nie gesehen und mein Herz macht einen Hüpfer. Ich habe nicht vor, mich in ihn zu verlieben oder so, aber ich kann meinen Puls nicht ruhig halten. So ein Mist.

»Er kann gern zum Abendessen bleiben«, ruft Mum aus dem Küchenfenster. Ein Blick in Richtung Haus und ich sehe, wie Kalliope und Thalia schnell von zwei weiteren Fenstern weghuschen. *Bitte lass Cole das nicht gesehen haben.*

Ich schließe für einen Moment die Augen, um ruhig zu bleiben. Dann blicke ich Cole an. Schlimmer kann es kaum werden, oder? »Möchtest du zum Essen bleiben? Ich kann dir aber nicht versprechen, dass dir etwas annähernd Essbares vorgesetzt wird.«

***

Ich hatte definitiv schon schlimmere Abendessen. Die Linsenbolognese ist genießbar, Mum bekleidet und Cole bleibt bisher auf seinem Stuhl sitzen, anstatt zu fliehen. Er hat Mum sogar ein Kompliment für ihre Einrichtung gemacht, auch wenn er mit seinem beigen Pullunder und der Daniel-Wellington-Armbanduhr absolut nicht in den Raum passt.

»Ihr Bolognese schmeckt herausragend, Miss Adler«, bombardiert er Mum weiter mit Komplimenten.

»Bitte, nenn mich Dhalia. Wir befinden uns menschlich alle auf einer Ebene, kein Grund für Formalitäten«, kontert sie. Sie lächelt ihn viel zu hingerissen an. »Übrigens habe ich heute extra wenig Knoblauch benutzt«, setzt Mum zwinkernd an. »Dann könnt ihr beiden gleich noch –«

»Mum«, warne ich sie betont langsam. *Einatmen. Ausatmen.* Ich salze meine Bolognese, um Cole nicht ansehen zu müssen.

»Alles klar, peinliche Mum, hab schon begriffen.«

Sie lächelt in die Runde, sodass mir klar wird: Sie hat gar nichts begriffen. Dann wendet sie sich Cole zu und ich ahne Schlimmes.

»Falls Melpomene nicht daran denkt, ich habe einige Verhüterli in ihren Nachtschrank gepackt. Ihr müsst euch vielleicht ein wenig durch ihre Unordnung graben, aber –« Cole lässt den Löffel fallen und starrt auf seinen Teller.

»MUM!«, brülle ich und springe auf, den Salzstreuer so fest in meiner Faust, dass er knirscht. »Kannst du dich nicht ein einziges Mal normal verhalten?«

»Normal ist relativ«, bemerkt Kalliope wenig hilfreich.

»Relativ weit entfernt von dem, was Mum ist«, keife ich sie an. Ich bebe vor Zorn. Das kann doch echt nicht wahr sein. Macht Mum das absichtlich? Lebt sie dafür, mich zu blamieren?

»Du musst nicht fies werden«, zischt Thalia. Ihre Augen blitzen mich an. Sie hat gut reden, Mums blamable Aussetzer treffen schließlich immer nur mich.

Cole springt jetzt ebenfalls auf – mit hochrotem Kopf. Er verknotet seine Finger ineinander. »Ich glaube, ich sollte besser gehen. Danke für das Essen, Miss Adler.« Dann schnappt er sich seine Jacke und rast durchs Esszimmer. Er hält nicht an, sondern dreht sich zur Verabschiedung nur halb zu mir. »Mach's gut!« Er weicht meinem Blick aus. Dann knallt die Tür ins Schloss.

»Huch, was hat den denn gestochen?«, fragt Mum unschuldig. »Und ich hatte ihm doch das Du angeboten.«

»Er will wahrscheinlich nicht mit einer IRREN per Du sein!«

»MEL!«, rufen meine Schwestern erschüttert und völlig synchron. Natürlich sind sie selbst nach so einer Aktion auf Mums Seite.

»Ich hab doch recht«, brülle ich. Dann stoße ich mich vom Tisch ab, wobei der Stuhl umfällt. Ich halte nicht an, um ihn aufzuheben.

»Mädels, das schreit nach dem Schwing-Ritual. Jeder holt jetzt tief Luft, findet seine Mitte, schwingt mit den Armen und atmet die ganze Wut heraus. So laut ihr könnt.«

»Keiner hat Bock auf dein beknacktes Lach-Yoga!« Ich knalle meinen Teller in die Spülmaschine und stampfe durch die Küche.

Mum schüttelt mit zusammengekniffenen Augenbrauen den Kopf. »Schwingen und Lach-Yoga sind völlig unterschiedliche Praktiken. Hörst du mir denn nie zu?«

»Ist mir total egal, was du in deiner Sekte lernst!«, rufe ich durch den Flur, dann stürme ich die Treppe hinauf. Ich verbiete meinem schlechten Gewissen an die Oberfläche zu kommen. Nicht dieses Mal.

Im Dachgeschoss angekommen erlaube ich mir keine Verschnaufpause, obwohl ich nach den vielen Treppenstufen röchle wie nach einem Marathon. Ich merke, dass ich noch den Salzstreuer in der Hand halte, und stecke ihn in meine Cardigantasche. Dann zerre ich einen Koffer aus meinem Schrank und stopfe wahllos Kleidungsstücke hinein. Darauf werfe ich eine Zahnbürste, meine Kosmetiktasche und eine Taschenlampe. Dann hieve ich den Koffer die Treppen hinab, nicht ohne mich mehrmals an ihm oder dem Geländer zu stoßen.

»Was tust du da?«, empört sich Thalia, die mir im Flur auflauert.

»Ich ziehe aus. Ich halte es nicht einen Tag länger hier aus.« Ich quetsche mich an ihr vorbei.

Kalliope taucht hinter Thalia auf. »Meinst du nicht, du übertreibst ein wenig?«

Ich beiße die Zähne zusammen und knalle ohne ein weiteres Wort die Haustür hinter mir zu. Ich fühle mich wie ein Kindergartenkind, das ausreißen will, aber ich kann nicht anders. Ich muss hier weg.

***

Es ist bereits dunkel, als ich vor der Haustür des Murkwood-Anwesens ankomme. Den Koffer bis hierher zu zerren war schwieriger als gedacht. Aber wozu erbe ich ein ganzes Anwesen, wenn ich es nicht nutze?

Ich suche den Messingschlüssel in meiner Cardigantasche, wo er gegen den Salzstreuer klappert, den ich aus welchem Grund auch immer mitgenommen habe. Immerhin werde ich hier nicht unter fadem Essen leiden. Zu meiner Überraschung öffnet sich die Tür diesmal, als wäre sie frisch geölt worden. Ich trete meinen Koffer in den schmalen Flur, welcher nur erahnen lässt, was hinter ihm folgt. Ich schließe die Tür und alles wird seltsam still. Als wäre ich unter Wasser.

Ich betätige den Lichtschalter, obwohl mir schon vorher klar ist, dass nichts passieren wird. Ich krame die Taschenlampe aus meinem Koffer. Sie flackert ein wenig, bleibt aber an. Ich atme aus und mache mich auf den Weg. Eine Erkundungstour steht an.

Weil ich erst einmal hier war, erinnere ich mich nur noch verschwommen an die vielen verschiedenen Räume. Ausladende Salons genauso wie beengte, schummrige Vorratskammern, in denen es auch nach Jahren des Leerstehens nach gepökeltem Schinken riecht. Ich wandere durch den Flur, der mir absolut nicht bekannt vorkommt. Hohe Wände, von denen sich verschnörkelte Tapeten abpellen – und überall dunkel gebeiztes Holz. Meine Stiefel hinterlassen Abdrücke im Staub, als würde ich durch zentimeterhohen Schnee stapfen.

Ich drücke gegen eine hohe, dunkle Tür, die sich knarzend öffnet. Hinter ihr liegt ein wunderschönes Zimmer mit zwei Erkern, durch die Mondlicht fällt. Hier könnte ich mein Nachtlager aufschlagen. Ich drehe eine Runde durch den großzügigen Raum. Vermutlich war er mal ein Zeichenzimmer, denn an den Wänden lehnen Leinwände und durch die Luft wabert ein feiner Hauch von Ölfarbe. Meine Fingerspitzen streichen über das Farbrelief der Gemälde an den Wänden. Mein Atem geht langsamer.

Jetzt kommen die ersten Zweifel. Ich koche immer noch vor Wut, aber gleichzeitig fühle ich mich elend. Cole wurde nun wohl endgültig vergrault, wenn nicht von meiner Mum, dann von meinem Wutanfall. Ich hätte mich beherrschen und ihn einfach in mein Zimmer bitten sollen, sobald ich die ersten Anzeichen von Mums Peinlichkeitsanfall bemerkt habe. Aber natürlich raste ich total aus. Ich wünschte nicht zum ersten Mal, ich wäre mehr wie meine Schwestern.

Doch jetzt hocke ich in diesem modrigen Loch, ohne Bett, ohne Strom, ohne Familie. Aber mein Stolz verbietet es mir, mit eingezogenem Schwanz zurück nach Hause zu kriechen. Lieber hole ich mir hier auf dem alten Teppich eine bakterielle Infektion.

Seufzend fingere ich an dem Metallverschluss der viktorianischen Fenster herum, bis sich der Haken löst und das Fenster aufschwingt. Ich wische mir den Schmutz an der Hose ab, während ich mich umdrehe.

Mein Herz setzt aus. Ich starre direkt in das blasse Gesicht eines Typen, der mich verschlagen angrinst.

Ich stoße ihn von mir. »Was zum Teufel?« Meine Finger zittern und ich habe das Bedürfnis, aus dem Fenster zu springen.

Er stolpert nur ein paar Schritte nach hinten, die Hände in den Hosentaschen. Das Grinsen bleibt.

»Erschrickst schnell, was?«

Er ist überraschend hübsch, auf diese jungenhafte Art.

Jede Faser in mir will wegrennen, aber ich verankere meine Füße fest im Boden. Wäre ja noch schöner, wenn ich mich von so einem halbstarken Typen aus meinem Haus vertreiben lasse. Ich balle meine Fäuste und gehe einen Schritt auf ihn zu. »Verpiss dich von meinem Anwesen!«, zische ich.

»Hast du irgendeine Art von Zertifikat, die deine Besitzansprüche untermauern?«, leiert er herunter. »Sonst sind wir beide nur zwei Eindringlinge in einem herrenlosen Gebäude.« Dann streicht er sich mit einer Hand durch die mattbraunen Haare. Die Strähnen fallen ihm sofort wieder ins Gesicht.

»Was tust du in meinem Haus?« Ich umkreise ihn ganz langsam, bewege mich in Richtung Tür.

»Nun, es ist nicht die komfortabelste Hütte, aber man könnte sagen, ich wohne sozusagen hier.« Er zuckt mit den Schultern. Dann grinst er wieder und zeigt mit einer ausladenden Armbewegung um sich. »Also willkommen in meiner bescheidenen Behausung. Fühl dich wie zu Hause.«

Ich zerre mein Handy aus der Hosentasche. »Das reicht«, murmle ich. »Ich rufe jetzt die Polizei.«

»Woah, hey, warte mal.« Er grapscht nach meinem Handy und ich ziehe meine Hände zu langsam weg. Doch statt es mir zu entwenden, schiebt er meine Hände mit eiskalten Fingern nach unten. Ich schaue in sein Gesicht, auf dem das Grinsen jetzt verschwunden ist. Stattdessen starrt er mich aus seinen dunklen Augenhöhlen an. Ernst, fast schon ängstlich. »Lass die Bullen da raus, okay?«

Ich winde meine Finger unter seiner Hand weg. Doch ich mache keine Anstalten, mein Handy zu benutzen. Ich sollte kein Mitgefühl für einen Eindringling empfinden, aber irgendetwas an ihm zerrt an meinem Herzen. Vielleicht weil er etwas verwahrlost aussieht und mich mit diesem hungrigen, verzweifelten Blick ansieht. Ich lege den Kopf in den Nacken. »Wieso sagst du mir nicht einfach, warum du hier bist?«

Er streicht sich über den Nacken und legt den Kopf so schräg, dass seine Haare seine Nasenspitze streifen. Er sieht etwa so alt aus wie ich. Aber seine Frisur, vorn etwas zu lang, sieht aus, als käme sie geradewegs aus der Neunziger-Grunge-Szene. Ungekämmt und rausgewachsen, sodass ich mir nicht sicher bin, ob der Look gewollt ist oder die Folge seines Lebensstils.

»Es war dein Ernst, dass du hier wohnst«, stelle ich fest. Sein kariertes Hemd schlackert etwas um seine Schultern. Er sieht dünn aus, aber nicht dürr, sondern etwas ausgezehrt, so, als hätte er ein oder zwei Tage nichts mehr gegessen.

»Ich kann nicht zurück nach Hause, okay?«, gibt er zu, nicht ohne Trotz in seiner Stimme. Es muss ihm unangenehm sein, doch er starrt mich an, ohne zu blinzeln. Da sind Schatten unter seinen Wangenknochen und in seinen Augen.

»Wie heißt du?«, frage ich, doch er schweigt. »Ich zeige dich nicht an oder so.«

»Juri. Aber auf der Straße nennen sie mich Grinder.« Jetzt kehrt sein Grinsen zurück.

»Sicher tun sie das«, murmle ich und stecke mein Handy weg. Dann schwinge ich meinen Rucksack vom Rücken und krame darin herum. Den Schokoriegel, den ich finde, werfe ich ihm entgegen. »Hier, iss das. Keinen Bock, mich in meiner ersten Nacht hier um einen verhungerten, halb toten Typen kümmern zu müssen.«

Juri grinst, als wüsste er etwas, das ich nicht weiß. Doch er reißt die Verpackung auf.

»Wie alt bist du?«, bohre ich nach.

»Keine Ahnung, hab irgendwann aufgehört meine Geburtstage zu zählen. Ist draußen auf der Straße egal. Schätze, irgendwas um die zwanzig.«

Ich wringe meine Finger. Er lebt seit wer weiß wie vielen Jahren auf der Straße und ich haue aus meinem warmen, mit Familie gefüllten Zuhause ab. Das hässliche Gefühl, undankbar zu sein, knotet sich um meinen Magen.

»Danke für den Riegel. Echt nett«, sagt er, obwohl er noch nicht einen Bissen genommen hat. »Da bekomme ich fast ein schlechtes Gewissen gelogen zu haben.« Er grinst erneut, aber diesmal zu breit. Viel zu breit.

»Was?«, frage ich eloquent.

Eine wunderschöne Frau, hochgewachsen, dürr, sehr blass und sehr, sehr durchsichtig, steigt aus einem der Gemälde.

Ich weiche zurück. Meine Gedanken kommen nicht mit.

»Du bist also das Mädchen, das die alte Schachtel geschickt hat.« Sie betrachtet mich eingehend von oben bis unten.

Ich komme immer noch nicht darüber hinweg, dass sie aus einem Gemälde gekommen ist. Mit ihr sinkt die Temperatur im Raum und ich zittere trotz meiner Jacke.

»Zeig ihr, was wir von ihrer Sippe halten«, befiehlt Juri. Seine Augen sind schwarz, nicht nur die Iris, sondern der gesamte Augapfel. Das muss eine optische Täuschung sein.

Die Frau streckt sich, überragt mich, bis sie sich weiter streckt als menschenmöglich. Ihre Gelenke ploppen. Das blasse, verträumte Gesicht zieht sich lang, bis sich ihre Augenlider von den Augen lösen.

Mir ist nach Kreischen, Wegrennen oder Kotzen zumute, doch ich kann nur starren, während sie sich weiter in ein Ungeheuer verwandelt. Die Luft kühlt ab, bis meine Finger vor Kälte taub werden.

Das ist der Moment, in dem ich fragen sollte, wo sich die versteckten Kameras befinden. Ich sollte über den gelungenen Streich meiner Großmutter lachen. Doch Muriel würde selbst unter Todesdrohungen keine Streiche spielen.

Es gibt nur zwei Erklärungen für das groteske Monster, das jetzt über mir schwebt. Mum hat es mal wieder geschafft, ihre Linsenbolognese aus Versehen mit einem ganz besonderen Kräutermix abzuschmecken – oder ich erlebe gerade wirklich diese verrückte, gruselige, abgefahrene Dämonen-Scheiße.

Der Kiefer der Frau schlackert hin und her. Aus ihrer Kehle dringt ein gellendes, lang gezogenes Kreischen. Wie Fingernägel auf einer Tafel.

»Du solltest rennen«, flüstert Juri und seine tonlosen, gefühlslosen Worte lösen den Bann, der auf mir liegt.

Ich weiche nach hinten, strauchle und stürze. »Scheiße, scheiße. Was ist das für eine kranke Scheiße!«, fluche ich, während ich weiter zurückkrieche, mich umdrehe, ein paar Meter krabble, bis ich die Kraft finde, mich aufzurichten. Ich renne durch die Flure vage in Richtung Haustür, doch alles sieht gleich aus. Ich pralle gegen Türrahmen, spüre eisigen Atem in meinem Nacken, vibrierendes Gackern in meinen Ohren. Renne weiter. Endlich fällt mein Blick auf meinen Koffer. Dahinter liegt die Haustür, durch deren Ritzen vom Mond erleuchteter Nebel sickert. Ich würde über das Klischee lachen, wenn ich keine Todespanik hätte. Doch ich will einfach nur diesen verdammten Ausgang erreichen. Ich fluche erneut, um nicht heulen zu müssen, und haste auf wackligen Beinen zur Tür.

Jemand, etwas, stellt mir ein Bein. Ich stürze, schaffe es nicht, den Fall abzufedern. Schmerz durchfährt meine Nase. Ich schmecke Blut, muss würgen. Das Gackern schallt genau über mir und was auch immer in diesem Haus lebt, streckt seine eisigen Fühler nach mir aus.

»Armes, kleines Mädchen«, spottet Juri. Ich drehe mich auf den Rücken und meine Handflächen ratschen über den rauen Holzboden. Er steht mit verschränkten Armen neben dem Wesen aus dem Gemälde. »Muriel hat einen Fehler gemacht, dich hierherzuschicken. Ein dummer Fehler, der dich das Leben kosten wird.«

Dann stürzen die beiden auf mich zu. Schwarze Augen und verzerrte Gesichter.

Ich greife verzweifelt um mich auf der Suche nach einer Waffe. Einer Verteidigung. Irgendetwas. Ich finde es in der Jacke meines Cardigans. Meine

Finger klammern sich um das Glas, drehen am Metall. »Ihr seid hier nicht erwünscht!«, kreische ich in perfekter Muriel-Manier. Dann hole ich mit meinem Arm aus und schleudere den Inhalt des kleinen Gefäßes durch den Flur.

»Was zum Teu–«, beginnt Juri, doch das schrille Wehklagen der Frau unterbricht ihn.

Dann brüllt auch Juri. »Verdammte –«

Schwarze Löcher breiten sich auf ihnen aus, überall dort, wo ich sie getroffen habe. Die Löcher fressen sich in ihre Körper, wachsen, glühen an den Rändern. Ihr Kreischen lässt mein Trommelfell schmerzen und schwarzer schwereloser Nebel staut sich im kleinen Flur.

Ich blinzle und der Flur ist still. Dunkel. Leer.

Meine knochenweißen Finger lockern sich um das Glas. Ich schiebe meinen bebenden Körper hoch. Es knirscht unter meinen Sohlen und langsam klopfe ich das Zeug von meiner Kleidung.

Salz. Salz wie das vor Muriels Türen und Fenstern. Salz, das Geister und Dämonen abhalten soll.

Es ist Zeit für einen dritten Besuch bei Muriel.

KAPITEL 4

In mir brodelt so viel Wut, dass kein Platz für Furcht bleibt. Dabei sollte ich mich fürchten. Entweder um mein Leben – oder um meine geistige Gesundheit.

Doch dank meines Zorns lege ich den Weg zwischen dem Murkwood-Anwesen und Muriels Villa in Rekordzeit zurück und habe immer noch genug Energie, minutenlang mit voller Kraft den Türklopfer gegen die alte Holztür zu schlagen.

»Öffne deine verdammte Tür, Muriel!«, brülle ich in die Nacht. Immer und immer wieder. Ich weiß, dass sie mich hört.

Endlich klackt das Türschloss und Muriel öffnet mir. »Mädchen, du weckst noch die ganze Nachbarschaft.« Sie scheucht mich herein. Im dunklen Flur riecht es nach muffigen Kerzen und verbrannten Kräutern. Ich will gar nicht wissen, was sie hier schon wieder veranstaltet hat. Wobei – genau das ist es doch, warum ich hierhergekommen bin. Mit einer Kerze in der Hand führt mich Muriel in den Salon. Ein schwarzer Morgenmantel schleift hinter ihr über das Parkett. »Wie ich sehe, hast du überlebt. Immerhin das.« Ungerührt lässt sie sich in ihrem Lieblingssessel nieder.

Einen Augenblick lang starre ich sie entgeistert an. Dann bricht alles aus mir heraus. »ÜBERLEBT?«

»Beruhige dich. Das war eine Redewendung. Der Schutz des Amuletts und deine Intuition reichen aus, um dich da heil wieder herauszubringen.«

»Was war das für ein kranker Scheiß?« Ich erwarte, dass sie mich wegen der Schimpfworte rügt.

»Das ist der ›kranke Scheiß‹, mit dem ich mich seit meinem einundzwanzigsten Geburtstag herumschlagen muss.« Ihre Worte verschlagen mir die Sprache. Aber nur für einige Sekunden.

»Erklär mir das.« Ich sinke in das Sofa. Erst jetzt merke ich, wie meine Knie wackeln.

»Das Murkwood-Anwesen ist ... nun ... ein Geisterhaus. Wobei Geister es nicht ganz trifft, denn auch andere Wesen verweilen dort. Wir nennen sie Entitäten.«

»So ein Schwachsinn«, fauche ich, obwohl ich dort war, diese Wesen gesehen und instinktiv das Salz benutzt habe, um sie zurückzutreiben. Obwohl ich weiß, dass Muriel niemals etwas Derartiges erfinden würde, um jemanden hereinzulegen.

»Erzähl mir von ihren Auren«, erwidert sie, fast schon schnippisch.

»Woher weißt du über die Aur–« Mein Mund klappt zu. Deshalb habe ich nicht bemerkt, wie sich der Typ angeschlichen hat. Normalerweise spüre ich die Anwesenheit anderer. Doch er hatte keine Aura. Genauso wenig wie die Frau.

»Nicht jeder sieht, was wir sehen, Kind.«

Ich könnte schwören, Muriels verhärmtes Gesicht verliert ein wenig an Härte. »Heißt das, du siehst auch ...« Ich wage nicht, es auszusprechen. Seit dem Fehler in meiner Kindheit verberge ich, was ich sehe. Doch trotz der Umstände hebt sich ein Gewicht von meinem Herzen. Ich bin nicht allein.

Muriel seufzt. »Bist du wirklich so begriffsstutzig?«

»Entschuldige bitte, dass ich deine Behauptungen ein wenig unglaubwürdig finde. Ich bin sicher, *jeder* andere Mensch würde dir das sofort abnehmen.«

»Du bist nicht wie ›jeder andere Mensch‹.«

Einen Moment lang weiß ich nicht, was ich sagen soll. Das passiert mir so selten, dass ich von der Stille Herzrasen bekomme. »Nur mal angenommen, ich glaube dir, was du sagst – und das tue ich nicht. Wieso hast du mich dahin geschickt? Wieso hast du mich nicht vorgewarnt?«

Muriel steht auf und schlurft hinüber zu ihrem Bücherregal. Ihre spindeldürren Finger fahren über die ledernen Buchrücken, bis sie findet, wonach sie sucht, und ein Buch herauszieht. »Hättest du mir geglaubt? Du musstest mit eigenen Augen sehen, was im Anwesen verweilt. So wie ich damals.« Sie lässt ein gigantisches Fotoalbum auf den Tisch fallen. Ich streiche über die angelaufenen Metallverzierungen an den Buchecken, dann lasse ich die Silberschnalle aufschnappen.

Ich blättere durch Seiten voller Frauenporträts. Zunächst handtellergroße Zeichnungen, irgendwann Fotografien von immer besserer Qualität. Bei manchen erahne ich Ähnlichkeiten zu mir, den Schwung in den Augenbrauen oder die eigensinnig gespitzten Lippen. Und tatsächlich, unter jedem Bild steht in wunderschönen Buchstaben mein Nachname. *Draga Adler. Rosalind Adler. Loren Adler.* Irgendwo in der Mitte des Buches – *Muriel Adler, 1964*.

Ich erkenne die junge Frau auf der Fotografie nicht wieder. Es ist weniger, dass die junge Muriel wie ein Sechzigerjahre-Model aussieht und ein Kleid im Mod-Stil trägt, das damals super in gewesen sein musste, statt dem viktorianischen Kleid, in dem ich sie mir immer vorgestellt habe. Was mich erschreckt, ist das anmutige, ehrliche Lächeln auf ihren Lippen. Denn Muriel lächelt nie.

»Das sind deine Ahnen. Frauen, die deine Fähigkeiten teilten. Auren sehen, Geister bannen, Telekinese, Runenmagie, das ganze Drum und Dran.«

»Hexen?«, stoße ich aus.

»Nun, über die Jahre hinweg gab es viele Namen für uns und das, was wir tun. Weise, Schamanen, Priester, Halbgötter, Heiler, Orakel, Geisterjäger, Hellsichtige – die Liste geht endlos fort. Jede Kultur kennt Fähigkeiten und Rituale, die im Grunde auf das Gleiche hinauslaufen. Wir sehen Dinge, die andere nicht sehen. Wir haben das dritte Au–«

»Hexen. Meine Vorfahren halten sich für verdammte Hexen«, stöhne ich.

»Mädchen, ich weiß, es ist schwer zu glauben. Du kannst dein Leben lang davor weglaufen, die Augen und Ohren verschließen. Wenn dir eine andere Erklärung einfällt für das, was du und ich wahrnehmen und Dutzende Adler-Frauen vor dir wahrgenommen haben, bitte sag sie mir. Ich wäre froh.«

Ich schweige, denn mir fällt nichts ein. Klar, das mit der Verrücktheit hatte ich in Erwägung gezogen, aber wie wahrscheinlich ist es, dass über ein Jahrhundert lang die Frauen in meiner Familie die gleichen Halluzinationen haben?

»Was kann ich tun, damit das aufhört?«, frage ich stattdessen.

»Gar nichts. Du musst lernen damit umzugehen, sonst fressen dich deine Fähigkeiten auf. Ich bilde dich aus, damit das nicht passiert«, sie tippt auf den leeren Rahmen neben ihrem Foto, »und du führst unsere Tradition fort, dich um das Anwesen zu kümmern.«

Ich starre auf das Pergament. Das ist verrückt. Wahnsinnig. Und ich glaube es immer noch nicht. Aber die Alternative wäre, mir einzugestehen, dass ich verrückt bin. »Können wir das Haus mit den Geistern nicht einfach abreißen?«

Muriel schüttelt den Kopf. »Du stellst dir das zu einfach vor. Die Entitäten sind an das Anwesen gebunden. Die Folgen, das Gebäude zu zerstören, wären verheerend. Aber für die Lektion ist es noch viel zu früh.«

»Was ist die erste Lektion?«, ergebe ich mich seufzend.

Muriel verzieht ihren Mund zu etwas Ähnlichem wie ein Grinsen. »Lektion eins hast du erfolgreich absolviert: Immer deinem Instinkt trauen!«

***

Am nächsten Morgen wache ich auf und starre in das Gesicht einer ausgestopften Eule. Nicht einen Moment frage ich mich, wo ich bin, denn das reizende Dekor des Gästezimmers kann nur Muriel ausgesucht haben. Ich werfe nur einen kurzen Blick auf all die Nachrichten auf meinem Handydisplay, ohne zu antworten. Nach einem Frühstück aus trockenem Graubrot, vom dem Muriel mir fünf Scheiben aufgezwungen hat – weil ich die Energie angeblich brauche – machen wir uns auf den Weg zum Murkwood-Anwesen. Sie besteht darauf, zu Fuß zu gehen. Eine wirkliche Alternative gibt es nicht, denn keiner von uns besitzt ein Auto und ein Bus fährt nicht dorthin. Und Muriel weigert sich partout Taxi zu fahren.

»Du willst gar nicht wissen, wie viele Taxen von Geistern heimgesucht werden. Oder wie dich der Fahrer anschaut, wenn du etwas gegen sie unternimmst.« Resolut legt sie einen Schritt zu.

»Soll ich den Rucksack ne–«

»NEIN!«, keift sie. »Wer weiß, was die Werkzeuge in deinen Händen anrichten.« Also lasse ich sie den klappernden Militärrucksack den gesamten Weg schleppen. Was sie dort drin versteckt hat, kann ich mir nicht ausmalen. Vielleicht so einen Ektoplasma-Staubsauger wie bei *Ghostbusters*? Okay, DAS wäre mega. Mein Halloweenkostüm für dieses Jahr steht. Der Gedanke muntert mich ein wenig auf, aber das mulmige Drehen in meinem Magen verschwindet nicht.

Ich habe vor wenigen Dingen Angst. Höhe, Enge, Spinnen, Ärzte – nichts davon versetzt mich in Schockstarre. In unserer Kindheit war ich die Schwester, die zuerst über einen Bach sprang, vor dem Essen Kekse klaute oder sich mit den Jungen anlegte, die uns ärgerten. Aber das, was mich jetzt erwartet – und ich, nebenbei bemerkt, immer noch nicht glaube – ist so abwegig, dass ich nicht weiß, wie ich dem entgegentreten soll. Doch bevor ich es mir anders überlegen kann, stehen wir vor dem Anwesen.

»Ich weiß wirklich nicht, ob es so eine gute Idee ist, völlig ohne Schutz da reinzugehen«, merke ich an.

»So ein Unsinn. Die Entitäten können dir nur durch deine eigene Dummheit gefährlich werden. Du trägst doch das Amulett von Tanit?«

»Widerwillig, ja.«

»Und deine Geburtstagsgeschenke hast du auch dabei?« Sie fischt den Messingschlüssel aus meiner Hand und hantiert am Schloss herum. Wieder will es nicht öffnen.

»In meinem Koffer. Abgesehen von Thalias Stein –« Ich bleibe abrupt stehen. »Moment mal, woher weißt du von den Geschenken? Und was hat das mit dem Anwesen zu tun?«

»Ich habe ihnen die ein oder andere Inspiration übermittelt. Das und die Anziehungskraft, die dein einundzwanzigster Geburtstag auf alles Übersinnliche hatte, reichten aus, um magische Artefakte in deinen Besitz zu bringen.« Bevor ich etwas entgegnen kann, schlägt sie mit ungekannter Kraft mit der flachen Hand gegen die Tür. »Nach über fünfzig Jahren verliert der Streich an Witz! Macht die verdammte Tür auf, ihr wandelnden Bettlaken.«

Im nächsten Moment öffnet sich die Tür wie von Geisterhand – Wortspiel beabsichtigt! – und Muriel stolpert in den düsteren Flur. Ich kann sie noch am Oberarm festhalten, bevor sie fällt.

Juri hockt auf einer niedrigen Kommode, halb im Lichtstrahl, der durch die Tür fällt, halb im Schatten. »Keiner von uns erinnert auch nur im Entferntesten an ein Bettlaken, also ziemlich lahme Beleidigung.« Lässig springt er von der Kommode.

Ich trete einen Schritt zurück, doch Muriel rührt sich keinen Zentimeter.

»Aber freut mich natürlich, dass du uns besuchen kommst, alte Schabracke.«

»Noch immer kein Benehmen, wie ich sehe. Kein Respekt gegenüber Älteren.« Muriel schiebt sich in den Flur.

Ich schnappe nach Luft. Wie kann sie einfach dort hineinspazieren? Zur Sicherheit ziehe ich das Amulett von Tanit nun doch unter meinem Pullover hervor.

»Nach allem, was du weißt, könnte ich zweihundert Jahre älter sein als du.« Er grinst und folgt ihr durch den Flur – mit den Händen in den Taschen. Er hat wirklich keine Aura.

»Melpomene, der Dolch«, wendet sich Muriel an mich. Ich husche zum Koffer, ohne sie und Juri aus den Augen zu lassen. Wieso reden sie miteinander, als wären sie beste Freunde? Aus einem Stiefel zerre ich den Turmalin-Dolch von Viper und Larkin, den ich für einen Brieföffner gehalten hatte.

»Melpomene?« Juri hält sich vor Lachen den Bauch und sein Spott reißt mich aus meiner ängstlichen Trance. Dann deutet er auf das gigantische Amulett, welches vor meiner Brust hin und her baumelt. »Ist es Absicht, dass du dich wie Flavor Flav stylst?«

»Kann ich ihn hiermit erstechen?«, frage ich Muriel. Sie ignoriert mich und leitet mich stattdessen den Flur hinab in den entgegengesetzten Flügel von gestern. In einer Küche knallt sie ihren Rucksack auf den grob geschlagenen Esstisch. Während ich meinen Blick über die gesprungenen Fliesen gleiten lasse, räumt sie verschiedene Gegenstände auf die Holzplatte. Juri lässt sich auf den gusseisernen Ofen nieder und spielt an den Schaltern herum. Doch ohne Strom passiert nichts, außer dass das ständige Klicken der Knöpfe mich wahnsinnig macht.

»Heute zeige ich dir eine einfache Rune.« Muriel hält ein kleines Buch in die Luft, auf dessen elfenbeinfarbener Seite nur ein handgemaltes Kleiner-als-Zeichen schimmert. Wenig beeindruckend. »Kenaz ist eine altnordische Rune, die deinen Blick öffnet.«

»Bitte sag mir nicht, ich werde jetzt so ein Runenorakel-Ding durchziehen müssen.« Ich beuge mich über den Tisch und begutachte die restlichen Utensilien. Für die Hälfte des Zeugs habe ich nicht mal einen Namen.

Muriel schubst mich vom Tisch weg. »Konzentriere dich. Augen zu mir.«

Ich gehorche seufzend. Ehrlich gesagt will ich mir ihren stundenlangen Monolog über diesen Hexenkram nicht anhören, nur damit sich am Ende herausstellt, dass Muriel wirklich verrückt ist. Sie beendet ihre Erklärungen, bevor ich einem weiteren Wort gelauscht habe, und reicht mir einen roten Filzstift.

»*Das* ist deine fantastische magische Waffe gegen Untote? Soll ich den benutzen, um auf sein Gesicht einen Peni–«

»Melpomene!«, röhrt sie, während Juri sich vor Lachen schüttelt. Muriel wirft ihm einen strengen Blick zu, der ihn zum Schweigen bringt. »Zeichne Kenaz auf deine linke Handfläche.«

»Wen?«, frage ich. »Du weißt, dass Karikaturen nicht mein Spezialgebiet sind?«

Muriel fasst sich an die Stirn. Perfekter Facepalm. »Die Rune Kenaz. Du musst mir besser zuhören.«

»Oh, das Kleiner-als-Zeichen. Klaro, gib den Stift her.« Mit dem Stift in der rechten Hand male ich auf meine Handfläche. Sobald ich fertig bin, stecke ich die Kappe auf den Filzstift und betrachte mein Kunstwerk. Sieht wenig beeindruckend aus.

»Der Winkel ist zu spitz. Noch mal.« Muriel reicht mir eine Packung Abschminktücher.

Ich rubble über meine Hand, bis die Farbe nur noch ein leichter Fleck ist. Dann betrachte ich die Vorlage im Buch eingehend. Es kann doch nicht sein, dass *ich* beim Zeichnen versage. Mit der Zunge zwischen den Lippen ziehe ich die zwei Linien erneut. Doch Muriel ist wieder nicht zufrieden. Ganze fünf Mal muss ich die Rune zeichnen, bis meine Handfläche knallrot ist.

Muriel grapscht nach meiner Hand und studiert sie wie eines ihrer Sudoku-Rätsel. »Das sollte ausreichen.«

Ich betrachte die Rune, die exakt so aussieht wie mein erster Versuch. »Und nun?«

»Konzentriere dich auf die Rune. Kenaz gibt sich dir freiwillig zu erkennen. Versuche die Fackel zuzulassen. Das Licht. Die Erkenntnis.« Zunächst rolle ich mit den Augen, weil es so sehr nach abgeschmacktem Esoterikfilm klingt. Doch ihre Worte lullen mich ein. Schon bald erwärmt sich meine Handfläche. Hitze strahlt von der Rune aus, sucht sich einen Weg durch die Linien in meiner Haut, bis sogar mein Unterarm heiß wird. Das Rot der Rune strahlt an den Rändern. Und dann ...

Passiert nichts. Die Wärme und das Leuchten hören mit einem Mal auf. »Eine atemberaubende Erfahrung, aber ich glaube, meine Zeit nutze ich lieber anderweitig.«

Ich schaue auf – und springe zurück. Mein Rücken knallt gegen die offene Tür eines Vorratsschrankes, doch den Schmerz spüre ich nicht. Wo vorher nur Juri saß, hocken nun mehrere Gestalten nebeneinander auf der Arbeitsfläche. Alle von ihnen nur wirbelnde Schatten und Farben, welche die Silhouetten nur erahnen lassen. Doch zwischendurch blitzt ein Auge oder ein Grinsen glasklar hervor, nur um wieder in einem Strudel aus Materie zu verwischen.

»Sind das alles Geister?«, frage ich mit zitternder Stimme. Ich halte mich an der Schranktür fest.

»Geister, Dämonen, alle möglichen Arten von Entitäten. Ich habe sie über die Jahre an dieses Haus gebannt. Viele Entitäten binden sich an einen Menschen oder ein Objekt. Deine Aufgabe wird es bald sein, heimgesuchte Menschen von ihnen zu befreien und die Entitäten hierherzubringen. Es gibt viele verschiedene Arten, eine Entität zu ... Melpomene!«

Ich bin längst durch die Küchentür verschwunden und höre ihre Stimme nur noch gedämpft. Schatten drängeln sich an den Wänden, hocken auf Treppen und staubigen Kronleuchtern. Ich laufe durch die Flure. Überall. Sie sind überall. In einer Bibliothek neben dem Zeichenzimmer bleibe ich stehen.

»Du wirst einiges zu tun haben, nicht wahr?«, ertönt Juris Stimme. Er lehnt an einem deckenhohen Bücherregal.

Tausende Fragen schwirren in meinem Kopf herum, aber ich kann sie nicht ordnen. Ungefiltert kommt die erstbeste heraus. »Warum sehe ich die anderen nicht so wie dich?«, frage ich und sinke in einen Schneidersitz, mitten im Raum.

»Weil ich *will*, dass du mich siehst. Genauso wie die Weiße Frau gestern Nacht. Wenn ein Geist es zulässt, siehst du ihn auch ohne Hilfsmittel. Sogar Menschen ohne das dritte Auge sehen uns, wenn wir es wollen.«

»Die Weiße Frau? Ernsthaft? Etwas Besseres fällt euch nicht ein?« Ich lehne mich nach vorn und stütze mein Gesicht in meinen Händen ab.

»Ihr Menschen überlegt euch die Namen. Schieb das nicht uns in die Schuhe.« Er schlendert auf mich zu und hockt sich vor mich hin, die Ellbogen auf den Knien abgestützt. »Fühlst du dich bereit, es mit uns aufzunehmen?«

***

Die nächsten Tage füllt Muriel mit Lehrstunden im Anwesen, während derer ich verschiedene Runen lerne. Ich hatte das Gefühl, Kenaz zu zeichnen sei schwierig, doch die nächsten Runen belehren mich eines Besseren. Zunächst lässt sie mich einfache Runen zeichnen. Isa, ein senkrechter Strich, könnte simpler nicht sein. Doch ihn mir selbst über Kopf auf das Brustbein zu zeichnen, stellt sich als schwieriger heraus als gedacht. Der Strich, den ich mit weißem Korrekturstift zeichne, soll meine Konzentration und Willensstärke intensivieren. Ich merke nicht wirklich etwas, außer dass ich die ganze Sache noch dringender hinter mir lassen will. Doch ich bleibe und lerne auch Sowelu kennen, die Körper und Geist stählen soll. Zu meiner Enttäuschung darf ich den simplen Blitz nicht auf meine Stirn malen, sondern auf beide Fußsohlen. Juri lacht, während ich beim Zeichnen den unverzeihlichsten aller Flüche murmle. Zwei Sympathiepunkte für ihn. Ich verzweifle an Jera, zwei ineinandergreifende Kenaz-Runen, die ich mir in meinen Nacken malen muss. Anstatt Kreativität und Erleuchtung beschert sie mir Muskelkater im rechten Arm. Doch was das Fass zum Überlaufen bringt, ist Muriels unangekündigter Schwenk zur Hand der Fatima am fünften Tag.

»Jetzt willst du mich aber verarschen, oder?« Ich starre auf die symmetrische Hand mit dem Auge, das tatsächlich in Muriels ach so schlauem Buch steht.

»Zum zehnten Mal, hier hängen keine versteckten Kameras«, stöhnt sie. Nur weil ich ein paarmal die Vermutung geäußert habe, dass das Ganze hier doch ein riesengroßer Streich ist.

»Ich meine, wieso zur Hölle nach vier nordischen Runen ein Symbol aus dem Nahen Osten kommt. Suchst du dir einfach zufällig irgendwelche Zeichen aus?« Ich werfe den blauen Filzstift vor mich auf den staubigen Boden und lehne mich in meinem Schneidersitz zurück. So ziemlich jeder meiner Wirbel knackt.

»Denkst du, nur eine Kultur findet Möglichkeiten, sich vor dem Bösen zu schützen?« Sie lehnt sich in dem staubigen Ohrensessel vor, den ich ihr durch das halbe Anwesen zum Salon schleppen musste. Erst jetzt bemerke ich die Schatten unter ihren Augen.

»Keine Ahnung. Bisher habe ich nicht das Gefühl, dass irgendeine dieser Krakeleien etwas gegen das Böse ausrichtet.« Ich deute auf Juri, der sich wie jeden Tag zu uns gesellt, um sich einen Spaß aus meinen Fehlversuchen zu machen.

»Du hast noch gar nichts gesehen.« Juri räkelt sich auf der Chaiselounge. »Wenn du so langsam weiterlernst, wirst du bald das wahrhaft Böse kennenlernen.«

»Stimmt das oder überdramatisiert er mal wieder?«, frage ich Muriel mit hochgezogener Augenbraue.

»Er hat zumindest recht, dass du zu langsam lernst. Du lässt dich zu sehr ablenken.« Sie schiebt sich ächzend aus dem Sessel hoch und zerrt das Amulett von Tanit unter meinem Pullover hervor. »Hast du dich nicht gewundert, was all diese Anhänger sollen?«

»Ich habe mich gewundert, wer so einen grottigen Geschmack hat.«

Muriel redet unbeirrt weiter. »Zu allen Entitäten – Geister, Dämonen, Alben, Ghule, Dschinns und so weiter – existieren Gegenstücke. Ohne sie wäre die Welt schon lange untergegangen. Jede Kultur kennt derartige Amulette, Symbole und Rituale. Zugegebenermaßen sind viele von ihnen Humbug oder zumindest in den Händen normaler Menschen so gut wie nutzlos – aber wenn du gegen das Böse kämpfst, darfst du nicht wählerisch sein, was deine Waffen betrifft. Hast du noch Fragen oder können wir mit dem Unterricht fortfahren?«

»Wenn ich auf einen Dschinn treffe – kann ich mir mit meinem Wunsch tausend weitere Wünsche wünschen?«

Muriel wirft mir ihr Buch in den Schoß, ohne meine Frage zu beantworten.

»Ich finde die Frage berechtigt«, wirft Juri ein. »Würde ich auch gern wissen.«

Dankbar grinse ich ihn an und er grinst zurück. Vielleicht ist er doch kein so großer Quälgeist, wie ich dachte.

»Übe, die Hand der Fatima zu zeichnen«, besteht Muriel. »Das Zeichen ist komplexer als die Runen, doch es wird dich gegen den bösen Blick schützen.«

»Also vor deinem?«, murmele ich und fange mir direkt eine Kostprobe ihres finsteren Blicks aus den Untiefen der Hölle ein. Ich greife nach dem mir am nächsten gelegenen Stift und einem Collegeblock.

»Nicht mit Rot, du Idiot!«, keift Muriel, bevor ich den ersten Finger gezeichnet habe. »Hamsa wirkt nur in Blau!«

»Gehört das Reimen auch zum Handwerk?«, necken ich sie. »Was passiert, wenn ich ›Eins, zwei, drei, Kartoffelbrei!‹ rufe?«

»Gar nichts, weil der Spruch so nicht geht«, feixt Juri.

»Wieso wundert es mich nicht, dass du auf Bibi Blocksberg stehst?«

Er schnipst gegen eine meiner roten Locken. »Tina ist eher mein Typ. Abgesehen davon – du glaubst nicht ernsthaft, dass dieses ganze Business«, er deutet auf Muriel und mich, »mit *solchen* Sprüchen funktioniert?«

»Ich fänd eh Magie besser, bei der ich auch einen Zauberstab bekomme«, überlege ich laut, dann wende ich mich Muriel zu. »Bekomme ich einen Zauberstab?«

»Du siehst zu viel Fernsehen. Einen Zauberstab benutzen wir ganz sicher nicht.«

Juri grinst und deutet einen imaginären Umhang an, den er um sich wirbelt. *»Albernes Zauberstabgefuchtel wird es hier nicht geben«*, flüstert er in Muriels abschätzigem Ton.

Ich kann mir das Lachen nicht verkneifen, auch wenn ich ihm die Genugtuung nicht bieten will. Obwohl er ständig nervt und meinen Lernprozess unterbricht, muss ich zugeben, dass die letzten Tage ohne ihn unerträglich monoton gewesen wären. Muriel sieht das offensichtlich anders.

»Schaff endlich deinen blassen Ektoplasma-Hintern hier raus!«, zetert sie, worauf Juri sich nur grinsend zurücklehnt und ihr den Mittelfinger zeigt.

Muriel lässt sich von der kruden Geste nicht schocken. Stattdessen greift sie in ihren Militärrucksack und zerrt eine Schrotflinte hervor. Ihre Aura wabert träge und düster um ihre Schultern. Sie schwingt das Gewehr durch den Raum und ich rutsche von ihr weg. Dann drückt sie, ohne zu zögern, ab.

»Muriel!«, kreische ich mit peinlich hoher Stimme, während Salven von weißen Splittern Juri durchlöchern.

Sein Grinsen weicht einem lang gezogenen Heulen, das meine Ohren klingeln lässt. Wie bei unserer ersten Begegnung fressen sich schwarze Löcher in seinen Körper, aber schneller, großflächiger und offensichtlich schmerzhafter. Seine Schreie hallen noch nach, während sein Körper sich längst in Luft aufgelöst hat. Muriel muss grobes Salz als Geschoss benutzt haben.

Einige Augenblicke lang atme ich nur ein und aus. Der Filzstift in meiner Faust blutet auf dem Papier aus. »O mein Gott. Bist du wahnsinnig? Wieso hast du mir die Knarre nicht schon früher gezeigt? O Mann, wann kann ich das ausprobieren?« Stift und Collegeblock schmeiße ich neben mich auf den Boden und stürme zu Muriel.

Die Schrotflinte raucht noch aus dem Lauf, auf dem Muriel sich jetzt abstützt wie auf einem Gehstock. Doch sie sieht noch weniger nach klappriger Gehstock-Omi aus als sonst. Eher wie ein aalglatter Cowboy. Eine Dämonenjägerin. Irgendwas in die Richtung. Bevor ich nach der Waffe greifen kann, schwingt Muriel sie aus meiner Reichweite. »Du wirst nicht einen einzigen Finger an die Schrotflinte legen. Nicht bevor wir genug Schießübungen durchgegangen sind, und ganz sicher nicht, bevor du nicht zumindest die Grundlagen der Symbolik beherrschst.«

Ich streiche mir eine Haarsträhne hinters Ohr, seufze und greife dann nach dem Stift in der richtigen Farbe. Keine Ahnung, wie Muriel es schafft, eine Sache wie Geisterjagen so unendlich langweilig zu gestalten. Sie hat eine Salzschrotflinte, aber ich male tagein, tagaus nur simple Symbole und spüre nicht einmal, ob sich etwas ändert. Abgesehen von meiner ersten Rune, Kenaz, merke ich rein gar nichts. Doch ich versuche mich auf meine Zeichnungen zu konzentrieren. Immer mit den Gedanken bei den Farben, die ich erben werde. Und bei den Unmengen an Kohle, die mir der Verkauf des Anwesens einbringen wird.

***

Muriel erlaubt mir drei Tage später, eine Auszeit zu nehmen, damit ich zur Uni gehen kann. Um ehrlich zu sein, ich habe mein Studium völlig vergessen. Mit Schrecken realisiere ich, wie wenige Wochen mir noch für die Projekte dieses Semesters bleiben und wann ich mich das letzte Mal bei einem Seminar habe blicken lassen. Zu meiner Verteidigung: Voodoo-Hexen-Geister-Kram ist ein wenig zeitintensiver als der durchschnittliche Studentenjob im Hipster-Café neben dem Campus.

Weil ich verschlafen habe, hetze ich viel zu spät ins Atelier. Professor Warwick, eine Frau wie ein kahler, dürrer Baum, gehüllt in ein schwarzes asymmetrisches Pulloverkleid, schüttelt den Kopf, als ich durch die Tür stolpere. Ihr silberner Bob und die knallgelben Ohrringe, die sie garantiert selbst gefertigt hat, wippen hin und her. Mit geducktem Kopf murmle ich eine Entschuldigung und schleiche an meinen Arbeitsplatz.

Viper, die bis an die Ellbogen in schwarzer Acrylfarbe steckt, hält mitten in ihrer Bewegung inne. Schwarze Farbe und Daunenfedern kleben in ihren orangen Haaren.

»Wo warst du?«, zischt sie mir in wirklich angsteinflößendem Ton entgegen.

»Wieso, hast du Hilfe beim Teeren und Federn deiner Feinde gebraucht?«, entgegne ich mit hochgezogener Augenbraue.

»Miss Adler.« Professor Warwick nutzt ihre Spinnenbeine, um sich an mich heranzuschleichen.

Ihre Stimme jagt mir eine Gänsehaut über den Rücken.

»Sie scheinen Ihre Projekte bereits vollendet zu haben und deshalb reichlich Zeit zum Tratschen zu haben. Vor allem, da Sie dem freien Arbeiten schon seit einiger Zeit nicht mehr beigewohnt haben.«

»Ich habe zu Hause viel skizziert und mich inspirieren lassen.«

»So? Dann lassen Sie doch mal sehen.« Als Künstlerin durch und durch hält sie wenig von starren Zeitplänen. Sie traut ihren Studenten zu, selbstverantwortlich zu arbeiten. Umso mieser fühle ich mich, weil ich die von ihr gegebene Freiheit ausgenutzt und in den letzten Wochen rein gar nichts gemalt habe. Mehrmals öffne ich den Mund, um etwas zu sagen, doch es passiert, was mir selten passiert – kein Wort verlässt meine Lippen. Stattdessen beginnt meine Unterlippe zu zittern. Mit Entsetzen beiße ich meine Zähne aufeinander, um meine Mimik unter Kontrolle zu halten.

Professor Warwicks Augen werden weich. »Wenn Sie in einer Schaffenskrise stecken, können Sie sich gern am Ende der Stunde an mich wenden.«

O nein. Bitte lass sie nicht denken, ich sei kurz vorm Heulen. Mitleid ertrage ich nicht, da wäre mir Wut lieber. Ich verabscheue dieses Brennen im Hals, in den Augenwinkeln, nicht aus Traurigkeit, sondern weil ich wütend auf mich selbst bin. Ich war nie jemand, der nachlässig an Aufgaben herangeht, vor allem nicht an meine Kunst. Aber das Anwesen – nein. Ich belüge mich selbst, wenn ich das Anwesen als Ausrede für meine Probleme nutze. Schon vor all dem habe ich seit Wochen nichts auf eine Leinwand gebracht.

Bevor ich der Professorin antworten kann, rauscht sie nach einem Tätscheln meiner Schulter zwischen den Staffeleien, Töpferscheiben und Holztischen davon. Klasse. Jetzt denkt sie, ich sei kurz vor einem Nervenzusammenbruch. Vielleicht sollte ich ihr Angebot annehmen. Doch mir ist jetzt schon klar, dass ich mich dazu nicht überwinden kann. Ich muss einfach die

Zähne zusammenbeißen, die Sache mit dem Anwesen halbwegs verarbeiten und einen Weg suchen, um meine Inspiration wiederzufinden. Niemand kann mir das abnehmen.

Viper setzt zu einer Standpauke an, doch ich schüttle den Kopf. »Lass uns nach dem Kurs reden.«

Zu meiner Erleichterung verzieht Viper zwar ihr Gesicht, verkneift sich aber weitere Kommentare. Mir ist aber, als klatsche sie die schwarze Farbe besonders aggressiv auf ihre Leinwand.

Und ich stehe vor einem leeren Zeichenblock. Seit Wochen habe ich keine Idee für die wichtigste Kursarbeit. Das Thema der Abschlussarbeit trägt den ebenso einschränkenden wie viel zu weit gefassten Namen »Sinne«. Eine Stunde lang kritzle ich in mein Skizzenbuch. Erst als Professor Warwick das Ende des Kurses einläutet, bemerke ich, dass ich einen Großteil der Arbeitszeit damit verschwendet habe, Runen und Symbole auf Papier zu bringen.

Viper stellt sich mir in den Weg. Ich mache Anstalten, ihr zumindest die Federn aus den bekleckseten Haaren zu picken, doch sie wehrt meine Hände ab.

»Ich will nicht *einen* sarkastischen Spruch von dir hören. Nur eine Erklärung, wo zur Hölle du warst.« Sie stiert mich mit dem Zorn eines Gargoyles an.

Während wir das Atelier verlassen, überlege ich, was ich ihr sagen kann. Am liebsten würde ich mich in einer der Nischen des alten Universitätsgebäudes verkriechen. Meinen Kopf an die kühle Steinwand lehnen, den Geruch von Terpentin, Papier und dem alten Gemäuer einatmen und mich niemandem erklären müssen. »Antwort A, auf Hawaii. B, ich habe eine Umschulung zur Innenarchitektin absolviert. Option C, neuerdings arbeite ich als Geisterjägerin. D …«

»Ich hoffe für dich, dass Option D die Wahrheit ist. Sonst hetzte ich dir die Seelen verstorbener hawaiianischer Innenarchitekten auf den Hals.« Für eine so kleine und schmale Person kann sie sich ganz schön aufplustern. Ich halte sicherheitshalber ein wenig Abstand. Und plötzlich kitzelt eine Vorahnung an meinem Gehirn – wie ein Nieser, der sich ewig lange ankündigt und dich wahnsinnig macht. Ich laufe in eine Falle, weiß nur noch nicht, in welche.

»Option D ist, dass ich von zu Hause ausgezogen bin. Ich renoviere mit meiner Großmutter das alte Anwesen unserer Familie und –«

»Du bist ausgezogen?« Viper greift nach dem Ärmel meines Kapuzenpullovers, um mich zum Stehenbleiben zu bringen, und starrt mich entgeistert an. »Was ist passiert?«

»Das würden wir auch gern wissen.« Kalliope und Thalia, beide mit verschränkten Armen vor der rüschenbesetzten Brust, kesseln mich ein. *Sie* waren also die böse Vorahnung. Die beiden müssen mich abgepasst haben, da sie eigentlich in anderen Gebäuden unterrichtet werden. Ich werfe Viper einen vorwurfsvollen Blick zu, denn garantiert steckt sie mit den beiden unter einer Decke. Und tatsächlich, sie schaut sich auffallend unauffällig ihre Fingernägel an.

»Okay, ich merke schon, hier herrscht einiges an Redebedarf. Vielleicht sollten wir das in einer Talkshow klären?« Doch Humor bringt mich nicht weiter. Keine der drei Furien vor mir regt sich, nicht einmal ein Mundwinkel zuckt. Also die Wahrheit. Halbwahrheit. »Ich habe es nicht mehr ausgehalten, okay?«, seufze ich.

»Wir wissen, dass Mum nicht immer einfach ist, aber –«, beginnt Thalia.

»Es ist nicht nur das. Ich weiß nicht, wo mir momentan der Kopf steht. Ich brauche einfach etwas Zeit für mich.«

»Und du hältst es nicht für notwendig, uns zumindest eine kurze Nachricht zu schicken, dass du bei Großmutter wohnst?« Kalliope redet mit mir wie mit einem Teenager.

»Ich bin nicht mehr vierzehn, Kalliope, ich werde ja wohl ein paar Tage woanders wo–. Hey, woher wisst ihr, dass ich bei Muriel wohne?«

»Wenn du nicht wie ein Kind behandelt werden willst, dann benimm dich auch nicht wie eins«, braust Kalliope auf.

»Wenn du nicht willst, dass ich mich wie ein Kind benehme, dann behandle mich auch nicht so!« Mein Konter bringt uns in eine Pattsituation. Wir funkeln uns aus dunklen Augen an und stehen kurz vor einer waschechten

Rangelei, bis Thalia, wie immer die Besonnenste, uns auseinanderzerrt. Ihre Aura wirbelt in taubengrauen Streifen um ihren Rumpf, ganz im Gegenteil zu Kalliopes tobendem Sturm. Ich kann meine eigene Aura nicht sehen, aber ich bin sicher, sie gleicht der von Kalliope.

»Ihr beide verhaltet euch völlig unverhältnismäßig. Wir können das alles klären, indem wir normal miteinander reden«, besänftigt Thalia uns.

»Sag das IHR«, murren Kalliope und ich synchron. Ich zwinge mich deshalb nicht zu grinsen. Viper lauscht unserem verbalen Schlagabtausch mit auffallend desinteressiertem Betrachten ihrer smaragdgrünen Nägel und gespitzten Ohren. Sie liebt so ein Drama – solange sie nicht selbst Teil davon ist.

»Wir möchten doch nur wissen, was mit dir los ist«, fährt Thalia fort.

Ich knirsche mit den Zähnen. »Das würdet ihr eh nicht verstehen.«

»Wie kannst du dir da so sicher sein, wenn du nie mit uns redest?« Kalliope denkt nicht daran, sich zu beruhigen. Und wie so oft werfen sich meine Schwestern diesen Blick zu. Den Seelenverwandten-Blick, wenn die beiden ihre Gedanken verschmelzen und kommunizieren, ohne miteinander zu reden.

Ich fahre mit meinen Händen über mein Gesicht. Wie kann ich die Worte finden, um ihnen zu erklären, was ich fühle, wenn die beiden nicht ein einziges Wort brauchen, um sich gegenseitig zu verstehen?

»Es ist einfach so, okay?« Ich hole tief Luft und bereue meine nächsten Worte bereits, bevor ich sie ausspreche. »Vielleicht will ich gar nicht mit euch reden. Vielleicht will ich gar nicht, dass ihr mich versteht. Ist euch das schon mal in den Sinn gekommen?« Die Wörter brennen in meiner Kehle. Sie sind so weit von der Wahrheit entfernt, dass es schmerzt, doch gleichzeitig nehmen sie das Gewicht von meinem Brustkorb. Es ist einfacher, sie vor den Kopf zu stoßen, als mit ihnen zu reden. Einfacher – und feiger.

Kalliope will noch etwas sagen, doch Thalia zerrt sie von mir weg. »Gut, wir haben es verstanden. Viel Spaß mit Muriel und eurem Leben in Einsamkeit!«

KAPITEL 5

Nach der Uni begrüßt Muriel mich an der Tür des Anwesens und drückt mir eine Messingschale in die Hand. »Heute lernst du ein Räucherritual.«

Meine Finger legen sich, ohne zu überlegen, um die feingliedrige Kette, an welcher die Messingschale baumelt. Das Gewicht liegt angenehm in meiner Hand und augenblicklich gerät die Konfrontation mit meinen Schwestern in den Hintergrund. »Ich wusste es. Wir haben Ungeziefer im Haus. Ich meine weltliches Ungeziefer, nicht die Entitäten.«

Muriel leitet mich durch die düsteren Flure des Anwesens in den rechten Flügel. »Du solltest dir abgewöhnen, auf alles mit sarkastischen Erwiderungen zu reagieren. Wir räuchern kein Ungeziefer aus.«

Ich lege die Stirn in Falten. »Ich hoffe, du willst keinen Schinken räuchern. Räuchertofu wäre okay, aber wenn du mich zu irgendwas anderem anstiftest, reißt Mum dir den Kopf ab.« Zu meiner Überraschung gehen wir nicht in die Küche, wo wir sonst üben. Stattdessen kann ich mich mit einem anderen Teil des Anwesens vertraut machen. Im nächsten Raum, einer Mischung aus Galerie und Treppenhaus, knarzen die Holzdielen besonders häufig unter meinen Schritten. Die Galerie hat keine Fenster, nur durch die geöffneten Türen fallen wenige Strahlen der Abendsonne und erleuchten die Ölgemälde an der Wand und die frei stehende Eichentreppe in der Mitte des Raums. Hier müssen die ehemaligen Besitzer ihre Gäste häufig durchgeführt haben. Am liebsten würde ich die mannshohen Porträts genauer studieren, doch ich fürchte, dann verliere ich Muriel für immer in den Tiefen des Anwesens. Der Größe des Gebäudes nach zu urteilen habe ich noch nicht einmal ein Drittel des Erdgeschosses gesehen. Und über mir warten zwei weitere Stockwerke auf eine Erkundungstour.

Muriel öffnet eine der Ebenholztüren. Ich begreife nicht, wieso die Erbauer das Bedürfnis hatten, alles mit Ebenholz und dunklen Tapeten auszustatten. Als hätten sie es damals bereits darauf angelegt, ein Geisterhaus zu erbauen. Muriel verschwindet im Raum hinter der Tür.

»Das ist der Rote Salon«, ertönt ihre gedämpfte Stimme und ich beeile mich, ihr zu folgen.

Obwohl die Tapete modert und die Samtgardinen ausgeblichen sind, besteht kein Zweifel, warum dieser Raum der Rote Salon heißt. Alles, was nicht Ebenholz ist, ist in verschiedenen Rottönen gehalten.

»Warum nennen sie es nicht gleich den Blutroten Salon. Wenn sie schon so einen kitschigen, prätentiösen Namen auswählen«, überlege ich laut, während ich eine Hand über den Holztisch gleiten lasse. An seinen Längsseiten stehen zwei aufwändig gearbeitete Sofas mit voluminösen roten Samtkissen, an den kurzen Enden je zwei Sessel in ähnlichem Stil. Ein Hauch von Whiskey und Zigarren liegt in der abgestandenen Luft. Hier müssen die Hausherren ihre Gäste empfangen haben.

»Warum wandeln Geister im Reich der Lebenden?« Muriel beginnt wie immer ohne Umschweife.

»Keine Ahnung, muss Gott erst noch im Himmel anbauen?«

»Sie sind negative Energie. Eine Manifestation der geplagten Seelen, die keine Ruhe finden. Ihr Bedauern, meist ein einziges Gefühl, hält sie gefangen. Sie suchen Menschen heim, um dieses Gefühl zu befriedigen. Natürlich erfolglos, denn auch wenn sie wie Menschen aussehen können, sind sie keine.«

»Okay, also laufen sie nicht mit Bettlaken über den Köpfen herum, um uns zu Tode zu erschrecken, sondern wollen im Grunde einfach nur ihre Gelüste nach einem Stück Schokoladentorte befriedigen? Aber können es nicht, weil sie nur menschliche Hüllen aus feinstofflicher Materie sind.«

»Eine sehr simple Zusammenfassung, aber ja«, stimmt Muriel zu. Sie breitet eine Art überdimensionale Pinselrolle auf dem Tisch aus, aus der mir wohlbekannte Gerüche strömen. Es riecht haargenau wie Mums Räucherstäbchen, die sie immer dann anzündet, wenn sie wieder eine Feng-Shui-

Phase hat. Der Gedanke an sie versetzt mir einen Stich, deshalb schiebe ich Mum innerlich schnell beiseite.

»Und was hat das jetzt mit deiner New-Age-Räucherstäbchen-Tasche zu tun?« Ich klopfe einen der Sessel notdürftig aus und will mich nach dem Fußmarsch zum Murkwood-Anwesen endlich setzen, doch mitten in der Bewegung werde ich wie von Geisterhand an der Schulter zurückgehalten. Wenn ich es mir recht überlege, nicht *wie* von Geisterhand, sondern einfach nur *von Geisterhand.*

»Das ist mein Platz«, murrt eine Stimme. Im gleichen Moment materialisiert sich ein Mann, offensichtlich ein Geist, neben mir.

»Lass mich raten, du heißt Sheld–«, beginne ich, stocke jedoch, weil er mich rigoros zur Seite schiebt.

Ein paar silberne Strähnen ziehen sich durch seine braunen Locken und die Krähenfüße in seinen Augenwinkeln sowie die Falten zwischen Nase und Mundwinkeln geben ihm ein erschöpftes Aussehen. Doch seine Augen leuchten wach und jung. »Killian Turner mein Name. Sehr erfreut«, leiert er herunter und klingt dabei alles andere als erfreut.

»Und du bestehst auf diesen Platz, weil …?«, frage ich.

»Ich dort gestorben bin«, beendet er meinen Satz und deutet auf die Sitzfläche.

Auf dem roten Muster ist es mir vorher nicht aufgefallen, doch ein unförmiger rostroter Fleck hebt sich beim genauen Hinschauen vom Polster ab.

»Uähh«, stoße ich aus, während ich nach hinten stolpere. »Ich weiß nicht, was ich schlimmer fände. Wenn das getrocknetes Blut ist oder sich nach dem Tod dein Schließmuskel –«

»Melpomene!«, donnert Muriel, während sie einige Kerzen anzündet.

»Du bist kein sonderlich taktvoller Mensch, nicht wahr?«, fragt Killian, der Geist des Stuhls.

»Und das von einem Geist, der sich unsichtbar an junge Frauen anschleicht und sie begrapscht.«

Bei meinen Worten scheint er tatsächlich so etwas wie ein schlechtes

Gewissen zu entwickeln. »Meine Absicht war es nie, das gnädige Fräulein zu belästigen! Ich bitte vielmals um Entschuldigung.«

»Das gnädige Fräulein würde angesichts Ihrer hochtrabenden Diktion gern wissen, wann Ihr verstorben seid.«

»Im Jahre 1812 weilte ich zuletzt unter den Lebenden.« Er lässt sich auf seinen Stuhl nieder, den ich ihm wohlwollend zugestehe.

»Über zweihundert Jahre?«, keuche ich ehrlich entsetzt. »Was macht man zwei Jahrhunderte lang in dieser Bruchbude? Verpufft dein Geisterzorn in so langer Zeit nicht irgendwann?«

Muriel knallt eine Packung Streichhölzer auf den Tisch. »Wie oft muss ich dir noch sagen dich nicht mit dem Geisterpack einzulassen? Sie locken dich mit ihren Tragödien und entziehen dir deine Lebenskraft, wenn du nicht aufpasst. Und sowieso. Du bist zum Lernen hier, nicht zum Quatschen.«

»Erschießt du ihn jetzt auch mit Steinsalz, nur weil er seine Geschichte erzählen will?«

Killian rümpft die Nase. »Ich will gar nichts kundgeben. Ihr habt gefragt. Und auf sehr vermessene Art, wenn ich das anmerken darf.«

Muriel knallt jetzt beide Hände auf den Tisch, was Killian und mich zum Schweigen bringt. »Deine wichtigste Aufgabe wird es sein, jede Woche ein Ritual durchzuführen. Das gesamte Anwesen muss mit Weihrauch und anderen Räucherstoffen gereinigt werden, um die Entitäten zu besänftigen. Je mehr Zeit nach einem Ritual vergeht, desto aufmüpfiger werden sie. Bis sie immer mehr dem ähneln, was du aus dem Fernsehprogramm kennst.«

»Geliebte Großmutter, niemand schaut mehr Fernsehen. Es gibt jetzt Netflix.« Auch wenn ich so locker daherrede, läuft mir ein kalter Schauer den Rücken hinunter, weil ich an meine erste Geisterbegegnung mit Juri und der Weißen Frau denken muss.

»Füll die Schale mit Sand. Und konzentriere dich, richte deinen Geist auf jede Bewegung.«

»Soll ich eine Hippie-Playlist anschmeißen? Für die Stimmung?«

»Wenn deine Intuition dir sagt, dass das richtig ist, ja. Wenn du wieder nur denkst, der Spruch sei besonders pfiffig, dann nein.«

Ich presse die Lippen zusammen, um nicht zu grinsen. Dann konzentriere ich mich auf meine Aufgabe, weil ich weiß, dass Muriel den Tag nicht beendet, bevor ich tue, was sie erwartet. Aus einem Samtsäckchen schaufle ich drei Handvoll Sand in die Schale. Die Mischung aus feinem und grobem Quarzsand glitzert im Kerzenschein und fängt meine Aufmerksamkeit ein.

Muriel reißt mich aus meiner Trance, auch wenn sie mit ungewohnt sanfter Stimme spricht: »Steck eine Kohletablette in den Sand. Hochkant.«

Ich folge ihrer Anweisung. Die Kohletablette passt genau auf meine Handfläche und hinterlässt schwarze Rußspuren an meinen Fingern. Ich will mit meinen Fingerkuppen über Papier streifen, um zu malen. Doch ich greife nach den Streichhölzern, die Muriel mir reicht, und entzünde die Kohletablette.

»Höre auf deine Intuition«, ertönt Muriels Stimme, doch sie klingt weit entfernt – wie aus einem anderen Raum. Einer anderen Zeit. Einer anderen Dimension.

Ich kann nur die Kohle anstarren, die mit jedem langsamen Atemzug weiter durchglüht, bis sie schneeweiß strahlt. Ohne auf eine weitere Anweisung zu warten, stoße ich sie mit einem Metallstab, an dessen Ende einige weiße Federn hängen, um. Ich weiß, was zu tun ist. Ich konzentriere mich auf den milchig-goldenen Weihrauch, getrocknete Kräuter und Wurzeln vor mir, für die ich keine Namen kenne, die aber dennoch meine Seele ansprechen. Sie kitzeln in meinem Kopf wie lange vergessene Erinnerungen. Ich gebe einige der Kristalle, die aussehen wie Kandiszucker, und kleine Splitter von verkohlter Baumrinde in einen Achatmörser.

»Sandarak und Styrax, sehr gut«, murmelt Muriel, während ich beide Zutaten zermahle. »Beide wirken äußerst beruhigend.«

Ich blende ihre Worte aus und gebe getrocknete Lavendelblüten und ein paar Blätter Melisse dazu. Kurz überlege ich, sie ebenfalls zu zermahlen, doch etwas in mir sagt mir, dass sie ganz bleiben sollen. Dann gebe ich einige rötliche Körner auf die glühende Kohletablette und streue die Mischung aus dem Mörser darüber. Zufrieden betrachte ich mein Werk und atme die verschiedenen Düfte ein. Zuerst steigt mir der warme Duft von schmelzender

Schokolade in die Nase, aber erdiger, ursprünglicher. Darauf folgen frische, balsamische Gerüche. Alle Düfte verbinden sich letztendlich zu einem Rauch, der mir zu Kopfe steigt, mich aber beruhigt. Mein Herzschlag verlangsamt sich.

»War es das?«, frage ich nur. In Rauch und Dunst sitze ich vor der Messingschale und nehme tiefe Atemzüge. Dieser völlig abgefahrene Trancezustand durch Muriels erschreckend breites Spektrum an bewusstseinserweiternden Stoffen sollte mich beunruhigen. Doch ich fühle mich so leicht wie schon lange nicht mehr.

»Du musst den Raum ablaufen«, befiehlt sie sanft.

Und tatsächlich: Jetzt, wo sie es sagt, fühlt sich der nächste Schritt ganz natürlich an.

Ich greife die Messingschale mit meiner Räuchermischung und gehe einige Schritte durch den Raum. Ohne dass ich meine Hand bewege, schwenkt die Schale sanft hin und her. Ich entscheide mich dafür, im Uhrzeigersinn die Wand abzuschreiten. Das alles ist so seltsam. Aber es fühlt sich richtig an, und ich kann nicht anders, als mit halb geschlossenen Augen durch den Raum zu wandern. »Sei ehrlich, Muriel, hast du so eine Walter-White-Nummer abgezogen und verkaufst heimlich Crystal Meth?«, frage ich mit summender Stimme.

»Das sind doch keine Drogen!«, empört sie sich, während ich an meinen Startpunkt zurückkehre und die Schale abstelle. »Naturreine Harze, Weihrauch, Kräuter. Alles, was schon seit Jahrtausenden für Rituale verwendet wird. Das, was sich wie eine Trance oder ein Drogenrausch anfühlt, ist deine Intuition. Dein sechster Sinn. Das dritte Auge.«

Ich entzünde ein Bündel Salbei, das von einer bunten Kordel zusammengehalten wird. »Also kann ein normaler Mensch das hier nicht tun? All die Floras und Morganas laufen völlig umsonst mit ihren Wicca-Ritualen durch die Gegend?« Erneut drehe ich eine Runde im Uhrzeigersinn. In den Ecken und neben großen Möbelstücken verharre ich einen Moment, bewege den Salbei von oben nach unten.

»Es gibt nicht nur Menschen mit dem dritten Auge und normale Menschen.

Jeder kann seine Fähigkeiten bis zu einem gewissen Grad verfeinern. Manche jedoch mehr als andere. Einige spüren Geister, wenige sehen Geister, und die meisten halten das, was wir tun, für absoluten Humbug.« Muriels Worte erleichtern mich ein wenig. All die Menschen mit ihren Chakraritualen, Traumfängern und Aluhüten sind vielleicht gar nicht so verrückt, sondern spüren einfach etwas mehr als andere. Und auch Mum ist gar nicht so verrückt.

***

Auf dem Weg zum Murkwood-Anwesen bin ich froh, mich für einen riesigen Strickpullover und Mantel entschieden zu haben. Die Morgenluft ist glasklar – und eiskalt. Der Herbst geht langsam in den Winter über und mir graust es schon vor dem ungeheizten Anwesen im Dezember.

Ich öffne die Haustür. Besser gesagt: Ich versuche es. Wieder beugt sich die Klinke meinem Willen nicht.

»Nicht schon wieder«, seufzt Muriel. Sie lässt ihren Rucksack auf den Boden knallen und kramt darin herum. »Sie beginnen aufmüpfig zu werden. Du hast gestern bewiesen, dass dir immerhin die Rituale liegen, also wirst du ab heute die Reinigung des gesamten Anwesens übernehmen. Nimm das!« Muriel schiebt mir ein kleines Marmorgefäß in die Hände, dann schüttet sie verschiedene Pigmente hinein, die sie mit einigen Tropfen Wasser zu einer Paste verrührt. Es riecht ein wenig wie Henna. Das Zinnoberrot ist von brillanter Intensität.

»Ist das deine subtile Art, mir mitzuteilen, dass ich meinen Ansatz nachfärben muss? Dir ist hoffentlich klar, dass ich ein deutlich natürlicheres Rot benutze als das da.« Ich hebe zur Verdeutlichung das Gefäß in meinen Händen an.

»Erinnerst du dich an Thurisaz?«

Ich rufe mir die Rune ins Gedächtnis, ein senkrechter Strich mit einer Spitze an der rechten Seite. »Thurisaz. Riese, Hammer, Dorn. Körperliche Kraft, Abwehr, aber vor allem Angriff, und – oh … Überwinden von Hindernissen.« Ich grinse. »Okay, das ist wirklich nützlich.«

Muriel drückt mir einen feinen Kalligrafiepinsel in die zweite Hand. »Immerhin hast du zugehört. Jetzt schauen wir, wie gut du geübt hast.«

Ich begutachte das Zinnoberrot in der Schale. »Ich hoffe für dich, dass da kein echtes Karmin drin ist. Wusstest du, dass –«

»Du bist schlimmer als deine Mutter. Es sind rein mineralische Farbstoffe. Cinnabarit und Kurkuma. Die natürlichen Farbstoffe leiten deine Energien besser als die Filzstifte zum Üben.«

»Sie leiten meine Energien besser? Wer ist jetzt schlimmer als meine Mutter«, murmle ich, tunke jedoch den Pinsel in die Farbe. Denn ich spüre, was sie meint. Die tiefrote Paste berührt meine Haut noch nicht, aber ich fühle, wie von ihr eine sanfte Kraft ausströmt. Schon immer habe ich eine gewisse Verbindung zu Farben wahrgenommen, doch das hier ist stärker. Intensiver.

Ich ziehe den ersten Strich so, wie Muriel es mir beigebracht hat – ein wenig links von der Ader auf meinem Handgelenk. Stärke durchfährt mich, schockt mich in ihrer plötzlichen Gewalt. Doch ich atme ruhig weiter, denn die Empfindung unterscheidet sich nicht sehr von einem Inspirationsschub beim Malen. Ich vollende Thurisaz. Die Rune liegt perfekt auf meinem Handgelenk.

»Versuch es«, spornt Muriel mich mit einer Handbewegung in Richtung Tür an. Ich lächle noch mehr, als ich ihr anerkennendes Nicken sehe. Wie lange ist es her, dass ich etwas richtig gemacht habe? Nicht nur in ihrer Anwesenheit, sondern generell. Ich habe vergessen, wie sich das anfühlt.

Die Klinke sträubt sich immer noch unter dem Druck meiner Hand, und ich spüre, dass ich sie eigentlich nicht öffnen können sollte – doch ohne große Anstrengung drücke ich die Klinke hinunter und die Tür schwingt auf.

»Dir ist klar, dass Thurisaz auch ein Phallussymbol ist?« Juri hockt wie jeden Tag auf der Kommode im Eingangsbereich.

»Und seit wann hast du einen Doktor in Altnordistik?«, frage ich ihn mit hochgezogener Augenbraue, als Muriel und ich uns an ihm vorbeischlängeln. »Ich wusste nicht, dass sie den an jemanden verleihen, der wie ein Fünfzehnjähriger über solche Witze lacht.«

Juri folgt uns in den Roten Salon. »O bitte. Du lachst selbst über die Hälfte der Witze. Tu nicht so erwachsen.«

»Die Hälfte der Zeit lache ich aus Mitleid.«

»Das heißt …«, sinniert Juri, während ich Muriel beim Ausbreiten der Utensilien für das Räucherritual helfe, »ich bringe dich mit einem Viertel meiner Witze zum Lachen. Kein übler Durchschnitt für eine dämonische Entität.«

Obwohl ich ihm den Rücken zugedreht habe, spüre ich sein Grinsen. »Tut mir leid, aber du bist dermaßen weit von dämonischem Geist entfernt, wie es nur geht. Fünfjährige Zwillingsgeister in Rüschenkleidern, die händchenhaltend vor dir auftauchen, *das* ist dämonisch. Oder eine Greisin, deren faltiges Gesicht wie das einer Marionette aussieht – definitiv dämonisch. Aber du? So gruselig wie ein Hundewelpe.«

»Ich öffne die Türen im gesamten Anwesen«, erklärt Muriel. »Lass dich nicht auf seine Spielchen ein.« Seufzend, so, als wüsste sie bereits, dass ich einer sinnlosen Diskussion nicht widerstehen kann, verlässt sie den Salon.

Juri lehnt sich so beschwingt gegen den Tisch, dass die Hälfte des Sandes in meinen Händen neben der Messingschale landet, nicht darin. Sein Grinsen zeigt noch mehr Zähne. Ich schließe die Augen und atme tief durch. *Nicht provozieren lassen.* Betont beherrscht fülle ich noch etwas Sand nach, bevor ich die Kohletablette anzünde.

Sein Grinsen verschwindet, weil ich ihn ignoriere. »Du begreifst schon, dass ich kein kleiner, guter Hausgeist bin?«

»Ach? Und was bist du dann?« Ich höre ihm nur noch beiläufig zu, weil ich mich darauf konzentriere, die Kohletablette umzustoßen, ohne einen Hausbrand in Gang zu setzen. Dann streue ich wieder etwas Salz auf die Tablette.

»Du solltest dich lieber fragen, was ich dir antun kann.«

Ich zermörsere Weihrauch und Kräuter. »Ich bezweifle, dass es sonderlich beeindruckend ist.«

»Das solltest du noch mal überdenken, schließlich hat man mich Grinder genannt, als ich noch ein Normalsterblicher war.«

Ich ergreife die Metallkette des Räuchergefäßes und hebe die Schale in die

Luft. »Niemand hat dich jemals Grinder genannt«, entgegne ich genervt. »Du siehst aus wie der Sänger einer Grunge-Band, die dreißig Jahre zu spät gegründet wurde und aus ein paar Jungs besteht, die vor ihrem BWL-Studium noch mal richtig gegen Mami und Papi rebellieren wollen.«

»Und du siehst aus wie die Art von Mädchen, die darauf steht«, triezt er mich.

Ich schnaube und rolle meine Augen, weil er nicht ganz unrecht hat. Aber ich würde eher BWL studieren, als das zuzugeben. »Mir reicht es jetzt. Ich habe hier einiges zu tun und du bist wie immer nur im Weg. Also haust du entweder freiwillig ab oder ich schicke dich höchstpersönlich in die Geisterdimension.« Ich bin völlig ausgelaugt wegen der täglichen Trainingsstunden, die Situation mit meiner Familie legt meine Nerven blank und zu allem Überfluss hört er einfach nicht auf, mich tagein, tagaus zu nerven.

»Versuch's doch«, feixt er und grinst mich wieder an. Das Grinsen bringt das Fass zum Überlaufen.

»Wie du willst.« Ich kanalisiere mein gesamtes Wissen von *Emily Rose* bis *Supernatural.* »Fahr zur Hölle, Dämon, der auf der Erde wandelt. Verlasse unsere irdische Sphäre. Ich verbanne dich!«, beschwöre ich in tiefer Stimmlage.

Rein gar nichts passiert.

Kopfschüttelnd gebe ich auf. *Funktioniert ja wahnsinnig gut, mein sechster Sinn.* »Okay, bitte lass mich einfach in Ruhe meinen Job machen, ja?« Zur Unterstützung schaukle ich die Räucherschale in seine Richtung. Die Schale tippt gegen sein Knie und Rauch windet sich um seinen Körper.

Mit einer ohrenbetäubenden Implosion aus Rauch und seiner feinstofflichen Menschenhülle verschwindet er. Alles geht so schnell, dass die Implosion nicht mal sein Grinsen wegwischt. Einige Sekunden lang starre ich nur auf das Stück Luft, wo er bis gerade noch stand. Dann ...

»Muuuriel?«, rufe ich zögerlich. »Großmutter!«, schicke ich lauter und dringlicher hinterher.

Die flachen Absätze ihrer Stiefel klappern die Treppe hinunter. »Nenn mich nicht Großmut–«, keift sie, bis ihr der Anblick des Rauches die Worte raubt. Sie spürt, dass die Luft etwas dichter ist, wie elektrisch geladen. Mit einem Blick begreift sie, was passiert ist.

»Habe ich ihn … vernichtet?«, frage ich mit angehaltenem Atem. Die Messingschale baumelt immer noch in meiner rechten Hand. Hastig stelle ich sie ab, bevor ich noch mehr Schaden anrichte.

»Vernichtet? Schön wär's. Wenn das so einfach ginge, müssten wir uns nicht mit diesem Spukhaus herumschlagen, oder?« Sie muss mir das Entsetzen im Gesicht ansehen, denn dann fährt sie mit einem Hauch mehr Mitgefühl fort. »Es ist passiert, was bei jedem Räucherritual passiert, nur verstärkt durch die Rune und deine Nähe zu ihm. Die Kräfte der Entitäten werden abgeschwächt, sie können ihre körperliche Materialisierung nicht mehr halten und verschwinden – fürs Erste. Dann kommen sie wieder, werden stärker und das ganze Spiel beginnt von vorn.«

Ich starre Thurisaz auf meiner Handfläche an, deren rote Linien zu pulsieren scheinen. So sehr Juri auch meine Nerven strapaziert, ich bin froh, dass ich ihn nur temporär verjagt und nicht für immer vernichtet habe. Das würde sich zu sehr so anfühlen, als hätte ich jemanden umgebracht.

Muriel kneift ihre Augen zusammen. »Es wäre besser, du fühlst nicht allzu viel Mitleid mit ihnen. Sie endgültig zu vertreiben wäre für alle Beteiligten das Beste. Und falls du jemals herausfindest, wie sie vernichtet werden können, halte dein Wissen bloß nicht zurück.«

***

Erschöpft lasse ich mich auf ein viel zu staubiges Sofa in der Bibliothek fallen. Durch die Fenster dringen bereits die ersten goldenen Strahlen der Abendsonne, so lange haben wir für das Räucherritual gebraucht. Zu meiner Erleichterung hat Muriel mich nicht jeden Raum ablaufen lassen, sondern das Erdgeschoss selbst übernommen. Ich durfte mich durch den ersten und zweiten Stock kämpfen. Nach fünfzehn Räumen – von verstaubten Schlafzimmern mit privaten Badezimmern über leer stehende Räume, in die eine halbe Sporthalle passen würde, bis zu winzigen Abstellkammern, deren schmale Ebenholztüren ich mehrmals fast übersehen habe – habe ich aufgehört zu zählen. Und bin nur noch durch die Zimmer gewandert, als wäre ich selbst ein Geist.

Ich ärgere mich ein wenig, dass ich Kalliopes Vorschlag, mir ein Fitnessarmband anzulegen, vehement abgelehnt habe. Diese Wanderung bringt mir so viele Schritte ein, dass sie mir nie wieder hätten vorwerfen können, keinen Ausgleich zur stundenlangen über Leinwände gebeugten Arbeit zu haben. So schnell er kommt, schiebe ich den Gedanken an meine Schwestern wieder fort. Immerhin hat das stundenlange Ritual für kurzfristige Ablenkung gesorgt.

»Wie ist es gelaufen?«, fragt Muriel, die durch die Doppeltür in die Bibliothek tritt. Ihre Messingschale hält sie noch in der Hand und sie ist zur Abwechslung etwas außer Atem. Was an meinen Kräften zehrt, muss für sie noch anstrengender sein. Egal wie sehr sie es verbirgt – sie ist nicht mehr die Jüngste. Ich würde mir nur eher die Zunge abschneiden, als das ihr gegenüber auch nur anzudeuten.

»Ich fühle mich, als hätte ich mit acht zigarrenrauchenden Clowns in einem Mini gesessen.«

»Hast du zum Schluss alle Fenster geöffnet, wie ich es dir gesagt habe?« Sie wirft einen vorwurfsvollen Blick auf die Fenster in der Bibliothek, die ich nur halb öffnen konnte, bevor ich mich auf Sofa werfen musste.

»Nein, ich hab alle zugelassen, um möglichst lange was vom Qualm zu haben. Wer wünscht sich nicht eine Rauchvergiftung am Arsch der Welt?« Ich nehme einen langen Schluck aus meiner Wasserflasche. Natürlich aus BPA-freiem Aluminium, auf das Mum besteht, seit wir sechs sind und sie irgendeine Doku über Weichmacher, die sich aus Plastik lösen und krank machen, gesehen hat – lange bevor das Ganze zum Trendthema wurde.

Muriel verlässt die Bibliothek, um ihre Räucherschale loszuwerden, ihre Schrotflinte mit Salz zu füllen, eine Machete aus purem Silber zu schleifen oder sonst irgendwas in der Richtung. Ich bin froh, dass sie geht, denn beim Gedanken an Mums BPA-Predigten muss ich schmunzeln. Und dann erinnere ich mich daran, als Thalia es gewagt hat, ein Softgetränk in Plastikflasche mit nach Hause zu bringen, zu allem Überfluss auch noch ein kobaltblaues.

Mum hat nicht geschrien, nicht gemeckert. Sie setzte nur diesen Blick auf, den sie so unfassbar gut beherrscht und der so vor Enttäuschung trieft, dass keine von uns es wagte, jemals wieder etwas annähernd so Maliziöses wie ein Getränk mit Farbstoffen anzuschleppen. Aus meinem Schmunzeln wird ein Glucksen, das sich mit einem Schluchzer vermengt. Eines dieser unangenehmen Geräusche im Rachen, die einem sogar peinlich sind, wenn sie niemand hört, die im Hals brennen und die Augen tränen lassen.

Ich lasse den Kopf über die Sofalehne kippen. Muriel soll mich nicht so sehen. Und sie soll vor allem nicht denken, dass ich weine, weil ich an Mum und meine Schwestern denke. Denn das tue ich nicht. Es ist meine Erschöpfung, die meine Barrieren herunterreißt. Die zittrige Nervosität, die mich übermannt, wenn ich Schlaf dringend nötig habe, aber mein Kopf nicht abschalten will. Ich presse meine Hände auf meine Augenlider und drücke die Handballen fest gegen meine vom Rauch gereizten Augen.

Ein Glockenläuten donnert durch das Anwesen. So absurd laut und lächerlich gruselig, dass ich aufschrecke und vom Sofa rolle. Meine Hand landet in der Schale mit den Überresten des Räucherwerkes, das immerhin nicht mehr glüht. Fluchend rapple ich mich hoch und stürme durch den Flur dahin, wo ich Muriel vermute. Im Treppenhaus kann ich gerade noch bremsen, bevor ich in sie hineinlaufe.

Die Glocke schallt erneut durch das Haus.

Ich verkneife es mir, meine Ohren zuzuhalten. »Was zur Hölle machen sie jetzt schon wieder?«, frage ich halb fauchend, halb stöhnend.

Doch Muriel schüttelt den Kopf. »Das sind nicht die Entitäten, die sind noch benommen vom Ritual. Das ist die Türklingel.«

»Wer baut eine derart infernalische Türklingel ein?«

Muriel antwortet nicht, sondern rauscht in Richtung Haustür ab. Kopfschüttelnd folge ich ihr. Das Glockenläuten dauert nun an, als spiele uns ein Kind einen Klingelstreich. Nur dass sich keine Kinder, weder die braven noch die unvernünftigen, hierher verirren würden.

Muriel öffnet die Tür und uns blicken fünf Gesichter mit unterschiedlichem Grad des Entsetzens an.

»Ihr Haus brennt!«, schreit uns eine panische Hausfrau entgegen. Ihre Gesichtsfarbe macht ihrer knallroten Kurzhaarfrisur Konkurrenz. Eine dieser Frisuren mit am Hinterkopf hochgegelten Haaren, die nur ganz bestimmte Frauentypen tragen. Auf ihrer Nase sitzt eine Brille, die 2004 fesch war. Sie heißt mit ziemlicher Sicherheit Gabi, Ute oder Sibylle, arbeitet als Sekretärin bei den Stadtwerken und leitet insgeheim den ganzen Laden mit ihrer kompetenten Herzlichkeit. Ich habe Angst vor ihr. Denn unter dem wandelnden Klischee versteckt sich eine Kampfmaschine, da bin ich mir sicher.

»Unser Haus brennt mit absoluter Sicherheit nicht«, erwidert Muriel trocken.

Ich blinzle durch ihren in den Türrahmen gestemmten Arm.

»Ihr Haus brennt!«, besteht Gabi weiterhin.

»Sind Sie ein Geist, dessen letzter Wunsch es war, seine Familie vor einem Feuer zu warnen? Können Sie deswegen nur diesen Satz sagen?«, erkundige ich mich höflich.

Sie starrt mich an, als wäre sie ein Enton oder ein ähnlich stupides Pokemon. Mhm, auch eine mögliche Erklärung.

Dann fasst sie sich ein wenig. »Wie bitte?«

Ich zucke mit den Schultern. »Hätte ja sein können ...«, murmle ich und überlasse das Feld wieder Muriel.

»Sind Sie sicher, dass es nicht brennt?«, vergewissert sich ein Bürohengst mit Geheimratsecken in den schlecht gefärbten schwarzen Haaren. »Aus sämtlichen Fenstern dringt Rauch. Oft ein Zeichen für einen Brand.«

Ich rollte hinter Muriel mit den Augen. Danke fürs Mansplaining.

»Wir hatten Ungeziefer«, erklärt Muriel knapp und tippt mit ihren bordeauxroten Nägeln gegen den Türrahmen.

»Sie können doch nicht Ungeziefer ausräuchern und ihren Nachbarn nicht Bescheid sagen!«, keift Gabi weiterhin, auch wenn sich die anderen langsam beruhigen.

»Wir haben uns nur Sorgen gemacht, weil aus dem halben Haus Rauch drang«, versucht eine große, athletische Frau zu vermitteln.

»Bitte geben Sie uns nächstes Mal Bescheid, wenn sie Derartiges planen«, flötet eine lebensgroße Barbie, die bisher schweigend am Arm ihres deutlich älteren Mannes hing. Ein Sonnyboy Marke Ü50. Seine Zähne sind weiß, seine Falten unterspritzt. Sie ist wunderschön auf eine Art, die einen würgen lässt. Selbst ihre Aura strahlt pink, Bokeh in Herzform. Seine hingegen wabert in dumpfem Graubraun, wie die Haare, die er garantiert schwarz überfärbt, vielleicht sogar mit einem dieser Sprays vom Home-Shopping-Kanal auffüllt.

»Ich bin Arnold Hallows, der Anwalt Ihrer Nachbarn«, erklärt er. »Wir sind keine Unmenschen, deshalb unterrichten wir Sie über unser Vorhaben.« Die braune Aura des Sonnyboys streckt ihre Fühler nach uns aus, brodelt wie ein fieser Hexentrank im Kessel. Barbies pinke Herzaura und Gabis Flammen der Gerechtigkeit gehen dahinter verloren. »Sie haben vier Wochen, um das Anwesen freiwillig zu verlassen.« Die Worte von Barbies Mann drehen mir den Magen um, obwohl ich noch nicht ganz begreife, was eigentlich los ist.

»Sie wollen, dass wir *unser* Anwesen verlassen, weil Sie ein wenig Rauch als Feuer fehlinterpretiert haben?«, fauche ich ihn an.

Er greift sich an das perfekt rasierte Kinn. »Ihr Anwesen stellt eine Gefahr für die gesamte Nachbarschaft dar.«

Ich schüttle heftig den Kopf. »Wir renovieren das Anwesen gerade von Grund auf und –«

Er hebt die Hand. »Es geht mir nicht um den Zustand dieses ...«, er pausiert dramatisch, um einen Blick auf die Fassade zu werfen, »... fragwürdigen *Anwesens*. Viel mehr bedrohen die Handlungen ihrer Bewohner die Idylle der gesamten Straße.«

»Was für Handlungen?«

»Verwahrlosung eines unter Denkmalschutz stehenden Gebäudes. Lärmbelästigung bei Tag sowie bei Nacht. Zerstörung der Natur. Brandstiftung mit drastischer Rauchentwicklung. Zwielichtige Geschäfte. Schreie.«

Ich schlucke, denn ich vermute, genau das hat Muriel hier die Jahre über gemacht. »Sie können uns nicht aus unserem eigenen Haus werfen«, kontere ich dennoch.

Gabi verschränkt ihre Arme vor der Brust. »Nun, wenn das Gericht entscheidet, dass die Klagen der Nachbarn Bestand haben, wird er das sehr wohl können.«

»Vier Wochen. Dann beginnt das Gerichtsverfahren.« Hallows lächelt mich unheilvoll an. »Natürlich können wir uns auch außergerichtlich einigen, wenn Sie sich entscheiden mein großzügiges Angebot anzunehmen.« Er reicht mir einen Umschlag und leitet seine Lakaien ohne ein weiteres Wort weg vom Haus. Etwas an seiner Aura verdreht mir den Magen. Das flaue Gefühl hält an, selbst als wir die Tür schließen und die Nachbarn schon längst nicht mehr auf unserem Grundstück sind.

KAPITEL 6

Ich laufe von einer Seite der Küche zur anderen. Auf dem Tisch liegt der Brief mit seinem Angebot für das Murkwood-Anwesen. Ein wirklich großzügiges Angebot. Ich bin versucht es zu akzeptieren, aber irgendwas in mir wehrt sich dagegen. »Und was jetzt? Lassen wir uns das einfach gefallen? Suchen wir uns einen Anwalt, der ihm in den Arsch tritt?«

»Hallows ist der beste Anwalt der Stadt. Mit Abstand. Und jeder andere seiner Zunft wird uns nur dazu raten, sein Angebot anzunehmen.« Muriel greift sich einen Mörser und lässt verschiedene getrocknete Kräuter hineinrieseln.

»Was passiert, wenn er die Klage gewinnt?« Etwas windet sich in meinem Magen, als hätte mich jemand gezwungen eine Handvoll Maden hinunterzuwürgen. Plötzlich kann ich nicht mehr herumlaufen. Ich muss mich setzen.

»Ich bezweifle, dass er das Anwesen stehen lässt. Er wird hier eine schicke Villa bauen oder ein Kaufhaus oder sowas.«

Zu jeder anderen Zeit hätte ich Muriel liebend gern darauf hingewiesen, dass kein halbwegs vernünftiger Mensch ein Kaufhaus an diesem abgelegenen Ort bauen würde. Doch die Maden in meinem Bauch nagen sich einen Weg zu meinem Herzen. »Wenn er das Anwesen abreißt, was passiert dann mit den Entitäten?«

Einige Atemzüge lang schweigt Muriel. »Ganz genau.«

Ich starre sie ein paar Sekunden an. »Bitte erschlag mich nicht mit Informationen.«

Muriel seufzt. »Ohne die Rituale gewinnen die Entitäten an Kraft. Und verlieren immer mehr ihre menschliche Seite. Du wirst bald merken, wie groß der Unterschied allein schon vor und nach einem Räucherritual ist. Stell dir vor, was passiert, wenn ihnen niemand mehr Einhalt gebietet.«

Ich lege einen Finger an mein Kinn. »Eines der 66 Siegel wird geöffnet und Luzifer ist einen Schritt näher an der Apokalypse?«

»Ist das der richtige Zeitpunkt für dich, um *Supernatural*-Witze zu machen?« Juri beugt sich über meine Schulter.

Ich springe halb vom Stuhl auf. »Musst du das Heimsuchen so wortwörtlich nehmen und mich ständig erschrecken?«

»Darauf habe ich es gar nicht angelegt. Im Gegenteil, ich bin zurück von meinem Entitäten-Selbstfindungs-Retreat in der Zwischendimension und dank deines Räucherrituals bin ich heute besonders liebesbedürftig.« Er grinst und versucht mich in eine Umarmung zu ziehen.

Ich weiche aus und bringe den Tisch zwischen uns. »Ganz sicher nicht. Umarme einen kahlen Baum oder einen Sarg oder was auch immer dir für eine Entität passend erscheint.« Ich wende mich Muriel zu, werfe aber ein Auge weiterhin auf Juri. »Also, was ist jetzt der Plan, wenn du keinen Anwalt anheuern willst?«

»Dir ist klar, dass wir keine Chance gegen ihn haben?«

Ich knalle beide Hände auf den Holztisch und ignoriere das Brennen meiner Handflächen. »Wir können uns doch nicht einfach von so einem dahergelaufenen Typen unterbuttern lassen. Wir müssen uns wehren!«

»Und wie willst du das anstellen?«, fragt Muriel. Seelenruhig zerkleinert sie die Kräuter.

»Wir werden vor Gericht beweisen, dass weder wir noch das Anwesen eine Gefahr darstellen.«

Juri schnaubt. »Ihr lügt also?«

Ich schlage eine Hand auf seinen Mund und spüre sein Grinsen in meiner Handfläche.

Muriel ignoriert ihn. »Wir können es versuchen. Aber stell dich darauf ein, dass wir verlieren.«

Ihre Gleichgültigkeit treibt mich zur Weißglut. Ich will ihren dämlichen Mörser aus dem Fenster schmeißen. »Wir können es zumindest versuchen!«

»Und wenn wir verlieren?«

»Wir verlieren nicht«, grolle ich.

»Aber wenn doch?«

Ich finde keine Worte. Das Anwesen selbst ist mir relativ egal, aber ich kann mir nicht ausmalen, was passiert, wenn jemand das Gebäude abreißt und alle Geister freilässt.

Endlich stellt Muriel den Mörser ab. »Wir können es versuchen. Ich glaube nur, wir sollten unsere Kräfte anders nutzen.«

»Ach und wie? Soll ich einfach nur das Anwesen renovieren, um die Geschworenen mit einem reizenden Häuschen von unserer Unschuld zu überzeugen?« Ich lehne mich noch etwas weiter vor.

»Nicht, wenn *du* dich um die Renovierung kümmerst«, murmelt Juri.

»Die beste Möglichkeit ist es, die Entitäten ein für alle Mal zu verbannen.«

Ich schüttle den Kopf. »Du hast gesagt, dass du nicht weißt, wie das geht.«

»Also müssen wir es wohl herausfinden.«

Juri lehnt sich vor, bis sein Gesicht vor ihrem schwebt. »Du hast bis heute nicht herausgefunden, wie du uns verbannen kannst. Wieso denkst du, ihr schafft das jetzt in ein paar Monaten?«

Muriel verzieht keine Miene. »Du musst so schnell wie möglich lernen, wie du gegen Entitäten kämpfst. Du brauchst ein grundlegendes Verständnis für ihre Bannung, damit du überhaupt eine Chance hast, die endgültige Verbannung zu erlernen. Ich bringe dir bei, wie du deine körperlichen und mentalen Fähigkeiten stärkst. Du hast nur wenige Wochen Zeit für das, was andere in ein oder zwei Jahren lernen.« Sie schweigt einen Moment. »Und das wird nicht einfach.«

***

Ich konnte schlecht einschlafen, weil ich die ganze Zeit über das nachdenken musste, was Muriel gesagt hatte. Keine Ahnung, wieso sie meinte, dass ich herausfinden könne, wie die endgültige Verbannung funktioniert. Doch sie scheint fest entschlossen, was mein Training angeht.

Morgens schleiche ich mich aus ihrer Villa, bevor sie davon Wind bekommt.

Ich brauche etwas Ruhe, um alles zu verarbeiten. Und ich muss dringend in die Uni, bevor ich gar keine Zeit mehr für mein Studium finde.

Übermüdet schleppe ich mich erst zum Bäcker, dann auf den Campus. Ganz hinten im Seminarraum brüte ich über alles, was momentan schiefläuft, ohne auch nur ein Wort des Dozenten zu verstehen. Ich schicke Viper und Larkin eine Nachricht, dass ich in der Uni bin – und ob wir zusammen Mittagessen. Vielleicht können sie mich wenigsten ein paar Stunden ablenken.

Viper wartet vor dem Seminarraum auf mich und zusammen gehen wir zu Larkin in die Mensa. Er wartet an unserem üblichen Tisch ganz in der Ecke auf uns. Wie schafft er es immer, vor uns hier zu sein? Er ist der Typ Mensch, der so viele Leute kennt, dass er minütlich auf jemanden trifft und Small Talk hält, ganz egal wo er ist.

Mit zusammengekniffenen Augen starre ich Larkins schwarzes Batman-Shirt an, das sich über seine Brust spannt. »Wen willst *du* heute beeindrucken?«

Er grinst. »Unseren neuen Runningback.«

»Ist er süß?«, fragt Viper desinteressiert. Sie bugsiert voll konzentriert ihr Tablett mit drei verschiedenen Kuchenstücken und einem Schokoriegel an unseren Tisch.

»Er ist heiß«, schwärmt Larkin theatralisch.

»Sicher. Ich weiß, was du heiß findest. Der Typ hat garantiert die Attraktivität eines Blobfisches.«

»Hey, das sind interessante, sehr missverstandene Tiere!«, werfe ich ein, während ich mich setze.

»Trotzdem sind sie potthässlich, Hagrid«, erklärt Viper mit Kuchen im Mund.

»Wenn wir schon mein Liebesleben in drei Sätzen abhandeln, können wir uns dann wenigstens wichtigen Themen zuwenden?« Larkin wirft uns tadelnde Blick zu, bevor er seine Augen auf mir ruhen lässt. »Jetzt, da du dich doch wieder dazu herablässt, mit uns zu reden, will ich alles wissen. Anwesen, Familie, Streit, Ausziehen, Großmutter. Alles.«

Ich stoppe mitten in der Bewegung und meine Gabel schwebt vor meinem Kinn. Ich wollte doch nur in Ruhe mein Essen genießen – zur Abwechslung mal nicht Muriels Knastfraß – und einige Stunden keinen Gedanken an den ganzen Mist verschwenden. »Ich habe ein Anwesen geerbt, mich mit meiner Familie gestritten, bin abgehauen und zu meiner Großmutter gezogen.«

»Du hast gerade buchstäblich einen einzigen Satz aus meinen Wörtern gebildet«, bemängelt Larkin.

»Und du reagierst nie auf unsere Nachrichten!« Viper spießt ein riesiges Stück Kuchen mit mehr Kraft auf als nötig.

Ich seufze und werfe die Hände in die Luft. »Was wollt ihr denn wissen? Was für eine schlechte Tochter ich bin? Was ich meiner Mum Unmögliches vorgeworfen habe? Wie meine Großmutter mich tagtäglich in den Wahnsinn treibt? Wie mies es mir geht?« Ich atme tief ein und starre meine Freunde mit verschränkten Armen an. Meinen Blick wende ich nicht ab.

Viper knallt ihre Gabel samt Kuchen zurück auf ihren Teller. »Genau das wollen wir wissen! Über so was reden Freunde! Du sture, bockige, doofe ... Nuss!«

»Doofe Nuss? Da hast du aber ganz tief in die Kiste mit bösen Schimpfwörtern gegriffen, was?«

Viper plustert ihre knappen Einmetersechzig auf. »Arschkuh!«

Ich fasse mir an die Brust. »Das hat gesessen.«

»Weißt du was? Das ist mir zu doof. Meld dich wieder, wenn du bereit bist, wie eine Erwachsene darüber zu sprechen!« Sie schnappt sich den Rest Kuchen und stampft davon.

Düster blicke ich zu Larkin. »Hast du auch noch was zu sagen?«

Larkin tätschelt meinen Kopf. »Ich weiß nicht, was du momentan durchmachst. Und wenn du darüber nicht mit uns reden willst, ist das okay. Aber du solltest Viper nicht so vor den Kopf stoßen. Wenn du ihr sagst, dass du nicht darüber reden willst, versteht sie das. Du musst nicht absichtlich fies sein, damit sie dich in Ruhe lässt.«

Einige Entgegnungen brennen in meinem Hals. Ich entscheide mich für ein sarkastisches *Dankeschön, Meister Yoda,* doch die Worte finden keinen

Weg hinaus. Ich öffne den Mund und schließe meine bebenden Lippen sofort wieder. Trotzig starre ich die Tischplatte an.

Und plötzlich will ich ihm sagen, wie es mir geht. Dass ich das Gefühl habe, mein Leben rinne mir durch die Finger wie Sand. Dass ich die Kontrolle verliere. Doch als ich aufblicke, ist er bereits weg.

***

»Du solltest hier einziehen«, begrüßt mich Muriel am Nachmittag. Sie sitzt am Küchentisch des Anwesens, gebeugt über einen riesigen Stapel Zettel.

Ihre Worte holen mich aus meiner schmollenden Trance. »Bist du verrückt?«

»Du bist zu unzuverlässig. Haust einfach ab –«

Ich schmeiße meinen Rucksack in eine Ecke. »Ich war in der Uni. Das ist das Gegenteil von unzuverlässig.«

»Und du brauchst die Übung. Mehr Zeit hier zu verbringen wird dein drittes Auge stärken. Du musst so langsam mal anfangen Fortschritte zu machen.«

»Ich werde nicht in dieser Gefahrenzone schlafen!«

»Natürlich habe ich bereits Wasser und Elektrizität angemeldet. Und als du in der Uni deine Bilder gemalt hast, waren Handwerker hier. Das Anwesen steht sicher und fest.«

»Ich meine die Entitäten, Muriel!«

»Papperlapapp. Haben sie dir bisher irgendwas getan?« Sie hört mir nicht mal richtig zu.

»Nun, sie haben in meiner ersten Nacht hier versucht mich umzubringen, aber klar – null gefährlich.«

»Sie haben dich nur erschreckt. Mit dem Amulett können sie dir nicht wirklich etwas antun. Außer du stellst dich besonders dumm an.« Muriel begutachtet mich von Kopf bis Fuß, als wäre es nicht allzu unwahrscheinlich, dass ich mich besonders dumm anstelle. Dann zerrt sie einen Ordner aus ihrer Tasche und knallt ihn auf den Tisch. »Außerdem hast du unterschrieben, dass du –«

»Ugh!«, stöhne ich auf und werfe den Kopf in den Nacken. »Wieso habe ich jemals diesen beknackten Vertrag unterschrieben?«

»Zusätzlich zu unserem Unterricht wirst du Raum für Raum renovieren. Du kannst gern mit deinem Schlafzimmer beginnen. Schließlich habe ich dir dafür das Geld geschenkt. Du darfst frei darüber verfügen. Und wenn du mehr brauchst, meldest du dich.«

»Ab wann soll ich hierbleiben?«

»Am besten in einer Woche. Dann kannst du dich um das Gröbste kümmern und alle deine Sachen herbringen. Wird auch Zeit, dass dein Gerümpel bei mir verschwindet.«

Mich wundert, dass sie nicht darauf besteht, mich direkt heute hier einzuquartieren, mit einer modrigen Matratze als Bett, die vermutlich von einem verstorbenen Matratzenvertreter besessen ist. Aber statt mich über ihre Herzlosigkeit zu beschweren, setze ich mein zuckersüßestes Lächeln auf. Wenn ich schon hier einziehen muss, will ich wenigstens ein vernünftiges Schlafzimmer haben und nichts, das aussieht wie der Unterschlupf von Drogendealern. »Wenn ich mir heute Nachmittag freinehmen kann, um mich um die Renovierung zu kümmern, haben wir einen Deal.«

»Abgemacht. Wenn ich dich so dazu bekomme, dein Schicksal anzunehmen.«

Sie redet von Schicksal, aber sein wir mal ganz ehrlich. Ich bin keine Heldin, die irgendeinen Berg erklimmen muss, um einen Klunker loszuwerden. Auch muss ich keine äonenalte Prophezeiung erfüllen oder mein Volk in die Freiheit führen. Mein Job ist es, in einer Bruchbude mit einer rauchenden Müslischale durch die Gegend zu laufen. Und ich habe keinen sechsten Sinn oder ein drittes Auge oder sonst irgendein Körperteil in abnormaler Quantität. Ich sehe nur etwas mehr als andere Menschen.

»Aber engagiere nur Fachleute, wenn du etwas wirklich nicht erledigen kannst!«, ruft Muriel mir hinterher, während ich die Küche verlasse. »Je weniger Leute mit den Entitäten in Berührung kommen, desto besser!«

Ich winke ihr nur hinterher, während ich zu meinem Rucksack im Flur renne. Sobald mein Laptop aufgeklappt auf meinem Schoß liegt, stöhne ich auf. Anscheinend hält Muriel Wasser und Strom für lebensnotwendig, aber kein Internet. Ich packe alles zusammen und verabschiede mich hastig von Muriel, um einen geheimen Ort mit altehrwürdigen magischen Kräften aufzusuchen.

Ein Café mit Internet und starkem Tee.

***

Ich nippe an meinem ersten Iced Matcha Latte, nachdem mir vier Tassen Schwarztee die Lust auf Heißgetränke genommen haben. Im Eckcafé in der Nähe meiner Uni ist es angenehm leer und ich konnte einen der gemütlichen Sofaplätze im hinteren Teil des schmalen Altbaus ergattern.

Ich habe drei Stunden damit verbracht, Internet anzumelden, To-do-Listen zu erstellen und zu recherchieren. Mir wird klar, dass ich keine Ahnung von Renovierungsarbeiten habe. Und mir wird klar, wie anstrengend Erwachsensein ist. Drei Stunden meines Lebens verschwendet für Recherchen, ohne dass ich wirklich schlauer bin. Ich dachte, nach einer halben Stunde könnte ich sämtliche Antiquitätenläden der Stadt nach Schätzen durchstöbern.

Die Realität saugt mir meinen Enthusiasmus aus. Ich kann nicht einfach die Wände streichen und Möbel in das Anwesen stellen. Der Boden muss aufbereitet werden, jemand muss nach Schimmel suchen, das Dach muss neu gedeckt werden. Lauter langweilige, nervenraubende Aufgaben. Ich lasse mich gegen die Sofalehne fallen und massiere meine Schläfen.

Zuhause bei meiner Familie würde ich jetzt irgendein halb genießbares Gericht von Mum essen, das Kalliope hinter ihrem Rücken mit Gewürzen verfeinert. Thalia würde einen ihrer geliebten Schwarz-Weiß-Filme für unseren Filmabend heraussuchen, den wir anderen jedes Mal einstimmig ablehnen.

Ich atme ein. Viel zu flach, viel zu traurig. Manchmal denke ich tagelang nicht an sie. Manchmal denke ich jede Sekunde an nichts anderes. Jede Erinnerung ist auch eine Erinnerung an meine Sturheit, meine Gemeinheiten, mein kindisches Verhalten. Daran, dass ich nur über meinen Schatten springen und mich entschuldigen müsste – und alles wäre wie früher. Verdammt, ich müsste mich nicht einmal entschuldigen, denn sobald ich vor Mums Tür stände, würde sie mich in ihre Arme schließen. Wenn ich Glück hätte, würde sie nach Räucherstäbchen und ihrer seltsamen Silbercreme riechen, auf die sie bei allen Beschwerden schwört. Falls sie nach verbrannten Grünkernbratlingen und ihrem Patschuliparfüm riechen würde, hätte ich ebenfalls Glück. Denn sie ist Mum, meine schrullige Mum, die mir jeden Mist verzeiht. Die versuchen würde böse zu schauen, aber nach drei Sekunden grinsen müsste. Mum, die nie davongelaufen ist, auch nicht, als ihr Arschloch von einem Mann sie mit drei Kleinkindern und keinem Cent auf dem Konto sitzen gelassen hat. Ich schlucke die Tränen hinunter, die plötzlich hinter meinen Lidern brennen.

»Mel? Alles in Ordnung?«

Ich schrecke so schnell hoch, dass ich mir mein Knie am Tisch stoße und etwas von meinem Matcha Latte überschwappt. Für einen Moment glaube ich, die sanfte Männerstimme gehöre Larkin. Dann sehe ich Cole neben mir stehen. Enttäuschung und Verlegenheit duellieren sich in mir. Beide lassen meine Hand zittern, mit der ich über meine Augen wische, und meine Stimme stocken.

»Ja, al–«, ich räuspere mich, was kaum gegen die Rauheit meiner Stimme hilft, »alles klar. Natürlich, alles ist in Ordnung. Mir geht es gut. Super. Supidupi. Alles roger in Kambodscha.« Zu allem Überfluss deute ich noch Pistolen mit meinen Fingern an. Klasse, Mel, beton noch einmal mehr, wie gut es dir geht, und er bringt dich direkt zum Psychologen.

Einen Moment starrt er auf mich herab. Wie ein Tierschutzmitarbeiter, der überlegt, wie er dem verschreckten Kätzchen am besten das Vertrauen in Menschen zurückgibt.

»Wenn du nicht darüber sprechen willst, ist das okay …«, redet er sanft auf mich ein und ich frage mich, ob sich alle abgesprochen haben. »Aber du siehst ehrlich nicht aus, als würde es dir gut gehen.«

Aus den Augenwinkeln analysiere ich seine Aura. Gelb-goldene Wolken umgeben ihn, was an sich angenehm ist. Doch dazwischen funkeln hellrote Spritzer. Pfeile, die sich nach mir recken. Nichts Beunruhigendes, kein Blutrot, das vor Aggressivität oder Sexualität strotzt. Cole klingt besorgt und aufrichtig, und ich schätze, das ist er. Doch auch wenn er das Gegenteil sagt – er wird nicht lockerlassen, bis ich mit ihm rede.

Keine üble Eigenschaft, schließlich spüre ich, dass er aus aufrechter Gutmütigkeit handelt. Aber seine Aura hinterlässt einen üblen Nachgeschmack auf meiner Zunge. Ich kann das Gefühl nicht richtig zuordnen. Ich weiß nur, dass ich ihn nicht gut genug kenne, um ihm anzuvertrauen, was auf mir lastet. Dass er dennoch nicht aufgeben wird, setzt mich unter Druck. Mir bleibt nur eine Wahl, um seiner Gutmütigkeit zu entkommen: Halbwahrheiten.

Ich stöhne auf. »Ich muss dieses gigantische Anwesen meiner Großmutter renovieren und hätte nie gedacht, dass das so viel Arbeit ist. Keine Ahnung, wo ich überhaupt anfangen soll.«

Cole setzt sich neben mich aufs Sofa. »Dann hast du großes Glück, dass neben dir der zweitbeste Innenarchitekturstudent des Jahrgangs sitzt.« Er scherzt, aber in seiner Stimme schwingt dennoch Stolz mit.

»Nach Thalia?«, frage ich lachend. Zu meiner Überraschung nimmt mir unser Gespräch schon jetzt ein wenig Ballast von den Schultern. Sagen einem die Leute deshalb ständig, man soll sich den Frust von der Seele reden?

»Ich hab schon lange aufgegeben, sie zu übertreffen. Aber vielleicht reichen dir meine Fähigkeiten, auch wenn ich nicht an deine talentierte Schwester heranreiche?« In seiner Stimme liegt mehr als die ausgesprochene Frage. Er will behutsam nachfragen, wieso ich nicht einfach meine Schwester um Hilfe bitte. Entweder vermutet er, was nach dem desaströsen Abendessen passiert ist, oder es hat sich bereits herumgesprochen.

Bei der Erinnerung an das »Letzte Abendmahl« heizt sich mein Kopf bis zu den Ohrenspitzen auf. Wie konnte ich das vergessen? Wie kann Cole noch mit mir reden, als wäre nichts geschehen? »Bitte vergiss, was vor zwei Wochen passiert ist«, platze ich heraus. *Hilfe, ist das wirklich schon so lange her?* Ich rechne noch mal im Kopf nach, doch tatsächlich.

Cole läuft rot an. »O nein, bitte hör auf darüber nachzudenken!« Ich klatsche mir die Hände vors Gesicht. »Ich denke überhaupt nicht drüber nach.« Cole lacht, ein roboterhaftes Lachen irgendwo zwischen Amüsement und völliger Verzweiflung.

Zwischen meinen Fingern blicke ich auf seine peinlich berührte Grimasse. »Natürlich denkst du drüber nach!«, beschwere ich mich lautstark.

Ich vergrabe mein heißes Gesicht in meinen Unterarmen, was Cole erneut zum Lachen bringt.

Er lehnt sich verschwörerisch zu mir. »Wie wäre es, wenn du mir einfach zeigst, was du bisher geplant hast?«

»Als Letztes habe ich geplant, das verdammte Gebäude einfach niederzubrennen«, murmle ich und schiebe meinen Laptop etwas mehr in seine Richtung.

Cole beugt sich zum Computer, weg von mir, was mich einerseits enttäuscht und andererseits erleichtert. »Nun, wir können noch ein paar Dinge probieren, bevor du den Ausweg im Vandalismus suchst. Hast du eine Liste mit Sachen, die zu erledigen sind?«

Ich öffne das Dokument mit meiner wirren To-do-Liste. Ich beobachte, wie er sie konzentriert studiert. Er runzelt die Stirn und versinkt in fokussierter Aufmerksamkeit.

Wir verbringen die Zeit damit, jeden einzelnen Punkt durchzugehen. Cole schafft es, mir jeden noch so komplizierten Vorgang detailliert zu erklären, sodass sogar ich es verstehe. Er zeigt mir die besten Adressen für Marmor, Echtholzparkett und andere Baumaterialien. Er tippt mir eine übersichtliche Liste von Schritten ab, nach der ich vorgehen soll.

»Konnte ich dir ein wenig helfen?«, fragt er nach etwas mehr als zwei Stunden.

»Ein wenig?«, frage ich fassungslos. »Du hast mir das Leben gerettet!«

Cole lächelt mich warm an. Seine goldene Aura leuchtet so weit, dass sie mich miteinschließt. Es muss ihn ehrlich glücklich machen, anderen zu helfen. Ein wenig beneide ich ihn, denn ich schaffe es nie, jemand anderem nützlich zu sein. Ihm scheint das ganz natürlich anzuhaften. »Dann ist ja gut! Oh, warte mal …« Cole kramt in seinem Leinenrucksack herum, auf dem keine Buttons, keine Bandaufnäher oder zumindest Flecken sind. Ich wünschte, er würde sich ein wenig schlechter kleiden. Doch selbst seine Accessoires schreien »perfekter Collegestudent«. Wenn ich nicht so eine Schwäche für hübsche Gesichter und schöne Haare hätte, wäre ich schon längst über alle Berge. Und es hilft auch nicht, dass Cole ein wirklich, wirklich, wirklich netter Typ ist.

Vielleicht sollte ich den ersten Schritt machen. Normalerweise bin ich nicht diejenige, die zögert. Aber er ist so anders als meine Ex-Freunde, die irgendwo zwischen exzentrischem Poeten, Metalband-Mitglied und Holden Caulfield angesiedelt sind. Bei ihnen lief alles immer von allein. Egal ob mein erster Freund Adrian, mit dem ich so viele Nachmittage in meinem Erkerfenster verbracht und sämtliche Bücher von Ray Bradbury und Harper Lee gelesen habe, dass wir irgendwann automatisch zusammen waren – oder mein letzter Freund Will, den ich einfach eines Nachts während einer Party geküsst habe und mit dem ich auch nach der Nacht mehr Küsse als Wörter getauscht habe. Bei allen fühlte es sich natürlich an. Ich habe keine Ahnung, ob in den Kreisen der Poloshirtträger andere Sitten vorherrschen. Manchmal fühle ich mich, als hätte mich jemand in eine längst vergangene Zeit zurückversetzt, in der die falsche Art, ein Taschentuch zu benutzen, schon ein Affront war. Aber ich befürchte, Cole ist einfach *zu* nett, um irgendwas zu unternehmen. Also muss ich mich überwinden.

»Sag mal, was hältst du davon, wenn wir –«

»Aha!«, ruft er und drückt mir einen Haufen Visitenkarten in die Hände. »Hier sind sie!«

Verdattert betrachte ich die Karten, die in meinen Händen überquellen.

»Das sind meine Lieblingshändler für Baumaterialien. Ich arbeite oft mit ihnen zusammen, wenn ich praktische Projekte umsetze. Sag ihnen, dass ich sie dir empfohlen habe und du bekommst einen Rabatt.«

»Entschuldige, du hast *Lieblingshändler für Baumaterialien?*«, frage ich, dann breche ich in Gelächter aus und schaffe es kaum noch die Wörter aneinanderzureihen. »Du bist der größte Innenarchitektur-Nerd aller Zeiten!«

Die anderen Gäste starren mich schon an, aber das ist mir egal. Coles Sammelkarten sind mit Abstand das Genialste, was ich seit Langem gehört habe.

»Findest du, es gehört sich, jemanden auszulachen, der dir das Leben gerettet hat?«, fragt Cole streng, doch er lächelt und seine Aura ist immer noch so warm, dass ich sie auf meiner Haut spüre.

»Es tut mir so leid«, bringe ich zwischen Lachern hervor. »Und danke, tausendmal Danke für deine Hilfe, aber vor allem dafür, dass du mich zum Lachen bringst! Aber bitte verrate den anderen Kindern in der Schule nicht, dass du Holzhändler-Visitenkarten statt Pokemon-Karten sammelst, die verprügeln dich dafür nämlich.« Langsam ebbt mein Lachen zu einem Kichern ab.

»Wenn ich könnte, würde ich dich den ganzen Tag zum Lachen bringen«, gesteht Cole.

Das Lachen bleibt mir im Hals stecken. Eine ziemlich kitschige Aussage, bei der ich innerlich die Augen verdrehe. Und ein winziges bisschen Schmetterlinge im Bauch bekomme. Aber in erster Linie verdrehe ich die Augen. Definitiv. Ich meine, er ist natürlich ein Frauenschwarm, wenn auch nicht wirklich mein Typ. Und er hat fantastische Haare, ist süß, witzig, und – küsst mich.

Ich vergesse die sarkastische Entgegnung, sobald seine Lippen meine berühren. Für einen Moment sitze ich nur da, erst dann realisiere ich, was passiert. Ich habe mir vorgestellt, wie es wäre, ihn zu küssen. Und es ist genau so wie in meiner Vorstellung. Er riecht nach teurem Parfüm und einem Hauch Fichtenholz, als hätte er noch vor wenigen Stunden in der Werkstatt gearbeitet. Sein Kuss ist warm und weich und angenehm und ich könnte seufzen und mich darin verlieren.

Aber so, wie er den Kuss vertieft, vertieft sich das Gefühl in mir, dass etwas falsch ist. Nichts an ihm, nichts am Kuss, aber etwas Tieferes, Unergründliches. Das hier ist nicht richtig. Das ist so nicht vorgesehen. Die gleiche Gewissheit, mit der ich an einem Sonnentag eine Regenjacke mitnehme, weil ich spüre, dass es später regnen wird. Die Gewissheit, mit der ich eine Straße meide, Minuten, bevor dort zwei Autos ineinanderfahren.

Die Erkenntnis schockt mich so sehr, dass ich ihn nicht sofort von mir schiebe. Das Schlimmste ist, dass mein Herz schnell schlägt und meine

Ohren warm sind. Ich empfinde Cole nicht als abstoßend, weder körperlich noch emotional. Doch es fühlt sich an, als würde meine Aura ihn abstoßen.

Und tatsächlich, sobald er sich nach wenigen Sekunden, die sich für mich wie Jahrzehnte anfühlen, von mir löst, flieht seine Aura aus flüssigem Gold vor mir. Cole lächelt und mein Herz bricht. Er spürt nicht, dass wir nicht füreinander gemacht sind. Vielleicht ist es mein sechster Sinn, bei dem ich mir immer noch nicht sicher bin, ob er wirklich existiert. Vielleicht sollte ich gar nicht spüren, dass das, was zwischen uns ist, nicht andauern wird. Vielleicht ist das etwas, das normale Menschen einfach durchmachen müssen, weil sie erst nach Monaten oder Jahren merken, dass sie nicht zueinander gehören. Vielleicht muss ich einfach meine Zähne zusammenbeißen.

Doch das kann ich nicht. Wie könnte ich ihm etwas vormachen? Aber ich weiß auch nicht, wie ich mich verhalten soll. *Sorry, Cole, wir sind auf einer kosmischen Ebene nicht füreinander gemacht, auch wenn ich seit Monaten so offensichtlich für dich schwärme?*

Also tue ich, was ich am besten kann – Hals über Kopf flüchten. »Tut mir leid, ich hab total vergessen, dass ich meine Großmutter vom Seniorentreff abholen muss«, stottere ich und packe gleichzeitig meinen Kram in meinen Rucksack. Zum Glück kennt er Muriel nicht, denn dann wüsste er, dass man Muriel nur in einen Seniorentreff bekommt, wenn sie die Erlaubnis hat, die alten Knacker dort mit einer Luftpistole abzuschießen.

»O ja, klar.« Cole hält sein seliges Lächeln wacker, doch in seinen Augen blühen Zweifel auf.

Mit einer hochpeinlichen Umarmung verabschiede ich mich und stürme aus dem Café. Draußen regnet es in Strömen und ich lache über die Ironie des Schicksals.

Auf dem Weg zu Muriels Villa kann ich nur an eins denken. Ich bin ein schrecklicher Mensch. Erst stoße ich meine Familie vor den Kopf, dann meinen Freunden und jetzt auch noch Cole.

KAPITEL 7

Zusätzlich zur Renovierung und meinen üblichen Aufgaben als Geisterjägerin Schrägstrich Babysitterin für die paranormalen Bewohner des Anwesens darf ich mich auch noch auf die Suche nach Informationen zur endgültigen Geisterverbannung machen. Und muss herausfinden, wie wir uns vor Gericht verteidigen können.

Ich beginne in der Bibliothek neben meinem Schlafzimmer, dessen deckenhohe Bücherregale von den Adler-Frauen über die Jahrhunderte mit sämtlichen Grimoiren, Zauberbüchern und Nachschlagewerken für das Übernatürliche gefüllt wurden, die man sich nur vorstellen kann. Und Muriel behauptet felsenfest, jedes einzelne von ihnen bereits nach einer Lösung durchforscht zu haben. Aber irgendwo muss ich ja anfangen.

Doch Muriel ruft mich zu sich, bevor ich auch nur ein Buch durchgearbeitet habe. Wie soll ich irgendwas schaffen, wenn sie mir ständig neue Aufgaben aufbrummt?

Im Zeichenzimmer zerrt sie das Gemälde, aus dem an meinem ersten Abend hier die Weißen Frau stieg, in die Mitte des Raumes. »In der nächsten Lektion lernst du eine Entität zu bannen.«

Die Bilder ihres ausgerenkten Kiefers, ihrer schwarzen Augenhöhlen bahnen sich einen Weg in mein Gehirn. Plötzlich wünsche ich mir die Zeiten zurück, in denen ich nur Runen auf meinen Körper gemalt habe.

»Was wirst du so weiß?«, fragt Juri. »Hast du etwa einen Geist gesehen?«

Nur halbherzig werfe ich ihm einen entnervten Blick zu. Sein Körper, der lässig an einer der Wände lehnt, beruhigt mich jedoch irgendwie. Untermalt von seinen schlechten Witzen fühlt es sich nicht so ernst an.

Muriel murmelt irgendeinen Spruch auf irgendeiner fremden Sprache –

vermutlich Latein, Mandarin oder Klingonisch – und zeichnet mit ihrem Zeigefinger erst einen Kreis, dann ein kompliziertes Muster auf die Leinwand.

Mit einem schrillen Schrei platzt der nebulöse Körper der weißen Frau aus dem Bild. Anstatt ihrer hochgewachsenen, wunderschönen Hülle erscheint sie direkt in ihrer grotesken Geisterform. Dürre Finger stecken sich nach meinem Gesicht aus, knorrig wie Bäume und mit einer dunklen Substanz unter ihren abgebrochenen Fingernägeln.

Ich weiche instinktiv zurück, doch sie erreicht mich nicht. Einen Meter vom Gemälde entfernt hält sie inne – wie vor einer unsichtbaren Wand.

Muriel breitet seelenruhig einige Utensilien auf dem Boden aus. Ein Salzsäckchen, Kräuter, angemischte Ritualfarben, den Dolch von Viper und Larkin. »Siehst du, wie weit sie sich vom Gefäß entfernen kann? Sie ist ein niederer Geist mit wenig Kraft. Stärkere Geister kommen weiter weg.«

Ich werfe einen skeptischen Blick auf das Bild. »Brauchst du eine Brille? Benutzen wir irgendeinen Geisterjäger-Geheimcode? Das ist doch eindeutig ein Gemälde und kein Gefäß?«

»Ein Gefäß ist ein Gegenstand, mit dem wir Entitäten bannen.«

»Darauf hättest du von allein kommen können, wenn du etwas nachgedacht hättest«, wirft Juri ein. Er scheint die Zeit seines Lebens zu haben, einfach nur, indem er mich dabei beobachtet, von der Weißen Frau angegeifert zu werden.

Muriel ignoriert ihn. »Spüre in dich hinein, welche Runen dir nützlich sein könnten.«

Das kann ich. Mum hat oft genug Achtsamkeitsübungen mit uns gemacht. Gut, die meiste Zeit endete das in Kicheranfällen, aber ich weiß zumindest theoretisch, worauf es ankommt. Deshalb schließe ich meine Augen, atme tief ein und fühle –

Isa und Thurisaz. Ich knie mich auf den Boden und wähle die richtigen Farben aus. Dann tauche in den Pinsel in die zähe Paste und male erst Isa auf mein Brustbein, dann Thurisaz auf mein Handgelenk. Zu meiner Überraschung spüre ich einen Ruck durch mich hindurchgehen. Kraft pulsiert durch meine Adern, aber auch Konzentration, Besonnenheit.

»Was passiert jetzt?«, flüstere ich. Ich richte mich auf und gehe einen Schritt auf die Weiße Frau zu. Ich sehe nur sie, alles andere verschwimmt in meinem Sichtfeld. Nur Muriels Aura, die mich führt, nehme ich wahr.

»Ich entfessle sie vom Gefäß und du bindest sie an ein anderes.« Muriels Erklärung erklärt nichts. Langsam nehme ich an, dass es keine vorgeschriebene Vorgehensweise gibt.

Bevor ich fragen kann, wie ich das anstellen soll, rammt Muriel einen Dolch in das Gemälde und zieht ihn quer durch die Leinwand. Das Reißen des Stoffes vibriert in mir, fühlt sich an, als würde mein Herz in zwei Hälften geteilt. Es ist kein besonders wertvolles Gemälde, aber es sollte nicht zerstört werden.

Die keifende Weiße Frau lenkt meine Gedanken in eine andere Richtung. Sie rauscht an die Decke, eine Wolke aus Nebel, breitet sich dort aus, bevor sie sich zurück in ihre Geisterform verwandelt. Dann stürzt sie herab. Die Frau, die sich aufrichtet, ist nicht mehr durchscheinend. Blasse, aber undurchsichtige Haut. Feines hellbraunes Haar, das sich aus einem Haarknoten löst. Sie springt zurück in ihre Geisterform. Und wieder zurück in den menschlichen Körper. Ihre Schreie wechseln zwischen animalischem Heulen und verzweifelter, ganz und gar menschlicher Wut.

Sie will ihr Gemälde zurück. Sie will frei sein. Sie will Verwüstung. Sie will Frieden.

Kurz denke ich, dass das hier falsch ist. Doch ihr immenser Zorn lässt mich handeln.

»Schwäche sie, damit du sie an das neue Gefäß binden kannst«, sagt Muriel. Ich weiß nicht, ob ich ihre Worte höre oder ihre Gedanken.

Die weiße Frau, ihr Gesicht halb menschlich, halb Monster, prescht auf mich zu. Ich zerre das Amulett von Tanit unter meinem Pullover hervor, halte es ihr entgegen und sie gerät ins Stocken. Wie immer ist meine erste – und einzige – Idee Salz. Ich hebe das Säckchen auf und hole eine Handvoll weißer Kristalle heraus. Sie knistern in meiner Faust. Das wird sie schwächen, vermute ich. Hoffe ich. Ich arbeite im Autopiloten.

Sie verwandelt sich in ihre menschliche Hülle und kauert auf dem Boden, die Hände schützend vor dem Gesicht. Sie weint. Ich halte inne und lasse meine Hand sinken.

»Bitte!«, weint sie. »Bitte, verschone mich und ich gehe freiwillig in das Gefäß. Ich will den Schmerz nicht spüren.«

Ich zögere. »Versprich es mir und ich verspreche es dir.«

Dumpf höre ich Juris Lachen. »Dummer Mensch.«

Meinen Fehler bemerke ich zu spät. Im einen Moment kauert sie auf dem Boden, einige Schritte von mir entfernt – im nächsten stürzt sie auf mich, nutzt mein Zögern und legt ihre Hände um meinen Hals.

Ihr Aufprall schleudert mich auf den Rücken, ihr hagerer Körper presst mich in den Boden. Der Beutel mit dem Salz fliegt durch die Luft. Ich kann nicht atmen. Panik verengt meine Kehle und mit jedem röchelnden Atemzug verliere ich die Sicherheit, welche vorher durch mich hindurchfloss.

»Gib einem Geist kein Versprechen!«, bellt Muriel, doch sie rührt keinen einzigen Muskel, während ich mit der Weißen Frau auf dem Boden ringe. Das Salz rieselt nutzlos aus meiner Hand.

»Wieso hilfst du mir nicht einfach?«, röchle ich. Meine Entrüstung rast durch meine Adern, hinterlässt ein Prickeln in meinen Gliedmaßen, bevor sie sich in meinem Handgelenk sammelt. Die Stelle, auf die ich Thurisaz gemalt habe, wird heiß.

Mit einem Ruck stoße ich die Weiße Frau von mir herunter, pinne sie auf dem Boden fest, indem ich mich auf ihre Unterarme knie. Sie keift, doch diesmal lasse ich mich davon nicht irritieren. »Wo ist das Scheißsalz?« Ich drehe mich, soweit es geht, in alle Richtungen, ohne von meiner Widersacherin abzulassen. Dort, neben dem zerschnittenen Gemälde, liegt der Beutel. Salz rieselt langsam aus der Öffnung.

»Sie ist nicht gerade ein Naturtalent, oder?«, fragt Juri.

»Ich hab Jägerinnen mit mehr Talent im linken Finger gesehen.«

»Wenn ich mit ihr fertig bin, seid ihr dran!«, drohe ich und hechte in Richtung Salzbeutel. Ich stolpere, schrappe mit den Knien über den Holzboden und der Stoff meiner Jeans reißt auf. Darauf achte ich nicht, sondern greife nach dem Beutel, die Weiße Frau an meinen Fersen.

Sie klammert ihre dürren Finger um meine Fußgelenke und zerrt mich über den Boden zu sich, als würde ich nicht mehr wiegen als ein Sack Federn. Ich drehe meinen Oberkörper um und schleudere ihr den gesamten Inhalt des Beutels entgegen. Das Salz trifft nur ihre rechte Gesichtshälfte und Schulter, doch es scheint zu reichen. Sie lässt jaulend von mir ab.

»Du sollst sie nur schwächen! Mit so viel Salz verjagst du sie, bevor du sie an ein neues Gefäß binden kannst!«, keift Muriel.

Juri lacht. »Ein Glück, dass sie noch schlechter zielt, als sie kämpft.«

Ich beiße die Zähne zusammen. Für sie bin ich eine halbwegs interessante Abendunterhaltung, obwohl ich hier mein Leben riskiere. »Was, verdammt noch mal, tue ich jetzt?«, schreie ich niemand Bestimmten an.

»Such ein neues Gefäß. Und beeil dich, bevor sie ihre Kräfte wiederfindet.« Ich blicke mich im Raum um. Die Leiter, mein Laptop – hier gibt es nichts außer Dingen, die ich noch brauche. Mehrmals drehe ich mich um die eigene Achse. Anstrengung und Panik lässt meinen Atem unregelmäßig werden, mein Brustkorb hebt und senkt sich viel zu heftig. Wieso ist hier nichts? Das hier ist ein leer geräumtes Zeichenzimmer, in dem schon vor der Renovierung nicht mehr als eine Staffelei und alte Bilder standen.

Ich klatsche mir vor die Stirn. Natürlich! Die alten Gemälde hängen noch an den Wänden. Ich lasse meinen Blick über die Bilder an der Wand schweifen, während ich auf sie zurenne. Ich kann nicht irgendeines von ihnen nehmen, das spüre ich. Meine Hand gleitet über die Leinwände, die goldenen Rahmen, die erhobenen Pinselstriche. Dann spüre ich sanfte Elektrizität. Mit beiden Hände reiße ich ein Gemälde von der Wand und wanke kurz unter seinem Gewicht. Dann verfrachte ich das Gemälde vor das alte Gefäß und wische mir mit dem Ärmel über die Stirn.

»Jetzt das Siegel«, raunt Muriel und drückt mir Pinsel und Farbe in die Hände.

Das lässt mich schnauben. Wieso erwartet sie die ganze Zeit, dass ich diesen komplizierten Kram kenne, den mir niemand beigebracht hat? In Ermangelung einer besseren Idee überlege ich das Frischesiegel unseres Pizzalieferanten auf den Boden zu malen. Doch der Gedanke löst einen Sturm von

Erinnerungen aus. Pizza mit Viper und Larkin an meinem Geburtstag. Ihre Geschenke. Kalliopes Geschenk. Vor meinem inneren Auge blättere ich durch das Buch, das sie mir gegeben hat. Die Zeit, um wirklich in dem alten Grimoire zu lesen, habe ich noch nicht gefunden. Doch etwas blitzt auf, ein leicht verschmiertes Dreieck aus schwarzer Tinte.

Meine Hände bewegen sich von allein, malen das Siegel auf den alten Holzboden. Die Spitze des Dreiecks zeigt auf das Gemälde und ich fülle es mit einem Kreis. Dann schreibe ich Worte an die Außenkante, die ich mir mit einem schnellen Durchblättern nicht hätte merken können, doch ich schreibe sie, als wäre es meine Unterschrift. Ich schmeiße den Pinsel von mir. Mein ganzer Körper zittert. Ich fürchte mich vor mir selbst.

»Sprich mir nach«, fordert Muriel auf. Mein Blick fliegt von ihr zur Weißen Frau, die endlich aufhört zu schreien und das Siegel mit tiefem Misstrauen in den Augen fixiert. Dunkle Tränen laufen über ihr schmerzverzerrtes Gesicht.

»Nein.« Ich weiche zurück und kreuze meine Arme.

»Wie bitte?« Muriels Kiefer klappt auf.

»Die Runen und das Räuchern war ja noch in Ordnung. Aber was ist das hier?« Ich deute erschöpft um mich, auf das verstreute Salz, die Rune auf dem Boden, die zusammengekauerte Figur. »Ich hab keine Ahnung, ob das irgendein gruseliger Satanismuskram ist oder ob ich etwas Gutes tue. Aber es fühlt sich nicht gut an.«

Muriel schüttelt den Kopf. Ich enttäusche sie. Aber das ist mir egal. Mit verschränkten Armen stelle ich mich in die hinterste Ecke des Raumes und beobachte Muriel, wie sie mit erhobenen Händen einen Bannspruch herunterleiert. Die Worte brennen sich in mein Gedächtnis, auch wenn ich jedes einzelne von ihnen vergessen will. Die weiße Frau wehrt sich mit aller Kraft, kreischt erneut, hat jedoch keine Chance. Mit jedem von Muriels Worten zieht eine unsichtbare Kraft sie in Richtung Gemälde.

Ich presse die Lippen aufeinander, damit sie nicht beben. »Das ist ein Wennemoes. Öl auf Leinwand aus dem Jahr 1922.« Die Weiße Frau zuckt mit dem Kopf und ich rede weiter, auch wenn sie nicht zuzuhören scheint. »Es ist wertvoller als dein altes Gemälde. Und schöner, wenn du mich fragst.« Meine Stimme verrinnt zu einem Flüstern. Ich weiß nicht, warum ich ihr das sage.

Doch ich meine zu sehen, dass sie sich etwas weniger wehrt. Etwas weniger leidet. Dann verschwindet sie mit einem letzten lang gezogenen Klagelaut. Ich lehne mich an die Wand und rutsche langsam hinunter. Mir ist klar, was für eine Standpauke mich erwartet.

»Du glaubst, dein Mitleid wäre etwas Gutes«, erklärt Muriel langsam und leise. »Aber wenn sie sich befreien kann, ist das für sie genauso schlimm wie für uns. Ohne Gefäß und ohne Räucherrituale verliert sie den letzten Rest ihrer Menschlichkeit.«

Ich weigere mich, die beiden anzuschauen. Stattdessen hefte ich meinen Blick auf das Gemälde. »Ich habe es nur gut gemeint.«

»Das Gegenteil von gut ist gut gemeint«, erklärt Juri. Seine Worte klingen belehrend, doch seine Stimme wirkt nachdenklich. Keine Spur von Sarkasmus oder Schadenfreude.

***

Ich verbringe vier Tage damit, das Siegel vom Boden zu schrubben, das alte Parkett so aufzufrischen, wie Cole es mir im Café erklärt hat, und Möbel für mein Zimmer zu suchen. Vier Tage, in denen mir Muriel ohne Unterlass erklärt, dass das Siegel des Salomon keine Schwarze Magie ist. Irgendwann glaube ich ihr und bin bereit weiterzumachen. Natürlich ist es kein Spaziergang, eine Entität zu bannen, weder für mich noch für dieses Geistwesen. Aber es muss erledigt werden.

»Sie wird nicht glücklich sein, dass sie nicht hierbleiben darf«, erklärt Juri, der auf einer der Fensterbänke im Zeichenzimmer sitzt, das ich zu meinem Schlafzimmer auserkoren habe. Die Schlafzimmer liegen eigentlich im ersten Stock, aber dort sieht es noch schlimmer aus als im Erdgeschoss.

Mit beiden Händen rühre ich einen Holzstab durch zähe Wandfarbe. »Die Weiße Frau bekommt ein größeres, helleres Zimmer. Wer auch immer das hier zum Zeichenzimmer erklärt hat, hatte keine Ahnung von Kunst.«

»Sie wird trotzdem nicht glücklich sein. Ganz und gar nicht.«

Ich halte inne und drehe mich zu ihm um. »Sie wird es verstehen. Offensichtlich liebt sie Kunst.«

Weil er dazu nichts sagt, mache ich mich weiter ans Werk. Kurz zögere ich, bevor ich die Farbrolle in den dunklen Amethystton tunke. Holzvertäfelungen streichen hat zwar nicht unsagbar viel mit dem Malen von Bildern zu tun, aber trotzdem sträubt sich etwas in mir dagegen. Doch mit einem Kopfschütteln tauche ich die Rolle in den Eimer.

Juri schweigt, während ich die ersten zwei Wände streiche. Ich blicke mich um und zu meiner Überraschung ist er immer noch da. »Wie wäre es, wenn du hilfst, statt mich zu beobachten?«

Er schwingt sich vom Fensterbrett und schlendert auf mich zu. »Ich wüsste tausend Dinge, die ich lieber täte.«

»Dann tu doch bitte eines davon.«

»Tue ich doch«, raunt er mir ins Ohr, bevor ich mit der Pinselrolle nach ihm schwinge und er zurückspringt. »Aber du scheinst meinen ausgeprägten Beobachtungssinn nicht wertzuschätzen.«

Mit zusammengebissenen Zähnen streiche ich weiter. Ich sollte echt auf Muriel hören und nicht ständig auf ihn eingehen. Nur ist es so langweilig in dem riesigen Haus, dass ich gar nicht anders kann. Immerhin ist er ein besserer Gesprächspartner als Muriel – wobei das auch nicht schwer ist.

»Du studierst Kunst.« Es ist mehr Feststellung als Frage.

»Hat Muriel das erzählt?«, frage ich, obwohl ich mir nicht vorstellen kann, dass sie mit ihm Small Talk über mein Studium hält.

»Da ist etwas in der Art, wie du Farbe betrachtest. Eine Verbindung zwischen der Farbe und dir«, er hebt seine Hände zu einer mysteriösen Geste.

Ich muss laut auflachen. Seine Mundwinkel zucken bei meinem Lachen nach oben, doch seine Augen werden hungrig, als reiche ihm mein Lachen nicht. Als brauche er mehr. Ich ignoriere das, auch wenn sich eine unangenehme Wärme in meiner Brust ausbreitet.

Juri legt den Kopf schief. »Ich hab gehört, was du zur Weißen Frau gesagt hast, und eins und eins zusammengezählt.«

»Du redest auffallend oft über sie. Bist du verliebt?«

»Du redest nie über deine Familie. Hasst du sie?«, kontert er.

Ich drehe mich so schnell zu ihm um, dass riesige Farbsprenkel auf der Wand und dem Boden landen. Die Spritzer sollte ich entfernen, bevor sie trocknen, aber ich werfe nur die Farbrolle auf den Boden und stürme auf Juri zu. Vorbei ist der kurze Moment, in dem ich seine Gesellschaft tatsächlich ein wenig genießen konnte. »Sag so was nie wieder!«

»Schon mal was von freier Meinungsäußerung gehört?« Er wagt es, mich von oben herab anzugrinsen.

Ich starre zurück ohne zu blinzeln. Elektrizität knistert zwischen uns und ich weiß nicht, ob das eine Art übernatürliche Energie ist, die von ihm ausgeht, und einfach nur meine Wut.

Bevor ich etwas erwidern kann, schwingt die Tür auf und Muriel stürmt herein. Sie wirft einen Blick auf die halb gestrichenen Wände und einen zweiten auf Juri und mich. »Wenn du Zeit für diesen Unsinn hast, solltest du lieber etwas Vernünftiges tun. Und ich weiß genau, was. Du wirst lernen, deine Chakraöffnungen zu kontrollieren. Vielleicht hilft dir das dabei, deine Emotionen ein wenig besser im Griff zu haben.«

***

Der letzte Mensch auf Erden, dem ich zugetraut hätte, sich für Chakrameditation zu interessieren, ist Muriel. Und trotzdem setzen wir uns in der Bibliothek im Schneidersitz auf viel zu dünne Bodenkissen. Und konzentrieren uns auf unser Wurzelchakra.

»Wofür machen wir dieses Meditations-Tralala?«, frage ich.

Muriel verknotet ihre Beine in einen Lotussitz. »Du musst lernen deine Kräfte zu kontrollieren. Durch deine Chakren fließt Energie, die dich stärken kann. Wenn die Chakraöffnungen blockiert sind, hat das negative Auswirkungen auf deine Gesundheit, dein Wohlbefinden, deine Fähigkeiten. Und ich habe noch nie jemand kennengelernt, der so blockiert ist wie du. Hier, schau auf meine Hände.«

»Eine Massage fände ich besser.« Ich lege meine Hände auf meine Knie und presse Daumen und Zeigefinger so zusammen, wie Muriel es vormacht.

Dann richte ich meine Wirbelsäule auf und mehrere Wirbel knacken. So hat sich das der alte Yogi-Opi bestimmt nicht gedacht. »Ich bin nicht sicher, dass bei mir irgendwas fließt, wenn meine Beine schon nach fünf Minuten im Schneidersitz einschlafen.«

Muriel ignoriert mich. »Du musst das Wurzelchakra beherrschen, um die anderen sechs Chakren zu meistern«, erklärt sie. »Also konzentriere dich. Auf dein Steißbein, wo das Chakra liegt, auf die Erde, auf welcher du sitzt, auf die Sicherheit und das Überleben, aber auch auf deine Ängste. Auf –«

»Wenn du weiter so viel redest, werde ich mich nie konzentrieren können«, falle ich ihr ins Wort.

Zwei Stunden lang führt mich Muriel durch spezielle Atemübungen, die Mum in Entzückung versetzt hätten. Sie beräuchert mich mit Rosmarin und Gewürznelken und begräbt mich geradezu unter roten Edelsteinen – von Rubinen bis Rotem Tigerauge. Und je mehr wir es versuchen, desto unsicherer werde ich, ob das nicht alles doch totaler Humbug ist. Doch dann zeigt mir Muriel, wie ihre Aura aussieht, wenn sie das Wurzelchakra öffnet. Nur wenige Sekunden, nachdem sie ihre Hände zur Wurzelgeste zusammenführt, legt sich ein Band aus rotem Nebel wie ein Schutzschild um Muriels graue Aura. Und ich kann nicht anders, als zu glauben, dass das alles nicht einfach nur irgendein New-Age-Kram ist. Es fühlt sich an wie etwas, das ich gut gebrauchen kann.

»Deine Blockade lebt von deiner Angst«, erklärt mir Muriel.

»Ich habe keine Angst.«

»Dann solltest du das Chakra kontrollieren können.«

Ich öffne ein Auge, um in ihre strenge Miene zu blicken. »Vielleicht klappt es nicht, weil wir uns an Techniken von Dutzenden Glaubensrichtungen und Kulturen bedienen. Wäre es nicht besser, sich auf eine Richtung zu konzentrieren? Runen, Chakren, Hexensprüche – das geht irgendwann schief, weil wir irgendeine Gottheit verärgern.«

Muriel faltet ihre Beine aus dem Lotossitz. »Wie oft soll ich dir noch erklären, dass es nicht *die eine* richtige Art gibt, mit Entitäten umzugehen? Ein wenig Wahrheit, ein wenig alte Magie liegt in allem, womit sich die Menschen seit jeher schützen. Und es spielt keine Rolle, ob wir das, was wir tun, Chakra, Energie, Magie oder sonst wie nennen.«

***

Ich schaffe es, Muriel davon zu überzeugen, mich zum Seminar in die Uni zu lassen, indem ich ihr vorschlage in der Bibliothek nach weiteren vielversprechenden Schriften zu suchen. Sie begeistert sich nicht halb so sehr dafür, wie ich Begeisterung vorgaukle, um sie von der Idee zu überzeugen, aber es klappt. Womöglich weil sie auch keinen Plan B hat.

Auf dem gesamten Weg zur Uni freue ich mich sogar Viper und Larkin wieder zu sehen. Doch sobald ich Viper im Atelier gegenüberstehe, verpufft die Freude. An ihre Stelle taucht eine Mischung aus Vorsicht und Distanz, die meine Eingeweide schrumpfen lässt. Jeden Moment erwarte ich die erste Frage zum Streit mit meiner Familie, zu meiner Wohnsituation, und – am schlimmsten – zu meinen Gefühlen. Fragen, die ich nicht beantworten kann.

»Hey«, begrüße ich sie zaghaft und ziehe das Wort am Ende ungewöhnlich lang.

Viper blickt unter ihrer Hutkrempe, die den Großteil ihrer seit kurzem Violett gefärbten Haare überdeckt, hervor. »Hast du vergessen, dass ich nicht mehr mit dir rede, außer es handelt sich um diffamierende Schimpfwörter?«

»Was?«, frage ich verdattert, doch so langsam kommen die Erinnerungen an unsere letzte Begegnung zurück.

»Streit? Bitch-Fight? Rap-Battle der musisch inkompetenten Rhythmus-Banausen?« Sie knallt eine Ladung Erde gegen eine Leinwand. Ich habe keine Ahnung, ob das ein neues Projekt ist oder eine weitere Arbeit für ihre Teeren-und Federn-Reihe. Normalerweise würde ich ihr sofort jedes Detail zu ihrem Projekt aus der Nase ziehen und in der leidenschaftlichen Diskussion ihres Vorhabens alles andere vergessen. Aber erst mal muss ich zurechtbiegen, was ich angestellt habe.

»Könnte ich dich besänftigen, indem ich dir sage, dass ich deine neue Haarfarbe liebe?«

Ein weiterer Erdklatscher gegen die Leinwand. »Hältst du mich für so oberflächlich?«, fragt sie, doch der scharfe Zug um ihren Mundwinkel entspannt sich ein wenig. Lage gesichert, Bombe jedoch noch nicht entschärft.

Ich nehme einen tiefen Atemzug. Alles in mir schreit danach, mir keine Blöße zu geben, keine Schuld einzugestehen. Aber diese Sturheit bringt mich immer wieder in solche Lagen. »Du hattest recht, okay? Ich hätte mit euch reden sollen. Zwischen all den Sachen, die momentan passieren, möchte ich bei meinen Freunden einfach mal für eine kurze Zeit an etwas anderes denken. Aber ich hätte nicht so mit dir reden sollen. Und es tut mir leid.« Eine Blockade löst sich hinter meinem Bauchnabel, sobald ich die Worte ausspreche. Wie Wasser fließt Energie durch mich, aber leichter, lebendiger. Das Sakralchakra.

Viper öffnet den Mund und ich bilde mir ein in ihren Augen Vergebung zu sehen, doch Professor Warwick streckt ihren Kopf zwischen uns, bevor Viper ein Wort hervorbringt. Warwick sieht aus wie ein neugieriger Strauß, sowohl durch ihre monotone grau-schwarze Farbpalette als auch durch ihren Hals, der sich in die Länge reckt.

Sie muss kein Wort sagen, damit ich an meinen Arbeitsplatz husche und mit gesenktem Kopf und roten Ohren meinen Skizzenblock öffne. Ich stöhne, da ich auf den letzten bemalten Seiten die gleichen Bilder der letzten freien Arbeitsstunde entdecke. Habe ich seitdem nicht eine neue Skizze aufs Papier gebracht? Wie lange ist das her, wie viele Tage, Wochen?

In Ermangelung einer besseren Idee und damit es zumindest so aussieht, als würde ich etwas tun, skizziere ich die Bewohner des Anwesens aus dem Gedächtnis. Vielleicht könnte das der Beginn einer Entitätenakte sein, in welche ich Todesart, Gefäß, Charakter und Ähnliches über die Hunderte von Wesen festhalte. Vielleicht wäre es auch nett, denjenigen, die sich nicht an ihren Namen erinnern, einen neuen Namen zu geben. Ich zumindest könnte es nicht ausstehen, immer »Das Mädchen, das starb, weil sie kein Talent zum Geisterjagen hat«, genannt zu werden.

»Sie scheinen nicht sehr weit mit Ihrer Projektarbeit gekommen zu sein.«

Professor Warwick kauert über meiner Schulter und hüstelt herum. Ich wünschte, ich könnte mein Skizzenbuch zuklappen, doch das wäre noch peinlicher, als sie meine halbherzigen Zeichnungen sehen zu lassen.

Sie studiert das unfertige Porträt. »Hübscher Junge.«

Viper horcht auf und schielt auf mein Skizzenbuch. Ich hingegen stelle mit einem Schock fest, dass ich Juri gezeichnet habe. Und dass er tatsächlich hübsch ist. Ich kann nicht aufhören die perfekten Züge seines Gesichts zu betrachten, die mir beim echten Juri nie aufgefallen sind.

Professor Warwick tippt mit einem langen schwarz lackierten Fingernagel auf die leere Leinwand vor mir. »Aber auch weitere hundert Skizzen werden Ihnen nicht von Zauberhand ein Werk auf die Leinwand bringen. Sie müssen sich dem Material stellen.«

Ich nicke nur und klappe mein Buch zu, sobald die Professorin mir den Rücken zukehrt, doch Viper ist schneller. Sie steckt einen Finger zwischen die Seiten und schlägt die Skizze von Juri wieder auf. »Wer ist das?«, fragt sie mit großen Augen, dann reißt sie mir das Buch aus den Händen und blättert die restlichen Seiten durch.

»Ernsthaft, Viper? Du bist keiner dieser Menschen, die noch nie einen Stift in der Hand hatten und jedes Mal fragen, wer das sein soll, wenn man eine Fantasiefigur zeichnet. Es ist niemand. Keine echte Person.« Theoretisch gesehen ist das nicht mal eine Lüge.

Viper kippt ihren Hut nach hinten und wirft mir einen herausfordernden Blick zu. Dann hält sie das Bild von Juri hoch. »Er sieht nicht aus wie eine Fantasiefigur.«

Sie hat recht. Ich habe Juris Grinsen festgehalten. Das Grinsen, welches er zeigt, wenn wir gemeinsam über eine sarkastische Bemerkung auf Muriels Kosten lachen, nicht das, wenn er mich auslacht.

Ich grapsche nach dem Buch, lege es auf den Tisch und male mit groben Linien Meermannohren, das verzwirbelte Horn eines Einhorns und eine Penisnase über Juris Gesichtszüge. Dann knalle ich das Buch zurück in Vipers Schoß. »Da. Besser?«

Viper lächelt süffisant. »Ich weiß, was es bedeutet, wenn du so ausweichend wirst.«

Ich merke, dass sich Larkin auf dem Gang nähert. Ein Gefühl zwischen dem Spüren seiner Aura und einer unbedeutenden Vorhersage, die mir in die

Hand spielt. Wie wenn ich wahrnehme, dass ein Fahrradfahrer um die Ecke rasen wird, sodass ich einen Schritt zur Seite gehen kann. Ich muss grinsen.

»Weißt du auch, was es bedeutet, wenn ich Larkin erzähle, dass du dich in jemanden aus Kunstgeschichte verliebt hast?«

Ihre Augen weiten sich und blitzen alarmiert auf. »Du würdest es nicht wagen zu lügen!«, zischt sie mir zu. »Er würde mich nicht mehr in Ruhe lassen und wochenlang über meine Gefühlswelt reden: wie sicher ich bin, ob ich nicht einfach nur unter dem heteronormativen Druck, eine Beziehung einzugehen, zusammengebrochen bin oder –«

»Laaarkin!«, rufe ich durch die Tür und winke ihm zu, genau als er mit zwei Freunden aus dem Footballteam daran vorbeischlendert.

Er winkt zurück und Viper stürzt sich auf mich, presst beide Hände auf meinen Mund. »Das kann doch kein Zufall sein! Wieso passieren in deiner Nähe immer solche Zufälle, die dir nützlich sind?«

»Vielleicht bin ich ein Dämon und er mein seelenloser Diener, den ich rufe, sobald ich ihn brauche«, flüstere ich unheilschwanger. Nach einigen Sekunden müssen wir beide lachen.

Zum dritten Mal baut sich Professor Warwick vor uns auf. »Sie beide scheinen die Zeit zum Arbeiten nicht zu benötigen, also: Wieso nehmen Sie sich nicht die restliche Stunde frei? Vielleicht realisieren Sie nächste Woche, dass Sie die Zeit doch benötigen.«

Viper kramt unter zurückgehaltenem Lachen ihre Sachen zusammen und will sich davonmachen, doch ich halte sie am Kleid zurück. »Das ist nicht fair. Viper arbeitet jede Woche an ihrem Projekt, Sie können sie nicht wegschicken.«

Warwick funkelt uns an. »Raus! Beide.«

Selbst ich bin nicht so dumm ihr noch einmal zu widersprechen.

***

Larkin sieht uns zur Tür rauskommen und schließt sich uns an. Gemeinsam gehen wir erst essen, dann in die Bibliothek.

»Hast du noch eine schriftliche Arbeit offen?«, fragt Viper mit einer schockierten Grimasse, als wäre eine schriftliche Prüfung in etwa gleichzusetzen mit dem Essen von Maden im Dschungelcamp.

»Nein, ich will recherchieren«, erkläre ich, während ich die Bücherregale ablaufe. »Ich glaube, ich brauche ein wenig Inspiration für mein Projekt.«

»In der Abteilung über Parapsychologie und Esoterik?«, fragt Larkin mit gerümpfter Nase.

»Du hast es erfasst.« Ich streiche mit meinen Händen über die Buchrücken, in der leisen Hoffnung, dass eines der Bücher zu mir spricht.

»Genial!« Viper betont jede Silbe und reckt beide Daumen hoch in die Luft.

»Verrückt!«, entgegnet Larkin ebenfalls mit Daumen hoch und dem gleichen, jedoch gespielten Enthusiasmus.

Ich grinse, aber konzentriere mich auf die Bücher. Mit ihrem Geplänkel im Hintergrund ist meine Arbeit irgendwie erträglicher. Doch keines der Bücher sendet starke Signale aus, auch wenn ein paar Titel leicht nachhallen. Ich packe sie in meinen Korb, denn schaden können sie ja nicht.

Während meine Freunde die Standpauke einer Bibliothekarin aushalten müssen, weil sie so laut sind, schleiche ich mich in die Rechtsabteilung und schmuggle einen Wälzer über das Rechtssystem zwischen die anderen Bücher. Ich will Mr Hallows nicht mit Wikipedia-Wissen bewaffnet im Gericht entgegentreten.

***

Ich verbringe einige Abende damit, das Buch über das Rechtssystem zu wälzen und Strategien zu googeln, wie man sich vor Gericht selbst verteidigt. Alle betonen, dass Laien das, verdammt noch mal, sein lassen sollen. Aber Muriel will davon nichts hören und besteht darauf, dass sie uns verteidigt. Kurz ziehe ich in Erwägung, auf eigene Faust einen Anwalt zu suchen, aber Muriel würde dann allein schon aus Trotz *gegen* mich aussagen. Ich muss ihr ihren Willen lassen.

»Wusstest du, dass du die potenziellen Geschworenen befragen kannst, um diejenigen auszusortieren, die dir gegenüber voreingenommen sind?«, frage ich Muriel, während ich mich dehne.

Sie drückt meinen Oberkörper noch ein wenig mehr in Richtung Boden. »Ist doch perfekt. Dann versuchen wir nur die Menschen in die Jury zu lassen, die uns mögen. Besser gesagt werden wir diejenigen los, die mit Hallows und den anderen reichen Schnöseln sympathisieren.«

Ich runzle die Stirn. »Muriel, wir sind auch reiche Schnösel.«

»Aber wir sehen nicht so aus. Zwei alleinstehende Frauen, eine von uns ein wenig verrückt, die andere läuft herum wie eine Vogelscheuche –«

»Moment mal, wer davon soll ich sein?« Statt zu antworten, schiebt Muriel meinen Oberkörper in eine andere Richtung. Ich lehne mich zu meinem linken Bein. Die Dehnung ziept, aber ich komme jeden Tag ein wenig weiter. »Und woher wissen wir, dass Hallows nicht genau das Gleiche tut?«

»Natürlich wird er das tun. Aber wir haben den Vorteil, dass der Großteil der Menschen uns sympathischer findet als ihn.«

»Da bin ich mir nicht so sicher«, murmle ich mit einer Erinnerung an all die Momente, in denen Muriel mit anderen aneinandergeraten ist. Ich kann immerhin so tun, als wäre ich eine sympathische, zu Unrecht beschuldigte Studentin, aber jeder, der mehr als eine Minute mit Muriel verbringt, verspürt den Drang, sie zu verklagen.

KAPITEL 8

Zwei Tage später stehe ich vor meinem Traumkleiderschrank. Ein schwarz lackiertes Möbelstück mit einer runden, verzinkten Metallplatte auf der Front. Auf einem handgeschriebenen Zettelchen, das am Schiebeverschluss hängt, steht »Chinesischer Hochzeitsschrank, Zedernholz, 1890-1900, Provinz Zhejiang«. Aber kein Preis.

»Wie viel soll der Schrank kosten?«, frage ich den Verkäufer im Antiquitätengeschäft.

Er blickt von oben auf meine mit Schlamm besprenkelten Schuhe und meine zerrissenen Leggins herab. »Sehr viel.«

Ich lächle ihn lieblich an. »Geht das auch genauer?«

Ein weiterer Blick auf Mums Cardigan aus den Achtzigern, der mir von einer Schulter rutscht. Er streicht sich über den Schnurrbart. »Hör mal, Mäuschen, ich finde toll, dass deine Generation alte Schätze achtet. Aber das hier ist eine Antiquität. Das kannst du dir nicht leisten.«

Ich funkle ihn an und krame mein ramponiertes Portemonnaie aus meiner Umhängetasche. Dann knalle ich ihm fünf Tausender auf den Tisch. »Was immer er kostet, ich zahle es. Wissen Sie was? Behalten Sie den Rest einfach.«

Seine Kinnlade fällt hinunter. Ich habe das bisher nur in Cartoons gesehen. Aber das hier ist besser als jeder Cartoon, und ich muss mich zusammenreißen, um ein ernstes Gesicht zu behalten.

»Ich nehme an, meine Männer können den Schrank dann verladen?«, frage ich. Ohne auf eine Antwort zu warten, winke ich die drei Typen vom Transportunternehmen herein, als wären sie meine persönlichen Bodyguards. Muss Mister Piekfein ja nicht wissen, dass ich die drei erst eine halbe Stunde lang kenne, nämlich genau, seitdem das von mir bestellte Speditionsunternehmen hier ankam.

»Ja … ja natürlich, wertes Fräulein«, stammelt er, während die muskelbepackten Männer schon den Schrank in Luftpolsterfolie einwickeln und mit Seilgurten befestigen.

Ohne ihn zu beachten, verlasse ich das Geschäft und zwinge mich, nicht in Gelächter auszubrechen. Ein gemächliches Händeklatschen begleitet das Bimmeln der Türglocke.

»Das hat er wirklich verdient. Ich hasse Männer, die auf Frauen herabblicken.« Das Klatschen und die Stimme kommen von der Barbie-Nachbarin, die am Arm ihres stinkreichen Mannes hing.

In mir bauscht sich ein wenig Wut auf, doch ohne Hallows weiß ich nicht so recht, wohin damit. »Ich bezweifle, dass es an meinem Geschlecht liegt.« Ich deute an meiner Kleidung hinab.

Barbie wirft sich ihre blonde Haarmähne hinter eine Schulter. »Es ist egal, was ein Mädchen trägt. Sie sollte wie die Prinzessin behandelt werden, die sie ist. Ich bin übrigens Scarlett.«

Ich grinse, denn auch wenn ich mit dem Typ »Papas Prinzessin« nicht viel gemeinsam habe und ihr Ehemann mich verklagt, ist sie mir plötzlich sympathisch. Sie erinnert mich sogar ein wenig an meine Schwestern. Hübsch von außen, von innen gewieft.

Ich will etwas entgegnen, doch in dem Moment quetscht sich Hallows durch die Tür des Ladens, einen gigantischen Kronleuchter in den Armen. Liebestoll wankt er auf seine Frau zu, die ihm ein umwerfendes Lächeln zuwirft. Da ist ja das wandelnde Ziel meines Zorns.

Doch bevor ich den Mund öffnen und meiner Wut Luft machen kann, legt mir Barbie einen manikürten Finger unter das Kinn. »Lass dich niemals von solch mickrigen Männern herumschubsen, Herzchen.« Dann stakst sie davon, Hallows an den Fersen. Ich überlege ernsthaft ihn zu verfolgen. Tausende Dinge brodeln in mir, die ich ihm gegen den Kopf werfen will.

»Mel?« Die Stimme erkenne ich in jeder Situation.

Kurz presse ich beide Lippen aufeinander, um nicht auszuflippen, dann drehe ich mich zu Thalia um.

Unter ihren Armen klebt je eine Papiertüte von Mums liebstem Bioladen und sie glotzt mich über den Parkplatz hinweg an, als hätte sie einen Geist gesehen. Vielleicht tut sie das wirklich. Vielleicht hat sich ein Geist aus dem Anwesen an mich geheftet und meine Schwester kann ihn wahrnehmen. Schnell blicke ich auf die Stellen über meinen Schultern. Kein Geist. Ich trete gegen einen Kieselstein, während ich zu Thalia schlendere. Das wäre der ultimative Beweis gewesen, dass ich nicht verrückt bin.

»Du richtest dich wirklich bei Muriel ein?«, fragt sie und ich bin ein wenig dankbar, dass sie unser letztes Treffen nicht erwähnt. Auf der anderen Seite bin ich sauer. Wie kann sie mir so einfach verzeihen, während ich mich immer noch über Dinge ärgere, die vor Wochen geschehen sind?

Ich druckse herum. »Nicht wirklich bei Muriel.«

Ihre Augen werden groß. »Hast du eine eigene Wohnung? Wie bezahlst du das?«

Mir ist klar, dass sie nicht aufhört, bis ich mit der Wahrheit rausrücke. »Ich ziehe ins Murkwood-Anwesen.«

Thalia stellt die Tüten ab, lässt sie geradezu fallen. »Ernsthaft? In das heruntergekommene, gefährliche Loch?«, zischt sie.

Ich winke ab. »So übel ist es gar nicht. Wenn man ein wenig renoviert und –«

»Ein wenig renovieren? Bist du bescheuert? Die einzige Möglichkeit, dort sicher zu wohnen, ist, wenn man das ganze Teil niederbrennt und etwas Neues baut. Und selbst dann würde ich nicht freiwillig hinziehen, weil ich die arge Vermutung habe, dass dort mal ein Indianerfriedhof war oder so.« Thalia wirft ihre Hände wild durch die Luft.

Obwohl sie mich ausschimpft, kann ich nicht anders, als zu lächeln. »Mach dir wirklich keine Sorgen. Muriel und ich haben die besten Handwerker engagiert und wenn ihr mich besucht, werdet ihr das Anwesen nicht wiedererkennen.«

Thalia grinst mich mit vor Übermut glitzernden Augen an. »Wir besuchen dich im Anwesen!«, flötet sie. »Was für eine geniale Idee! Dann müssen wir drei uns nicht mehr solche Sorgen machen, wenn wir mit eigenen Augen sehen, wie du dort lebst.«

Ich stöhne innerlich auf. Das ist das Letzte, was ich jetzt gebrauchen kann.

»Wartet damit, bis ich das Gröbste erledigt habe«, bitte ich sie. Ein Versuch, diplomatisch zu bleiben. Denn sie dürfen auf keinen Fall vorbeikommen. Meine gesamte Familie im Murkwood-Anwesen – zusammen mit den Entitäten, die ich nicht sehen und kaum unter Kontrolle halten kann.

»Ich bespreche das mit Mum und Kalliope. Und dann könnt ihr Sturköpfe euch endlich aussprechen.« Sie hebt die Tüten wieder vom Boden auf und presst mir einen Kuss auf die Wange. »Ich freue mich schon darauf!«

Das wird ein Desaster, so viel ist jetzt schon klar. Wie gefährlich können die Geister meine Familie werden? Mich beschützt das Amulett von Tanit, aber auch wenn darin genug Silber für fünf Hälse verarbeitet ist, bezweifle ich, dass es uns alle beschützen könnte.

***

Ein paar Tage verbringe ich damit, abwechselnd zu meditieren – erfolglos zu meditieren – und Möbel zu kaufen. Wäre da nicht der drohende Rechtsstreit, meine verpassten Uniseminare und die Probleme mit meiner Familie, könnte ich es sogar genießen, mir mit unbegrenztem Budget ein Zimmer einzurichten.

»Ich liebe dein Zimmer«, ertönt eine sanfte Stimme.

Meine Hand rutscht von der antiken Holztruhe ab, die ich ebenfalls in einem Antiquitätengeschäft gekauft habe und seit einer halben Stunde durch die Flure schiebe. Ein Splitter bohrt sich in meinen Finger und ich fluche laut, dann drehe ich mich zur Quelle der Stimme.

»Deine Flucherei liebe ich nicht so sehr«, scheltet mich ein zartes Mädchen, das die mühelose Leichtigkeit einer Ballerina besitzt, sogar während sie sich auf meinem Himmelbett rekelt. Wie allen anderen Geistern und Dämonen fehlt ihre Aura. Ich wette, sie war weich und luftig wie ein rosa Tutu.

»Bist du ein Geist?«, frage ich sie nuschelnd, weil ich gleichzeitig versuche den Splitter aus meinem Finger zu saugen.

»Ja, aber einer der netteren. Und ich heiße Giselle.« Sie rollt sich elegant vom Bett, schiebt die weißen Seidenvorhänge zur Seite und pflückt die goldene Vintagelampe vom Nachttisch. »Hübsch.«

Ich setze mich auf den Boden und drücke mit dem Rücken gegen die Truhe, um sie die letzten Zentimeter bis an ihre Position am Fußende des Bettes zu schieben. »Ich bezweifle, dass es nette Geister gibt.«

»Verständlich, alle anderen hier sind ausgesprochene Rüpel.« Giselle knallt die Lampe zurück auf den Nachttisch, plötzlich ohne jede Spur von Anmut.

»Und was willst du?« Obwohl ich mit Kenaz einen Blick auf all die übernatürlichen Bewohner des Anwesens werfen konnte, sehe ich seitdem nur noch selten einen von ihnen. Mein Interesse, Kenaz erneut zu verwenden, hält sich in Grenzen. Wenn sich mir ein Geist zeigt, will er meistens irgendetwas. Oder Muriel verwendet ihn als Testobjekt für meine Fähigkeiten.

»Ein eigenes Zimmer.« Sie verschränkt die schlanken Arme vor der Brust.

»Wenn ich jeder Entität hier ein eigenes Zimmer geben wollte, müsste ich anbauen. Und das Anwesen besteht aus über zweihundert Räumen, das heißt also was.«

Giselle lässt sich auf dem Hocker vor meinem Schminktisch nieder und dreht mit gespitzten Lippen meine Lippenstifte auf und zu. Vor den Möbeln aus den Zwanzigern sieht sie aus wie ein Stummfilmstar. »Die Weiße Frau hat ein eigenes Zimmer bekommen«, schmollt sie.

»Weil sie kurz davor war mein Anwesen zu zerlegen.«

Das Geistermädchen pudert sich Rouge auf die Wangen. »Du willst gar nicht wissen, was ich zerlege, wenn ich meinen Willen nicht bekomme.«

»Ich dachte, du wärst keiner von den bösen Geistern?«

Sie blickt ertappt drein. Zumindest die Hälfte von ihrem Gesicht, die ich erkennen kann. Ich versuche, einen Blick auf sie im Schminkspiegel zu erhaschen.

Der Schlüssel, mit dem ich die Truhe aufschließen wollte, fällt mir aus der Hand. Sie hat kein Spiegelbild. »Bist du ein Vampir?«

»Schön wär's. Dann hätte ich immerhin mal eine vornehme Blässe. Ich bin Geist durch und durch. Und leider kommt der Daseinszustand nicht inklusive gespenstisch durchscheinender Haut, außer ich verwandle mich in diesen grauenvollen Geisterzustand.« Sie streicht den Ärmel ihres Kleides hoch und betrachtet wehmütig ihre Haut, die ich nicht anders als karamellfarben beschreiben kann und für die andere töten würden.

»Ich kann auf jeden Fall kein Zimmer für dich einrichten. Das hier ist schließlich kein Geisterhotel.« Energisch klappe ich die Holztruhe auf, in der gähnende Leere herrscht.

»Stimmt, wir zahlen nicht gut.« Ein schauriges Leuchten schleicht sich in Giselles liebliche haselnussfarbene Augen. »Dämonen zahlen deutlich besser. Und sie sind heißer. Ich könnte dir helfen. Zimmermädchen oder so, mir egal, solange du mich nicht feuerst, wenn ich was mit einem heißen Dämonengast anfange.«

»Ist Juri ein Dämon?« Ich bereue meine Neugierde sofort.

»Juri? Ein Dämon? Mitnichten ... und schon gar kein heißer. Aber ich habe gehört, Incubi sind der Hammer!«

Ich schüttle den Kopf. Schon wieder lasse ich mich in so ein sinnloses Gespräch verwickeln. »Wie auch immer. Ich eröffne kein Dämonenhotel. Und ich stelle dich auch nicht ein. Ich will, dass ihr ins Jenseits verschwindet und euch nicht hier einquartiert.«

Statt auf ihr Zimmer zu bestehen, geht ihr Blick in die Ferne und ich zucke mit den Schultern. Verstehe einer die Geister. Statt mich über ihren Stimmungswandel zu wundern, schleppe ich weitere Möbelstücke in mein zukünftiges Schlafzimmer. Paletten mit kuscheligen Samtkissen und einen persischen Tisch mit verzierter Messingplatte für meine Leseecke. Einen runden Teppich im gleichen Ton wie meine Wände, mit dem ich minutenlang wrestle. Bevor ich ihn unter das Metallgestell meines Bettes schieben kann, knallt die Tür auf.

»Hast du heute schon meditiert?«, herrscht mich Muriel an und dampft direkt wieder davon.

Ich seufze und lasse das Teppichknäuel unter einem Bein des Bettes geklemmt liegen. Ich bezweifle, dass ich heute meinen großen Durchbruch mit dem Sakralchakra erreiche, aber mich davor zu drücken, bringt auch nichts.

In der Bibliothek breitet Muriel nur eines der Kissen aus. »Ich muss ein paar Besorgungen machen, aber ich erwarte dennoch, dass du dich der Meditation mit voller Konzentration widmest.«

»Sollten wir uns nicht auch Gedanken über die Anhörung machen?«, frage ich und deute auf den Brief auf dem Schreibtisch. Die Auswahl der Jury findet in wenigen Wochen statt und der Gerichtstermin genau sieben Tage danach.

Muriel rümpft die Nase. »Wenn du meditiert hast, kannst du tun, was du willst.«

***

Ich bin ziemlich stolz auf mein düsteres Amethystzimmer, eine Mischung aus Schlafzimmer einer Prinzessin der Finsternis, uriger Hexenküche und Boho-Zelt mit Tüchern und Kerzen aus *Tausend und einer Nacht*. Die meisten würden vermutlich schreiend davonrennen, aber ich fühle mich erstaunlich wohl.

Umso heftiger trifft mich der Anblick, als ich mein Zimmer nach der Meditation betrete, um meinen Laptop zu holen. Ein blutroter Schriftzug prangt auf der Wand hinter meinem Bett. *Exitus*. Ich berühre ohne Nachzudenken das Wort. Es sieht aus wie Blut, aber der Trick ist viel zu alt, als dass ich darauf reinfalle. Dicklich legt sich die Farbe um meine Finger. Und warm. Ist es doch Blut? Ich würge und schmiere meine Finger an der Wand ab, verschmutze nur noch mehr.

»Muriel!«, schreie ich dann und stürme durch das dunkle Haus, ohne mich damit aufzuhalten, irgendwo Lichter anzuschalten. »MURIEL!« Ich muss sie finden, damit wir zusammen den Übeltäter identifizieren können. Auch wenn ich schon ahne, wer das war. Doch ich finde Muriel nicht. Ist sie immer noch unterwegs? Ich presche durch weitere Räume und Flure, bis ich in einem Flügel des Anwesens lande, den ich bisher noch nicht gesehen habe.

Ich betrete einen gigantischen zweistöckigen Ballsaal und bleibe in Ehrfurcht stehen, obwohl meine elektrisierten Gliedmaßen weiter nach dem Übeltäter suchen wollen. Filigrane Metallrahmen in Rankenform fassen riesige deckenhohe Fenster ein, welche an zwei Wänden des Saals verlaufen. Eine Prunktreppe führt auf die schmale Empore im zweiten Stock, von der aus man früher die Tänzer unten beobachten konnte. Hinter der Treppe geben die Fenster den Blick auf den in Abendsonne getauchten See frei. Ich wünschte, der Saal wäre weniger atemberaubend, denn meine antreibende Wut verliert schlagartig an Energie.

Bis ich Juri entdecke. Er sitzt oben auf dem Geländer der Empore und seine Beine schwingen gedankenlos durch die Luft. Ich vergesse die Herrlichkeit des Saals und stürme die Stufen hinauf.

»Hast du etwas *damit* zu tun?«, brülle ich zu ihm hinauf.

Er blickt mich gelangweilt an. »Mit was? Der Ungerechtigkeit allen Seins? Vielleicht mag es dir so vorkommen, aber ich muss dich enttäuschen. Die Tragweite meiner Handlungen ist verschwindend gering.«

Ich vergrabe meine Hände in seinem Parka, den er trägt, obwohl ihm nicht kalt zu sein scheint, und zerre ihn vom Geländer auf den üppigen Teppichboden. »Hör auf mit deinen ominösen Aussagen und rede wie ein normaler Mensch.«

Juri wehrt sich nicht gegen meinen Angriff, sondern lässt sich reglos auf den Rücken fallen. Vom Boden aus blickt er zu mir hoch. »Bin ich das denn? Ein normaler Mensch?«

Frustriert knurre ich ihn an. »Ich bin nicht hier, um existenzielle Fragen mit dir zu diskutieren. Ich will wissen, wer –«

Mein Blick fällt auf seine langen Finger. Lange, blut- oder farbverschmierte Finger. Weißes Glühen explodiert in meiner Brust. »Weißt du, wie lange ich das Zimmer gestrichen habe?«

»Natürlich beschuldigst du ohne Beweise die böse, widernatürliche Entität –«

Ich greife nach seinen Handgelenken und schiebe ihm seine roten Hände ins Gesicht. »Ohne Beweise?«, lache ich kalt auf.

Er legt seine Hände auf sein Gesicht. Seine zitternden Fingerspitzen verwirren sich in seinen hellbraunen Haarsträhnen. »Sie hat es mich tun lassen.« Seine Stimme dringt nur gedämpft durch seine Hände.

Ich starre sein verdecktes Gesicht an. »Wer?« Juri reagiert nicht und ich verliere die Geduld. »Wer hat es dich tun lassen? Die Weiße Frau?« Erneut greife ich nach seinen Armen und löse sie von seinem Gesicht.

Rote Handabdrücke zeichnen sich auf seiner Haut ab, wie eine grausige Kriegsbemalung, doch das ist nicht das Schlimmste. Er sieht aus, als würde er ohne Tränen und ohne Regung weinen. Nur ein leerer Blick, eine leere Leinwand, aber ich sehe etwas hinter der Leere, so wie ich die zukünftigen Bilder sehe, die hinter einer unbemalten Leinwand lauern.

Mitgefühl vermengt sich mit meinem Zorn zu einer übelkeitserregenden Mischung. Ich sollte kein Mitgefühl für ihn haben. Doch mir ist nach Weinen zumute, ohne dass ich wirklich begreife, warum. »Bist du okay?«, frage ich vorsichtig nach und streiche ihm die Haare aus der Stirn.

Zum ersten Mal sieht er mich wirklich an und seine eisblauen Augen erfrieren mein Herz. Ich habe noch nie einen so hilflosen Blick gesehen. Als wäre er seit Jahrzehnten auf der Suche nach etwas, das er einfach nicht findet.

»Ich …«, beginnt er mit brüchiger Stimme. Dann zieht sich ein breites Grinsen über sein Gesicht. »Ich fasse nicht, dass du dermaßen gutmütig bist.« Er kugelt sich plötzlich vor Lachen und ich hocke erstarrt vor ihm. Mir ist klar, dass er mich von vorn bis hinten verarscht hat, aber mein Körper kann der Erkenntnis noch nicht ganz folgen. Ich suche nach einer Spur der Hilflosigkeit in seinem Gesicht. Doch dort ist nichts.

»Was läuft falsch bei dir?«, raune ich fassungslos.

»Bei mir?«, fragt er, immer noch lachend. »Ich frage mich, was bei *dir* falsch läuft. Solltest du nicht eine furchterregende Geisterjägerin sein? Der Fluch der Existenz aller Entitäten? Aber kaum verdrückt jemand ein winziges Tränchen, ist es um dich geschehen. Ich weiß nicht, ob ich deine Naivität dämlich oder niedlich finden soll.«

Ich spüre, wie mein Gesicht rot anläuft. Aus Scham, nicht aus Wut. Damit Juri nicht durchschaut, wie sehr ich mich für meine Gutgläubigkeit schäme, erwecke ich den Zorn in mir erneut. Ich stoße mich vom Boden ab und lauere über ihm. »Du bist das idiotischste, überflüssigste Wesen von allen hier im

Anwesen. Und wenn ich herausgefunden habe, wie, bist du der allererste, dessen Arsch ich zurück in die Hölle schicke!«

***

Am nächsten Tag regt sich Muriel nicht halb so sehr über den Spruch an meiner Wand auf, wie ich annahm. Tatsächlich würdigt sie den rostrot getrockneten *Exitus* keines zweiten Blickes. »War anzunehmen, dass sie nicht begeistert von deinem Eindringen sind. Lass dir das eine Lehre sein.«

Ich werfe die Hände in die Luft. »Was denn für eine Lehre? Soll ich Wandfarben und Dekoartikel erst mit ihnen absprechen, bevor ich ein Zimmer renoviere?«

Sie kramt in ihrem Rucksack herum. »Du sollst Vorkehrungen treffen, damit so etwas nicht passiert.«

»Danke für die detaillierte Antwort. Jetzt weiß ich genau, was zu tun ist.« Ich klatsche einen nassen Lappen an die Wand und schrubbe über die Buchstaben.

»Sie haben wohl meine Farbpigmente entdeckt. Und gute Arbeit geleistet, das muss ich zugeben. Sieht täuschend echt aus.« Sie rumort hinter mir mit irgendwelchen neuen Hokuspokus-Gegenständen, deren Energien ich, ohne hinzusehen, spüre. Ich hasse dieses ständige Prickeln, das ich mittlerweile überall fühle. Egal ob hier oder wenn ich im Supermarkt am Salbei vorbeilaufe. Ich beiße meine Zähne zusammen und schrubbe noch energischer über die Holzvertäfelung. Nach einigen Minuten bleibt nur ein dunkler Fleck zurück, der hoffentlich trocknet.

»Leg deine Hände über die Steine«, fordert Muriel mich auf, noch bevor ich mich zu ihr umgedreht habe.

Auf meinem runden Beistelltisch aus Messing liegt eine Auswahl an Edelsteinen und Kristallen. »Wenn du willst, dass wir meinen Geburtsedelstein herausfinden, das hat Mum schon erledigt, als wir gerade so sprechen konnten. Saphir und Chrysopras.«

»Und du weißt auch, wie sie wirken?« Sie bedeutet mir mich zu setzen. Widerstand zwecklos, also gehorche ich.

»Harmonie und Glück vermutlich? Das Übliche.« Ich greife nach einem tiefgrünen geschliffenen Edelstein.

Muriel zieht ihre Augenbrauen hoch. »Du solltest deine Wut hinter dir lassen.«

»Ich bin nicht –«, sage ich und bemerke, wie sie auf den Stein in meiner Hand starrt. Schnell lasse ich ihn wieder zurück auf den Tisch gleiten.

»Malachit ist ein klassischer Edelstein für einen Angriff. Richtig angewendet fügt er anderen Schmerz zu.«

Ich nicke. »Indem man ihn jemandem ins Gesicht wirft.«

»Wenn du jemals versuchst einen Dämon zu besiegen, indem du ihm einen Edelstein ins Gesicht wirfst, bitte ich ihn höchstpersönlich darum, dich mit in die Hölle zu nehmen.«

Muriel reicht mir einen Bergkristall, aus dem mehrere längliche Prismen ragen. Ich muss ihn mit beiden Händen an mich nehmen. »Was spürst du?«

Ich halte den Kristall in meinen Händen. Er strahlt gleichzeitig Kälte und Wärme aus. Ich schätze, die Kälte ist, was jeder Mensch spürt, wenn er einen Kristall in den Händen hält. Und ich nehme seine Energie als darunterliegende Wärme wahr. »Gibt es eine Hölle?«, frage ich Muriel, während ich versuche mehr zu spüren als eine Temperatur.

Sie lacht kurz auf. »Wer weiß das schon? Wenn du glaubst, ich wüsste irgendetwas über das, was nach unserem Leben kommt, irrst du dich. Irgendwoher müssen Dämonen und Geister kommen, irgendwohin müssen sie gehen. Genau wie wir Menschen. Aber ob das Himmel und Hölle, eine andere Dimension oder sonst etwas ist, kann dir niemand sagen.«

Ruhe strömt aus dem Kristall in meine Handflächen und ich schließe die Augen. »Hast du noch nie einen Geist gefragt?«

»Natürlich. Viele Male. Als ich jung war und mir noch nicht klar war, dass ich mich nicht mit dem beschäftigen sollte, was *danach* kommt. Sie wissen es sowieso nicht. Sie leben in irgendeiner Schwebe zwischen ihrem alten Leben und dem, was kommt. Und kaum einer erinnert sich an sein Leben. Für sie gibt es nur noch diesen einen Wunsch, dieses eine Gefühl, das sie antreibt. Wie ein Instinkt, der alles andere auslöscht.«

Das klingt unendlich traurig. Ich versuche mehr von der beruhigenden Energie aus dem Kristall zu ziehen. Federleichte Kraft hebt meine Schwermut. »Wenn Mum erfährt, dass dieser Kristallquatsch wirklich funktioniert, wird sie unerträglich sein.«

»Wähle Steine und Kristalle aus, ganz intuitiv, und stelle sie in deinem Schlafzimmer auf. Das sollte die Wesen in Schach halten.«

»Kannst du mir nicht einfach sagen, welche Steine richtig sind?«

Muriel tätschelt meine Schulter. »Du musst mehr auf deine Fähigkeiten vertrauen. Sonst lernst du es nie.« Sie verlässt mein Zimmer.

Ich verbringe die nächste halbe Stunde damit, wahllos Kristalle in allen Ecken meines Zimmers aufzustellen und zu hoffen, dass ich mit meiner Auswahl nicht aus Versehen irgendeinen Dämon beschwöre.

***

Am nächsten Tag meditiere ich zum ungefähr tausendsten Mal. Immer noch passiert nichts.

»Du solltest schon längst das Wurzelchakra geöffnet haben!«, faucht Muriel mich an. »Du konzentrierst dich nicht genug, weil du dich viel zu sehr mit unbedeutenden Dingen beschäftigst. Du musst endlich Vertrauen in deine Fähigkeiten finden.«

»Entschuldigung, aber die Klage, meine Uni und …«, ich stocke, denn ich schaffe es nicht, die Probleme mit meiner Familie anzusprechen, »… all die anderen Sachen sind sicher nicht unbedeutend. Ich hab auch noch ein *Leben.*« Ich atme tief aus, um mich abzureagieren, denn so kommen wir sicher nicht weiter. »Vielleicht funktioniert Meditieren einfach nicht für mich. Wenn es so viele Techniken gibt, sollten wir einfach etwas anderes ausprobieren.«

Muriel pustet fünf Aromakerzen auf einmal aus und Rauch zieht träge Spiralen durch die Luft. »Deine übernatürliche Energie ist der Schlüssel zu allen Fähigkeiten. Es gibt keinen anderen Weg. Ohne Wurzelchakra fehlt dir die Standfestigkeit zum Kampf. Ohne Sakralchakra heilt dein Körper langsamer. Ohne –«

»Schon gut, hab's verstanden.« Ich schließe meine Augen wieder, wackle mein steifes Becken ein wenig zu beiden Seiten und setze zur Atemübung an.

Doch bevor ich auch nur Zeige- und Mittelfinger beugen kann, zerrt Muriel mich hoch. »Ich hatte gehofft darauf verzichten zu können, aber deine Sturheit lässt mir keine andere Wahl.« Sie zieht mich am Oberarm durch den langen, düsteren Flur.

Skeptisch halte ich etwas gegen ihr Drängen. »Muriel? Was hast du vor?«

Sie parkt mich im Eingangsbereich. »Meine Geduld ist am Ende«, erklärt sie kopfschüttelnd. »Du nimmst jetzt deinen ersten Auftrag an.«

Nur langsam stülpe ich mir meinen Mantel über. »Du meinst ein richtiger Auftrag mit besessenen Menschen? Einem Poltergeist? So was?«

»Na, es wird dich wohl kaum jemand beauftragen seine Wohnung zu renovieren.«

Also soll ich tatsächlich einen richtigen Geist bannen. Beim Gedanken an die Weiße Frau kribbeln meine Finger und mein Mund wird ganz trocken. Ich kann das nicht schon wieder mitmachen. Und deshalb spreche ich Worte aus, von denen ich niemals gedacht hätte sie freiwillig zu benutzen. »Ich würde doch lieber noch etwas weiter meditieren.«

Juri erscheint vor uns und lehnt sich an die Haustür, um uns den Weg zu versperren. »Es wäre mein allergrößter Traum, Zeuge deines Versagens zu werden«, schwärmt er.

Ich weiß nicht, ob ich ihn ignorieren oder vermöbeln soll. Immer noch verkrampfen sich meine Innereien vor Zorn, wenn ich ihn sehe. Ich entscheide mich dafür, wegzuschauen und meine Hände zu Fäusten zu ballen.

»Verschwinde«, befiehlt Muriel.

Juri stößt sich von der Tür ab. »Oh, ihr wollt, dass ich den ... *Exitus* freigebe?«

Bei der Erinnerung an die Schmiererei an meiner Schlafzimmerwand entfaltet sich die gut gebündelte Wut in meinem Magen zu voller Größe. Er war es definitiv.

Doch bevor ich ihm Schimpftiraden entgegenschleudern kann, schiebt Muriel mich aus der Tür, die sie vor seiner Nase zuknallt.

»Bist du sicher, dass ich schon so weit bin?«

»O nein, auf keinen Fall. Aber du musst so weit sein. Also zwingen wir dein Wurzelchakra sich zu öffnen. Wenn du in Lebensgefahr schwebst, kannst du nicht anders, als auf deine Fähigkeiten zu vertrauen.«

KAPITEL 9

Nach einer halben Stunde Laufen und Bahnfahren stehen wir vor einem modernen Reihenhaus, das kein vernünftiger Regisseur für den Schauplatz einer Geisterbannung gewählt hätte. Aber hier soll ein Paar seit Wochen heimgesucht werden. Natürlich haben die beiden keine Ahnung, was in ihrer Dreizimmerwohnung sein Unwesen treibt, und ich darf das herausfinden. Mein erster richtiger Auftrag. Muriel hat mir erlaubt drei Runen auf meinen Körper zu malen. Das erscheint mir jetzt zu wenig.

Im dritten Stock erwartet uns eine unscheinbare junge Frau, deren hervorstechendstes Merkmal ist, dass sie haargenau so aussieht, wie man sich ein von einem Geist heimgesuchtes nervliches Wrack vorstellt. Ich muss die Augen zusammenkneifen, um ihre Aura zu sehen. Die schmale ockerfarbene Kontur könnte auch nur eine optische Täuschung durch das Licht sein.

»Bitte, kommen Sie herein«, flüstert sie und führt uns in das Wohnzimmer mit kleinem Essbereich, in dem sämtliche Lampen leuchten.

Wir setzen uns an einen Kunststofftisch und unsere Kundin stellt Tassen und einen Teekessel zwischen uns. Der Tisch klebt unter meiner Berührung und in der Tasse entdecke ich einen dunklen Rand, aber ich halte meinen Mund. Die arme Frau hat momentan sicher anderes im Kopf, als zu putzen. Den Tee lehne ich dennoch dankend ab.

»Wo ist ihr Mann, Mrs Tucker?«, fragt Muriel.

Bei der Erwähnung ihres Mannes zuckt Mrs Tucker zusammen. »Bitte, nennen Sie mich Annabell. Er hält nicht viel davon, dass ich Sie hergebeten habe.«

»Glauben *Sie*, dass wir Ihnen helfen können?«, frage ich.

Sie dreht die Teetasse in ihrer Hand, immer und immer wieder. »Ich weiß es nicht. Ich habe nie an so etwas geglaubt, aber ... ich halte es nicht mehr aus.«

»Erläutern Sie erneut, was ihnen widerfahren ist, Mrs Tucker«, drängt Muriel und Mrs Tucker zuckt erneut zusammen.

Ich werfe Muriel einen tadelnden Blick zu, dann nehme ich die Hände unserer Kundin in meine. »Wir können nur helfen, wenn wir genau wissen, was passiert ist. Dir muss nichts unangenehm sein, wir haben schon alles gehört und erlebt.« Ich bin bei so was zum ersten Mal dabei, aber diese Notlüge erlaube ich mir.

»Das, was man *immer* von den Verrückten hört. Stimmen aus dem Nichts, klappernde Türen in der Nacht, Dinge, die plötzlich an anderen Stellen liegen. Und mein Mann –«

»Hat diesem Unsinn nur zugestimmt, damit es endlich ein Ende findet«, ertönt der Bariton eines Mannes hinter uns. Er sieht ebenso erschlagen aus wie Annabell. Aber er reckt uns sein breites Kinn entgegen, um uns zu beweisen, dass er nicht an das glaubt, was vor sich geht.

Muriel ignoriert ihn. »Für einen Exorzismus nehmen wir dreitausend Dollar.«

Annabells Gesicht entgleist und ich weiß genau, warum. Das können sich die beiden niemals leisten.

»Lächerlich«, schnaubt ihr Mann.

Annabell ringt nach Worten. »Das können ... So viel können wir nicht ...«

Muriel steht auf. »In Ordnung. Einen schönen Tag noch.«

Ich halte sie am Arm zurück. »Können Sie tausend Dollar aufbringen? Vielleicht in Ratenzahlungen?« Mein Atem geht flach, doch eiserne Entschlossenheit treibt mich an. Ich muss um jeden Preis helfen.

Tränen sammeln sich in ihren Augenwinkeln. »Das wäre ... vielen Dank!«

»Auf keinen Fall«, donnert Muriel. Sie versucht mich aus der Wohnung zu zerren. »Wir begeben uns in Lebensgefahr. Das für so wenig Geld zu machen ist töricht.«

Ich stemme mich gegen sie und werfe einen letzten Blick auf Annabells müde Augen. »Das ist *meine* Geisterbannung. Ich bestimme die Preise.«

Einige Atemzüge lang funkelt Muriel mich an. Dann lässt sie von mir ab. »Du treibst dich in den Ruin. Aber tu, was du willst.« Sie mag recht haben. Aber wie kann ich diese Frau allein mit ihrem Problem lassen?

Annabell flüstert ihrem Mann zu, dass sie sich das leisten können, wenn sie einiges verkaufen. Ich versuche nicht zu lauschen, doch das erweist sich im kleinen Raum als unmöglich. »Das Silberbesteck meiner Tante, die antike Puppe, den neuen Fernseher ...«, zählt sie auf, schweigt jedoch, als ihr Mann beim Fernseher die Miene verzieht. Er will zu einer Erwiderung ansetzen, aber ich komme ihm zuvor. Ein Gedankenfetzen kitzelt mich in meinem Hinterkopf.

»Eine Puppe?«, frage ich. Sie blicken mich verwirrt an. Selbst Muriel spitzt die Ohren.

»Eine entfernte Verwandte hat sie uns zur Hochzeit geschenkt.«

»Zeigen Sie sie mir!« Es mag nur das Vorurteil sein, dass Puppen zu den unheimlichsten Geschöpfen auf unserem Erdball gehören, aber etwas in mir fixiert sich darauf.

Annabell führt uns zu einer Vitrine und mit jedem Schritt spüre ich den Sog mehr. Die Porzellanpuppe trägt ein weißes Hochzeitskleid.

»Bitte keine verdammte Geisterbrautpuppe«, flüstere ich. Ich lehne mich näher an die Scheibe und studiere das feine Porzellangesicht. So nah dran spüre ich die Elektrizität, die alle Entitäten umgibt. Ich breite die Stoffrolle mit den Utensilien auf dem Boden aus, in die Muriel mir Salz, Farben, meinen Dolch und einen weiteren Dolch gepackt hat. »Also dann: Klappe die erste – Exorzismus der einsamen Puppenbraut.«

Wie auf ein Stichwort zerbersten alle Scheiben der Vitrine hinter mir und prasseln auf mich nieder. Ich falte meine Arme über meinem Kopf, um mein Gesicht zu schützen.

»Die Entitäten niemals provozieren, niemals vorwarnen«, erklärt Muriel ruhig und bringt sich hinter dem Sofa in Sicherheit.

Während Annabell panisch kreischt, schüttelt ihr Mann den Kopf. »Billige Trickserei, um uns unser Geld aus den Taschen zu ziehen.«

Ich will keine besessene Puppe sehen. Aber ich muss mich zu ihr umdrehen.

Die Puppenbraut richtet sich mit abgehakten Bewegungen auf, streicht sich ihr Tüllkleid glatt. Ich trete einen Schritt zurück. »Nein, nein, nein. NEIN.« Jetzt ist es offiziell. Vor mir steht eine verdammte Geisterpuppe. Und es ist zu spät, diesem Wesen den Rücken zuzukehren.

Jetzt fehlt nur noch, dass sie einen schaurigen Spruch, wie –

»Bin ich eine hübsche Braut?«, fragt sie.

Natürlich. Sie säuselt mit dieser knarzenden Stimme, in der andere alte Puppen »Mama« sagen, wenn man sie dreht oder kippt.

»Warum muss mein erster Job eine verdammte Puppe sein? Wieso kein Geist? Kein Dämon? Alles, nur das nicht!«, zetere ich.

»Ihr erster Job?«, fragt Annabell mit kreischender Stimme.

Das hätte ich vielleicht nicht erwähnen sollen.

»Technisch gesehen *ist* die Puppe ein Dämon. Und im Grunde ist es das gleiche Vorgehen«, erklärt Muriel ruhig. Mir bleibt keine Zeit zu fragen, woher sie das weiß.

Ich greife mir eine Ecke des türkisfarbenen Kurzhaarteppichs und versuche ihn einzurollen. Auf dem Teppich kann ich das Bannsiegel nicht malen. Doch das steife Material gehorcht mir nicht.

Die Puppe bewegt sich langsam auf mich zu. Ihre Schritte sind hölzern und sie reicht mir kaum bis zur Hüfte, doch am liebsten würde ich mich weinend in eine Ecke kauern. Im letzten Moment lasse ich mich auf den Boden fallen und trete mit den Füßen nach der Puppe, nach dem Boden, um so viel Raum wie möglich zwischen uns zu bringen. Ich grapsche nach der Stoffrolle auf der verzweifelten Suche nach etwas, das mir helfen könnte.

»Mach nicht die gleichen Fehler wie beim letzten Mal«, mahnt Muriel mich. Dann scheucht sie das Ehepaar nach draußen.

Ich kann mich nicht an alle Fehler erinnern. Meine Erinnerung ist vor allem davon erfüllt, wie scheußlich ich mich danach fühlte. Wie sehr mich die Verzweiflung der Weißen Frau berührte. Mit welcher Panik mich die diabolischen Siegel erfüllten. Doch Muriel hat mir seitdem Dutzende Male versichert, dass die Siegel Teil einer Schutzmagie sind, die dunkle Mächte versiegelt. Meine größte Schwäche ist, dass ich mich von den Geistern hinters Licht führen lasse. Sie schaffen es, mit ihrem Gejammer einen Nerv zu treffen.

Also bleibt mir nichts anderes übrig, als meine Gefühle abzustellen. Ich bin hier, um einen Dämon zu bannen. Mehr nicht. Eine abgebrühte Jägerin des Bösen. Es fühlt sich nicht schlecht an, für eine Zeit alles außer meinem Instinkt abzustellen.

Meine Finger finden den Turmalin-Dolch, doch bevor ich meiner Intuition folgen kann, erreicht mich die Puppe. Ich weiche aus, pralle jedoch mit dem Rücken gegen das Sofa. Sie hat mich in eine Ecke gedrängt.

Ich versuche mich in eine aufrechte Position zu schieben, doch die kleine Puppenhand legt sich um mein Fußgelenk. Ein hohes Kichern schallt aus ihren geschlossenen Lippen. Ich erstarre. Nur für einen Atemzug, doch lang genug, dass sie ihre Porzellanhände an meinen Hals legen kann. »Du bekommst meinen Bräutigam nicht«, raunt sie.

»Es ist nur eine Puppe, Melpomene!«, ruft mir Muriel zu.

Sie hat gut reden. Das Ding versucht ja auch nicht sie umzubringen. Aber im nächsten Moment bemerke ich, dass sie recht hat. So gruselig die Puppe auch ist – es ist nur eine Puppe. Ihr Griff ist schlaff und schmerzt nicht. Ich schiebe die Puppe von mir, drücke sie auf den Boden und zerbreche den Porzellankopf mit der Rückseite des Dolches.

»Das war ein Fehler«, ertönt die Puppenstimme, doch es mischt sich eine zweite, menschlichere und gleichzeitig unmenschlichere Stimme darunter. Die Puppe zerspringt in tausend Scherben und eine Gestalt formt sich aus weißem Dunst. Eine Braut, jung und auf unscheinbare Weise hübsch. Ihre schemenhafte Hülle festigt sich zu einem Körper. Farbe legt sich über ihr Haar und ihre Wangen, bis sie von einem Menschen aus Fleisch und Blut nicht mehr zu unterscheiden ist.

»So ist sie gefährlicher«, warnt mich Muriel. Als ob mir das nicht klar ist. Bevor ich einen bissigen Konter loswerden kann, stürzt sich die Braut auf mich. Dieses Mal schnüren mir ihre zarten Hände die Luft ab, sobald sie sich um meine Kehle legen.

Meine Sicht verschwimmt, doch mein Körper weiß, was zu tun ist. Meine

Finger finden die Phiole mit Salz und öffnen den Verschluss. Ich sollte nicht zu viel Salz nehmen, doch der Mangel an Sauerstoff lässt meine Bewegungen fahrig werden. Der gesamte Inhalt der Phiole landet auf ihrer Brust.

Sie kreischt, lässt ab von mir und weicht zurück – doch dann grinst sie nur.

Muriel flucht. »Sie ist stärker, als ich vermutet habe. Salz ist zu schwach.«

Mein Gehirn rattert. »Das heißt?«, kreische ich, denn die Braut wankt schon wieder auf mich zu. Sie greift nach einer Porzellanvase, holt aus und wirft sie mir entgegen. Im letzten Moment rolle ich zur Seite und die Vase zerschellt neben mir. Wasser und Scherben treffen mein Gesicht.

Ich rolle mich weiter, während sie mit ihrem weißen spitzenbesetzten Schuh nach mir tritt. Auf dem Boden kann ich nicht bleiben, also richte ich mich auf. Sie nutzt die Lücke in meiner Deckung, um mit einer Scherbe auszuholen. Sie schrappt über meinen Oberarm, doch ich spüre den Schmerz kaum. Wenn, dann spornt mich die Verletzung nur noch mehr an. Ich bin in Gefahr, doch ich bin nicht wehrlos. Ich kann kämpfen.

Und dann surrt Energie von meinem unteren Rücken aus in meinen Körper. Die Energie schenkt mir Kraft, festigt meinen Stand. Ich sehe meine Aura wie immer nicht, doch das gleiche rote Nebelband, wie ich es bei Muriel wahrgenommen habe, muss sie umgeben. Die Sicherheit in mir setzt etwas in Gang. Sie webt eine unsichtbare Verbindung, die meinen Blick auf den zweiten Dolch lenkt. Sein Griff schimmert tiefgrün. Ein Malachit. Der Edelstein, welcher für Angriff und Schmerz gedacht ist.

»Nicht zögern!«, spornt mich Muriel genau in dem Moment an, als ich einem erneuten Angriff mit der Scherbe ausweiche und nach dem Dolch hechte. Ungelenk rolle ich über den Boden, bekomme aber den Dolch zu fassen. Er gleitet ohne Widerstand aus seiner verzierten Hülle und Macht pulsiert durch ihn, meine Hand, meinen Körper.

Ohne nachzudenken, ohne mir Raum für Zweifel oder Gefühle zu geben, ramme ich den Dolch von hinten durch die Braut. Er bohrt sich mit Leichtigkeit durch ihr Spitzenkleid. Mein Körper erschaudert mit ihrem.

Dann beginnt das hochfrequente Kreischen, das ich kaum ertragen kann. Doch ich muss. Es gibt keinen anderen Weg. Sie fällt zu Boden, immer noch kreischend und ich schalte meinen Kopf aus. Nicht nachdenken. Nicht fühlen. Ich nehme die Farbe auf und meine Hände finden einen Rhythmus, malen das Siegel auf den Boden. Ich wähle das Puppenkleid als Gefäß, an das ich die geschwächte Braut banne. Nicht aus Mitgefühl, sondern weil sie später vielleicht weniger Ärger macht, wenn ich ihr diesen Gefallen tue. Ich tue es definitiv nicht, weil ich Mitgefühl für sie hege. Und die Tränen, die ich mir von den Wangen streiche, fallen wegen all des Adrenalins. Ich bin mir sicher.

***

Auf dem überwachsenen Weg zum Anwesen spüre ich Blicke auf mir. Ich schaue nach oben und entdecke in einem Fenster im ersten Stock drei blasse Kindergesichter. »Da sind Kinder im Anwesen!«, rufe ich panisch. Das Anwesen ist kein Ort für Kinder.

»Teufelsbälger«, speit Muriel aus. »Ein Nebeneffekt, nun, da du das Wurzelchakra öffnen konntest.«

Sie schließt die Haustür auf, hinter der ganze drei Geister auf uns warten, die ich noch nie gesehen habe. Ich eile durch die Flure, in denen immer wieder Gestalten lauern, die mich angrinsen oder ignorieren. Einige von ihnen wandeln wie seelenlose Zombies umher, andere starren mich mit so viel Leben in den Augen an, dass ich kaum glauben kann vor Geistern zu stehen. Der Anblick ist überwältigend und erst jetzt wird mir klar, wie viele Entitäten hier leben.

Muriel folgt mir. »Jetzt können sich nur noch die stärksten von ihnen vor dir verbergen.«

Unschlüssig bleibe ich mit dem Puppenkleid in den Händen stehen. »Wo lagerst du die Gefäße?«

Muriel deutet auf die Türen. »Überall, wo gerade Platz ist.«

Ich spitze die Lippen. »Solltest du nicht irgendein System verwenden? Um einen Überblick zu behalten?«

»Wenn du dein Leben damit verbringen willst, Entitäten zu katalogisieren, bitte. Mir reicht es, sie an ein Gefäß zu binden.«

Ruckartig blicke ich auf, beflügelt von der Energie, wenn einem eine geniale Idee kommt. »Können wir die Gefäße mit den Entitäten nicht einfach woanders hinbringen? Einfach als Vorsichtsmaßnahme, falls wir vor Gericht verlieren und nicht herausfinden, wie man die Entitäten verbannt!«

Muriel verengt die Augen. »Du solltest mittlerweile eigentlich spüren, welche Energie vom Anwesen ausgeht. Die Kräfte jeder einzelnen Adler-Frau haben das Anwesen gestärkt. Ohne das Anwesen wäre es unmöglich, alle Entitäten zu kontrollieren.«

Mit herabhängendem Kopf erklimme ich die steile Treppe bis in den ersten Stock. Muriel folgt mir bis zum geräumigen Zimmer mit Südlage, in welches ich das Gemälde der Weißen Frau gestellt habe. Bevor ich eintrete, klopfe ich an, worüber Muriel schnaubt.

Die Weiße Frau sitzt in ihrer menschlichen Form auf der breiten Fensterbank des Erkers. Sie hat ihre langen Beine angezogen und ihr Kinn liegt auf einem Knie. Unbeteiligt beobachtet sie mich.

»Hallo, Weiße Frau«, begrüße ich sie in Ermangelung eines richtigen Namens. »Was hältst du von einer Mitbewohnerin?« Ich recke ihr das Kleid entgegen.

Sie dreht wortlos ihren Kopf in die andere Richtung und blickt aus dem Fenster. »Ich habe auch einen Namen«, murmelt sie dann, jedoch so leise, dass ich sie kaum höre.

»Schmeiß einfach das vermaledeite Kleid in den Raum und schließ die Tür«, stöhnt Muriel.

»Und wie heißt du?«, frage ich sie.

»Geht dich gar nichts an«, murrt sie und lässt ihre langen Haare vor ihr liebliches Gesicht fallen.

Eine Hand legt sich auf meine Schulter. »Sie weiß ihn nicht mehr«, flüstert Juri in mein Ohr, bevor ich wegspringen kann. »Sie weiß gar nichts mehr, weder ihren Namen noch ihr Alter oder wann sie gelebt hat. Nur dass sie Gemälde liebt.«

Ich schiebe ihn von mir weg. Scheint, als hätte ich ihm noch nicht verziehen. »Und warum ist sie dann böse, dass ich sie nicht beim Namen nenne?«

»Erwartest du nach Wochen immer noch, dass sich Entitäten rational verhalten?«

»Und wie kommt es, dass du deinen Namen kennst? Und der Geisterpirat aus dem Salon?«

»Es gibt nicht nur eine Form von Entitäten«, erklärt er mit übertrieben mysteriöse Stimme. »Aber uns alle verbindet das Trachten nach dem einen letzten Begehren, das nie erfüllt werden kann. Was der letzte Wunsch für einen Geist ist, sind Menschenseelen für einen Dämon, das Blut für einen Vampir ...«

Ich stoße meine Schulter gegen seine. »Vampire, na klar. Hör auf mich zu verarschen.«

»Musst du erst einen sehen, bevor du glaubst, dass sie existieren?« Er grinst unheilvoll. »Was, wenn ich einer bin? Fändest du das heiß?«

Ich schnaube. »Wenn du ein Vampir bist, wären Millionen von Mädchen auf der ganzen Welt enttäuscht.«

»Und Jungen«, fügt er hinzu. »Die haben auch das Recht, auf mein Vampir-Ich zu stehen.«

»Eine aufgeklärte Entität. Drei Sympathiepunkte für dich.«

Juris Augen leuchten auf und er ergreift beide meiner Schultern. »Ich will wirklich, dass du mich magst. Vor allem nach meinem Verhalten im Ballsaal.« Er blickt mich aus zu blauen Augen an.

Erst jetzt fällt mir auf, dass Muriel sich aus dem Staub gemacht hat. Ebenso wie die Weiße Frau. Ich schlucke. »Ja, sicher.«

»Ich meine es ernst. Keine Ahnung, was da in mich gefahren ist. Manchmal bringt es einen durcheinander, ein ... Dämon oder Wiedergänger oder was auch immer zu sein. Kein Mensch zu sein, aber ein Mensch sein zu wollen.«

Ich befreie mich aus seinem Griff. »Du schienst eher ein Arsch sein zu wollen.«

Er stellt sich zwischen mich und die Tür, bevor ich hindurchschlüpfen kann. »Wenn du mir die Chance gibst zu beweisen, dass ich ... keine Ahnung, mich bessern kann ...«

»Ich werde dich bestimmt nicht aufhalten, dich ein wenig zivilisierter zu benehmen«, erkläre ich ohne große Überzeugung und schiebe mich an ihm vorbei.

»Versprochen?«, fragt er und hält mir seine Hand hin.

Mein Blick verharrt auf seinen blassen Fingern. Wenn er es ernst meint …

»Gib einer Entität keine Versprechen!« Kurz bevor ich meinen Arm heben kann, rauscht Muriel herbei und schlägt seine Hand aus dem Weg. »Keine Versprechen, keine Deals, keine Verträge, keine Pakte. Nichts. Du wirst es bereuen!«

***

Ich hätte gedacht, die Entitäten im Anwesen würden es hassen, von mir gesehen zu werden. Doch das Gegenteil ist der Fall. Sie machen das Beste daraus und ärgern mich ohne Unterlass. Ich sollte froh sein, dass es bei harmlosen Streichen bleibt und sie mir dank des Amuletts nicht wirklich etwas antun können. Doch ich kann eine schlechte Vorahnung nicht abschütteln.

Am meisten in ihr Herz geschlossen haben mich Giselle und die drei Geisterbrüder, die ich vor wenigen Tagen zum ersten Mal im Fenster gesehen habe. Die drei Jungen lassen nicht eine Sekunde von mir ab, egal was ich tue. Immerhin weiß ich nach wenigen Tagen, wie ich sie handhaben muss.

Im Blauen Salon drücke ich je eine Pinselrolle in ihre Hände. »Wer zuerst seine Wand fertig hat, darf bestimmen, welche Serie ihr heute Abend schaut.«

Für einen Moment starren mich die Kinder an, dann drängeln sie sich zum Farbeimer. Sie reden nie, was zuerst etwas merkwürdig war, mich aber mittlerweile eher erleichtert. Kinder sind süß, bis sie ihren Mund aufmachen.

»Minuspunkte für verspritzte Farbe und schluderige Stellen!«, mahne ich sie, umsichtig wie ich bin. Sonst sieht der Raum später schlimmer aus als vorher.

»Mel?«, hallt die Stimme meiner Mutter durch das Anwesen. Mir fällt die Pinselrolle aus der Hand. Es klingt, als laufe sie bereits durch den Flur, geradewegs auf den Blauen Salon zu. In dem drei für sie unsichtbare Geister Wände streichen.

Ich stürme zur Tür, doch Juri stellt sich in den Türrahmen. »Ich hab deiner Familie freundlicherweise die Haustür geöffnet«, erklärt er süffisant grinsend.

»Haben sie dich gesehen?«, frage ich panisch und versuche mich an ihm vorbeizudrängen.

Nach einer kurzen Rangelei tritt er zur Seite. »Nein, die Tür hat sich ihnen nur von Zauberhand geöffnet.«

Im Treppenhaus stehe ich meiner Mum und meinen Schwestern gegenüber. Ich versuche, die Tür hinter mir zu schließen, doch Juri, jetzt unsichtbar, hält dagegen. Fluchend bringe ich so viel Abstand wie möglich zwischen mich und die Tür. Auf keinen Fall dürfen sie dort hineinschauen.

Einige Augenblicke lang stockt mir der Atem beim Anblick meiner Mum. Wie lange habe ich sie nicht mehr gesehen? Wie zum Teufel reagiere ich darauf, dass sie ohne Vorwarnung vor mir steht? Sie hätten mir zumindest schreiben können, dass sie vorhaben, mich heute zu –

»Wir hätten dir Bescheid gesagt, dass wir heute kommen, aber dann hättest du irgendeine Ausrede gefunden, um unseren Besuch abzuwenden«, erklärt Thalia. Manchmal glaube ich, *sie* hat übersinnliche Fähigkeiten.

»Es passt heute wirklich nicht gut ...« Ich lasse meinen Blick durch das Treppenhaus gleiten, in dem sich die Geister tummeln. Noch halten sie sich zurück, aber wer weiß, wie lange das anhält.

Mum runzelt ihre Augenbrauen und stemmt eine Hand in die Hüfte. »Wir sind den ganzen weiten Weg hierhergelaufen, und so begrüßt du uns?«

Ein kalter Hauch weht über meine Wange. »Du weißt, dass wir dir nichts tun können, *ihnen* aber schon?« Juris Stimme erklingt aus dem Nichts. Seine Drohung festigt meinen Entschluss. Meine Familie muss so schnell wie möglich wieder verschwinden.

Ich sollte mich entschuldigen. Schon seit Wochen bin ich nicht mehr sauer wegen des Abendessens mit Cole und auch wenn ich jetzt keinen Rückzieher mehr vom Anwesen machen kann, einer Versöhnung steht nichts im Wege. Doch ich bringe die Worte nicht über meine Lippen.

Über mir knirscht Metall auf Metall.

Ich blicke hoch und entdecke einen Geist, der auf dem alten Messingleuchter hockt und an den Schrauben dreht. Sofort schiebe ich Mum und meine Schwester aus dem Weg. Sie stolpern zurück und blicken mich nur verständnislos an. Ich dränge sie zurück in Richtung Haustür.

»Besichtigungstour!«, ruft Thalia und reibt sich die Hände. »Ich bin gespannt, was du schon alles geschafft hast!«

Ich versuche sie zurückzuhalten, doch sie und Kalliope entwischen mir und laufen durch die Flure wie Kleinkinder. Jeden Blick in die unrenovierten Räume quittieren sie mit enttäuschten Schmollmündern.

Nur schwer halte ich mit ihnen Schritt, denn gleichzeitig will ich bei Mum bleiben, die gelassen durch die Flure schlendert und die alten Tapeten begutachtet.

»Die wirst du doch hoffentlich nicht alle abreißen?«

»Ich bin genauso wie du dafür, den Charakter eines alten Gebäudes zu bewahren. Aber ich kann keine beschmierten und schimmelnden Tapetenfetzen an den Wänden lassen. Nur in ein paar Räumen kann die alte Tapete erhalten werden.«

Mums Augen leuchten auf. »Oh, zeig mir diese Räume!«

Ich bleibe abrupt stehen. Wieso lasse ich mich von Mum in Small Talk verwickeln? So gern ich auch mit ihr reden möchte, ich kann meine Familie nicht der Gefahr aussetzen, länger hierzubleiben. »Ich freue mich, dass ihr mich besucht und es tut mir leid, wie wir letztes Mal auseinandergegangen sind, aber –«

Eine formlose Entität, vermutlich ein Dämon, hockt auf Kalliopes Schultern und spielt mit ihren Haaren. Meine Schwester merkt natürlich nichts, doch es ist offensichtlich, dass der Dämon ihre Energie raubt. Sie bewegt sich schleppender als Thalia.

»Es scheint nicht so, als wärst du froh über unseren Besuch.« Mum legt ihre Hand auf meinen Arm. Anstatt gekränkt zu sein sucht sie das Gespräch mit mir.

Der Dämon wickelt sich um Kalliopes Hals und ich kann mich nicht auf Mums Worte konzentrieren. Ich löse mich aus ihrer Berührung und stampfe auf meine Schwester zu. »Weg da! Lass sie los!«, rufe ich dem Dämon entgegen.

Kalliope zieht ihre Finger von einer Vase weg und blickt erschrocken auf.

»Nicht ...« *Nicht du,* will ich sagen, doch dann fällt mir ein, dass ich dann erklären müsste, wen ich anstelle von ihr meine. Vielleicht ist es besser, wenn sie denkt, sie soll die Vase nicht berühren. Ich hole das Amulett von Tanit unauffällig aus meinem Ausschnitt hervor, versuche es zumindest. Aber das riesige Ding ist das Gegenteil von unauffällig.

Immerhin lässt der nebelige Dämon von meiner Schwester ab. Farbe findet zurück auf ihre blassen Wangen.

»Ist sie wertvoll?«, fragt Kalliope.

»Ja, superwertvoll«, murmle ich abwesend. Zur Sicherheit fuchtele ich mit dem Amulett einmal durch die Luft und könnte schwören, der Nebel verformt sich zur Antwort zu einem erhobenen Mittelfinger. Doch er verschwindet durch die Decke. Langsam weiß ich das Amulett wertzuschätzen.

Kalliope zieht spöttisch eine Augenbraue hoch. »Vielleicht solltest du die wertvollen Gegenstände nicht auf einem klapprigen Beistelltisch im engen Flur aufbewahren«, flüstert sie so laut, dass ich es höre.

Ich schätze ihren Sarkasmus. Aber nicht, wenn ein Dämon ihre Lebensenergie rauben will. Meine Hände finden automatisch zu ihren Schultern und ich halte sie so, dass ich ihr Gesicht im dämmrigen Flur besser sehen kann. »Bist du okay?«

Kalliope zieht eine Augenbraue hoch und blickt mich skeptisch an. »Bist *du* okay? Seit wann sorgst du dich um mein Wohlbefinden?«

»Noch zwei weitere hübsche Mädchen mit hübscher, blasser Haut«, seufzt Giselle.

Ich werde mich nie an Geister gewöhnen, die unerwartet neben mir erscheinen.

»Vielleicht sollte ich mich ihnen zeigen und sie nach ihrem Schönheitsgeheimnis fragen.«

»Wage es bloß nicht«, zische ich ihr zu. »Ich schmeiße heute Abend eine dreistündige Beautyguru-YouTube-Playlist an, wenn du dich zurückhältst.«

»Was?«, fragt Kalliope.

Ich zucke zusammen, denn ich kenne ihren Blick. Ich kenne ihn aus der Zeit, als ich versucht habe anderen begreiflich zu machen, was ich sehe und spüre. So sieht man jemanden an, der noch nicht verrückt ist, aber auf einem guten Weg dahin.

Zu allem Überfluss schlendert Juri zu uns. Er lehnt sich nah an Giselles Ohr. »Vielleicht solltest du eine von ihnen häuten und dir ihre Haut aneignen«, flüstert er ihr zu.

»Okay, das reicht!«, rufe ich und sammle meine Schwestern ein. Beide zerre ich hinter mir her. »Ihr müsst sofort von hier verschwinden.«

Mum stellt sich mir in den Weg. »Du verhältst dich seltsam. Grundlegend habe ich da kein Problem mit, aber du verhältst dich auf die Art seltsam, die mir verrät, dass etwas nicht stimmt. Bist du in Schwierigkeiten?«

Ich ignoriere sie und zerre meine Schwestern an ihr vorbei. Ich lasse sie erst in einigem Abstand zum Anwesen los, dann renne ich zurück zu Mum, die wie angewurzelt im Flur steht. »Mum, ihr müsst gehen. Alles ist in Ordnung, aber ihr müsst von hier verschwinden!« Ich versuche auch sie zu ergreifen, doch sie weicht aus.

»Wieso vertraust du uns nicht an, was dir auf dem Herzen liegt? Ich verstehe, wenn du nicht mit mir reden willst, aber deine Schwestern sind für dich da.« Sie zupft an einer ihrer Haarsträhnen.

Egal, wie locker und verständnisvoll sie tut – ich weiß, was diese Geste bedeutet. Sie ist unsicher. Ich verletzte sie mit meinem Verhalten. Ich muss nur einen Blick auf ihre Aura werfen, die zum Braun der letzten matschigen Herbsttage verblasst. Ihr Versuch, stoisch zu bleiben, zerrt den Riss in meinem Herzen noch ein klein wenig weiter auf. Ich spüre ihren Schmerz, als wäre es meiner. Aber allein der Gedanke daran, ihr anzuvertrauen, *irgendwem* anzuvertrauen, was mich schon einmal in meinem Leben zur verrückten Außenseiterin gemacht hat, lässt mich erstarren. Ich kann diese Blicke kein zweites Mal ertragen.

Etwas zerschellt an der Wand neben Mums Kopf. Die Vase, welche als Sündenbock für meine augenscheinlichen Selbstgespräche dienen musste. Mum duckt instinktiv ihren Kopf weg und ich schiebe mich vor sie. Doch niemand ist zu sehen.

»Was war das?« Mum versucht an meinen Schultern vorbeizuschauen, während ich sie weiter Richtung Tür dränge.

»Nichts.« Ich funkle in die Dunkelheit. Wenn ich denjenigen erwische, der das getan hat, gebe ich ihm einen Vorgeschmack auf die Apokalypse.

Natürlich stehen Kalliope und Thalia schon wieder im Flur, als ich Mum nach draußen verfrachte. »Was ist passiert?«, fragen sie mit großen Augen. Sie müssen das Zerbersten der Vase gehört haben.

»Anscheinend nichts«, grummelt Mum.

Alle drei schiebe ich durch die Haustür, in welcher ich mich so breit wie möglich mache. »Ich will euch echt nicht verscheuchen, aber ihr müsst gehen. Wie wäre es, wenn ich euch demnächst besuchen komme?«

Synchron verschränken meine Schwestern die Arme vor ihren Bäuchen. »So, wie du es die letzten Wochen getan hast?«

»Ich besuche euch wirklich bald«, verspreche ich. Hinter mir schallt das Scheppern weiterer Haushaltsgegenstände durch das Anwesen und ich zucke zusammen.

Mum will noch etwas sagen, doch ich spüre einen kalten Zug in meinem Nacken.

»Bis dann!«, rufe ich durch den letzten Spalt in der Tür, bevor ich sie zuknalle. Sie klopfen nicht an, versuchen nicht zu mir durchzudringen. Vermutlich, weil sie wissen, wie ich darauf reagiere, bedrängt zu werden. Und es ist besser so, auch für ihr eigenes Wohl. Trotzdem greife ich mir an die Brust, wo ein dumpfer Schmerz zusammen mit meinem Herzen pocht.

***

Am Abend kneift mir Muriel in den Bizeps, während ich in der Bibliothek ein Buch über das Rechtssystem studiere. »Du bist zu schwach.«

Ich reibe mir über den Oberarm, auf dem sich garantiert ein blauer Fleck bilden wird.

»Zusätzlich zu deinen Pflichten wirst du ab jetzt deinen Körper trainieren.

Da ich bezweifle, dass du in deinem Leben jemals etwas gesehen hast, das annähernd an einen Trainingsplan erinnert, werde ich dich unterweisen.«

Ich schneide eine Grimasse. »Du stellst mich dar wie den allergrößten Lauch. Wenn du die letzten zwanzig Jahre überlebt hast, wird meine Sportlichkeit ja wohl noch ausreichen, um –«

»Ach ja? Kannst du auch das?« Muriel rafft ihr Kleid hoch und verrenkt sich auf dem Boden, bis sie nur noch auf den Handflächen schwebt und ihre Knie auf ihren Ellbogen liegen. Sie sieht gleichermaßen beeindruckend wie lächerlich aus. Beeindruckend – denn nein, das schaffe ich niemals – und lächerlich, weil so ein Kleid voller Rüschen nicht dazu gemacht ist, knallhart Yogaposen rauszuhauen.

»Angeberin«, murmle ich mit einem Blick auf ihre schmalen, aber drahtigen Arme. Gleichzeitig überlege ich, wie viel Geld man mit dem Instagramprofil Yoga-Oma machen könnte. Doch Muriel würde den CEO höchstpersönlich erpressen, damit er Instagram abschaltet, bevor ich auch nur ihren Usernamen erstellen könnte.

»Jetzt, da du endlich das Wurzelchakra beherrschst, trainieren wir Ausdauer, Kraft, Flexibilität, Kampfsport und grundlegendes Waffenverständnis«, überlegt sie laut. »Telekinese werden wir angehen, wenn du das Solarplexuschakra beherrschst, denn dann können wir schauen, welches der Elemente dir am besten liegt und damit begin–«

»Telekinese.« Ich klappe das Buch vor mir zu.

»Neben der Stärkung deiner allgemeinen Fähigkeiten eröffnen dir die Chakren die Fähigkeit, Elemente zu manipulieren. Das Wurzelchakra steht für Erde, Sakral für Wasser, Solarplexus für Feuer. Fühlst du zu einem der Elemente eine besondere Verbindung?«

Ich lehne mich nach vorn. »Tele. Kinese. Welche Ausmaße haben meine Fähigkeiten bitte noch?«

»Bitte, Melpomene, bist du nicht langsam raus aus der skeptischen Phase? Muss ich dich jedes Mal, wenn ich dir einen neuen Aspekt beibringe, drei Tage lang davon überzeugen, dass es das gibt?«

Um sie zu besänftigen, hebe ich die Hände. »Alles klar. Ich glaube dir. Was bleibt mir auch anderes übrig. Zuerst werde ich zu Jackie Chan, dann zu Avatar Mel. Wer weiß, danach könnte ich ein paar Raketen entwickeln. Oder mich in einen Transformer verwandeln. Irgendwas Alltägliches in der Richtung.«

Statt über meine Witze zu lachen, von denen ich wissen sollte, dass sie sie nicht versteht, starrt Muriel mich an. »Willst du nicht mit deinem Training beginnen?«

»JETZT?« Ich deute erst auf die alte Holzuhr, dann auf die Dunkelheit draußen.

Muriel verschwindet schon durch die Tür und ich folge ihr seufzend. »Schlafen kannst du, wenn du tot bist.«

»Wenn du mich weiter so malträtierst, wird das früher eintreffen, als du denkst«, grummle ich.

***

Eine halbe Stunde später wird mir erst bewusst, wie sehr ich damit recht habe. Nach einer Million Sit-ups, Liegestützen und Kniebeugen bin ich dem Tode näher als bei beiden Geisterbannungen. Und ich stand einer verdammten Mörderpuppe gegenüber.

Mein Cardigan liegt vergessen in einer Ecke des ansonsten leeren Raums im ersten Stock, den Muriel aufgrund seiner Größe zum Trainingsraum auserkoren hat. Ich trage ein Tanktop und die Heizung hier oben steht nur auf Frostschutz, trotzdem schwitze ich wie im Hochsommer. Mir ist nach Weinen und Schreien und Kotzen zumute. So müssen sich Teilnehmer bei Bootcamps mit Ex-Militär-Trainern fühlen. Ich bin mir sicher, Drillinstructor Muriel würde diese Trainer zum Heulen bringen.

»Schlag härter zu«, befiehlt sie mir und zuckt mit dem Schlagpolster, das sie wer weiß wo herausgekramt hat.

Ich will nicht zuschlagen, da ich Angst habe, dass der Geist eines alten Karatemeisters dort drinhängt, aber in erster Linie, weil meine Arme schon seit dem Aufwärmen wie Pudding sind. »Kann ich nicht diese Fliegender-Affe-Yogapose trainieren?«, quengele ich und schlage halbherzig gegen das Polster.

»Die Krähe.« Juri zieht einen alten Sessel hinter sich her, den er in eine Ecke stellt. »Und bitte lass es, du würdest dir mindestens fünf Muskeln zerren.«

Ich presse die Lippen aufeinander und zwinge meinen Blick, nicht in seine Richtung zu gehen. Ich bin unsicher, ob ich sauer auf ihn bin oder auf mich selbst. Wem auch immer mein Zorn gilt, das Schlagpolster muss ihn jetzt über sich ergehen lassen. Ich hole mit meiner Faust aus und knalle sie gegen das glatte Material.

Muriel muss einen Ausholschritt nach hinten machen. Dann nickt sie. »Besser. Gleich noch mal mit der anderen Faust.«

Einige Minuten lang befolge ich Muriels immer schneller werdende Befehle. Bei der rapiden Abfolge von linkem Schlag, rechtem Hieb, Block, Tritt und Ellbogen verliere ich das wacklige Gefühl in meinen Muskeln. An seine Stelle treten Adrenalin und der Wille, immer weiterzumachen. Meine Fingerknöchel scheuern über das Material des Polsters, meine Oberschenkel brennen und Strähnen aus meinem Zopf lösen sich, kleben an meiner schweißnassen Stirn. Doch ich fühle mich gut. Erstaunlich gut, dafür, dass mein Körper kurz vor dem Kollabieren ist. Entweder ich bin im Tunnel oder es tut mir gut, einfach mal alles herauszulassen.

Sobald Muriel die Arme senkt und mir andeutet, dass es für heute reicht, sinke ich auf den Boden. Doch statt darüber zu jammern, wie platt ich bin, kann ich unsere nächste Trainingseinheit kaum erwarten. Ich werde mich aber hüten ihr das zu gestehen, denn wer weiß, um wie viele Level sie mein Training dann anhebt.

»Wie lange dauert es, bis ich an professionellen Turnieren teilnehmen kann?«, frage ich. »Ich hab gehört, das Preisgeld ist nicht ohne.«

Muriel pfeffert das Schlagpolster auf den Boden. »Du denkst schrecklich viel über Geld nach.«

Ich rolle mich stöhnend auf den Bauch und strecke meine Arme von mir. »Ich bin Künstlerin. Da muss man kreativ sein, was Geldeinnahmequellen betrifft.«

Juri lehnt sich nach vorn und stützt seine Ellbogen auf seine Knie. »Aber lässt dich bei deinem ersten Auftrag übers Ohr hauen.«

Ich drehe meinen Kopf zu ihm. »Woher weißt du das?« Dann korrigiere ich mich hastig. »Ich hab mich nicht übers Ohr hauen lassen. Meine Preisgestaltung ist nur anders als die von Muriel.«

»Die Braut hat mir geflüstert, dass du deine Dienste kostenlos angeboten hättest, wenn die Frau noch drei Tränen mehr verdrückt hätte.« Sein Ton ist wie immer spöttisch, doch etwas in seinen Augen blitzt anerkennend auf.

Entschlossen drehe ich meinen Kopf zu Muriel. Keine Ahnung, wieso ich mich schon wieder in so ein Gespräch verwickeln lasse, das nirgendwo hinführt. Also ignoriere ich ihn, während Muriel meinen Trainingsplan für die nächsten Wochen herunterrattert. Doch ich kann nicht vermeiden, dass die Anerkennung in seinen Augen mein Herz ein wenig erwärmt.

KAPITEL 10

Mit einem flattrigen Buch bewaffnet, das Zeichnungen von getrockneten Kräutern und Pflanzen enthält, streife ich um den namenlosen gigantischen See hinter dem Anwesen. Muriel nennt es ein Herbarium, ich nenne es einen Zeitvertreib für Menschen ohne richtige Hobbys. Wobei ich zugeben muss, dass die getrockneten Blumen und die fein säuberliche Kursivschrift hübsch anzusehen sind. Meine abwertenden Gedanken liegen bestimmt nur an meinem Unwillen, durch die nasskalte Natur zu stapfen und Kräuter zu pflücken. Aber Muriel besteht darauf, dass ich selbst Pflanzen für die Räucherrituale sammle.

»Du siehst nicht wirklich aus wie ein Mädchen, das Blumen liebt.« Juri materialisiert sich neben mir, gehüllt in den dicksten Parka, den ich je gesehen habe.

Ich kann nicht anders, als die Jacke neidisch zu beäugen. Woher hat er eigentlich immer die ganzen Klamotten? Doch dann rolle ich mit den Augen. »Himmel, bin ich nicht mal hier draußen sicher vor dir?«

Juri grinst, natürlich, und zum ersten Mal fällt mir auf, dass einer seiner Mundwinkel dabei nach unten geht. Er sieht idiotisch aus, aber etwas in mir kann nicht leugnen, dass sein schiefes Grinsen irgendwie ... Nein. Das Grinsen ist dämlich. Mehr nicht.

Mit neuem Elan mache ich mich an die Arbeit und schneide Gräser mit einer Heckenschere ab, die ich mit meinen Wollhandschuhen kaum bedienen kann. Ich blättere zur nächsten Seite, die Muriel markiert hat. Minutenlang wandere ich durch die Büsche, auf der stillen Suche nach den Kräutern, die Muriel braucht. Dann halte ich die Stille – und Juris penetranten Blick in meinem Rücken – nicht mehr aus. »Was genau bist du überhaupt?«

»Attraktiv? Mysteriös? Begehrenswert?«

Ich boxe ihm in seine Schulter. »Ich meine, ob du ein Geist bist oder ein Dämon oder – keine Ahnung – irgendwas anderes.«

»Ich lasse mich nicht gern in Schubladen stecken.«

»Du hast einen Körper –«

»Ich *wusste*, dass du nicht blind bist.« Da ist es wieder, das schiefe Grinsen.

Meine Ohren werden warm und ich fuchtele mit der Heckenschere vor seinem Gesicht herum, um ihn zum Schweigen zu bringen. »Die Weiße Frau hat jedoch keinen. Sie ist entweder transparent oder in dieser dämonischen Geisterform. Aber eine dämonische Form habe ich von dir noch nie gesehen.«

Juri wackelt mit den Augenbrauen. »Meine dämonische Seite zeige ich dir sehr gern, wenn du –«

Ich krame einen Lipliner aus den Untiefen meiner Tasche, halte Juris Kopf mit meiner linken Hand still und male einen keltischen Knoten, den Muriel mir erst vor wenigen Tagen gezeigt hat, auf seinen Mund. Zwei Spitzen der Triskele reichen bis zu seinem Kinn, eine bis zur Mitte zwischen Lippe und Nase.

Er öffnet seinen Mund, doch kein Ton kommt hervor.

Zufrieden grinsend beobachte ich ihn dabei, wie er versucht lautlose Töne hervorzubringen. Manchmal zahlt es sich doch aus, diesen ganzen Kram gelernt zu haben. »Ich glaube, es wird langsam Zeit für das nächste Räucherritual. Du wirst schon wieder unerträglich.«

Juri wischt sich über den Mund. Der Lipliner verschmiert wie Nasenbluten. »Du denkst zu kurzfristig. Wenn du mich zum Schweigen bringen willst, musst du dafür sorgen, dass ich deine billigen Siegel nicht durchbrechen kann.«

»O bitte, erzähle mir mehr davon. Ich glaube, es ist wirklich eine fantastische Idee, in Sachen Dämonenbannung auf einen Dämon zu hören.«

»Ich bin kein Dämon.«

»Dann eben ein Geist, Wiedergänger, Zombie, was auch immer. Du willst es mir nicht sagen, also erwarte nicht, dass ich es weiß.«

»Ich weiß nicht, was ich bin.« Die überhebliche Neigung seiner Stimme fehlt.

Ist er niedergeschlagen? Ich wünschte, ich könnte seine Aura sehen, so wie bei Menschen. Doch das muss ich nicht. Natürlich ist er *nicht* niedergeschlagen. Er schwankt zwischen Manie und Boshaftigkeit, da bleibt kein Platz für so menschliche Gefühle wie –

Ich blicke kurz zu ihm und verfehle den Stiel einer Lampionblume. Seine Augen. Ihr übernatürliches Scheinen verblasst zu einem tristen, glanzlosen Grau. So vollkommen ermattet von Schwermut und Sehnsucht und Menschlichkeit, dass ich ihn nicht wiedererkenne. Er sieht mich nicht an wie ein Dämon, ein Geist, etwas Unmenschliches – ich kenne diesen Blick. Manchmal sehe ich mich genauso im Spiegel an. Ich kenne den Blick aus der Zeit, als ich allen erzählt habe, was ich sehen kann. Ich kenne den Blick von all den Momenten, in denen ich nicht wusste – nicht weiß – wer ich bin, was ich bin, warum ich anders bin. Ich kenne ihn von dem Tag, als ich Mum verlassen habe. Von jedem Moment, in denen ich an Mum denke, an meine Schwestern, an die Dinge, die ich zerstöre, weil ich kleinlich und stur bin. So schaue ich mich selbst an, weil ich nicht in der Lage bin, meine Fehler auszubügeln, obwohl ich mir nichts sehnlicher wünsche.

Ich lehne mich näher zu ihm und lege meine Hände an seine Wangen. Alles in mir, jeder Funke Vernunft, schreit auf mein Herz ein, das bei seinem Anblick schmerzt. »Ich kann dir vielleicht helfen herauszufinden, was du bist.«

Er lacht einmal höhnisch auf. »DU? Du bist das schlechteste Medium, das ich je erlebt habe. Denkst du, du kannst einfach ›Was ist Juri?‹ in Google eingeben und dir wird die Antwort präsentiert?«

Auch den Sarkasmus und die verletzenden Worte kenne ich. Ich nutze die gleichen Taktiken, um mir keine Blöße zu geben.

Ich weiß, er attackiert mich, um mich aufzuregen. Und er schafft es, seine Worte treffen mich genau da, wo sie sollen. Doch statt zurückzuschlagen presse ich die Lippen aufeinander und versuche mich auf meine Atmung zu konzentrieren. »Ich meine es ernst. Ich würde dir helfen.«

Suchend blickt er in meine Augen und ich spüre meinen Herzschlag in meiner Kehle. Dann legt er seine Hände auf meine. »Versprichst du es mir?«

Gib einer Entität keine Versprechen. Muriels Worte hallen in meinem Kopf wider. Aber wie kann man jemandem keine Hilfe versprechen, den die Zweifel so zerfressen? Er ist kein Mensch, aber seine Augen, sein Schmerz, könnten menschlicher nicht sein. »Ich verspreche dir –«

»Du würdest mir helfen, indem du …«, er lässt den Kopf hängen und seine Haare fallen vor seine Augen. Dann atmet er tief ein, ein Atemzug, der seine Schultern erzittern lässt. Dann fährt er mit gequälter Stimme fort. »Du würdest mir helfen, indem du endlich mit deinem beknackten Helfersyndrom und deiner Laienpsychologie aufhörst.« Seine Stimme wandelt sich zu seinem üblichen Leiern und eiskalt durchfährt mich die Erkenntnis, dass er mich wieder angeschwindelt hat.

Ich reiße meine Hände aus seinem Griff und springe wutentbrannt auf, während er weiterredet.

»Ich bin keine arme Seele, die gerettet werden muss. Wann kriegst du das endlich in dein kleines, dummes Menschenhirn?« Er besitzt die Dreistigkeit, mich auch noch schallend auszulachen.

Ohne ein Wort zu erwidern, stampfe ich weiter. Juri folgt mir und ich werfe keinen Blick auf die Pflanzen am Wegesrand oder auf ihn. Erst als er vor Schmerz aufstöhnt, drehe ich mich um.

Er versucht näher an mich heranzutreten, prallt jedoch gegen eine unsichtbare Barriere.

»Ha!«, bricht der Triumph trotz der Umstände aus mir heraus. »Und schon kenne ich einen weiteren Schwachpunkt von dir. Weiter kommst du wohl nicht?«, spotte ich.

Er schlägt gegen die unsichtbare Wand, doch nichts passiert, außer dass er flucht und sich die Faust reibt.

»Du glaubst vielleicht, dass du die Oberhand gewinnst, wenn du mich immer wieder hereinlegst und ausnutzt, weil ich im Gegensatz zu dir ein klein wenig Mitgefühl habe, aber irgendwann werde ich genug über dich wissen, dass ich dich dahin verbanne, wo du hingehörst!«

»Mit wem reden Sie?«, fragt eine Frauenstimme.

Ich fahre herum. Die Hausfrau mit der knallroten Kurzhaarfrisur. Sibylle. Ist das ihr Name oder habe ich ihn mir nur ausgedacht? Sie stemmt ihre Fäuste samt Walking-Sticks in ihre Hüften. Um ihren Hals hängt eine Kamera – versucht sich wohl an Naturfotografie.

»Mit mir selbst«, rede ich mich heraus. »Ärger zuzulassen und herauszubrüllen ist eine grundlegende Technik der Lichtritter.« Wer hätte gedacht, dass das unfreiwillige Wissen aus Mums Sekte mir doch noch mal nützt.

Sibylle sieht in etwa so skeptisch drein, wie ich Mums Techniken gegenüberstehe, aber zumindest ruft sie nicht direkt die Polizei.

»Miss Ernesta Benson von nebenan«, ruft Juri freudig über meine Schulter, unsichtbar für sie. »Sie ist die absolute Wucht!«

Ernesta? Der letzte Name, den ich ihr zugetraut hätte. Mit einem Mal fühle ich mich ihr verbundener – sie weiß vermutlich, wie es ist, so einen Namen von seinen Eltern bekommen zu haben. Doch ihr Blick auf die Pflanze in meiner Hand zeigt mir, dass sie diese schwesterliche Verbundenheit ganz und gar nicht spürt.

»Das ist eine gefährdete Pflanzenart«, wettert sie. Ihr Kopf läuft knallrot an. »Die dürfen Sie nicht pflücken!«

»Das wusste ich nicht, tut mir leid.« Ich starre auf die unscheinbare Pflanze in meiner Hand, dann in das Herbarium. Oh, da steht es ja. *Gefährdet.* Ich werde Muriel klarmachen, dass sie eine Alternative finden muss, denn ich will sicherlich nicht dafür verantwortlich sein, wenn dieses hässliche Kraut ausstirbt.

»Sie können hier nicht herumlaufen und sämtliche Pflanzen ausrupfen«, keift Ernesta mit erhobenem Zeigefinger weiter.

»Ich sagte doch, dass ich es nicht wusste. Und ich werde keine mehr pflücken.« Obwohl ich versuche, freundlich zu bleiben, schleicht sich ein bissiger Seitenhieb rein. »Die hier kann ich nur schlecht wieder einpflanzen.«

Sie winkt genervt ab. »Nichts als Ärger hat man mit Ihnen, Ihrer Großmutter und diesem Anwesen!« Sie verschwindet durch das Gebüsch, bevor ich etwas erwidern kann.

Ich überlege ihr zu folgen und meine Meinung zu sagen, aber sobald ich mich an mein Gespräch mit Juri erinnere, ist der Ärger ihretwegen wie weggeblasen. Bei ihm verspüre ich deutlich mehr Wut als bei Ernesta Benson, passionierte Nordic-Walkerin und Meckerliese.

Doch Juri ist verschwunden. Dabei war ich mit ihm noch längst nicht fertig. Mein Hals ist rau und kratzig vor Wut, aber auch, weil ich mir nicht sicher bin, ob all seine Verletzlichkeit gespielt war. Doch ich bin mir auch nicht sicher, ob irgendetwas, das er mir sagt, wahr ist.

***

Entgegen meiner Hoffnung vergisst Muriel nicht, dass mein Schlafzimmer im Anwesen schon längst bewohnbar ist und ich hier schlafen sollte. Damit ich kein Gegenargument mehr habe, fährt sie sogar mehrmals mit dem Taxi von Mums Haus zum Anwesen, um all meinen Kram hierherzutransportieren. Alles, während ich stundenlang meditiere, um das nächste Chakra zu öffnen. Bisher erfolglos, denn während mir die Öffnung des Wurzelchakras immer leichter fällt, tut sich beim Sakralchakra nichts. Die meiste Zeit während der Meditation bete ich dafür, dass Muriel mir nicht für jedes Chakra eine Geisterpuppe vorsetzt.

Ich schleppe meinen Kram vom Gartenweg in den Flur, dann in irgendwelche Räume, sobald der Flur zu voll steht. Wie konnte ich so viel Zeug ansammeln? Morgen muss ich mir überlegen, wo ich alles unterbringe, wenn auch nur für die Zeit, in der ich hier wohne. In ein paar Monaten, wenn ich das Anwesen erfolgreich verkauft habe, packe ich alles zusammen und suche mir eine geniale Loftwohnung in der Stadt. Heute kann ich mir darüber jedoch keine Gedanken mehr machen. Erst Meditation, dann Kräutersammeln, danach Runen und das Studium eines neuen Grimoires und jetzt habe ich bis zweiundzwanzig Uhr meinen Kram durch die Gegend geschleppt – ich bin einfach nur todmüde.

Deshalb klammere ich mich im Badezimmer gegenüber meines Zimmers am Marmorbecken fest, während ich mir lustlos die Zähne putze. Hier habe ich gute Arbeit bei der Renovierung geleistet, auch wenn außer diesen beiden

Räumen alles noch im alten Zustand ist. Aber ein funktionierendes Bad brauche ich definitiv. Muriel hat mir dabei geholfen, zumindest diesen Raum absolut entitätensicher zu machen, deshalb stehen überall Kristalle und Schälchen mit Salz und Kräutern herum. Winzige Bannsiegel verzieren den Türrahmen und den Deckenstuck. So stört mich immerhin niemand beim Duschen und Umziehen.

Der Kronleuchter über mir wackelt, flackert und geht aus. Bitte kein Stromausfall. Nicht in meiner ersten Nacht ganz allein im Anwesen. Ich bin kein Angsthase – aber genau so fängt jeder Horrorfilm an.

Ich taste mich zum Lichtschalter vor und kippe ihn mehrmals hin und her, doch nichts passiert. Habe ich irgendwo eine Taschenlampe? Streichhölzer? Mein Handy liegt am Bett, aber ein Blick hinaus auf den Flur verrät mir, dass es dort ebenfalls stockdüster ist.

Das Licht flackert mehrmals an und aus. Dann ist es wieder dunkel. Erneut drücke ich den Lichtschalter, ein, zwei, drei Mal, aber nichts passiert. Nach ein paar Sekunden flackert das Licht wieder. Ein-, zwei-, dreimal. Grollend betätige ich den Lichtschalter erneut nach einem ganz bestimmten Takt. Einige Atemzüge später flackert das Licht in genau dem gleichen Takt.

Ich schließe die Augen, denn dafür gibt es nur eine Erklärung. Entitäten. Auch wenn ich die Decke anbrüllen möchte, halte ich mich zurück. Wenn ich ihnen zeige, dass sie mich mit so was aus der Ruhe bringen können, hört das nie mehr auf. Also taste ich im Dunkeln nach dem Wasserhahn, stoße mir den Kopf und das rechte Knie und spüle den Rest Zahnpasta aus. Alles ganz normal. Kein Grund zur Aufregung.

Langsam tapse ich durch den Flur in mein Schlafzimmer. Ich versuche gar nicht erst das Licht einzuschalten, sondern werfe mich direkt ins Bett. Immerhin scheint ein wenig Mondlicht durch die Fenster herein. Und ich habe mein Handy, auf dem ich mehrere Onlineshops nach einem Esstisch durchsuche.

Das Nächste, was ich mitbekomme, ist, dass mich Blitze aus dem Schlaf aufschrecken. Doch der Donner bleibt aus. Ich reibe mir die Augen und realisiere, dass es die Deckenlampe ist. Mit zusammengepressten Lippen ziehe ich die Decke über mein Gesicht und zwinge mich einzuschlafen.

Es fühlt sich nach nur wenigen Minuten Schlaf an, als das Flackern der Lampe mich erneut weckt. Meine Decke ist im Schlaf hinuntergerutscht. Mein Puls muss mindestens auf hundertachtzig sein, doch ich darf mir nichts anmerken lassen, also ziehe ich die Decke noch ein wenig höher.

Das Ganze wiederholt sich stundenlang. Meine Finger zittern, als hätte ich zu viel Kaffee getrunken, und mein Handy zeigt 3:33 Uhr an. Ist das hier die Geisterstunde? Oder die Zahl des Teufels? Ich pfeffere mein Handy zurück auf den Nachttisch und drehe mich auf den Bauch, presse mein Gesicht ins Kissen.

Zeig deinen Ärger nicht, Mel. So leise wie möglich knurre ich ins Kopfkissen. Ich ziehe die Decke über meinen Rücken, die erneut hinuntergerutscht ist. Man könnte fast meinen –

Adrenalin pumpt durch meine Adern und zerrt mich aus dem ermüdenden Halbschlaf. Ob ich richtig vermute, bekomme ich schnell heraus. Ich drehe ich mich betont schläfrig auf den Rücken und warte ab. Die Luft unter meiner Decke wird verbrauchter, wärmer, und ich würde die Decke am liebsten von mir werfen, doch ich verharre unter ihr.

Und tatsächlich, nach einigen Minuten, die sich wie Stunden anfühlen, rutscht meine Decke wie von allein nach unten, Zentimeter für Zentimeter. Ich springe auf und hechte in die Richtung, in welche die Decke kriecht. Mit einem Tackle, der Larkin und sein gesamtes Footballteam stolz machen würde, bringe ich Juri und zwei der drei Geisterjungen zu Boden. Der dritte Junge hängt an der Decke. Ich wusste, dass nur Juri hinter so was stecken kann.

Ich lache triumphierend auf, bevor die Wut überschäumt. Der Lampenstreich hat mir keine Angst eingejagt, aber jede schlaflose Minute zehrte an meinem Gemüt. Und ich fühle mich wie ein wirrhaariges Nervenwrack mit manischem Blick, während ich die beiden Geisterjungen am Kragen packe, um sie vom Davonrennen abzuhalten. Ich starre auf Juri hinab.

»Ihr hört auf der Stelle auf mit dem Scheiß oder es gibt für euch«, ich zucke mit dem Kinn zu den Geisterjungen, »absolutes Fernsehverbot!«

Die drei knicken schnell ein, denn an den Serien auf meinem Laptop haben sie einen noch größeren Narren gefressen als an mir. Frechdachs Nummer drei lässt sich von der Decke fallen und zu dritt nicken sie mit reuevoll aufgerissenen Augen und bibbernden Unterlippen.

Mein Blick fällt auf den Hauptverdächtigen, der immer noch auf dem Boden sitzt. »Und du«, fahre ich fort. »Schämst du dich nicht, so einen albernen Streich mit kleinen Kindern durchzuziehen? Es ist echt peinlich, dass dir nichts Besseres einfällt.« Ich atme tief durch. »Wenn ihr das noch ein einziges Mal macht, verbringe ich den Rest meines Lebens damit, dich mit Muriels Salzflinte zu verfolgen. Und zeige dir, wie man jemanden richtig heimsucht.«

Juri richtet sich etwas auf. »Tut mir leid«, sagt er mit dem gleichen Gesichtsausdruck wie die drei Geisterjungen. Doch seine Mundwinkel zucken und seine Augen glitzern diabolisch.

»Raus aus meinem Zimmer. Alle vier.« Ich benutze Mums »Ich bin enttäuscht, nicht sauer«-Stimme. Sie wirkt bei ihnen genauso wie bei mir und meinen Schwestern.

Sobald das Zimmer friedvoll leer ist, lasse ich mich rückwärts ins Bett fallen. Ich schaffe es nur, die Decke halb über meine Beine zu ziehen, denn mittlerweile fühle ich mich, als hätte ich drei Nächte nicht geschlafen. Meine Augen schmerzen, selbst wenn ich sie schließe.

»Ich kann aufpassen, dass sie nicht wiederkommen.«

Ich öffne ein Auge, um die Quelle der zarten Stimme ausfindig zu machen. Giselle hockt auf der Ottomane am Fußende des Bettes. »Nein danke, hier ist entitätenfreie Zone. Das gilt auch für dich. Ich gehe keine Deals mit Geistern ein.«

Giselle verzieht die Lippen zu einem Schmollmund. »Ich verlange nichts als Gegenleistung.« In ihrem weißen Kleid, das sie immer trägt, sieht sie genau so aus, wie ein Geist auszusehen hat. Nicht wie Juri, der seine Klamotten in etwa so häufig wechselt wie seine Laune.

Bevor ich antworten kann, dass ich ihr kein Wort glaube, falle ich in den wohlverdienten Schlaf.

***

Jetzt, da ich im Anwesen wohne, füllt Muriel meinen Tag mit noch mehr Aufgaben. Sie scheint zu glauben, dass ich keinerlei andere Verpflichtungen habe. Deshalb sitze ich spätabends am Mahagonitisch in der Mitte der Bibliothek, dessen Oberfläche mit Büchern und Lexika überquellt, und google mir nebenbei auf meinem Laptop die Finger wund. Die Entitäten stören mich dabei mehr denn je. Man sollte meinen, sie freuen sich darauf, endlich ins Jenseits zu kommen, doch die meisten geben ihr Bestes, um mich von meiner Mission abzuhalten.

Heute rennen die drei Geisterbrüder im Kreis um mich und versuchen meinen Laptop zu stehlen, um darauf ihre neue Lieblingsserie zu schauen. Es muss vor hundert Jahren einfacher gewesen sein, als Geisterkinder noch keine Fernsehsucht entwickeln konnten. Ich hätte sie niemals in die Freuden der Cartoons einführen dürfen.

Zwei von ihnen reißen an den gegenüberliegenden Seiten meines Laptops, während der dritte meine Beine umklammert hält. Sie reden immer noch nicht, aber das mindert ihre Nervigkeit nicht wirklich.

»Hört auf damit«, murre ich und versuche den vor mir schwebenden Laptop auf dem Tisch zu drücken. Sie scheinen das als Spiel zu interpretieren und keine drei Sekunden später knallt mein Laptop auf den Boden. Der Bildschirm wird schwarz.

Ich pfeffere das ledergebundene Buch mit dem kaum leserlichen Text hinterher. »Seht ihr, was ihr angerichtet habt? Ihr verschwindet jetzt sofort aus der Bibliothek. Und lasst euch nie wieder hier blicken!«

Für einen kurzen Moment kauern die drei aneinandergepresst an einem Bücherregal und ich spüre, wie das schlechte Gewissen gegen meine Wut kämpft. Doch dann stehen sie völlig synchron auf. Ihre Augen schwärzen sich, nicht nur die Pupillen, sondern die gesamten Augäpfel. Sie kreischen auf und ihre Stimmen, die ich noch nie gehört habe, lassen die Bücher in den Regalen erzittern.

Ich gehe einen Schritt zurück und hebe beschwichtigend die Hände. »Beruhigt euch. Ich habe es nicht so gemeint.«

Sie pirschen nun näher an mich heran. Sie bewegen sich wie ein einziger geschmeidiger, tödlicher Körper.

Ich darf keine Angst bekommen. Sie können mir nichts tun. Keiner von ihnen kann das. Nur meine Unsicherheit, meine Fehler können fatal sein. Mit fahrigen Fingern zerre ich das Amulett von Tanit aus meinem Ausschnitt.

Sie fauchen das Amulett an, speien schwarzen Speichel.

Ich erkenne sie nicht wieder. Mit langsamen Schritten weiche ich zurück. Ich taste hinter mir nach etwas, mit dem ich mich wehren kann, doch meine Hände treffen nur auf Luft. Dann springen sie auf mich zu, ihre Finger wie Krallen ausgestreckt.

Ihr schiebe meine Hände vor mein Gesicht, doch der Aufprall bleibt aus. Langsam öffne ich die Augen und starre Juris Rücken an.

Er hält seine Arme vor mir ausgestreckt. »Ihr habt sie genug erschrocken. Na los, verzieht euch.« Juri scheucht sie mit beiden Händen fort. Sie fauchen ihn an, aber das Schwarz in ihren Augen zieht sich zurück. Dann verpuffen sie ins Nichts.

Mein erster Reflex ist es, mich bei ihm zu bedankten. Aber damit zeige ich Schwäche. Also verschränke ich die Arme. »Ich hätte das auch allein geschafft.«

Er legt den Kopf schräg. »Sicher, aber danach hättest du die Bibliothek komplett renovieren müssen.«

Ich rümpfe die Nase und gehe zurück zu meinem Tisch. »Fühl dich nicht, als wärst du ein heroischer Retter in der Not.«

Er lässt ein Lächeln aufblitzen, eines das gleichermaßen reizend und diabolisch ist. »Oh, sei unbesorgt, ich könnte kaum weniger heroisch sein. Alles, was ich tue, tue ich mit Hintergedanken.«

Ich hebe den demolierten Laptop auf. »Ja, das hab ich schon bemerkt«, flüstere ich und schüttle den Laptop. Der Bildschirm bleibt schwarz.

»Du lässt das Räucherritual schleifen«, merkt Juri an.

Mein Kopf schnellt hoch. Ich rechne aus, wie viele Tage das Ritual überfällig ist, doch die Zahlen verschwimmen in meinem Kopf. Ich sehe Juri an, dessen Blick ich nicht deuten kann. Wieso gibt er mir so einen Hinweis, obwohl die Entitäten das Ritual hassen?

Er stemmt beide Hände auf den Tisch. »Darum reagieren sie so über.«

Sein Gesicht ist zu nah und ich erkenne den Funken Unmenschlichkeit in seinem Blick. Wenn die Geisterbrüder schon so heftig reagieren, muss er noch schlimmer drauf sein. Tatsächlich, sein leicht geöffneter Mund verzieht sich zu seinem typischen Grinsen, nur breiter. Er bleckt seine Eckzähne, als wäre er ein Raubtier und ich seine Beute.

Bevor ich etwas sagen kann, schellt die Klingel durch das Anwesen.

Ich zucke zusammen, doch zur Abwechslung freue ich mich über den grässlichen Klang. Ich schleiche um den Tisch herum und verlasse die Bibliothek, ohne ihn aus dem Blick zu lassen. In der Tür deute ich auf den Boden. »Bleib!«

Er lehnt sich gegen den Tisch. »Stehst du darauf, mir Befehle zu geben?«, fragt er mir dieser übertrieben anzüglichen Stimme, bei der ich die Augen verdrehe.

Ich deute erneut auf den Boden und werfe ihm einen letzten strengen Blick zu, dann eile ich zur Haustür. Wer auch immer das ist, muss so schnell wie möglich fort. Besonders weil ich mit dem Räucherritual im Verzug bin. Ich reiße die Tür auf, bereit den unerwünschten Besuch zu verscheuchen.

Doch es ist Cole.

Ich erstarre mitten in der Bewegung. Mein Blick bleibt an seiner vor Kälte geröteten Nase und dem beige karierten Burberry-Schal aus der Markenhölle kleben. »Was willst du hier?«, rutscht es mir heraus. Ich blicke schockiert an mir hinunter, um herauszufinden, ob ich halbwegs anständig gekleidet bin. Leggins und ein riesiger Bandpulli – akzeptabel. Pinke Kuschelsocken mit Schmetterlingen, die ich habe, seit ich zwölf bin – absolut und definitiv unakzeptabel. Ich trete mit den Füßen aufeinander, um den Aufdruck zu verbergen.

Dann erinnere ich mich an unseren Kuss, an meine abrupte Flucht und mir wird heiß und kalt. Ich dachte, das wäre nur so eine Redewendung. Aber manche Teile meines Körpers, vor allem Ohren und Gesicht, fühlen sich an, als läge ich direkt vor einem Heizstrahler, während andere kurz davor sind abzufrieren. Sind das Symptome einer Panikattacke? O Gott, habe ich gerade eine Panikattacke, weil mein Schwarm – Ex-Schwarm – vor mir steht und keine Ahnung hat, dass unser romantischer erster Kuss jegliche aufblühenden Gefühle in mir erstickt hat? Ich schüttle den Kopf und nehme einen tiefen Atemzug. *Reiß dich zusammen!* Ich kann darüber reden wie die erwachsene Frau, die ich bin. Auch wenn ich rosa Schmetterlingssocken trage. Und mich noch längst nicht erwachsen fühle.

Erst jetzt merke ich, dass Cole mitten in einer ellenlangen Erklärung steckt, von der ich kein einziges Wort mitbekommen habe. »... deshalb mache ich mir wirklich Sorgen, ob es dir gut geht.«

Ich starre ihn an. Hoffentlich steht mein Mund nicht offen. »Mir geht es gut. Danke der Nachfrage.« *Hilfe, geht es noch hölzerner?*

»Bist du sicher?« Sein Mund verspannt sich und skeptische Linien kräuseln sich zwischen seinen Augenbrauen. »Du hast dich nicht bei mir gemeldet, seit wir ... seit du so überstürzt aus dem Café gestürmt bist.«

Ich werfe einen Blick über meine Schulter. Noch ist die Luft rein. Ich schulde ihm ein ehrliches Gespräch, aber das hier ist der denkwürdig schlechteste Moment dafür. »Du hättest dich auch melden können.«

»Ich habe dir mehrmals geschrieben. Du hast nie geantwortet.« Der leichteste Hauch Ärger färbt die Wärme seiner Stimme. Das lässt mich mit den Fingern fuchteln. Nicht weil ich seine Frustration nicht verstehe – ganz im Gegenteil –, sondern weil sich alles in mir dagegen wehrt, ihm die Wahrheit zu sagen. Ich bin eine unreife Idiotin.

»Oh«, stammle ich deshalb nur, »tut mir leid, ich habe echt viel zu tun momentan. Ich melde mich bald bei dir, okay? Und mir geht es wirklich gut. Du musst dir keine Sorgen machen.«

Etwas kracht weiter hinten im Haus.

»Aber du bist ganz allein in diesem verlassenen Anwesen. Ich mache mir einfach Sorgen. Jeder tut das.« Cole versucht, über meine Schulter in den dunklen Flur zu schauen.

Ich mache mich ein wenig größer. »Wer macht sich Sorgen?«

»Deine Schwestern. Und deine Mum. Deine Freunde, Viper und Larkin, klangen auch besorgt, als ich mit ihnen gesprochen habe.«

»Mit wie vielen Leuten hast du sonst noch über mich geredet?« Sogar ich bemerke, wie meine Stimme abkühlt. Doch ich kann nicht ändern, dass ich das Gefühl habe, er hätte all meine sozialen Kontakte ausgefragt. Mir nachspioniert.

»Ich mache mir Sorgen um di–«

»Ja, das sagtest du bereits.« Ich checke seine Aura intensiver, nur zur Sicherheit, doch sein Goldglanz ist nur ein wenig getrübt. Keine Anzeichen von Besitzansprüchen. Ich würde es hassen, wenn er einer dieser Typen wäre, die ihre Kontrollsucht hinter Prinzengetue verbergen.

»Du bist ganz allein hier. Nur ein Mädchen – allein in diesem Anwesen.«

Ich ziehe die Augenbrauen hoch. »*Nur* ein Mädchen?«

Cole schüttelt den Kopf. »Du weißt, wie ich das meine. Willst du mich absichtlich falsch verstehen?«

Ich stemme einen Arm in den Türrahmen. Dann seufze ich. »Nein. Nein, tut mir leid. Du kommst gerade nur so unfassbar ungelegen und musst wirklich wieder gehen. Ich melde mich bei dir, versprochen.«

»Kann ich mich umschauen?«, fragt er mit einem weiteren Blick über meine Schulter.

»Was? *Nein!*« Seine Hartnäckigkeit verblüfft mich. So hätte ich ihn nicht eingeschätzt.

Er drängt sich näher an mich, jedoch ohne mich zu berühren. »Ich will nur prüfen, dass es hier sicher für dich ist. Du weißt, ich kenne mich ein wenig mit Bausubstanzen aus. Es würde mich beruhigen, wenn ich wüsste, dass zumindest das Haus stabil ist, wenn du schon ganz allein hier lebst.«

»Sie wohnt nicht allein«, erklingt Giselles melodiöse Stimme. Sie schiebt sich unter meinem Arm hindurch, dann legt sie ihren um meine Hüfte.

Ich erzittere unter ihrer Geisterberührung. Ein wenig Eis, ein winziger Stromschlag. Ich wette, ein normaler Mensch würde das nicht einmal spüren, aber mein sechster Sinn schlägt Alarm. Giselle greift nur fester zu, als ich versuche, mich aus ihrer Umklammerung zu befreien.

»Das hier ist eine Wohngemeinschaft. Und heute ist Mädchenabend, also, kusch, verpiesel dich«, erklärt sie zuckersüß. Immerhin ist sie stark genug, um einen festen Körper aufrechtzuerhalten, sodass ich Cole nicht erklären muss, warum er durch sie hindurchschauen kann.

»Niemand sagt mehr Wohngemeinschaft. Oder verpieseln«, zische ich ihr durch zusammengepresste Zähne zu. *Aus welchem Jahrzehnt stammt sie?*

»Du lebst gar nicht allein?« Cole begutachtet Giselle.

Ich räuspere mich. »Offensichtlich nicht«, stelle ich mit lauter Stimme fest.

»Ich bin eine wunderbare Köchin, im Gegensatz zu unserer Melpomene, wir haben die neuesten Alarmsysteme installiert und sämtliche Gefahrenzonen im Anwesen wurden von Handwerkern beseitigt. Wir sind hier absolut und vollkommen sicher.« Giselle lehnt ihren Kopf an meine Schulter und ich spüre ihr Lächeln durch den dicken Stoff meines Oberteils. Was hat es nur mit Entitäten und ihrem Gegrinse auf sich?

»Oh. Okay, wow, davon hat mir niemand was erzählt. Das erleichtert mich echt ein wenig.«

Coles Gestammel befriedigt mich auf eigenartige Weise. Ich weiß gar nicht genau, warum. Er hat offensichtlich keine bösen Absichten, das verrät mir seine Aura, aber diese Überfürsorglichkeit löst irgendetwas zwischen Augenrollen und Brechreiz bei mir aus. Ich gebe Mum die Schuld an meinen Gefühlen, weil sie mir und meinen Schwestern immer erst mal alles zutraute und uns meistens ins kalte Wasser geschmissen hat.

»Okay, vorzüglich, mach's gut, Prinz Charming!«, ruft Giselle und knallt die Tür vor seiner Nase zu.

Ich könnte sie umarmen, aber da wir sowieso schon in einer unbequemen Halbumklammerung stecken, erübrigt sich das. »Prinz Charming?«, frage ich sie stattdessen mit hochgezogener Augenbraue.

Giselle löst sich von mir und dreht mit einem imaginären Partner einen Walzer durch den Eingangsbereich. »Er ist ein Traummann, ernsthaft!«, schwärmt sie mit zum Himmel gerichteten Blick.

»Und wieso hast du ihn dann so schnell abgewimmelt?«

Sie bleibt stehen und blickt mich ernst an. »Weil du das offensichtlich anders empfindest. Und Hilfe brauchtest, da du zu dämlich bist einem ungebetenen Verehrer den Laufpass zu geben.«

»Also hast du mir geholfen?« Erwartungsvoll hebe ich die Augenbrauen. Jede Sekunde muss sie nach einer Gegenleistung verlangen.

»Klar. Das machen Freundinnen doch so, oder?«, erklärt sie und fährt mit ihrem Tanz fort – offensichtlich, ohne eine Gegenleistung im Sinn zu haben.

Skeptisch folge ich ihrer tanzenden Figur. »Sag nicht, du hast dich verknallt?«

Giselle prustet im Tanz. »O bitte. Ich bin ein Geist, er ein Mensch. So dumm bin selbst ich nicht. Aber ein Mädchen darf ja wohl träumen.« Sie tänzelt durch meine Zimmertür und schmeißt sich auf mein Bett.

Zur Abwechslung verbiete ich es ihr nicht, sondern lege mich neben sie. »Bist du gar nicht ... durch den Wind, weil ich schon länger kein Räucherritual mehr gemacht habe? Die anderen Entitäten sind mittlerweile unerträglich.« Ich wechsle das Thema, weil ich nicht darüber nachdenken will, ob ein Mädchen träumen darf.

Sie zuckt mit den Schultern. »Ich will nicht sterben. Also nehme ich an, da ich ein Geist bin, ist mein Gefühl, das mich hier hält, halbwegs befriedigt.« Sie überlegt kurz, dann grinst sie. »Oder es liegt einfach an meiner spirituell überlegenen Seele.«

Ich drehe mich auf die Seite, um sie anzusehen. »Woran auch immer es liegt – danke. Du hast mir echt aus der Patsche geholfen. Cole war unglaublich hartnäckig.«

»Ja, sagte ich ja. Total romantisch. Ein Traumprinz. Als wäre er direkt aus einem Buch gesprungen. Aber wenn du lieber jemanden hast, der unter deinem Pantoffel steht, nur zu.«

»Ich will keinen, der unter meinem Pantoffel steht«, widerspreche ich stirnrunzelnd. »Ich kann es einfach nur nicht haben, wenn mich jemand vierundzwanzig Stunden am Tag überwachen will. Nennt sich Emanzipation.«

»*Bewachen!* Er will dich beschützen, romantischer kann es doch nicht sein! Wenn Emanzipation bedeutet, einen leidenschaftslosen, desinteressierten

Typ an der Backe zu haben, geh ich freiwillig zurück in die Fünfziger und stell mich vor den Herd.«

Ich richte mich im Bett auf. »Sag mir nicht, du meinst das ernst? Weißt du eigentlich, wie es damals war, eine Frau zu sein?«

Sie zuckt mit den Schultern, also verbringe ich die nächste halbe Stunde damit, Mums Vortrag über Emanzipation und die Unterdrückung der Frau im Laufe der Zeit zu halten. Von dem deutlich mehr hängen geblieben ist, als mir lieb ist. Aber ich habe mit Giselle einen Haufen Arbeit vor mir.

Ich bin noch lange nicht fertig, doch von Minute zu Minute werden meine Augen schwerer. Das Letzte, was ich mitbekomme, ist, dass ich noch predige, während ich mich schon in dieser Schwebe zwischen wach und schlafend befinde.

***

Eine Stimme reißt mich aus dem Schlaf. »Du dankst ihr, weil sie dich vor einem bloßen Menschen beschützt, aber ich rette dich vor einer teuflischen Macht und bekomme gar nichts?«

Ich sitze schlagartig aufrecht im Bett. Spärliches Mondlicht scheint auf meine Hände und Juri, der am Bettende steht.

Keine Spur von Giselle.

Ich taste nach dem Turmalin-Dolch auf meinem Nachttisch. »Ohne Witz, das ist das letzte Mal, dass einer von euch hier drin ist. Morgen sichere ich mein Schlafzimmer genauso ab wie das Bad.«

Er umkreist das Bett, bis er neben mir steht. »Du hast meine Frage nicht beantwortet«, raunt er mit angespanntem Kiefer.

Ich muss grinsen. »Bist du eifersüchtig auf Giselle? Willst *du* meine neue beste Freundin sein?«

Er bewegt sich so schnell, dass ich erst bemerke, was er vorhat, als er mir den Brieföffner schon aus den Händen gerissen hat. Er schleudert ihn in eine Zimmerecke, wo die Klinge mit einem dumpfen Klappern zum Stillstand kommt.

Ich achte genau darauf, mich keinen Zentimeter zu rühren, keine Angst zu zeigen. Doch das leichte Beben meiner Hände, wenn ich in seine vom Mondschein ausgeblichenen Augen blicke, kann ich nicht unterdrücken. Mentale Notiz an mich: *Das Räucherritual an die erste Stelle meiner To-do-Liste für morgen setzen.*

»Hör auf mit deinem Psycho-Schauspiel. Das ist nicht witzig. Und ich könnte dich verletzen.« Der letzte Satz soll eher mir Mut machen, anstatt ihn einzuschüchtern. Denn ich bin mir nicht sicher, wie so oft bei ihm, ob das hier ernst ist oder nicht. Ich will mich nicht schon wieder lächerlich machen, indem ich auf ihn reinfalle. Aber mich in Gefahr bringen will ich auch nicht.

»Liegt es daran, dass du so vieles hast? Eine Mutter, Schwestern, deine Grußmutter. Giselle. Deinen kleinen, perfekten Freund?« Er starrt mich mit verstörender Intensität an.

»Er ist nicht *mein Freund*«, erkläre ich langsam.

»Er denkt, er wäre es«, kontert Juri. Ein wenig zu schnell, zu eisig.

Ich rutschte nach vorn, bis ich an der Bettkante angelange, dann steige ich aus dem Bett. Ich fühle mich besser, wenn ich vor ihm stehe, statt auf dem Bett zu kauern. Als hätte ich so mehr Kontrolle. »Okay, also bist du jetzt ernsthaft eifersüchtig? Ist das hier so ein ›Ich bin ein einsames Geschöpf und du hast alles, was ich nie kriegen kann‹-Ding? Oder lachst du mich gleich aus, weil ich dir wieder geglaubt habe? Die Nummer wird nämlich langsam langweilig.«

Juri grinst und die Hälfte meines Herzens atmet auf. Die andere Hälfte bemerkt, dass seine Augen immer noch leuchten wie der blaue Kern einer Gasflamme. »Du wirst besser. Ich bin beeindruckt.«

»Und ich bin genervt«, kontere ich.

»Hast du ihn geküsst?«, fragt Juri völlig unerwartet. Etwas Dunkles braut sich über ihm zusammen.

»Was?« Ich werfe die Hände in die Luft. Liegt sein seltsames Verhalten nur an dem ausstehenden Ritual? »Das geht dich echt nichts an. Und ich würde gern einfach mal eine Nacht durchschlafen. Ist das wirklich zu viel verlangt?« Um ihm zu verdeutlichen, dass er seinen Besuch überstrapaziert, drehe ich ihn an den Schultern um und schiebe ihn in Richtung Tür.

In einer weichen Bewegung dreht sich Juri zurück und schiebt gleichzeitig meine Finger von sich. Dann nimmt er mein Gesicht in seine Hände und lehnt sich zu mir hinunter. Mit geschlossenen Augen.

Ich gerate in Panik und stolpere zurück, bis meine Beine gegen das Bett stoßen.

Juri versteht das irgendwie als Zustimmung und drückt mich hinunter auf die Matratze. Er kniet sich auf das Bett und sobald ich spüre, wie sein Gewicht neben meinen Oberschenkeln in die Matratze sinkt, erwache ich aus meiner Trance.

Ich drücke meine Hände gegen seine Brust, kurz bevor seine Lippen auf meine treffen. »Bist du verrückt geworden? Ernsthaft verrückt geworden?« Ich spüre nur Kälte unter meinen Handflächen, wo bei einem Menschen Wärme sein sollte. Doch ich hasse die Kälte nicht. Mein Herz hämmert gegen meinen Brustkorb.

Etwas zuckt durch seine Augen, doch er blinzelt, bevor ich ausmachen kann, was es ist. Sobald er grinst wie immer, bin ich mir sicher, es mir nur eingebildet zu haben. Er macht keine Anstalten aufzustehen, sondern nimmt meine Handgelenke und hebt meine Hände von seiner Brust. Seine unmenschliche Kraft lässt mein Herz aussetzen. Er könnte meine Hände mit Leichtigkeit in die Matratze drücken.

»Sicher? Du siehst mich an, als würdest du es wollen.«

Ich richte mich so weit auf, wie ich kann. »Nein. Niemals. Nicht in tausend Jahren.«

Juri zuckt mit den Schultern und gleitet mühelos vom Bett. »Ein wenig zu viele hartnäckige Verneinungen, wenn du mich fragst.« Er legt die Hände an seinen Hinterkopf und streckt sich. »Aber hey, ich hab Zeit, bis du dir die Wahrheit eingestehst.« Er schlendert aus meinem Schlafzimmer, ohne dass ich ihn erneut auffordern muss. Er pfeift sogar ein Lied, irgendein Grunge-Song aus den Neunzigern. Klasse, den Ohrwurm werde ich tagelang nicht los.

Wieder wundere ich mich, was für eine Art Entität er ist. Seine Haut ist immer etwas kälter als die eines Menschen, nur ein oder zwei Grad. Nicht kalt, sondern kühl. Und jede seiner Berührungen hat Spuren von Kälte auf meiner Haut hinterlassen. Ich drücke meine Handballen gegen meine Schläfen, als ich realisiere, dass mir nicht kalt war, *während* er mich berührt hat.

KAPITEL 11

Am nächsten Morgen weckt mich das Kreischen von Tausenden Fingernägeln auf Holz. Ich presse meine Hände auf meine Ohren und falle aus dem Bett, dann schlüpfe ich in die nächstbesten Stiefel und einen Strickpullover, weil der Holzboden und die Luft eiskalt sind. Ich rase durch sämtliche Flure, um nach dem Ursprung des Geräusches zu suchen.

Das Kreischen kommt aus der zweiten größeren Küche auf der Rückseite des Anwesens. Ich nutze immer die kleine vorn im Haus, denn die hier mit ihren angrenzenden Lager- und Räucherräumen ist groß genug, um eine ganze Gesellschaft zu bekochen. Und ich hasse den Geruch nach gepökeltem Fleisch in diesem Teil des Gebäudes.

Ich atme durch den Mund und betrete die Küche. Schlagartig verstummt das Kreischen der Fingernägel. Doch überall an den Wänden, sogar an der Decke, verlaufen tiefe Rillen durch das Holz. Es klang nicht nur so, hier haben wirklich Fingernägel über das Holz gekratzt. Tiefer als menschenmöglich.

Sobald das dumpfe Surren in meinen Ohren abklingt, dringt stattdessen leises Wehklagen an meine Ohren. Es kommt aus einem der dunklen muffigen Lagerräume, an dessen Wänden Reihen von Holzbrettern hängen. Auf den Brettern liegt Staub, unterbrochen von Ringen, wo Einmachgläser standen – und verkrustete Substanzen kleben am Holz, die genauso gut Marmelade wie Innereien sein könnten.

Ich atme tief ein, immer noch durch den Mund, und drücke langsam den Türgriff hinunter. Ich weiß, dass dahinter eine der Entitäten steckt, dennoch kribbelt Vorsicht an meiner Wirbelsäule empor. So wie wenn man weiß, dass gleich die Mikrowelle piept, man sich aber trotzdem erschreckt.

Eine auf dem Boden zusammengekauerte Figur schreit, sobald ich einen

Schritt in den Raum gehe. Ich schreie ebenfalls. Bis ich bemerke, dass es Ernesta Benson ist. Ihre rote Kurzhaarfrisur steht ihr noch mehr zu Berge als normalerweise. Rote Stressflecken tummeln sich auf ihren Wangen und ihrem Hals. Immerhin verebbt ihr Schreien, als sie merkt, dass ich es bin.

Sie rappelt sich auf. »Dieses Haus ist verflucht. *Sie* sind verflucht!«

Ich lasse meinen Blick über sie schweifen. Sie scheint unverletzt. »Was ist passiert?«, frage ich sie möglichst ruhig, auch wenn ich ahne, wie ihre Antwort lautet. Sie rempelt mich mit ihrer Schulter aus dem Weg und stampft meckernd in Richtung Hintertür. »Was tun Sie überhaupt hier?«, frage ich, weil ich auf meine erste Frage wohl keine Antwort erwarten kann.

»Glauben Sie mir, das wird Folgen haben!«, keift sie zum Abschied, bevor sie durch die Tür verschwindet.

Für einige Atemzüge verharre ich nur in der Mitte der Küche. Sie muss hier gewesen sein, um Material gegen uns zu sammeln. Mr Hallows kleiner harmloser Lakai.

Mein Blick fällt wieder auf die Tausenden Kratzer in der Holzvertäfelung. Ich weiß nicht, was sie gesehen hat, kann es mir nur vorstellen, aber das hier hilft uns nicht im Prozess. Ich balle meine Hände zu Fäusten und mein Herz pulsiert vor Rage. Jemand muss Ernesta absichtlich hierhergelockt haben, um sie derart zu ängstigen. Und ich weiß genau, wer dazu in der Lage ist.

***

Mit schweren Schritten stampfe ich durch das Anwesen, froh darüber, dicke Stiefel zu tragen, die meiner Empörung Nachdruck verleihen. Ich finde Juri draußen, wo er auf dem Rand der Marmorveranda sitzt, die wie ein Steg über dem Wasser schwebt.

Er starrt auf den nebeligen See, der sich bis zum Horizont zu erstrecken scheint. Doch eine klare Linie fehlt, das graue Wasser läuft einfach in den ebenso grauen Himmel über. Die Kälte und Nässe sickern durch das Strickgewebe meines Pullovers und ich spüre den Nebel auf meiner Haut.

»Warst du das?«, keife ich ihn an.

Er verzieht keine Miene. Ohne Sonne, Kerzenschein oder das Licht einer Glühlampe auf seinem Gesicht könnte ich doch glauben, dass er nur ein Geist ist. Blass und durchsichtig. Nur unter seinen leeren Augen stechen violette Augenringe hervor.

»Hast du ihr das angetan?«, dränge ich weiter auf ihn ein, denn meine Wut ist noch längst nicht verpufft.

Statt seiner üblichen Entgegnung reagiert er mit Schweigen. Nur seine Beine baumeln gefährlich nah über dem Wasser. Sein Desinteresse feuert meinen Zorn nur noch mehr an. Es ist offensichtlich, dass er der Schuldige ist.

»Hey!« Ich stupse ihn mit meiner Stiefelspitze an. Weil er immer noch nichts tut, nur einmal sanft zur Seite schwankt und wieder in seine Ausgangsposition verfällt, schubse ich ihn. Fest.

Er rutscht vom Marmor und fällt mit einem zufriedenstellenden Platschen in den See. Ich versuche mein schlechtes Gewissen, das sich sofort meldet, mit ihm im See zu versenken. Schließlich kann er ja wohl kaum erfrieren oder ertrinken.

Kurz darauf taucht er prustend und vor Wut schnaubend auf. Das Wasser reicht ihm bis zur Brust und sein Pullover hängt an seinen Schultern wie Seetang. Er ist die Definition eines begossenen Pudels und ich muss vor Schadenfreude auflachen.

Aus dunklen Augen stiert er mich an. »Ich bringe dich um.«

»Die Nettigkeit würde ich gern erwidern, aber ... ohhhhh ...«, ich neige meinen Kopf zur Seite und lege einen süßlichen Ausdruck auf mein Gesicht, »... du bist ja schon tot.« Es ist abscheulich, das zu sagen. Aber er hat es verdient. Er hat das getan, um Muriel und mich zu sabotieren. Um unsere Versuche, das Anwesen zu retten, zunichtezumachen.

Juri watet durch das Wasser und versucht sich auf die Veranda zu ziehen. Er ringt mit der Schwerkraft und seinen durchtränkten Klamotten und gibt insgesamt ein so jämmerliches Bild ab, dass ich erneut lachen muss. Zu spät denke ich daran, einen Schritt nach hinten zu machen.

Statt sich an die Marmorplatten zu krallen, umklammert Juri meinen

Unterschenkel und zieht mich zu sich. Ich knalle auf den Boden, finde nichts, um mich festzuhalten, und schaffe es gerade noch tief Luft zu holen, bevor ich von der Veranda ins Wasser rutsche.

Die Eiseskälte friert mein Gehirn ein. Ich kann keinen Finger rühren, während meine Kleidung mich hinunterzieht. Mit den ersten Luftblasen, die aus meinem Mund entweichen, steigt Panik in mir auf. Ich kann mich nicht bewegen. Statt in kaltem, aber flüssigem Wasser bin ich in einem Eisklotz gefangen. Das Eis zerquetscht meinen Brustkorb.

Dann spüre ich die kleinste Bewegung von Juris Fingern an meinem Knöchel. Ich bin unter Wasser. Das Wasser ist kaum tiefer als einen Meter. Nicht Eis lähmt mich, sondern meine Panik. Ich trete mit meinen Beinen gegen alles, was sie erreichen können. Schlammiger Boden, Steine, Juris Schienenbein. Meine Arme schneiden durch das Wasser, ergreifen das Erstbeste, was ich zwischen die Finger bekomme.

Etwas umklammert meine Schultern. Juri will mich weiter unter Wasser drücken. Seine Drohung war ernst gemeint. Doch dann zerrt er mich hoch und mein Kopf prescht durch die Wasseroberfläche. Ich huste und nehme tiefe, röchelnde Atemzüge. Meine Finger schmerzen, wo sie sich in Juris Parka bohren. Aggressive rote Flecken zieren die knochenweiße Haut meiner Hände.

Hass und Mordlust flackern über Juris Gesicht. Seine Augen glühen mit einer Intensität, die mein Herz aussetzen lässt. Das ist nicht der Juri, den ich kenne. Zum ersten Mal seit unserer ersten Begegnung jagt er mir wirkliche Angst ein.

Ich lasse von ihm ab und taste fahrig nach dem Kragen meines Pullovers. Durch den Strick spüre ich die klobigen Umrisse des Amuletts von Tanit, dann bekomme ich die Kette zu fassen. Bevor ich das Amulett hervorziehen kann, schmeißt Juri sich mit einem Knurren gegen mich und schleudert mich zurück in Wasser.

Dieses Mal kann ich nicht einatmen, bevor ich unter Wasser gedrückt werde. Ich vergrabe meine Hände in seinen Haaren und zerre an ihnen, kämpfe unter Wasser gegen sein Gewicht und seine unerklärliche Wut. Ich ramme meine Beine in den sandigen Boden, kämpfe gegen die Trägheit meines Körpers unter Wasser und stoße mich von ihm weg.

Heißer Schmerz breitet sich an meinem Hinterkopf aus und jeder Rest Luft entweicht aus meiner Lunge, während ich aufschreie. Ich bin gegen eine Säule der Veranda gestoßen. Meine Finger finden die brennende Stelle, doch unter Wasser spüre ich nicht, ob Blut herausrinnt. Was ich spüre, ist Ohnmacht, die ihren Dunst über mich legt. Mit letzter Kraft kämpfe ich dagegen an. Ich darf nicht unter Wasser bewusstlos werden. Doch meine Füße finden keinen Grund, keinen Halt. Meine Finger finden die Säule nicht. Ich weiß nicht, wo oben und unten ist.

Das brackige Wasser wird schwarz.

Und dann spüre ich eine andere Kälte auf meinem Gesicht. Das Schneiden des Herbstwindes, nicht das allumfassende, erstickende Wasser. Endlich kann ich atmen. Ich huste und stottere, zu schwach, um mich aus Juris Griff zu befreien. Er lehnt mich gegen die Marmorsäule wie einen nassen Sack Mehl, seine Hände immer noch an meinen Schultern.

»Re…rece…dis«, raune ich den Anfang eines Spruches zum Vertreiben von bösen Wesen, den ich noch nicht auswendig gelernt habe. Doch meine Lippen gehorchen mir nicht.

»Vergiss nie, wir können dich töten. Hör auf so überheblich zu sein.«

Es ist seine Stimme, die mir die grausamen Worte ins Gesicht speien, aber gleichzeitig ist es nicht seine Stimme, sondern etwas anderes, Ursprünglicheres. Etwas, das Jahrhunderte alt ist, das alles Schlechte der Welt gesehen hat.

Ich schließe meine Augen. Es wäre einfach aufzugeben. Wozu die ganze Mühe, das Anwesen zu retten, wenn seine Bewohner mich umbringen wollen? Und ich habe es geschafft, alle Menschen, die mir wichtig sind, zu vergraulen. Mein Kopf schwirrt und die Gedanken an meine Familie, mein Studium, die Entitäten verschwimmen. Ich könnte mich der Dunkelheit hingeben, die sich über mich legt.

Doch ich kann nicht. Ich habe in letzter Zeit so viele Fehler gemacht und Schuld lastet jeden Tag auf mir. Aber da ist so viel mehr. Ich will mich mit meiner Familie versöhnen. Will Farben riechen und Bilder malen. Ich lasse nicht zu, dass Hallows mir das Anwesen wegnimmt. Eine tief verwurzelte Emotion brennt in meinem Bauch. Wut, aber auch Eifer. Zuversicht. Ich werde nicht schuld daran sein, dass dem Anwesen etwas passiert. Das Feuer fließt durch mich wie Wasser. Hitze und Kälte und Hingabe. Das Sakralchakra gibt mir die Energie, die ich brauche, um mich aus Juris Griff zu winden und einen Arm zu befreien. Eine Faust trifft seine Schulter und er zieht scharf Luft durch seine Zähne, bevor er nach meiner Faust greift, die erneut ausholt.

Für einige stille Sekunden rangeln wir miteinander. Ich ramme meinen Handballen gegen seinen Kiefer, er dreht meinen Kopf zu Seite. Meine Fingernägel scharren über seinen Parka, seinen Pullover. Kein Nachdenken, nur Arme, Beine, Gliedmaßen, die sich ineinander verhaken, bis wir beide schwer atmen.

Sobald Juri genug von unserer Rangelei hat, rammt er meine Arme auseinander und presst mich mit seinen Unterarmen an meinen Schultern und Oberarmen gegen die Säule, sodass ich mich nicht mehr rühren kann.

Im unpassendsten Moment aller Zeiten bemerke ich, wie sich seine nassen Haare, sonst immer glatt, an den Spitzen wellen. Tropfen fallen von den Strähnen auf seine Wangen. Sein Atem geht schwer und so tief, dass ich ihn auf meiner Stirn spüre, eisiger als Wasser und Luft zusammen. Und ich spüre etwas unter seiner unerklärlichen Wut, unter dem uralten Hass.

In seine Augen zu blicken ist eine dumme Idee. Doch ich muss wissen, was ich dort sehe. Was ist geschehen, dass er von einem auf den anderen Tag durchdreht? Ich neige meinen Kopf, bis sich unsere Blicke treffen. Mordlust, Rage, aber auch etwas anderes, ebenso düsteres, das ich nicht fassen kann. Dahinter wabert Unsicherheit. Angst. Der gehetzte Blick eines heimgesuchten Menschen. Über die Ironie würde ich lachen, wenn ich nicht jedes bisschen Luft in meiner Lunge zum Atmen bräuchte.

Jäh presst er seine Handflächen gegen meinen Kiefer, wie um ihn brechen. Aber er verharrt einige Augenblicke lang, ohne den Druck seiner Hände zu verstärken. Als kämpfen zwei Bedürfnisse in ihm.

»Ich will –«, keucht er, doch die Worte stocken in seinem Hals. Seine

Berührung grenzt an schmerzhaft, doch seine bebenden Fingerspitzen, die über meine Wangenknochen schweben, zerstreuen jeden meiner Gedanken.

Ungeachtet der Temperaturen erwärmt sich mein Herz. Es schickt Blut durch meine Adern und Adrenalin bis in meine Fingerspitzen, die danach verlangen, sich in seinem Nacken zu verschränken.

Das ist Wahnsinn. Ich muss dem Einhalt gebieten.

Keine Versprechen, nicht auf sie eingehen, kein Vertrauen, kein Mitgefühl. Ich kenne die Regeln. Das hier, was auch immer es ist, muss so weit oben auf der verbotenen Liste stehen, dass Muriel es nicht mal für erwähnenswert hält. Es ist falscher als falsch. Ich will nicht wissen, was es über mich aussagt, dass ich kurz davor bin, der Versuchung zu erliegen. Nachdem er versucht hat mich zu ertränken!

Juri lehnt sich herab zu mir und in dem Moment winde ich mich aus seinem Griff. Er versucht nicht mich aufzuhalten. Er steht nur im Wasser, schweigend und bewegungslos. Mit schwirrendem Kopf erreiche ich die Leiter und klettere hinauf auf die Veranda. Jeder Muskel wehrt sich gegen die Anstrengung, doch ich muss raus aus dem Wasser, der Kälte, meiner durchtränkten Kleidung. Raus aus dieser Situation, die mir den Kopf verdreht und mich in Gefahr bringt. Eine andere Gefahr, als von einer rachsüchtigen Entität ertränkt zu werden.

***

Am darauffolgenden Tag habe ich mir endlich Zeit für das Räucherritual genommen, das schon lange überfällig gewesen war. Mein Körper konnte die Wut kaum ertragen, die ich Juri gegenüber spürte. Meine Finger zitterten und Zorn pulsierte durch meine Adern, wenn ich nur an ihn dachte. Doch da war noch etwas anderes. Keine der Entitäten hatte ich jemals als wirklich gefährlich wahrgenommen, egal was Muriel sagte, doch der Tag hatte alles verändert. Zum ersten Mal verspürte ich Furcht.

Immerhin hatte ich nach dem Ritual mehrere Tage Ruhe vor ihm. Zunächst war ich erleichtert, weil ich nach der Situation am See nicht wusste, wo mir der Kopf stand. Ich begriff nicht, wieso ich mittlerweile so sehr am Anwesen hing. Was hatte sich geändert, dass ich es so sehr schützen wollte? Ich nutzte die Ruhe, um darüber wieder und wieder nachzudenken.

Jetzt, ein paar Tage später, fühle ich mich einfach nur noch allein. So nervig Juri auch ist, er sorgte als Einziger für ein wenig Abwechslung im Anwesen. Muriel kann man nicht wirklich als gute Gesellschaft bezeichnen. Die Geisterbrüder reden nicht, und selbst wenn – der Älteste von ihnen ist maximal acht. Giselle ist in Ordnung, aber sie versteht meinen Sarkasmus und meine Sprüche nicht. Und Gespräche mit ihr drehen sich meistens um Männer und Hautpflege. Die anderen Entitäten schaffen keine längeren Gespräche, sondern scheinen immer ein wenig abwesend. Killian aus dem roten Salon erinnert sich nicht einmal an unser Gespräch vor einigen Wochen.

Ein Gutes hat meine ungewollte Isolation – es ist ruhig genug, um zu meditieren. Deshalb sitze ich wie jeden Morgen im Uhrenturm, den ich als Meditationszimmer auserkoren habe. Ich liebe den kleinen Raum, in dem ich gerade so meine Arme ausstrecken kann, dessen Wände aber über mehrere Stockwerke reichen. Während ich die unzähligen, schmalen Stufen erklimme, um oben auf der Plattform Platz zu nehmen, stellt sich etwas in mir auf die Ruhe der Meditation ein. Muriel predigt immer, dass Meditation Platz braucht. Aber ich fühle mich hier oben mit dem Blick durch die runde Glasscheibe, auf welcher die Ziffernblätter vor Jahren stehen geblieben sind, wohl. Ich verschränke meine Beine zu einem halben Lotossitz, weil ich mich selbst nach über drei Wochen noch nicht so verrenken kann wie Muriel. Immerhin spüre ich jeden Tag, dass ich meine Muskeln ein paar Millimeter weiter dehnen kann.

Weniger Erfolg habe ich mit dem dritten Chakra. Nachdem sich mein Sakralchakra so unverhofft geöffnet hatte, dachte ich, ich hätte den Dreh raus. Aber wieder vergehen Tage ohne den kleinsten Erfolg. Ich konzentriere mich auf Willenskraft, Erfolg, Identität, die drei Säulen des Solarplexuschakras, summe die Silbe »Ram« und visualisiere sogar die Farbe Gelb und das Feuer – vergebens. Ich schaffe es, die pulsierende Festigkeit des Wurzelchakras an meinem Steißbein hervorzurufen, ebenso wie die fließende Tatkraft in meinem unteren Bauch, doch über meinem Nabel entfacht sich nicht der kleineste Brandherd. Um das Solarplexuschakra zu beherrschen, muss ich meine Scham überwinden, mich weiterentwickeln, doch ich habe keine Ahnung, wie.

»Er ist aufgebracht, weil du uns vertreiben willst.« Giselles Stimme schreckt mich aus meiner Trance.

»Verdammt, Giselle. Bitte fang nicht auch noch an mich bei wichtigen Sachen zu stören. Du bist die einzige Entität hier mit ein wenig gesundem Menschenverstand.«

Sie setzt sich auf den runden Mauervorsprung der Uhr und die Morgensonne erleuchtet sie von hinten. »Mal ganz realistisch gesehen: Heute wird das ohnehin nichts mehr.«

»Was willst du?«

»Dir sagen, dass er aufgebracht ist, weil du uns vertreiben willst. Alle sind es.«

»Und das ist ein Grund, wehrlose Menschen zu ertränken?« Ich richte mich langsam auf.

»Ich heiße das nicht gut, aber du musst verstehen, dass die Entitäten ihre Instinkte nicht gut kontrollieren können.«

»Entschuldige bitte, dass ich von euch erwarte mich zumindest nicht umzubringen.« Langsam klettere ich die Stufen hinunter. Giselle hält sich nicht mit so etwas Menschlichem wie Treppenstufen auf, sondern schwebt hinter mir her.

Sie hält mich an der Schulter fest und ihre Berührung, diese Mischung aus Eis und Elektrizität, jagt mir eine Gänsehaut über den Rücken. »Es ist der Instinkt, am Leben festzuhalten, auch wenn es nur ein fader Abklatsch des ehemaligen Lebens ist. Wir wollen leben. Wir unterscheiden uns nicht so sehr von euch, wie du denkst.«

Ich ziehe mich aus ihrem Griff und steige die Treppe weiter hinab. »Das trifft vielleicht auf Geister zu. Aber er ist kein Geist, oder?«

Giselle schweigt eine halbe Ewigkeit. Ich unterdrücke die Hoffnung in meiner Brust, dass sie mehr weiß. Weiß, was genau er ist. Natürlich nur, weil ich wissen will, wie ich ihn endgültig loswerde.

»Ich erinnere mich nicht daran, wann er zu uns kam. Es kommt mir vor, als wäre es eine Ewigkeit her. Oder erst gestern. Wir nehmen Zeit nicht so wahr wie du.« Sie strahlt mich an. »Aber seit du hier bist, habe ich das Gefühl, etwas klarer zu sein. Die Tage verschwimmen nicht mehr ineinander.«

Ich erwidere ich Lächeln sanft. »Warum hängt ihr an so einem Leben?« Bevor sie den Mund öffnen kann, spreche ich weiter. »Ich meine, klar, zu sterben ist gruselig, aber glaubst du nicht, dass danach etwas ... Besseres auf einen wartet?«

Giselles menschlicher Körper flackert auf und kurz erblicke ich ihren transparenten Geisterkörper mit den Widerhaken an den Armen. Sind sie ein Symbol für ihren Willen, sich an dieses Leben zu klammern? Ich weiß, dass sie es hasst, so gesehen zu werden, und doch schaue ich nicht weg. Tränen sammeln sich in ihren Augenwinkeln. Sie blinzelt sie fort. Dann grinst sie, als würde ich dadurch die Tränen vergessen.

»Seit wann stehst du auf so morbide Themen? Ich würde lieber erfahren, was du gefühlt hast, als du mit Juri im See warst.« Ihre Augen funkeln.

Meine verdrehe ich. »Du meinst, außer Todesangst und Wut, weil er vorhatte mich umzubringen?«

»Wenn du mit umbringen *La petit mort* meinst ...«, kichert Giselle.

Ich knuffe sie in die Schulter. »Ich meine damit, dass es keine Entschuldigung dafür gibt, wie er mich angegangen ist. Nicht mal eine übernatürliche.«

Giselle hebt eine Augenbraue. »Nun, soweit ich weiß, hast du ihn zuerst angegriffen.«

Wir erreichen die unterste Stufe, da erschüttert die Türglocke die Gemäuer des Anwesens.

»Ohhh, Besuch!«, jauchzt Giselle und schwebt an mir vorbei, immer näher an den Boden, bis ihr Schweben in weniger unmenschliches Laufen übergeht.

»Nein! Stopp, du kannst nicht einfach –«, beginne ich und lange nach ihrem Arm, doch ich greife in die Luft. Ich eile hinter ihr her, doch sie öffnet bereits die Tür und knickst vor unserem Besuch.

Mr Hallows. Er schiebt eine Sonnenbrille von seiner Nase in sein gefärbtes

Haar, obwohl wir düsteren November haben. »Noch ein Mädchen?«, fragt er zwischen gutmütigem Lächeln und kaum verborgener Geringschätzung.

Giselle rekelt sich im Türrahmen. »Ich mag aussehen wie ein Mädchen, aber ich bin eine Frau in allen Bereichen, die wichtig sind.«

»Nope, auf keinen Fall!«, grummle ich und ziehe sie an beiden Schultern zurück. Dann senke ich meine Stimme zu einem Zischen, das nur sie hören kann. »Ernsthaft? Erst Cole, dann der alte Sack? Hast du überhaupt einen bestimmten Typ oder stehst du auf jeden, der hier klingelt?«

Sie zieht eine Schnute. »Nach so langer Zeit kann man sich einen ›bestimmten Typ‹ nicht mehr erlauben.«

»Verschwinde, bevor er uns noch zusätzlich eine Klage wegen sexueller Belästigung aufhalst.«

Giselle schnaubt. »Er ist ein Mann, das ist überhaupt nicht möglich.«

»Natürlich ist das möglich. Ernsthaft, aus welchem Jahrhundert kommen du und deine Ansichten?« Ich schiebe sie aus dem Eingangsbereich. Unter anderen Umständen hätte ich eine von Mums Reden über Gleichberechtigung zum Besten gegeben.

Ich eile zurück zu Mr Hallows und lehne mich betont locker an den Türrahmen, als wäre der Giselle-Zwischenfall nie passiert. »Wie kann ich heute behilflich sein?«

Sein Lächeln verliert nicht an Strahlkraft, auch wenn seine Mundwinkel angesichts meines Tons zucken. »Tatsächlich möchte ich *Ihnen* behilflich sein. Ich habe ein Angebot für Sie.«

Sein schleimiger Ton lässt mich die Nase rümpfen. »Danke, aber ich habe keinen Bedarf an Autos, Sonnenbänken, Lebensversicherungen oder mit welchen Fesselverträgen Sie auch sonst Ihr Geld verdienen.«

»Ich wollte nur mitteilen, dass heute Ihre letzte Möglichkeit ist, mein überaus großzügiges Angebot anzunehmen.«

Das Gespräch mit Giselle hat mir etwas Klarheit verschafft. Ich will nicht das Anwesen schützen, sondern seine Bewohner. Den Gedanken, dass Giselle und die anderen ihre Menschlichkeit völlig verlieren, weil sich niemand mehr um sie kümmert, ertrage ich einfach nicht. Ich stoße mich vom Türrahmen ab und trete einen Schritt auf ihn zu. »Sie könnten mir eine Milliarde bieten und meine Antwort wäre die gleiche. Ich will ihr Geld nicht.«

Mr Hallows zieht seine prollige Sonnenbrille in sein Gesicht. »Du begreifst nicht, dass Geld nicht das einzige Mittel der Macht ist. Ich habe Geld, aber ich habe noch mehr Einfluss.« Er wirft mir ein Lächeln zu, das mich auf der Stelle erfrieren lässt – nicht nur meinen Körper, der in Schockstarre fällt, sondern auch mein Gehirn, das zur Abwechslung keine Erwiderung findet.

Ohne Verabschiedung dreht er sich um und schlendert den überwucherten Weg entlang, als wäre er auf dem Weg zu seiner Jacht. Scarletts pinke Jogginghose und ihr platinblondes Haar strahlen vom Tor aus bis zu mir. Mit zusammengekniffenen Augen beobachte ich, wie Hallows seine Hand an ihren Rücken legt und sie auf die Straße führt. Die jähe Eiseskälte einer Vorahnung kribbelt in meinem Nacken und bahnt sich einen Weg meinen Rücken hinab. Er wird mit unfairen Mitteln spielen.

KAPITEL 12

Nach der Morgenmeditation renne ich zum vierten Mal die Treppe im Uhrenturm rauf und runter, um meine Kondition zu schulen, als die Türglocke ertönt. Ich stolpere, kullere drei Stufen hinab und knalle gegen eine Wand. Mein rechtes Knie ist aufgeschürft und meine Schulter pulsiert dort, wo sie mit der Wand kollidiert ist, doch alles in allem konnte ich mich ziemlich gut retten. Das habe ich vielleicht Muriels rigorosem Training zu verdanken.

Bevor ich mich hochrappeln kann, taucht Juri vor mir auf. Er hält mir eine Hand hin und einen Moment starre ich auf seine blassen, langen Finger – die Hände eines Pianisten, nicht eines Gitarristen einer Indie-Rock-Band –, dann stoße ich ihn weg und stehe allein auf.

»Nicht jetzt«, murre ich und lasse ihn im Uhrenturm zurück. Für ihn habe ich jetzt keinen Kopf.

Ich öffne die Haustür, hinter der Mum und meine Schwestern stehen. Richtig. Ich hatte ja versprochen, sie in den nächsten Tagen zu besuchen. Das ist jetzt ... zwei Wochen her. Verdammt.

Kalliope und Thalia verschränken ihre Arme vor der Brust und starren mit verengten Augen auf mich hinab. Keine Ahnung, wie sie das schaffen, obwohl sie genau so groß sind wie ich.

Doch Mums Augen weiten sich, sobald sie auf meine Meditationskleidung blicken. Sie analysiert die weite, bequeme Kleidung, meine nackten Füße und vermutlich auch den leichten Geruch nach Räucherstäbchen.

»Hast du mit Meditation angefangen?« Sie strahlt mich an, als wäre der Wunsch ihres Lebens in Erfüllung gegangen.

Bevor ich mürrisch bejahen kann, schlingt sie ihre Arme um mich. Der riesige Kragen ihres selbstgeschusterten Filzmantels kratzt an meiner Wange.

Hätte ich gewusst, dass das ausreicht, um uns auszusöhnen, hätte ich mich schon vor Wochen in Muriels sackige Hosen geworfen.

»Wenn du heute wieder sagst, dass du keine Zeit hast –«, beginnt Kalliope.

»Doch, ich habe Zeit«, unterbreche ich sie. »Ich ziehe mich schnell um und dann können wir etwas zusammen unternehmen. Macht es euch etwas aus, kurz draußen zu warten? Der ganze Flur steht voll.« Ich knalle die Tür vor ihrer Nase zu und renne in mein Zimmer. Eigentlich habe ich keine Zeit, denn ich muss die unterbrochene Meditation wiederholen, trainieren, Räucherwerk mischen, die Tapeten im Flur abreißen und natürlich für den Gerichtsprozess und die Geisterbannung recherchieren. Oh, und das Abgabedatum für mein Kunstprojekt rückt immer näher. Aber ich kann sie nicht schon wieder wegschicken. Und wenn sie erst anfangen mit mir zu diskutieren, kommen sie vielleicht wieder ins Anwesen. Das muss ich um jeden Preis verhindern. Nach dem, was mit Ernesta passiert ist, mehr denn je. Ich habe keine Wahl, als etwas mit ihnen zu unternehmen.

Mir ist klar, dass all das nur ein Vorwand ist. In Wahrheit möchte ich einfach nur ein paar Stunden mit ihnen verbringen, ein paar Stunden ohne Entitäten, Verpflichtungen, Entscheidungen. Ich vermisse sie so sehr und ich weiß, dass ich mich vor meinen Verpflichtungen drücke, aber ich kann mich nicht dazu bringen, ihnen erneut abzusagen.

Also zerre ich die erstbesten Klamotten aus dem Kleiderschrank und ziehe sie mir über, ohne darauf zu achten, ob sie zusammenpassen. Ich schlüpfe in ein paar Sneaker, die viel zu kalt für das Wetter sind, die ich aber schneller anziehen kann als meine geliebten Schnürstiefel.

Ich stürme zurück nach draußen und niemand ist im Vorgarten. »Mum?« Ich drehe mich in alle Richtungen, suche die Bäume und Büsche ab, deren kahle Äste niemanden verbergen können. Mein Hals verengt sich und es fällt mir schwerer einzuatmen. »Kalliope? Thalia?«

Ich sprinte los, den Weg zum Tor hinab, doch im letzten Moment sehe ich drei Sätze Fußabdrücke im matschigen Boden, die um das Haus führen. Ich folge ihnen mit wackligen Knien, spüre die Energie des Sees. Die grau-grüne Masse schien mir von Anfang an mehr zu sein als bloßes Wasser. Meine Familie darf dem See nicht zu nah sein, ich spüre es.

»Mum!«, brülle ich, doch der Wind arbeitet gegen mich und trägt meine Stimme in die falsche Richtung. Endlich erreiche ich die Marmorveranda. Ich schlittere um die Ecke. Dem seltsam stillen Gewässer schenke ich keinen zweiten Blick, sobald ich erkenne, dass niemand im Wasser treibt. Alle drei drücken sich die Nasen an den Fenstern des Ballsaals platt.

Sie sagen kein Wort. Panik kriecht meine Wirbelsäule hoch, weil ich nicht weiß, was sie sehen. Langsam gehe ich auf sie zu, bereit mir eine Erklärung für das Unerklärliche einfallen zu lassen.

Dann dreht sich Thalia zu mir um. »Mel, der Saal ist wunderschön«, schwärmt sie mit einem Ausdruck purer Verzückung auf ihrem Gesicht. »Er muss einmal grandios ausgesehen haben.«

»Geht es euch gut?« Ich werfe einen schnellen Blick in den menschen-, geister- und entitätenleeren Saal.

Kalliope löst sich vom Fenster. »Bitte sag nicht, dass du vorhast darin einen Skatepark aufzubauen.«

Das ist tatsächlich keine schlechte – Stopp! Falscher Zeitpunkt. »Lasst uns losgehen!«, rufe ich viel zu enthusiastisch, während ich die Arme meiner Schwester ergreife und sie vom Fenster wegziehe.

Mum streicht im Gehen über meinen Kopf. »Wir würden uns wirklich gern das Anwesen ansehen. Wir haben es ja nicht eilig. Nur ganz kurz und danach gehen wir in ein Café oder –«

Ich zerre sie weiter. »Nein. Wir gehen sofort.«

Mum runzelt die Stirn und meine Schwestern befreien sich aus meinem Griff und reiben sich die Arme. Vielleicht schlägt mein Training langsam doch an. »Warum dürfen wir uns das Anwesen nicht ansehen?«

Ich atme tief ein, versuche ruhig zu bleiben. »Ich möchte einfach einen schönen Nachmittag mit euch verbringen und –«

»Nein, du willst nicht, dass wir ins Anwesen gehen. Du willst uns wie immer loswerden.« Kalliope fährt sich durch ihre kurzen Haare. Thalia berührt ihren Arm, nur ganz leicht, um sie zu beruhigen. Bei den beiden reicht das. Eine kurze Vergewisserung, dass die andere da ist. Diese sanften Berührungen haben bei mir nie funktioniert. Die Unsicherheit über die Distanz zwischen uns steigt in mir auf. Ich schlucke sie hinunter, denn meine Aufgabe ist es, die drei hier weg zu bekommen.

»Das ist nicht wahr. Ich hatte in den letzten Wochen einfach viel zu tun, aber ich freue mich ehrlich darüber, dass ihr –«

Kalliope explodiert. Sie ballt ihre Hände zu Fäusten und stampft auf den Boden. »Es ist nicht erst so, seit du das Anwesen geerbt hast!«, brüllt sie mir entgegen und wir anderen erstarren. »Seit Jahren entfernst du dich immer weiter von uns. Und du sagst uns nie, was los ist. Sind wir so fürchterlich, dass du uns nichts mehr anvertrauen willst? Wir versuchen ständig dir wieder näherzukommen, aber jedes Mal schweigst du uns an oder flüchtest. Ich hab genug davon!« Rote Flecken blühen auf ihren Wangen. Ich habe sie noch nie so sehr in Rage gesehen.

Mum legt ihren Arm um Kalliope. Thalia ergreift ihre Hand. Und ich stehe allein da.

Meine Adern gefrieren. »Da haben wir es wieder«, speie ich heraus. Kalt wie der See. »Meine perfekte Familie, ach so liebend und verständnisvoll. Und ihr gebt euch ja so viel Mühe, das schwarze Schaf der Familie in euren Kreis aufzunehmen. Euch ist nie der Gedanke gekommen, dass *ihr* diejenigen sein könntet, die mich ausschließen.«

»Willst du damit sagen, *wir* sind schuld daran, dass du –«

»Nein, Kalliope, euch trifft natürlich keine Schuld. Wie könnte es? Zwei so perfekte Töchter wie ihr. Ihr würdet mich nie ansehen, als wäre ich ein Alien, weil ihr meine Entscheidungen nicht versteht. Ihr würdet nie eine Party mit zwanzigtausend Leuten feiern, obwohl ihr wisst, dass ich nichts mehr hasse als das. Ihr würdet nie zulassen, dass eure Freunde mich schikanieren, weil ich anders bin.« Jetzt strömen Tränen über meine Wangen. Mum tritt auf mich zu und hebt ihre Hand, doch ich stoße sie weg. Ich kann ihre Sanftmut nicht ertragen. Nicht, wenn ich eigentlich jedes einzelne Fenster des Anwesens einschlagen will.

Kalliope schüttelt den Kopf. »Wirfst du uns ernsthaft immer noch diesen Geburtstag vor? Himmel, Mel, du hast Quatsch über irgendwelche imaginären Freunde gelabert, *natürlich* reagieren die Gäste nicht mit Frohlocken. Aber wir waren *sieben*, komm darüber hinweg! Wir erinnern uns nicht mal mehr wirklich daran!«

»*Ihr* erinnert euch nicht mehr daran«, ich deute auf die beiden, »aber ich erinnere mich, als wäre es gestern gewesen. Ein weiterer Unterschied zwischen uns. Und natürlich bin ich schuld.«

Thalia presst ihre Lippen aufeinander, die trotzdem noch beben. »Weißt du was? Wenn du uns Sachen vorwerfen willst, die vor zwei Jahrzehnten vorgefallen sind, und du es so sehr darauf anlegst, uns loszuwerden, sollst du deinen Wunsch haben. Ich habe es satt!« Sie stampft davon, dicht gefolgt von Kalliope.

Mum legt ihren Kopf schief. »Schätzchen ...«, schnieft sie.

»Geh mit ihnen, Mum«, befehle ich und sie hört auf mich.

***

Ich lasse mich auf die Stufen der Veranda nieder, umklammere meine Knie und vergrabe meinen Kopf in meinen Armen. Der Wind zerrt an meinem Mantel, meinen Haaren, und ich zittere bereits, aber die Wärme des Hauses habe ich nicht verdient. Ich versuche mir vorzustellen, wie sie auf die Wahrheit reagieren würden. Ich bin keine Siebenjährige mehr, auf deren imaginäre Freunde und erschreckende Vorhersagen man mit Argwohn und Unverständnis reagiert. Realistischer ist, dass ich so wie Muriel ausgestoßen oder direkt eingewiesen werde. Bisher dachte ich, Muriel hätte die Distanz zwischen ihr und dem Rest der Familie selbst zu verschulden – und seien wir ehrlich, selbst ohne den übernatürlichen Kram hätte Muriel es uns nicht einfach gemacht, sie zu mögen – aber langsam begreife ich, welche Auswirkungen unser Zustand haben kann.

Minutenlang, stundenlang, kauere ich auf der Treppe und wäge zwischen der Wahrheit und meinem letzten Rest Würde ab. Beichte ich, was mit mir los ist, und riskiere, dass sie mich für verrückt erklären, oder schweige ich und nehme für den Rest meines Lebens eine angespannte Beziehung in Kauf?

»Du solltest mit ihnen reden.« Juris Stimme schallt über den See, obwohl er kaum mehr als flüstert. Er lässt sich neben mir auf die Stufe sinken.

»Mit ihnen vielleicht.« Ich springe auf und schüttle meine eingeschlafenen Beine aus. »Aber mit dir sollte ich wirklich nicht mehr reden.«

»Findest du es nicht lächerlich, dass eine Entität dir sagen muss, wie wichtig es ist, über seine Gefühle zu reden?«

Seine Worte lassen mich zögern. »Nicht, dass es eine Entität tut. Dass *du* mir dazu rätst, ist lächerlich. Oder wann hattest du vor, über deine Nummer im See zu sprechen?«

»Ich weiß, du vertraust mir nicht. Und das solltest du vermutlich auch nicht.«

»Natürlich nicht! Du hast verdammt noch mal versucht mich im See zu ertränken.«

Er studiert mich aufmerksam. »Hast du Angst vor mir?«

Seine Frage trifft mich wie ein Schlag ins Gesicht. Ich sollte Nein sagen, sofort, denn ich darf keine Angst zeigen. Keine Schwachstellen, die er oder eine andere Entität ausnutzen können. Und bis vor wenigen Tagen hätte ich das gekonnt. Aber allein der Gedanke an unsere Begegnung im See, an seine wilden, unmenschlichen Augen, an die Unberechenbarkeit – ja, ich habe Angst vor ihm.

Juri streckt seine Hand nach meinem Bein aus, doch überlegt es sich im letzten Moment anders. »Ich wollte nie, dass du Angst vor mir hast. Ich weiß nicht, was in mich gefahren ist.«

»Ich würde mal sagen, du bist völlig durchgedreht. Du tust als wärst du Caspar, der freundliche Geist, aber jetzt finde ich heraus, dass du direkt aus *Paranormal Activity* kommst! Und jetzt machst du wieder einen auf einsichtig und missverstanden. Entscheide dich für eins von beidem!«

Juri springt auf und dreht mich an den Schultern zu sich. Seine Augen wirken, als würden sie brennen. »Es macht mich manchmal nur so unfassbar wütend! *Du* machst mich so unfassbar wütend. Weil du mich verbannen willst. Jede Faser in mir wehrt sich dagegen, von hier vertrieben zu werden.«

Ich ergreife seine Hände, um sie von mir zu lösen. Doch die kurze Berührung reicht, um das Beben unter seinen kalten, harten Knöcheln zu spüren. »Du weißt, dass ich es tun muss, wenn es so weit ist.«

»Und wenn ich verspreche, dir nichts mehr anzutun?« Er versucht, das Flehen aus seiner Stimme zu verbannen, doch jedes leichte Zittern in seinen Worten vibriert in meinem Herzen. Oder versucht er, genau so viel Flehen in seine Stimme zu legen, dass ich darauf hereinfalle? Nicht zum ersten Mal wünsche ich mir, dass ich bei ihm eine Aura sehen könnte. Die Auren sind keine exakte Wissenschaft und meistens erkenne ich nur durch meine jahrelange Erfahrung, was sie bedeuten – aber ich würde wissen, ob er aufrichtig ist.

Ich blicke auf meine Finger, um ihm nicht mehr in die Augen sehen zu müssen. »Das wäre ein Anfang, aber ich kann dir nichts im Gegenzug versprechen. Und ich hoffe, dir ist klar, dass ich dir *nicht* vertraue. Und dir *nicht* verziehen habe.«

»Ich werde dir beweisen, dass ich mich ändern kann.« Er klingt überzeugend. *Überzeugt.* Vielleicht glaubt er wirklich, dass es möglich ist. Aber eine Entität kann sich nicht ändern. Sie alle sind gefangen im letzten Gefühl, im letzten Verlangen ihrer ehemaligen Menschlichkeit. So viel hat Muriel mir klargemacht.

Deshalb antworte ich nicht. Ich fürchte mich vor ihm. Aber noch mehr fürchte ich mich vor mir selbst, weil ich es trotz allem nicht schaffe, mich einfach von ihm fernzuhalten. Denn so sehr etwas in mir nach Aufrichtigkeit in ihm sucht – ich weiß es besser.

***

Ich sitze in der Bibliothek in einer Vorstufe des Lotussitzes und dehne meine Beine, während ich das Buch des Salomon studiere. So schlage ich zwei Fliegen mit einer Klappe. Doch ich raufe mir die Haare. Wortwörtlich. Ich bin kurz davor, mir vor Frust die Haare auszuzupfen. Ich finde zahlreiche Bücher über Bannsprüche für böse Geister in der Bibliothek. Sie versprechen alle ein narrensicheres Ritual, um Entitäten ein für alle Mal ins Jenseits zu schicken, doch hinter jedem hat Muriel ein dickes X gezeichnet. Sie hat alle über die Jahre hinweg ausprobiert und jedes Mal kamen die Entitäten zurück. Mir war klar, dass es nicht einfach werden würde. Aber nicht mal einen Hinweis zu entdecken, lässt meine Hoffnung schwinden.

»Vielleicht sollten wir aufgeben und uns auf das Gerichtsverfahren konzentrieren«, überlege ich laut. Doch ich blättere die Seite um und versinke wieder in der altertümlichen, anstrengenden Sprache. Etwas in mir drängt darauf weiterzumachen. Manchmal hasse ich diese ganzen Vorahnungen und meine übersinnliche Intuition.

***

Eine Stunde später ruft mich Muriel zum Training. Sie bringt mir einfache Manöver bei, mit denen ich mich aus Umklammerungen befreien kann, und ruft gleichzeitig Informationen über Runen, Kristalle und Chakren ab. Ich kann tatsächlich die meisten beantworten und fühle mich zum ersten Mal seit Wochen richtig gut. Vielleicht geht ab jetzt alles bergauf. Vielleicht ist die Lösung für unser Verbannungsproblem zum Greifen nah.

Doch natürlich schafft Muriel es, mir meinen ersten guten Tag innerhalb weniger Sekunden zu vermiesen. »Gut, das reicht für heute. In fünfzehn Minuten gehen wir los zur Auswahl der Geschworenen.«

Meine Hände, die mir Luft ins Gesicht wedelten, bleiben mitten in der Bewegung stehen. »In fünfzehn Minuten? *Heute?*«

»Wir treffen uns im Eingangsbereich.«

»Wieso sagst du mir das nicht früher? Ich kann doch nicht völlig verschwitzt vor Gericht auftreten! Ich muss duschen und mich fertig machen!«

Muriel winkt ab. »Dann würde ich aufhören solche Reden zu schwingen.«

»Ich brauche allein schon fünfzehn Minuten, um meine Haare nach dem Duschen zu kämmen!«

»Papperlapapp, diese Eitelkeit bringt dich auch nicht weiter«, erklärt Muriel und verschwindet durch die Tür. Ich hätte wissen müssen, dass sie keinerlei Verständnis dafür hat, wie man vor Gericht auftreten sollte. Ich werde aussehen wie ein Höhlenmensch. Es wird ein Desaster.

Ich stürze nach unten ins Badezimmer, reiße mir die Sportsachen vom Leib und springe unter das noch kalte Wasser der Dusche. Dann kämme ich mit den Fingern meine Haare durch, die ich nur grob von Knoten und Wirrwarr befreien kann. Ohne mich abzutrocknen steige ich in eine Strumpfhose, die ich schon ohne nasse Beine schrecklich ungemütlich finde, und ziehe Rock, Bluse und Blazer darüber, die ich das letzte Mal vor Jahren bei einem Nebenjob trug.

Ein rotes fleckiges Gesicht starrt mich im Spiegel meines Frisiertisches an. Haare vernünftig frisieren oder mir eine Menschenmaske anschminken … Mir bleibt nur Zeit für eins von beidem. Ich verfluche Muriel und meine Aversion gegen Terminplaner und klatsche mir Make-up ins Gesicht. Meine Haare drehe ich zu einem strengen Knoten in meinem Nacken.

Ein letzter Blick in den Spiegel – ich sehe aus wie ein Mensch, den ich hassen könnte. Wahrscheinlich perfekt, um normalsterbliche Bürger von mir zu überzeugen. Ich schlüpfe in schlichte Mary Janes, die mit meinen restlichen Klamotten mehr nach bravem Mädchen und weniger nach *Emily the Strange* aussehen, und stürze aus der Tür.

Im Flur laufe ich in Juri herein.

Für einen Moment starrt er mich mit offenem Mund an, dann bricht er in Gelächter aus. »Du siehst absolut bescheuert aus«, prustet er unter Anstrengung. »Wie eine Stewardess. Und keine von den heißen.«

Ich schiebe ihn aus dem Weg. »Ich sehe aus wie jemand, der seine Freizeit nicht damit verbringt, übernatürliche Wesen zu jagen«, presse ich hervor.

»Sag ich ja. Absolut unsexy.« Er folgt mir und stupst im Gehen den Knoten in meinem Nacken an, der jetzt schon so an meinen Haaren zieht, dass ich Kopfschmerzen bekomme. Ich massiere mir die Schläfen und versuche nicht darüber nachzudenken, ob die Aussage, dass er meinen Nicht-Geisterjägerinnen-Look unsexy findet, bedeutet, dass er mag, wie ich mich sonst kleide. So irrelevant.

Muriel wartet schon draußen, obwohl ich nur eine Minute zu spät bin. Ich renne die Treppe hinunter und stöhne auf, sobald ich Muriels Outfit sehe. Sie hat sich keine Mühe gegeben, nicht nach verschrobener Hexen-Omi auszusehen. Als ob sie es darauf anlegt, alle Menschen gegen sich aufzubringen. Normalerweise respektiere ich den Wunsch, es dem System zu zeigen – aber nicht, wenn es um das Anwesen geht!

Doch mir bleibt keine Zeit, etwas dagegen zu unternehmen, denn selbst mit Muriels schnellsten Gehtempo kommen wir zu spät. Sie schiebt es auf mich und lässt mich das den ganzen Weg über wissen.

***

Keuchend und zerzaust platzen wir in den Raum im Gericht, wo schon alle anderen Platz genommen haben und ungeduldig auf uns warten. Alle, die Gerichtsmitarbeiter und die Kandidaten für den Kreis der Geschworenen, strahlen eine angesäuerte Aura aus. Erster Minuspunkt für uns.

»Es tut uns sehr leid, meine Großmutter hatte einen Krampf auf dem Weg hierher«, versuche ich die Situation zu retten und blicke traurig zu Muriel. »Das passiert leider immer öfter, seit das Rheuma sie plagt.«

Der Blick von rund der Hälfte der Anwesenden wird weicher. Ich versuche mir zu merken, von welchen.

Mr Hallows stolziert mit großen Schritten und ausgestreckter Hand auf uns zu. »Willkommen, die Damen. Es macht nichts, dass sie sich ein klein wenig verspätet haben.« Sobald er meine Hand in einer ausladenden Geste ergreift, flüstert er weiter, sodass nur wir ihn hören. »Denn ob Sie pünktlich sind oder nicht, ändert nichts am Ausgang der Verhandlung. Viele der Kandidaten sind mir wohlgesonnen.« Er wendet sich halb von uns ab und zwinkert einer Gruppe von fünf Männern und Frauen in Anzügen zu, deren linke Ärmel dreimal so viel kosten wie mein komplettes Outfit. Sie lächeln zurück.

»Er hat es irgendwie geschafft, Absprachen mit den Leuten zu machen. Die müssen ihm alle was schuldig sein«, zische ich Muriel zu, während wir auf unseren Stühlen Platz nehmen. »O Mann, ich wette, die haben alle Dreck am Stecken und er hat sie da rausgezogen. Wir haben keine Chance.«

Muriel tätschelt meinen Arm. »Vergiss unsere Taktik nicht. Wir *können* die Schnösel loswerden.«

Mein Magen dreht sich immer noch, aber sie hat recht. Außer den fünf Schnöseln sind nur ganz normale Menschen anwesend. Selbst wenn wir es nicht schaffen, alle von seinen Komplizen loszuwerden – der Großteil der Geschworenen wird uns favorisieren.

Die Übelkeit in meinem Magen legt sich, während Muriel die Kandidaten befragt. Zwei alleinerziehende Mütter. Ein junger Typ, dessen erstes Start-up-Unternehmen den Bach runtergegangen ist. Ein alter Knacker, der Hallows hasserfüllte Blicke zuwirft und Muriel trotz ihrer Totenbrautkluft immer wieder im Subtext anflirtet. Ein Langzeitstudent. So geht es immer weiter und ich werde das Gefühl nicht los, die meisten von ihnen können Hallows nicht ab. Auch habe ich den Verdacht, dass uns sehr gute Karten zugespielt werden.

Muriel schafft es tatsächlich, recht professionell vier der fünf Schnösel zu disqualifizieren. Bei jedem von ihnen zucken Hallows Mundwinkel nach unten und ich verstecke mein Grinsen jedes Mal hinter dezentem Husten. Am Ende landen wir bei Geschworenen, deren Zusammensetzung nicht schlechter für ihn sein könnte.

»Ha, damit hat er nicht gerechnet«, flüstere ich Muriel zu. »Er kann noch so reich und einflussreich sein, Arsch bleibt Arsch. Alle hassen ihn, auch wenn es niemand zugibt.«

Muriel nickt und schenkt mir ein grimmiges Lächeln.

Doch als der Gerichtsmitarbeiter Hallows fragt, ob er Einwände gegen die Auswahl hat – seine Chance, doch noch einige für ihn passende Geschworene einzuwechseln – verschieben sich seine Mundwinkel zu einem Lächeln. »Nein, danke. Ich bin zufrieden.«

Und er lächelt mich direkt an. Ein wissendes Lächeln.

Ich spüre, wie mir die Farbe aus dem Gesicht weicht. Etwas läuft falsch. Bevor ich Muriel Bescheid sagen kann, wird die Sitzung beendet. Mit wirren Gedanken und einer schlechten Vorahnung dränge ich mich zwischen all den anderen nach draußen.

Die Geschworenen verschwinden schnell, doch Hallows, mit Scarlett im Arm, baut sich vor uns auf. »Allem voran bin ich ein guter Geschäftsmann.«

Ich verstehe nicht, was er damit sagen will. Sein permanentes Lächeln lässt meine Finger taub werden. Etwas läuft hier in die falsche Richtung ... ganz und gar.

»Auf eine faire Verhandlung«, verabschiedet er sich und dreht sich von uns weg.

Schwindel übermannt mich. Ohne darüber nachzudenken, greife ich nach seinem Arm. »Was haben Sie getan?«, hauche ich.

Mir wird schwarz vor Augen, aber ich spüre noch den Boden unter meinen Füßen. Ich höre die Antwort, doch nicht aus seinem Mund. Ich höre sie in meinem Kopf, als wären es meine Gedanken. Es sind nicht mal wirkliche Worte, keine Sätze, die ich höre, sondern einfach ein Gefühl, eine Gewissheit, als wäre es etwas, das ich schon immer wusste.

Ich lasse von seinem Arm ab und sofort erlange ich meine Sicht zurück.

»... habe gar nichts getan«, beendet Hallows einen Satz, den ich nicht gehört habe.

Er hat nicht mitbekommen, was passiert ist.

Ich starre ihn mit offenem Mund an. Ich suche nicht nach Worten, sondern drehe mich schweigend weg. Ohne Verabschiedung stolpere ich davon, Muriel an meinen Fersen.

»Was ist passiert?«, fragt sie mich. »Deine Aura spielt verrückt.«

Erst Hunderte Meter weiter halte ich an, schwer atmend und immer noch verwirrt. Irgendwie habe ich herausgefundene, was er getan hat. »Er hat keine Absprachen mit den reichen Leuten getroffen. Er wusste, dass wir sie loswerden«, keuche ich. »Statt Unmengen Geld für die Bestechung der Milliardäre auszugeben, hat er die anderen mit einem Bruchteil bestochen. Die Menschen, die für tausend Dollar fast alles tun würden.«

Muriel fragt nicht, wie ich auf meine Theorie gekommen bin. Sie verengt nur die Augen. »Du kannst Gedanken lesen«, stellt sie fest. Sie bemüht sich nicht die Verwunderung aus ihrer Stimme zu verbannen. »Die Letzte, die das konnte, war meine Urgroßmutter.«

Ich will ihr sagen, dass ich auf keinen Fall Gedanken lesen kann. Aber ich bringe die Worte nicht hervor. Ich kann mir nicht erklären, woher ich sonst wissen könnte, wie er vorgegangen ist. Ich starre in Muriels zufriedenes Gesicht. Es scheint sie überhaupt nicht zu kümmern, was Hallows getan hat.

»Hör auf so glücklich dreinzuschauen. Er hat uns eine Falle gestellt und wir sind direkt hineingelaufen.«

***

»Wir sollten uns wirklich einen Anwalt suchen«, erkläre ich Muriel beim Abendessen.

Sie schüttelt den Kopf. »Auf keinen Fall. Die würden uns nur dazu raten, Hallows Angebot anzunehmen. Und was willst du dann sagen? Wohl kaum: ›Entschuldigung, aber wir haben Geister im Haus.‹«

»Du hast schon verstanden, was er getan hat? Wie sehr er uns überlegen ist?«

Muriel lehnt sich zurück und verschränkt die Arme. »Wenn Hallows sowieso der Beste ist, bringt es uns auch nichts, den zweitbesten Anwalt der Stadt zu finden.« Sie löffelt ihre Suppe weiter und das Gespräch ist damit beendet.

Einige Minuten lang knabbere ich am trockenen Toast. »Warum interessiert es dich so wenig?«

»Ich glaube daran, dass du rechtzeitig herausfindest, wie du die Geister verbannen kannst.«

»Wie kannst du dir da so sicher sein?« Ich knalle meinen Löffel auf den Tisch. »Du sagst mir ständig, wie schlecht ich bin. Wie untalentiert. Und ich dachte, du willst, dass ich mich um das Anwesen kümmere.«

»Wirklich? Ich dachte, ich hätte ziemlich deutlich gemacht, was ich will. Du sollst das Anwesen reinigen, so steht es doch in deinem Vertrag. Ich habe nie gesagt, dass du das Anwesen weiterführen sollst.«

Ich schüttle den Kopf. »Also ist es dir wirklich vollkommen egal, was mit dem Murkwood-Anwesen passiert? Du hast doch dein gesamtes Leben damit verbracht, dich darum zu kümmern!«

Muriel macht eine fahrige Handbewegung in meine Richtung. »Glaubst du, ich wünsche mir dieses Leben für irgendjemanden? Ich wollte, dass die Linie der Adler-Frauen mit mir endet. Du lebst erst wenige Monate so. Ist dir nie in den Sinn gekommen, dass dein Leben genau so weitergehen wird? Abgeschottet von deiner Familie. Von Menschen, deren nettester Spitzname für dich »verrückte Spinnerin« ist. Jeden Tag von Geschöpfen umgeben, die in der Hölle schmoren sollten.«

»Warum hast du mich dann überhaupt eingeweiht?«

»Weil ich musste. Wenn Adler-Frauen nicht lernen ihre Fähigkeiten zu kontrollieren, kann das fatal enden. Deshalb wollte ich keine Kinder bekommen. Ein leichter Ausweg. Dachte ich.«

»Aber du hast meinen Vater bekommen.«

Muriel krallt sich so sehr am Tisch fest, dass ihre Fingerknöchel weiß anlaufen. »Da ich meinem Mann nicht sagen konnte, warum ich keine Kinder bekommen wollte, dachte er, ich würde ihn nicht lieben. Irgendwann ließ er sich von mir scheiden. Sechs Monate später kam dein Vater zur Welt. Trotz all meiner Bemühungen war ich schwanger geworden.«

»Hast du dich mit deinem Mann wieder versöhnt? Du hättest ihm doch sagen können, was es mit den Adler-Frauen auf sich hat.«

»Er hätte es nicht verstanden. Niemand würde das verstehen, das erlebst du doch selbst ständig.«

Muriels Stimme bleibt die ganze Zeit über ruhig, distanziert. Doch ihre Aura verrät mir, wie es wirklich in ihr aussieht. Schwarz mit einem schmalen Band im Dunkelblau der Tiefen des Meeres.

»Muriel«, beginne ich und lege meine Hand auf ihre.

Doch Muriel zieht ihren Arm zurück. »Ich dachte, damit wäre alles vorbei. Doch er bekam drei Töchter. Drillinge. Als wollte mir das Schicksal einen Streich spielen.« Sie atmet tief ein. »Viele Jahre lang hoffte ich, dass die Adler-Linie durch die übersprungene Generation zu verwässert wäre und keine von euch meine … Verfassung geerbt hatte. Und lange Zeit hat keine von euch Anzeichen gezeigt.«

Ich starre auf meine Finger. *Ich* habe Anzeichen gezeigt. Aber nach unserem siebten Geburtstag habe ich sie mit aller Kraft unterdrückt. Ich schüttle den Kopf, um die Erinnerungen zu vertreiben. »Wie hast du herausgefunden, dass ich das dritte Auge doch geerbt habe?«

»Ich habe es gespürt. Jeden Tag ein wenig mehr. Aber ich war mir nie sicher, so unterdrückt waren die Signale. Ich hoffte, nur einige Reste des Erbes in dir zu bemerken, Reste, die niemals vollständig aufblühen würden.« Sie deutet auf den Bereich um mich herum. »Aber deine Aura hat nicht gelogen. Die letzten Male vor deinem Geburtstag, an denen wir uns gesehen haben, konnte ich es nicht mehr ignorieren. Normalerweise erklären unsere Mütter uns von klein auf, was uns erwartet, doch ich musste mir einen Plan überlegen, dich so spät in unser Erbe einzuweihen. Ich wusste, du würdest es mir nicht leicht machen.«

Ich sollte noch etwas zu Muriels Mann sagen. Doch will sie überhaupt darüber reden? Das kurze Gespräch, das sie durchgehend mit knallharter Stimme geführt hat, scheint alte Wunden aufzukratzen, statt ihr beim Verarbeiten zu helfen. Letztendlich bringt mich ihre abwehrende, verschlossene Aura dazu, das Thema zu wechseln. »Wie sieht meine Aura aus?« Das wollte ich tatsächlich schon immer herausfinden, doch noch nie bin ich auf die Idee gekommen, Muriel zu fragen.

»Oh, das solltest du nicht wissen.« Sie weicht meinem Blick aus, doch ihre Stimme wird etwas leichter. »Meine Mutter hat mir auch nie gesagt, wie meine aussieht. Es ist wie ein Blick in die eigene Seele – Menschen können ihr wahres Ich selten verkraften.«

Ihre Antwort ergibt Sinn. Und dennoch werde ich das Gefühl nicht los, dass ihre Antwort zu direkt kam, zu auswendig gelernt klingt. Irgendetwas verbirgt sie vor mir.

KAPITEL 13

Ich betrete einen leer stehenden Raum im dritten Stock mit der Räucherschale in der Hand und mein größter Albtraum begrüßt mich: eine schneeweiße mit Spitze und Rosen dekorierte Hochzeitslocation.

»Was zur Hölle geht hier vor sich?«, frage ich die anwesenden Entitäten. Mein Blick gleitet über Giselle, die einen Kranz aus vertrockneten Rosen auf den Kopf der Geisterbraut legt. Ein alter Priester-Typ, dessen durchsichtigen Geisterkörper ich noch nie gesehen habe, wartet unter einer einsturzgefährdeten Struktur aus Stühlen und vertrockneten Rosenranken, die wohl einen Hochzeitsbogen darstellen soll.

»Wir bereiten die Hochzeit der Braut vor«, erklärt Giselle, als wäre es das Normalste der Welt.

»Das sehe ich. Ich will wissen, *warum.*«

»Sie ist die Braut. Zähl eins und eins zusammen«, spottet Juri, der mit einem leeren Teller an einem Buffet lehnt.

Ich stürme auf ihn zu, auch wenn die Räucherschale gefährlich wackelt, und nehme einen der Teller hoch. »Habt ihr die aus meiner Küche gestohlen?«

»Geliehen«, feixt Juri.

Ich knalle den Teller auf den Tisch. »Ihr könnt doch nicht mal essen!«, fauche ich, dann wende ich mich der Braut zu. »Hast du überhaupt einen Bräutigam?«

Sie verdreht ihre Augen gen Himmel wie einer dieser kleinen, dicken Engel auf alten Gemälden. »Es findet sich schon noch wer. In letzter Zeit klopfen viele Männer an unsere Tür.«

»Wir könnten einen von ihnen verschleppen«, schlägt Giselle vor.

Ich reiße ihr die Haarnadeln aus den Händen, eine alte Packung, die sie irgendwo aus dem Müll des Anwesens ausgegraben haben muss. »Niemand verschleppt irgendeinen Menschen. Ich verbiete es euch!«

»Meinetwegen melde ich mich freiwillig als Bräutigam«, erklärt Juri.

Ich fahre zu ihm herum. »Auch verboten!«

»Eifersüchtig?«, fragt er mit einer angehobenen Augenbraue. Ich werfe eine Haarnadel nach ihm, der er mit Leichtigkeit ausweicht.

»Diese Hochzeit ist abgesagt. Ich weiß nicht, wie ihr verdammt noch mal auf so eine beknackte Idee kommt, aber dieser Zirkus ist ab jetzt vorbei!«

»Du klingst wie meine Mutter«, grummelt Giselle.

Die Braut ignoriert mich. »Ich würde vor Glück sterben, wenn ich endlich heiraten könnte!«, seufzt sie und ich werfe meine Hände in die Luft.

Etwas zerrt an meinem Herzen. Auf mich wirkt es bescheuert, aber wenn es wirklich ihr letzter Wunsch ist, kann ich es ihr nicht verbieten. Ich weiß, dass ich es sollte, aber sie sieht so glücklich aus. Und wer weiß, wenn ich ihr diesen Quatsch lasse, lässt sie vielleicht nicht so sehr den verrückten Geist raushängen. »Wisst ihr was? Macht, was ihr wollt, solange ihr mich jetzt in Ruhe mit meiner beknackten Räucherschale rumlaufen lasst und sämtliche Menschen da raushaltet.«

Giselle und die Braut jubeln auf und führen einen kurzen Ringeltanz auf. Ich lasse ihnen ihren Glücksmoment, dann wedele ich mit dem Räucherwerk herum und die Entitäten verschwinden nach und nach, manche durch die Tür, manche durch die Wände, manche verpuffen einfach mitten in der Luft.

Juri, der Letzte im Raum, geht langsam auf mich zu. »Wenn es dich so stört, sei ehrlich und sag es mir, dann gehöre ich ganz dir.«

Er zwinkert und ich presse meine Lippen aufeinander, bevor ich ihm höchst absichtlich die Räucherschale gegen das Schienenbein pfeffere.

***

»Ich weiß, dass es falsch ist.« Erst nach ein paar Herzschläge realisiere ich, dass Juris Stimme mich aus dem Schlaf gezerrt hat.

Er sitzt am Bettende und starrt mich etwas länger, etwas intensiver an, als es akzeptabel ist.

Mist. Ich habe vergessen, mein Schlafzimmer zu sichern. »Raus aus meinem Zimmer. Ich bin kein sechzehnjähriges Mädchen aus Forks.«

Er lacht einmal kurz auf. »Siebzehn«, korrigiert er mich mit einem Hauch von Überlegenheit.

Obwohl ich nicht will, muss ich ebenfalls lachen. »Auch wenn du witzig sein kannst, will ich dich nachts nicht hier haben. Verschwinde.« Ich weiß, ich sollte wütender auf ihn sein. Doch mir fehlt die Energie dafür.

Er steht auf, doch statt auf mich zu hören, kommt er langsam auf mich zu.

»Tu bitte nichts Dummes«, seufze ich und greife nach dem Amulett von Tanit. Genauso, wie ich wütend sein sollte, sollte ich ängstlich sein. Aber mittlerweile weiß ich, wie ich die Entitäten vertreiben kann. Selbst die Hartnäckigen.

Juri kniet sich vor das Bett und legt seine Fingerspitzen auf meine Hände. So sanft, dass ich fast glaube, er besteht aus dem transparenten Dunst der Geister. »Ich muss dir etwas gestehen. Du hattest recht –«

Ich ziehe meine Hände zurück. »Nein. Kein Wort. Egal ob du es ernst meinst oder nicht.« Ich kann die Sätze sagen, die von mir verlangt werden, aber ich kann meinen Herzschlag nicht verlangsamen. Ich kann den berauschenden Schwindel nicht aufhalten, der mir zu Kopf steigt. Das hier ist falsch, so falsch. Meinen Handlungen traue ich, sogar meinen Gedanken, aber nicht meinem Herzen. »Ich will es nicht hören.«

Er springt auf und Feuer bricht in seinen Augen aus. Feuer, das selbst im verwaschenen Grau der Nacht lodert. »Ich weiß, dass es falsch ist! Für mich genauso wie für dich.« Er reibt sich über sein Gesicht und das Feuer erlischt. »Ich sollte so nicht fühlen.«

Ich sollte ihn nicht ernst nehmen. »Du bist ein … keine Ahnung was, und ich bin ein Mensch. Ein Mensch, der Wesen wie dich jagt. Selbst wenn ich dir glauben würde – es ist ausgeschlossen.«

Jede Farbe weicht aus seinem Gesicht, außer ein wenig Rosa hoch oben auf seinen Wangenknochen. »Ich meine es ernst.« Er presst seine Lippen aufeinander.

Ich schäle mich aus meiner Decke, stolpere aus dem Bett. Dann zerre ich ihn mit beiden Armen aus meinem Zimmer. »Fürs Protokoll, ich glaube dir kein Wort. Aber falls du glaubst, dass du es ernst meinst – du lügst dich selbst an. Du fühlst nichts für mich, du bist einfach nur gelangweilt.« Juri streckt beide Arme aus und hält sich am Türrahmen fest, sodass ich ihn nicht weiterziehen kann. Ich drehe mich um. »Ernsthaft?«, quittiere ich sein Grinsen.

»Okay, ich langweile mich zu Tode«, gibt er zu. »Langweilst du dich nicht auch? Ich mein, der einzige Typ, der Interesse an dir zeigt, war dieser ätzend lahme College-Futzi. Und sogar du kannst was Besseres abkriegen.« Er deutet an mir herunter, wobei sein Grinsen noch breiter wird.

Seine Worte sticheln mein Herz, meinen Stolz. Aber ich zeige nicht, dass er es geschafft hat, mich zu kränken. Denn ich wusste es. Ich wusste, dass er so lange auf mich einredet, bis ich ihm glaube, nur um dann alles mit einem breiten Grinsen auffliegen zu lassen. Das ist seine Vorstellung von Unterhaltung.

»Du bist ein armer, kleiner Typ.« Mit einem letzten Ruck löse ich seinen Griff vom Türrahmen. »Muss ich die Schrotflinte holen oder schaffst du es, mich eine Nacht in Ruhe zu lassen?«

Er zieht eine Augenbraue hoch. »Wenn dir nach etwas Gefährlichem ist, kann ich –«

Ich knalle die Tür vor seiner Nase zu. Anstatt zurück ins Bett zu fallen und mir meinen wohlverdienten Schlaf zu gönnen, lehne ich mich mit dem Rücken an die Tür uns sinke langsam hinab. Ich muss mich unter Kontrolle kriegen.

***

Giselle erklärt sich am nächsten Tag bereit, meine neu entdeckte Fähigkeit zu testen. Muriel ist wenig begeistert und grummelt die ganze Zeit, dass die Gedanken eines Geistes zu lesen etwas anderes ist als die eines Menschen, doch sie wirft uns ein Päckchen Karten entgegen. »Zener-Karten zum Üben. Giselle soll eine auswählen und du versuchst zu spüren, welche Karte sich in ihren Gedanken manifestiert. Mit den Karten ist es am Anfang einfacher, damit du ein Gefühl für das Gedankenlesen bekommst.«

Giselle und ich ziehen uns in den Blauen Salon zurück, den ich irgendwann zum Wohnzimmer machen will, damit Muriel zufrieden mit meinen Renovierungsarbeiten im Anwesen ist. Irgendwann, wenn ich mehr Zeit habe. Noch stehen die antiken Möbel unter durchsichtigen Planen wild verstreut im Raum. Und überall sammelt sich Kram, der entweder einfach nur Kram ist – oder das Gefäß einer Entität. Darum wollte ich mich auch noch kümmern. Irgendwann.

Wir setzen uns Rücken an Rücken und Giselle nimmt die fünf Karten, die anders als sämtliche Utensilien von Muriel nicht aussehen, als hätte sie vor dreihundert Jahren ein asketischer Mönch gefertigt. Die minimalistischen Symbole auf den makellosen Karten enttäuschen mich ein wenig. Ein gelber Kreis, ein rotes Kreuz, blaue Wellen, ein schwarzes Quadrat und – der Mittelpunkt der Party – ein grüner Stern. Wow. Na ja, ich schätze, wenn ich wirklich Gedanken lesen kann, ist es egal, was auf den Karten steht.

»Hast du eine Karte ausgesucht?«, frage ich.

Giselle kichert. »Solltest du das nicht wissen, wenn du Gedanken lesen kannst?«

Ich greife hinter mich und ziehe an ihren Haaren. Sie kreischt auf und ich höre, wie sie die Karten mischt. »Alles klar, ich starre das Symbol mit ganzer Kraft an.«

Ein tiefer Atemzug, dann konzentriere ich mich so fest ich kann. Versuche mir die Karten vor Giselle vorzustellen, ihre Hand, etwas zierlicher und etwas dunkler als meine. Ich folge meinem Gefühl. »Der Kreis!«, rate ich und drehe mich um.

Giselle hält den Stern in der Hand und ich sacke zusammen.

»Ernsthaft? Selbst wenn du keine Telepathie beherrscht, solltest du doch zumindest erraten können, dass ich die glamouröseste Karte wähle«, scheltet sie mich.

»Glamourös? Der Stern sieht aus wie etwas, das auf einem Babyspielzeug klebt.«

Giselle schnippt die Karte gegen meine Stirn. »Los, wir versuchen es weiter. Vielleicht musst du dich erst einarbeiten.«

Grummelnd gehorche ich. Mehrere Runden vergehen ohne Erfolg. Mit jeder Runde wächst die Frustration in mir. Ich versuche alles, von minutenlangem Meditieren bis zu Sekundenentscheidungen ohne Nachdenken. Ich probiere sogar mich wieder in den Geisteszustand zu versetzen, als ich Hallows Gedanken gelesen habe. Nichts.

Ich werfe mich gegen Giselles Rücken und klatsche meine Hände gegen mein Gesicht. »Das funktioniert nie!«

»Aber du bist dir sicher, seine Gedanken konntest du lesen?«

Ich nicke eifrig. Hundertprozentig.

»Vielleicht sollten wir dein Unterbewusstsein etwas ankurbeln, indem wir falsche Antworten bestrafen«, schlägt Juri vor. Ich zucke zusammen, denn ich habe nicht bemerkt, dass er sich angeschlichen hat.

»Positive Verstärkung ist viel effektiver als Bestrafung«, erwidere ich.

»Ich könnte dich küssen«, schlägt er vor.

Mir rutschen die Füße unter meinen Beinen weg. Aus den Augenwinkeln sehe ich sein triumphierendes Grinsen, deshalb biege ich meine Beine, so schnell ich kann, in den Lotussitz, als wäre das Absicht gewesen. »Keine Bestrafung, sagte ich.«

Giselle kichert hinter mir und Juri wirft ein staubiges Kissen nach ihr, das mich trifft und Giselles Lachen nur noch verstärkt.

Ich werfe das Kissen zurück, doch statt seinen Kopf streift es nur seine Schulter. »Mal abgesehen von Juris schwachsinnigen Einfällen – er hat mich auf eine Idee gebracht. Gib mir mal deine Hand.« Etwas umständlich verrenken wir unsere Arme, sodass wir immer noch in entgegengesetzte Richtungen schauen. »Okay, versuchen wir es noch mal.«

Mit ihrer Hand in meiner warte ich auf irgendein Gefühl, eine Ahnung. Hallows Gedanken konnte ich erst lesen, als ich ihn berührt habe. Doch obwohl ich spüre, dass das hier der richtige Weg ist, liege ich genauso oft daneben wie vorher. Und es sind nur fünf verdammte Möglichkeiten.

Ich will von Giselle ablassen, doch schwarzer Nebel schiebt sich vor mein Sichtfeld. Sofort greife ich Giselles Hand fester, damit sie ja nicht loslässt. Ich bin mir nicht sicher, ob ich ihre Gedanken sehe, höre oder spüre. Ich nutze einen Sinn, den ich nicht benennen kann.

Die Erfahrung ist anders als die bei Hallows. Unscharf, verschwommen. Wie Farben, die man mischt und mischt, bis sie weder braun noch grau noch schwarz sind. Schmerz und Verlust legen sich um meine Gedanken. Meine Gedanken – oder ihre? Ich weiß es nicht mehr. Ich weiß nur, dass ich nicht sterben will. Ich will meine Familie nicht verlieren. Es muss das Gefühl sein, das Giselle antreibt, doch ich fühle seinen Druck auf meinen Brustkorb, als wäre es mein eigenes. Ich kämpfe gegen einen Strom an, mit aller Kraft, der mich aus diesem Leben reißen will. Ich kämpfe mit jeder Faser meines Bewusstseins, will brüllen und weinen. Aber ich falle.

Ich reiße meine Augen auf. Giselle klettert über die Sofalehne und schwebt über mir, während ich auf dem Boden liege. Voller Grauen realisiere ich, dass ich halb auf Juri liege, der meinen Kopf hält und mit gerunzelter Stirn auf mich hinabblickt. Ich rapple mich auf, obwohl sich alles um mich herum dreht.

»Fühlst du *das* immer?«, wispere ich und ergreife Giselles Hände, wenngleich mir die letzte Berührung alles andere als gutgetan hat.

»Ich schätze schon«, antwortet sie langsam, unsicher. Als wäre es ganz normal, so zu fühlen.

Muriel hat mir oft genug erklärt, dass Entitäten nicht so denken und fühlen wie wir. Nur ein Gefühl, eine Sache, die sie bedauern. Aber das jetzt zu spüren, als wären es meine eigenen Gefühle …

»Wieso hältst du an so einer Existenz fest?«, keuche ich. Ich kenne die Angst, meine Familie zu verlieren. Ich durchlebe sie jeden Tag. Aber ich fühle auch andere Dinge. Frustration, wenn etwas nicht funktioniert. Leidenschaft, wenn es darum geht, das Anwesen zu retten. Neu gewonnenes Verständnis für Muriel. Gute und schlechte Gefühle. Sogar Freude, trotz der Situation mit meiner Familie, Vergnügen, wenn Juri eine umgängliche Phase hat und wir über den gleichen Unsinn lachen. Ich versuche mir vorzustellen, wie es wäre, nur noch diesen einen Schmerz zu spüren. Diese Angst, Mum und meine Schwestern zu verlieren. Nur noch das. Jahrelang.

Mein Herz verkrampft.

Ich werfe einen Seitenblick auf Juri. Fühlt er überhaupt annähernd das, was ich fühle? Oder ist für ihn alles nur ein ewiges Sehnen nach Unterhaltung?

Giselle zieht ihre Hände aus meinen. »Weil dieses Gefühl das Einzige ist, das mich hier hält«, stößt sie hervor. Ihre Augen verdunkeln sich, bis sie von Schwärze erfüllt sind. »Du wirst das niemals verstehen.« Sie stürmt aus dem Blauen Salon, umgeben von schwarzem Nebel.

Hilflosigkeit überwältigt mich und ich kann nicht aufstehen, mich nicht bewegen. Bis Juri mir eine Hand auf die Schulter legt. Ich schluchze einmal auf, spüre immer noch Giselles Gefühl nach. »Warum tut sie sich das an? Das kann doch ein halbes Leben im Diesseits nicht wert sein.«

»Sie will nicht sterben. Sie will ihre Familie nicht verlieren. Solange Giselle hierbleibt, hat sie die Chance, ihre Familie erneut zu sehen.«

Ich presse meine zitternden Hände in meine Oberschenkel und schlucke den nächsten Schluchzer herunter. Doch ich kann die fremden Verlustängste nicht abschütteln. »Ich wünschte, ich könnte ihre Familie finden und herbringen.«

Juri lacht auf. »Und dann? Das würde Giselles Gefühl nicht verschwinden lassen, sondern es nur verstärken. Das Gefühl ist zu tief verankert und kann nicht befriedigt werden wie das eines Menschen.«

Eine schreckliche Ahnung überkommt mich. »Was passiert, wenn ich Giselle endgültig verbannen würde?«

»Niemand weiß, was uns im Jenseits erwartet. Auch wir nicht. Aber ich bezweifle, dass mit einer unserer Seelen das Gleiche passiert wie mit der Seele eines Verstorbenen ohne Reue.«

Tränen strömen über mein Gesicht, egal wie sehr ich meine Handballen gegen meine Augen presse. Egal wie sehr ich sie hinunterschlucke. Ich weiß nicht, ob es immer noch die Nachwirkungen des Gedankenlesens sind oder weil ich nichts tun kann, um Giselle davon zu befreien. »Du sagst das nur, um mir ein schlechtes Gewissen zu machen«, werfe ich ihm vor. »Weil du nicht aus dieser Welt verbannt werden willst.«

»Könnte sein«, gibt er zu. Dann schlingt er seine Arme um mich.

Ich will mich aus der Umarmung befreien. Aber das fremde Gefühl liegt auf mir wie eine Bürde, mit der ich nie lernen konnte umzugehen. Also vergrabe ich meinen Kopf zwischen seiner Schulter und seinem Hals. Sein Kinn ruht auf meinem Kopf und ich höre, spüre, seinen Herzschlag so nah an mir, wo kein Herz schlagen sollte. Es ist nicht echt, nicht wirklich menschlich, sondern nur eine Manifestation übernatürlicher Energie. Ich spüre die Kälte, die sein Körper ausstrahlt, und auch sie geht nicht von einem echten Körper aus, sondern von dieser übernatürlichen Materie, die mir einen echten Körper vorgaukelt. Aber ich spüre auch Wärme, derer ich mir vorher nie bewusst war. Sie ist nicht echt, diese Wärme, die mich umschließt. Keine Temperatur, die ein Thermometer messen kann, aber ich weiß, dass sie da ist.

Die Nähe, die Richtigkeit trifft mich so jäh, so grell, dass ich ihn von mir stoße. »Hör auf mich zu manipulieren«, speie ich und bringe mehr Raum zwischen uns. »Ich falle nicht auf eure Tricks herein. Ich werde nicht vor Mitleid aufhören nach einer Möglichkeit zu suchen, euch dahinzubringen, wo ihr hingehört.«

Juri lehnt sich zurück und blickt mich abschätzig an. Die Wärme ist verschwunden.

Ich schlage die Tür hinter mir zu, auf meiner Wange immer noch die falsche Wärme, wo sein falsches Herz vor wenigen Sekunden schlug.

***

Ich sollte so tun, als wäre nichts vorgefallen. Niemals zeigen, dass er irgendeine Wirkung auf mich hat. Vor allem aber darf Muriel nicht bemerken, dass ich mich seltsam verhalte. Eine Umarmung ist ja auch kein Grund für seltsames Verhalten.

Ich schüttle meinen Kopf, um die Erinnerung an Juris Wärme zu verscheuchen. Ich muss mich auf unsere Beweise konzentrieren. Auch wenn wir im Grunde keine haben. Die Nachbarn werfen uns vor, eine Gefahr für die Nachbarschaft zu sein, und ehrlich gesagt: Das sind wir auch. Was könnte gefährlicher sein als ein Geisterhaus? Okay, zwei Geisterhäuser. Eine ganze Geisterstraße. *Stopp, Mel, das geht zu weit.*

Ich zerbreche mir wie jeden Abend in der Bibliothek den Kopf darüber, wie wir ihre Vorwürfe widerlegen können. Denn morgen findet der erste richtige Gerichtstermin statt – mit Beweismitteln, Zeugen und all dem Kram, von dem ich keine Ahnung habe. Muriel interessiert sich kaum für die Verhandlung und ich bezweifle, dass ihr Ansatz, einfach vor Gericht zu erscheinen und ihr übliches mürrisches Ich heraushängen zu lassen, von Erfolg gekrönt sein wird.

In meiner Mappe mit Beweisstücken herrscht gähnende Leere. Ich habe die Rechnungen der Handwerker gesammelt, welche beweisen sollen, dass wir das Haus instand halten. Das ist alles. Ich habe nichts gegen die Vorwürfe von Lärmbelästigung und Brandstiftung vorzuweisen. Ein kleiner Lichtblick ist, dass die Gegenseite ebenfalls keine Beweise *für* ihre Vorwürfe hat.

Dennoch vergrabe ich mein Gesicht in meine Hände und stöhne hinein. Ich spüre, dass bei der Anhörung morgen etwas schiefgehen wird. Diese Vorahnung nimmt mir jeden Mut und ich wünschte, ich würde so etwas nicht spüren, damit ich selbstsicherer ins Gericht gehen könnte.

»Kannst du nicht endlich ins Bett gehen?«, grollt Juri, der sich direkt vor mir materialisiert. »Ich kann dein Gestöhne nicht mehr ertragen. Wir alle wollen langsam mal unsere Ruhe!«

Ich werfe einen Blick auf mein Handy. Es ist bereits nach zwei Uhr nachts. Erneut stöhne ich in meine Handflächen.

»Okay, das machst du mit Absicht, oder?«, faucht Juri. Er trägt Boxershorts und einen schwarzen Vintage-Bandpullover, als wolle er schlafen gehen. Ich weiß, dass keine der Entitäten schläft, also muss das ein verzweifelter Versuch sein, an menschlichen Gepflogenheiten festzuhalten.

Ich schneide eine Grimasse. »Ich weiß, du brauchst dringend deinen Schönheitsschlaf, Prinzessin. Aber ich habe zu tun.«

Er stürmt schneller als menschenmöglich auf mich zu und lehnt sich in meine persönliche Wohlfühlzone, bis sich unsere Nasen fast berühren.

»Dann tu das leise«, flüstert er so ruhig und tief, dass meine Alarmglocken aufschrillen und ich zurückweiche.

Ich bin kurz davor einzuknicken, einfach weil ich keine Auseinandersetzung mehr provozieren will, da fällt mir eiskalt ein, mit wem ich es hier zu tun habe. Juri, die penetranteste Nervensäge des ganzen Anwesens. Ich stehe von meinem Stuhl auf, beide Hände auf der Tischplatte, und lehne mich noch ein Stückchen näher zu ihm. »Weißt du was? Nach allem, was du mir angetan hast, ist das Letzte, was ich tun werde, deinem Wunsch nach Ruhe nachzukommen. Das hättest du dir überlegen sollen, bevor du mir bei unserem ersten Treffen eine Todesangst eingejagt, mich bei jeder Gelegenheit verarscht und mich fast im verdammten See ertränkt hast!« Ein paar Klicks und mein Laptop spielt den lautesten, schnellsten Thrash Metal-Song ab, der mir auf die Schnelle einfällt. Ich stelle die Lautstärke bis zum Anschlag hoch und widerstehe dem Drang, mir die Ohren zuzuhalten.

»Glaubst du, das beeindruckt mich? Zum Einschlafen höre ich Schlimmeres!« Juri muss brüllen, damit ich ihn verstehe. »Und deine Nachbarn freuen sich bestimmt ebenfalls über die erneute Ruhestörung.«

Natürlich. Mein verzweifeltes Stöhnen stört ihn beim nicht benötigten Schlaf, aber hier bleibt er plötzlich ganz cool. Das ist der Moment, in dem ich aufgeben sollte. Ich habe aus der Vergangenheit gelernt – gegen eine Entität kann man nur gewinnen, indem man sie ignoriert.

Doch statt nachzugeben, breitet sich in mir ein Lauffeuer aus. Es ist kindisch, aber ich durchsuche Spotify. Ich brauche etwas, das ihn mehr nervt als Thrash Metal. Etwas Nervigeres, Penetranteres, Grauenvolleres. Mit einem Grinsen klicke ich auf meine Achtziger-Playlist.

Mit schmalen Lippen schüttelt Juri den Kopf. Dann grapscht er mir meinen Laptop unter der Nase weg. »O nein. Du stehst nicht ernsthaft auf die Achtziger?« Er stellt die Musik aus. »Ich wusste, dass du einen schlechten Geschmack hast, aber *so* schlecht?«

Ich grinse noch breiter. »Und ich wusste, dass du den Song hassen wirst.« Ich husche um den Tisch und schnappe nach meinem Laptop. Er zieht ihn weg, bevor ich ihn berühren kann, und ich stolpere einen Schritt vor, bevor ich es erneut versuche. Ein paar Sekunden kämpfen wir um den Laptop, dann bekomme ich ihn endlich zu fassen.

Juris Augen verdunkeln sich, während er mich um den Tisch verfolgt. »Wehe, du machst das Lied wieder an!«, warnt er mich.

»Das würde mir nicht im Traum einfallen«, erkläre ich mit feierlichem Ton, bevor ich noch eine Nummer draufsetze und das nächste Lied anspiele. Ich klemme mir den Laptop unter einen Arm und hüpfe um den Tisch herum. Eigentlich sollte ich vorsichtig sein, wenn er in so einer Stimmung ist, doch unser Geplänkel lässt mich alles vergessen. Ich muss sogar laut auflachen, als er über den Stuhl stolpert, den ich hinter mir umschmeiße.

»Stoppe auf der Stelle diesen infernalischen Krach!«, droht er. Ein paar Runden jagt er mich, doch ich entwische ihm immer wieder.

Bis er mit Leichtigkeit quer über den Tisch springt.

Ich weiche zurück, aber er reißt mir den Laptop aus den Händen. Für einen Moment habe ich Angst, dass er ihn zerstört, so kurz, nachdem ich mir ein neues Modell kaufen musste. Doch er dematerialisiert sich und für einige Sekunden bin ich allein in der Bibliothek. Dann erscheint er wieder vor mir mit leeren Händen. »Den Laptop wirst du nie wiederfinden.«

Ich starre ihn an. Jetzt grinst er und verschränkt die Arme vor der Brust. Der Schriftzug über seinen Händen kommt mir seltsam bekannt vor. »Moment mal, ist das *mein* Pullover?«, frage ich entsetzt.

Juri ergreift den Pulli am Kragen und führt den Stoff zu seiner Nase. »Damit ich deinen Geruch immer bei mir trage, auch wenn wir getrennt sind«, imitiert er mit hoher Stimme eine gruselige, liebeskranke Stalkertussi.

»Zieh ihn sofort aus!«, empöre ich mich.

»Ich wusste, dass es das ist, was du willst«, höhnt er mit süffisanter Stimme.

Ich nutze seine Unkonzentriertheit, greife mir mein Handy und spiele dort den nächsten Song aus den Achtzigern ab. Deutlich leiser als auf dem Laptop, also improvisiere ich und gröle den Songtext mit.

»Du hast offiziell die Grenze zur Verletzung von Menschenrechten übertreten«, brüllt Juri gegen meinen Gesang an. »Das ist Folter!«

Ich tänzle durch die Bibliothek. »Das ist das beste Lied der Welt!«, singe ich meine Antwort im Takt der Musik.

Juri gestikuliert wild durch die Gegend, und ich sehe, wie er gegen ein Grinsen ankämpft, bevor er in meine Richtung stürzt.

Ich kreische auf und renne durch die Tür in den Flur und ich kann einfach nicht aufhören zu singen, ihn zu provozieren. Endlich verstehe ich, was er daran findet, mich ständig zu nerven. Es ist berauschend.

Das Handy immer noch in der Hand lache ich aus vollem Herzen, während er mich durch das gesamte Anwesen treibt. Es ist dumm, kindisch sogar, und ich hab wirklich Wichtigeres zu tun, aber so viel Spaß hatte ich seit Wochen nicht mehr. Vielleicht seit Monaten.

Wir rasen die Treppe hinauf in den ersten Stock und wiederholen unsere Jagd um den Tisch, nur diesmal auf der Galerie, welche die frei stehende Treppe umgibt. Wir bleiben an den gegenüberliegenden Enden der Galerie stehen, doch ich gönne mir keine Atempause. Stattdessen greife ich das Geländer und schmettere die erste Zeile des Refrains über den Abgrund zwischen uns.

»Du singst schrecklich!«, ruft er zurück und steigt mindestens genauso schief wie ich, aber absolut textsicher ein.

Ich kann meinen Ohren nicht trauen. »Ich dachte, du hasst das Lied?«, rufe ich. Normalerweise sind mir seine Stimmungsschwankungen zuwider, aber in diesem Moment kann ich nicht anders, als zu lachen. Es ist angenehm, dass er zur Abwechslung von schlechter zu guter Laune wechselt, nicht andersherum. So scheint er normaler, menschlicher.

»Tue ich auch«, besteht er. »Ich hasse Ohrwürmer! Aber ich muss dir zeigen, wie es richtig geht.« Er verschwindet und erscheint darauf direkt neben mir.

Ich stolpere zurück. »Das ist unfair!«

Er reißt mir das Handy aus der Hand, verschwindet erneut für wenige Sekunden, in denen ich zu Boden gleite. Ich atme schwer und lehne mich gegen das knarzende Geländer.

Juri erscheint und geht vor mir in die Hocke. »Vielleicht hättest du härter trainieren sollen, dann wäre der Kampf ein wenig ausgeglichener.«

»Dafür, dass du dich teleportieren kannst oder was auch immer das ist, hab ich ganz schön lange durchgehalten«, keuche ich.

»Das liegt daran, dass deine Banshee-Stimmme meine paranormalen Schwingungen stört.«

»Pah!«, lache ich laut auf. »Du singst unendlich viel schlimmer als ich. Banshees würden vor deinem Gesang flüchten!«

Juri streckt seine Hand nach meinem Hals aus. Bevor ich zurückweichen kann, lässt er den Verschluss einer Kette zuschnappen. Ich hebe sie hoch, sodass ich den länglichen Anhänger betrachten kann. Ein hellgrüner Aventurin. Skeptisch suche ich nach negativen Schwingungen, aber ich spüre nichts. Anscheinend kein Versuch, mir ein verfluchtes Schmuckstück anzudrehen. »Was ist das?«

»Ein Auto.«

Ich werfe ihm einen genervten Blick zu. »Haha. Und warum gibst du mir ein Auto?«

»Ich hab es auf dem Dachboden gefunden und dachte, so was Praktisches ist total dein Ding und du kannst damit einkaufen fahren oder ...«

Ich muss lachen. »Okay, können wir mal aufhören mit der – übrigens völlig sinnlosen – Auto-Metapher? Warum gibst du mir das?« Ich weigere mich das Wort schenken zu benutzen, denn das würde eine wohlwollende Intention implizieren. Und die Notwendigkeit von Dankbarkeit.

»Ein Weihnachtsgeschenk. Also: Frohe Weihnachten!«

»Weihnachten ist erst in einem Monat«, beschwere ich mich.

Er streicht mir eine Haarsträhne aus dem Gesicht und verzieht seinen Mund zu einem schiefen Grinsen. Nicht so, wie er mich sonst mit seinem spöttischen Lachen betrachtet. Er lächelt, ehrlich und gleißend hell. Ich bin nicht blind, ich weiß, dass er gut aussieht. Aber zum ersten Mal wird mir klar, dass Juri hinreißend ist. Sein Lächeln ist hinreißend.

Ich will dieses Lächeln küssen.

Der Gedanke erschreckt mich so sehr, dass mein Herz stehen bleibt. Das kann nicht mein Gedanke sein. Juri muss irgendeine Fähigkeit angewendet haben, mit der er mich so denken lässt.

Sein Lächeln verblasst, als ich mich hochrapple und ihn mit meiner Schulter wegstoße. Ich muss weg von ihm.

Also renne ich die Treppe hinunter, mit zitternden Fingern und wackligen Knien und einem Sturm in meinem Kopf. Ich kann eingestehen, dass ich ihn attraktiv finde. Auch dass ich keine Bedenken hätte, mich auf ihn einzulassen, wenn er ein Mensch wäre. Und natürlich schalten sich meine Augen und Hormone nicht ab, nur weil er eine Entität ist. Aber ich darf mich nicht verlieben. Nicht in sein Lächeln. Nicht in ihn.

KAPITEL 14

Ich betrete den Gerichtssaal und eine schlechte Vorahnung bricht über mich ein. Ich fühle jeden meiner unregelmäßigen Herzschläge gegen mein Brustbein und meine Wirbelsäule, als suche mein Herz nach einem Fluchtweg. Vielleicht sollte ich auf mein Herz hören und verschwinden, solange ich noch kann. Aber der Zug meines Sakralchakras hält mich fest am Platz verankert. Ich kann das Anwesen nicht im Stich lassen. Ich kann die Menschen der Stadt nicht im Stich lassen. Vor allem kann ich die Entitäten nicht im Stich lassen, die ohne die Rituale durchdrehen würden.

Ich kann Muriel niemals erzählen, dass ich auch an sie denke, denn dann würde sie mir die Abreibung des Jahrhunderts verpassen. Meine Hand findet zu dem Aventurin um meinen Hals. Der Stein soll Mut und Gelassenheit spenden, also kommt er gerade zur rechten Zeit.

Ich vertreibe die Gedanken an die Entitäten, vor allem an *eine*, und nehme auf meinem Stuhl Platz. Alles sieht so aus wie in Filmen, aber hundertmal größer, einschüchternder, sodass ich mich an der Tischplatte festklammern muss. Ein Richter sitzt vor mir, mit dem Hammer und der Robe und allem, die Geschworenen rechts von mir.

Ich konzentriere mich auf sie. Obwohl ich weiß, was Mr Hallows getan hat, fühle ich bei ihrem Anblick Sicherheit. Er kann unmöglich alle von ihnen bestochen haben. Sie wurden zufällig aus der Bevölkerung gewählt. Selbst wenn er seine Beziehungen hat spielen lassen und die Liste der Kandidaten vor uns erhielt, ist es unmöglich, dass er in der kurzen Zeit alle kontaktieren konnte. Ich bezweifle, dass mehr als drei oder vier der zwölf Geschworenen unter seiner Beeinflussung stehen.

Mr Hallows präsentiert zuerst seine Eröffnungsaussage. Mir ist klar, dass er gut ist, aber bei jedem seiner professionellen Worte rutscht mein Herz ein wenig tiefer. Seine langsame, tiefe Stimme zieht alle in den Bann. Minutenlang hängt die Jury an seinen Lippen und lauscht seinen Anklagepunkten.

Ich verknote meine Finger unter dem Tisch, während Muriel nach vorn tritt. Ich habe ihr vor ein paar Tagen eine Seite mit ihrer Eröffnungsaussage gegeben – kürzer als die von Mr Hallows und definitiv weniger fachkundig, aber immerhin recht emotional. Mein Herz macht einen Hüpfer, weil Muriel sich meine Ermahnungen offensichtlich zu Herzen genommen und die Rede auswendig gelernt hat, weshalb sie meinen Zettel nicht braucht. Ich hoffe nur, sie trägt es nicht zu hölzern vor, sondern improvisiert ein wenig, um unsere Aussage lebhafter zu gestalten.

Wir werden Hallows niemals an Professionalität und Rhetorik überbieten können – aber wir haben einen Vorteil, den wir ausnutzen müssen. Wir sind den Geschworenen näher, haben vielleicht ihr Mitgefühl.

»Guten Tag. Die gegen mich vorgetragenen Anklagen sind haltlos«, beginnt Muriel. Ein wenig steif, aber ich sehe das verräterische Glänzen in den Augen einer Geschworenen, weil die tattrige Großmutter sich selbst vor Gericht vertritt. Gespannt warte ich darauf, dass Muriel fortfährt. Auch die Jury hängt an ihren Lippen. Ein gutes Zeichen. Doch Muriel nickt kurz und hart, dann setzt sie sich zurück an ihren Platz.

Für einige Augenblicke starre ich sie nur an. Ich brauche eine Weile, bis ich begreife, dass das alles war. Dann umfasse ich ihren Arm, drücke etwas zu fest zu. »Ist das dein Ernst?«, zische ich ihr zu, während der Richter und die Geschworenen völlig verdattert in die Gegend schauen.

Muriel lehnt sich zufrieden zurück. »Du brauchst ein wenig mehr Motivation, um dich der Bannung zu widmen. Ein wenig Druck sollte genau das Richtige sein.«

Ich lege eine Hand vor meinen Mund, um nicht laut loszuschreien. »Du willst nicht ernsthaft diesen Fall absichtlich verlieren, damit ich gezwungen bin eine Fähigkeit zu lernen, die du nach so vielen Jahren selbst nicht auf die Reihe bekommen hast?« Ich wusste, dass sie sich nicht wirklich um die Klage schert – aber mich absichtlich zu manipulieren, damit ich gezwungen bin die Verbannung zu erlernen, ist eine ganz andere Hausnummer.

»Meine Damen, bitte richten Sie Ihre Aufmerksamkeit auf Mr Hallows«, ermahnt uns der Richter und mein Kopf schnellt nach vorn. Aus den Augenwinkeln sehe ich das sanfte Lächeln auf Scarletts Lippen. Selbst seine shoppingvernarrte Frau weiß, dass wir verlieren werden. Ich bekomme kaum etwas von den Beweisen mit, so sehr rasen meine Gedanken. Den Rest der Verhandlung starre ich auf den Hammer des Richters und male mir aus, wie eine Stadt voller wild gewordener Entitäten wohl aussehen wird.

***

Ich schweige Muriel den ganzen Heimweg über an. Meine Aura sagt ihr garantiert genug. Doch sie tut so, als sei alles in Ordnung. Als würde sie uns nicht geradewegs in den Ruin treiben.

»Endlich werde ich das alte Ding los. Und die Entitäten«, erklärt sie zufrieden, während wir den Fußweg zum Anwesen hinauftraben.

Ich schmettere meine Tasche auf den Boden. Sie landet in einer matschigen Pfütze.

»Hast du den Verstand verloren?«, brülle ich Muriel an, ohne dass sie mit der Wimper zuckt. »Du kannst dich nicht darauf verlassen, dass ich herausfinde und lerne, wie ich die Entitäten ins Jenseits verbannen kann!«

Muriel hebt meine Tasche auf, von der mehrere Rinnsale Matsch auf ihre Schuhe tropfen, und stampft die Treppe zum Anwesen hoch. »Ich habe es im Gefühl, dass du das schaffst.«

Ich raufe mir die Haare. »Das ist Schwachsinn! Wir sind der Lösung keinen Schritt näher. Du kannst nicht alles wegen einer *Ahnung* aufs Spiel setzen! Selbst wenn du Recht behältst – was schadet es, sich zumindest ein wenig Mühe vor Gericht zu geben?«

»Du wirst nie vorankommen, wenn du dich weiterhin in die Tändelei mit deinem Dämonenjungen verwickeln lässt.« Muriel trabt davon.

Ich schnaube und folge ihr mit langen Schritten in die Küche. »Ich habe *Tändelei* noch nie gehört, aber ich weiß genau, was du damit sagen willst! Und du liegst falsch! Es ist nichts passiert und es wird nichts passieren. Ich bin doch nicht blöd!« Sie hat es geschafft, mich vom eigentlichen Thema abzubringen.

Abrupt dreht Muriel sich um und erhebt einen Finger. »Ich war auch mal jung. Vielleicht ist noch nichts passiert, aber du wirst dich seinem Charme nicht ewig entziehen können, wenn du so weitermachst. Ich erkenne das Leuchten in deinem Blick. Und eines noch: Egal was er dir sagt, was er dir vorspielt – in seinen Augen fehlt genau dieses Leuchten! Du wirst für ihn niemals etwas anderes sein als ein Spielzeug, um kurzfristig seine Langeweile zu vertreiben.« Sie denkt, ihre Worte können mich verletzten, mir die Hoffnung nehmen, dass zwischen Juri und mir jemals mehr sein könnte.

Ich muss sie enttäuschen. »Wenn du denkst, das Einzige, das zwischen mir und der Bannung der Geister steht, sei Juri, hast du dich getäuscht. In Ordnung, vielleicht schaue ich ihn an, weil er gut aussieht. Aber ich fühle nichts für ihn, gar nichts!«

Muriels Augen funkeln wie die einer Entität. »Du belügst dich selbst. Aber mich kannst du nicht belügen. Ich sehe deine Aura. Ich sehe, wie sie sich zu ihm reckt und –«

Meine Hände krallen sich um eine Stuhllehne. »Hör auf, von dir abzulenken! Ich gebe mein Bestes, sowohl vor Gericht als auch bei der Verbannung. Und du lässt mich einfach im Stich!« In mir wüten noch Hunderte weitere Vorwürfe. Aber mir wird klar, dass das alles nichts bringt. Muriel interessiert sich nicht dafür. Ich knurre frustriert auf, knalle den Stuhl gegen den Tisch und stürme aus der Küche. Ich muss es ganz allein mit Hallows aufnehmen.

***

Ein Gutes hat der Tag: Nachdem ich Viper und Larkin frustrierte, aber nichtssagende und unbefriedigende Nachrichten geschickt habe – denn wie soll ich den ganzen Gerichtskram und das Drumherum erklären? –, stürme ich direkt ins Zeichenzimmer und bringe alles auf eine Leinwand. Zum ersten Mal seit Langem muss ich nicht darüber nachdenken, was ich male. Meine Gefühle, mein Zorn, meine Verzweiflung tröpfeln durch meine Hände, durch den Pinsel, durch die dunklen, ungesättigten Farben auf das Papier. Irgendwann spüre ich, wie sich Muriels Aura vom Anwesen entfernt. Soll sie doch abhauen. Ich werde das alles auch irgendwie allein schaffen.

Minuten, Stunden oder Tage später stecke ich mitten im vierten Bild – Muriels Gewitterwolkenaura in Marsschwarz, Umbra und feinen Spuren von Preußischblau – als Juri erscheint und meine Hand festhält.

»Na, Sonnenschein? Was hat dich so angepisst?«

Ich versuche meine Hand aus seinem Griff zu befreien, doch er lässt nicht locker. Also wechsle ich den Pinsel in meine linke Hand und male weiter. »Nichts.«

»O bitte. Dein Geschrei hat man bis zum Anwesen gehört. Bist du sicher, dass du nicht ein wenig Bansheeblut in dir hast?«

Ich funkle ihn an. »Ich male gerade.«

»Danke, das sehe ich. Ich bin untot, nicht hirntot.« Endlich lässt er von meiner Hand ab.

Trotz der Situation muss ich über seinen Witz schnauben. Es sollte illegal sein, in jeder Situation einen schlagfertigen Spruch auf den Lippen zu haben, der mich zum Lachen bringt. Ich lasse meine Hände sinken, weil ich das Gefühl, malen zu müssen, verloren habe. Jetzt will ich nur noch in mein Bett fallen. »Ich wünschte, ich wäre diesen Vertrag nie eingegangen.«

Juri lehnt sich gegen meinen robusten Holztisch, auf dem ich die Farben mische. »Es würde dich in den Wahnsinn treiben, kein passendes Ventil für deine Fähigkeiten zu haben. Willst du das? Kannst du dir vorstellen, wie es einer verrückten Person geht?«

»Dir scheint es damit gut zu gehen«, raune ich, laut genug, damit er mich hört, und lege den Pinsel weg.

»Na also. Immerhin flüchtest du dich noch in deinen Sarkasmus, statt in meine Arme. So schlecht kann es dir also nicht gehen.« Er grient mich an und ich stemme meine Hände in die Hüften.

»Ich würde nicht in deine Arme fliehen, selbst wenn du –«

Es rumpelt über uns, irgendwo im oberen Stockwerk. Dann scheppert etwas unverwechselbar Großes und Glasiges. Scherben schrappen über den

Boden im Raum über uns. »Hast du was damit zu tun?«, frage ich Juri, während ich loshetze.

»Ich würde nicht im Traum daran denken –«

»Jaja, spar dir das«, keuche ich, während ich die Treppe hinaufstürme.

»›Jaja‹ heißt ›Leck mich am Arsch!‹«, sinniert er. »Etwas versaut, aber wenn es das ist, was du –«

Ich drehe mich auf dem letzten Treppenabsatz um. »Juri. Halt die Klappe.« Bevor er antworten kann – und ich sehe schon, wie sich seine Lippen für den nächsten schlauen Spruch öffnen – laufe ich weiter.

Hier oben hat seit Langem niemand mehr die Fenster geputzt, an denen Ruß von zahlreichen Räucherritualen klebt. Staub liegt auf den wenigen Möbelstücken, fliegt durch die Luft und lässt mich husten. Ich höre immer noch Kratzer von Glas auf Holz. Ich öffne Tür für Tür, bis ich die Quelle der Geräusche finde.

Ich trete in ein altes Schlafzimmer, an dessen Wänden sich blassrosa Tapeten schälen. Zwei Erkerfenster lassen nur wenig Licht herein, doch die Strahlen spiegeln sich in den Tausenden Scherben auf dem Boden. Jetzt weiß ich auch, woher die Geräusche kamen. Ein riesiger Standspiegel liegt mitten im Raum, im angelaufenen Silberrahmen steckt nur noch eine lange Scherbe am rechten Rand.

»Haha, sehr witzig. Wer von euch war das?«, frage ich in den leeren Raum. Juri hockt sich über den Spiegel und untersucht den übrig gebliebenen Teil des Glases. Niemand macht sich bemerkbar. Ich taste meine Hosentaschen nach einem Stift ab, um meine Wahrnehmung mit Kenaz zumindest ein wenig zu stärken, doch ich habe nichts dabei.

»Ich hole Farbe von unten«, erkläre ich und laufe auf die Tür zu. Ich drehe mich noch einmal zu Juri und laufe ein Stück rückwärts, während ich mit dem Finger auf ihn zeige. »Du bist immer noch mein Hauptverdächtiger, also beweg dich nicht hier weg.« Mein Blick fällt auf seine Hände, mit denen er den Rahmen untersucht. »Und schneid dich nicht am Glas!«

Ich drehe mich zur Tür, doch bevor ich losrennen kann, um mir Ausrüstung zu besorgen, stoße ich mit einem Körper zusammen. Ein Schock durchfährt mich, überall dort, wo wir uns berühren, und ich weiß, dass es nur eine Entität sein kann. Ich stolpere zurück, in der Erwartung, die Entität ohne Kenaz nicht sehen zu können – doch sie verbirgt sich nicht vor mir.

Ein großer, dünner Mann, zu groß und dünn, um menschlich zu sein, schwankt vor mir hin und her. Ein paar Lumpen winden sich um seine aschgraue Haut, unter der Rippen und andere Knochen hervorstechen. Auf seinem dürren Hals sitzt kein Menschenkopf, sondern ein Tierschädel mit riesigen Hörnern, die sich nach hinten winden. Er streckt seine Hand nach mir aus und ich höre die Knöchel unter seiner dünnen grauen Haut knirschen.

Mein erster Gedanke ist Verteidigung, nicht Flucht. Mein Training zahlt sich anscheinend aus. Doch mein zweiter Gedanken gilt der Abwesenheit jeglicher Ausrüstung. Ich habe nicht mal einen Stift, um mich zu stärken.

Ich springe zurück, um seiner Hand auszuweichen. »Was willst du von mir?«, frage ich, um Zeit zu schinden. Ich kann nicht durch die Tür abhauen, weil sein gigantischer Körper sie versperrt. Und auch wenn Muriel mir Tausende Arten gezeigt hat zu fallen – einen Sprung aus dem dritten Stock überlebe ich vermutlich trotzdem nicht.

Er antwortet nicht, sondern schlurft langsam auf mich zu. Sein Körper schwankt immer noch, doch er hütet sich davor, mir den Weg zur Tür freizumachen. Langsam kriecht das Grauen in mir hoch, für das mein erster Adrenalinschub keinen Platz ließ. Ich kann mich mittlerweile verteidigen, auch ohne übernatürliche Hilfsmittel. Wenn mich jemand nachts auf der Straße überfällt, reichen meine Fähigkeiten aus, um mich zur Wehr zu setzen und zu fliehen. Aber das hier ist kein beliebiger Kleinverbrecher in der Dunkelheit. Das hier ist ein waschechter Dämon, anders als die Geister oder niederen Dämonen. Und ich habe keine Ahnung, wie ich gegen ihn vorgehen kann.

»Juuuuri?« Ich ziehe seinen Namen lang und werfe einen Blick über meine Schulter.

Er hockt immer noch beim Spiegel und betrachtet mich und den Dämon mit mildem Interesse. »Ein Nachtmahr. Ungewöhnlich, dass er tagsüber erscheint, aber welche Entität hält sich schon an Uhrzeiten?«

»Was ist das? Und was tue ich dagegen?«, frage ich mit zittriger Stimme.

Ich versuche das Wurzelchakra zu aktivieren. In mir ruht die Kraft, meine Angst zu überwinden, aber ich schaffe es nicht, sie zu erreichen.

»Ein Nachtalb. Setzt sich auf schlafende Menschen und beschert ihnen Albträume? Klingelt es da nicht?« Seine Stimme ist viel zu ruhig.

Ich weiche dem nächsten Greifen des Nachtalbs aus und umrunde ihn, um näher an die Tür zu gelangen. »Aber ich schlafe nicht.«

»Dein Pech. Angst in Träumen ist anders als Angst im Wachzustand.« Langsam richtet sich Juri auf.

Der Nachtalb steht jetzt zwischen uns.

»Was tue ich jetzt?«, frage ich verzweifelt. Wenn ich wüsste, was gegen ihn hilft, könnte ich diese Angst loswerden. Doch es gibt Tausende Methoden, gegen Dämonen vorzugehen. Eine andere für jeden von ihnen. Was einen Dämon verjagt, stärkt den anderen.

Juri lacht schallend. »Glaubst du, ich helfe dir?«

Der Nachtalb verliert schlagartig seine trägen Bewegungen und stürzt sich auf mich. Ich weiche zur Seite aus, doch er löst sich in Nebel auf, der mich verfolgt und zu Boden stürzt. Dann verwandelt sich der Nebel zurück in seine feste Gestalt.

»Juri!«, keuche ich. Warum war ich so leichtsinnig, ohne Ausrüstung herumzuwandern?

Der Alb setzt sich auf meine Rippen, sein gehörnter Schädel schwebt über mir. Wahrlich ein lebendig gewordener Albtraum. Sein Gewicht schnürt mir die Luft ab. Ich versuche ihn von mir zu schieben, scharre mit meinen Fingern über die aschige Haut, bis schwarzer Nebel sich um meine Gelenke legt wie Fesseln, die meine Bewegungen stoppen.

Es gibt rituelle Sprüche, die ich aufsagen könnte, um ihn kurzfristig zu lähmen. Doch aus meinem Hals kommen keine Worte, nur Röcheln. Schwarze Flecken tanzen vor meinen Augen. Eine schwarze Welle schwappt über mein Bewusstsein, die mich schreien und winden lässt. Die Erfahrung gleicht keinem Albtraum, den ich je erlebt habe. Sie ist, wie alle Albträume, die ich je geträumt habe, in ein einziges Gefühl gepresst.

Der Nachtalb quält mich mit Angst, bis ich sterbe. Ich spüre es. Doch ich kann noch nicht sterben. Die Gewissheit lässt mich aufbäumen. Ich schaffe es, den Alb zur Seite zu stoßen. Der Nebel von meinen Augen lichtet sich etwas und ich spüre den Holzboden unter meiner Wange. Ich sehe nicht viel, aber ich sehe Juri, nur wenige Meter entfernt.

Er grinst. »Sorry, Süße, aber das ist meine Chance, dich loszuwerden und frei zu sein.«

Mein Herz setzt aus. Ich wusste, ich kann ihm nicht vertrauen. Doch sein Verrat bohrt sich in mein Herz, Tausende stumpfe Nadelstiche, so viel schlimmer als ein scharfes Messer. Der Schmerz ebnet der Angst einen Weg, als sich der Nachtalb abermals auf mich setzt und meinen Brustkorb abschnürt. Ich lasse ihn. Ohne Waffen kann ich nicht kämpfen, habe keine Chance.

Erst als jede meiner Gliedmaßen zuckt und meine Lunge in Flammen steht, regt sich der letzte Teil in mir, der leben will. Der leben muss.

Ich reiße meine Augen auf, widerstehe der süßen Verführung des ewigen Schlafes und suche Juris Blick. Er sitzt in einem Sessel, beide Hände auf den Lehnen, der Inbegriff von Lässigkeit. Falls auch nur ein Fünkchen von dem, was er mir vorgespielt hat, wahr ist, muss ich diesen Teil in ihm irgendwie erreichen. Er ist meine letzte Chance.

Ich recke ihm meine Hand entgegen. Ich sollte ihn bitten, anbetteln, anflehen, aber andere Worte bilden sich in meinem malträtierten Hals. »Hilf mir, oder ab morgen werde ich *dich* heimsuchen!«, keuche ich mit letzter Kraft.

Er schüttelt den Kopf, langsam und bedrohlich.

Ich schließe die Augen. Mein Körper hört auf zu zucken. Eigentlich ist es gar nicht schlimm. Als würde ich einschlafen. Nur dass ich langsam nach oben schwebe und einen Blick auf mich werfen kann. Das ist kein gutes Zeichen. Aber ich schaffe es nicht, mich dazu zu bringen, dass es mich kümmert. Ich beobachte den feinen silbernen Faden, der mich und meinen Körper verbindet. Wie hübsch. Dann fällt mein Blick auf Juri, dessen Fuß auf seinem Knie ruht.

Er beobachtet mich, nein, meinen Körper. Mein Körper, der immer noch kämpft, obwohl ich doch schon hier oben bin. Er presst seine Lippen aufeinander, seine Fingerspitzen in den Sessel. Seine finsteren Augen lösen sich nicht von meinem Körper.

»Fuck«, stößt er aus. Er springt auf und prescht auf den Alb und meinen Körper zu.

Dann wird alles schwarz.

***

Ich sehe kein weißes Licht. Und alles schmerzt. So sollte der Tod nicht sein, also zwinge ich mich aufzuwachen. Es schmerzt, meine Augen zu öffnen, doch mein erster Blick fällt auf den Samt meines Himmelbetts und ich atme tief aus. Nicht tot. Das ist gut, egal wie sehr alles schmerzt.

Mein zweiter Blick fällt auf Juri, der im Schneidersitz neben mir auf der Matratze sitzt. »Ziemlich dumm von dir, ohne Waffen, ohne Hilfsmittel, ohne deine achtzigjährige, dir in allen Belangen überlegene Großmutter …«

Ich richte meinen Oberkörper auf, auch wenn jeder Muskel protestiert und ich keuchen muss. Meine Hände finden ihren Weg zu Juris Kehle. »Du Arsch hast mich sterben lassen!« Meine kratzige Stimme ist nicht halb so beeindruckend, wie ich hoffte.

Das Gleiche trifft wohl auf meine Kraft zu, denn Juri pickt meine Hände von seinem Hals, ohne sich auch nur zu räuspern. »So wie ich das sehe, bist du überaus lebendig und wohlauf.«

Aus meinen Augen strömen Tränen, die ich schnell wegwische, weil ich nicht traurig oder verletzt bin, sondern sauer. Fuchsteufelswild. »Du hast einfach zugesehen, wie dieses Ding mir meine Lebenskraft ausgesaugt hat!«

Juri zuckt mit den Schultern. »Nun, ich glaube, es war für dich genauso lehrreich wie für mich, die Erzählungen aus erster Hand zu erleben. Ist das nicht besser, als immer nur über alles zu lesen?«

Ich stürze mich erneut nach vorn. »Ich bring dich um, bis du tot bist«, drohe ich, während er meinen Angriff mit Leichtigkeit abfängt. Einige Sekunden lang versuche ich ihn irgendwie zu erreichen, und sei es nur, seine Haare herauszurupfen, doch schnell verlässt mich die Kraft und mir wird schwindelig. Ich starre in seine Augen. »Warum willst du, dass ich sterbe?«

Juri schnaubt. »Du und Muriel seid das Einzige, was uns hier am Anwesen hält. Ohne euch wären wir frei. Aber dann dachte ich mir, es wäre besser, erst Muriel loszuwerden. Sie ist die größere Bedrohung.«

Ich sinke zurück ins Kissen und wende meinen Blick ab. Mein Körper fühlt sich als, als würde ich gleichzeitig schweben und tief in der Erde vergraben sein. Ich hätte es wissen müssen, spätestens seit dem See, als ich einen Blick auf sein wahres Ich werfen konnte. Es ist dämlich, aber er schafft es immer wieder, mich glauben zu lassen – mich fühlen zu lassen. Aber nein. Das hier war ein Mordversuch zu viel. Womit auch immer er zu kämpfen hat kann nicht entschuldigen, was er mir angetan hat. Ich werde ihm nicht schon wieder verzeihen. »Okay. Kannst du dann bitte gehen?«, frage ich tonlos.

»Hey, komm schon. Sei nicht so.« Er zuckt lässig mit den Schultern. »Liegt ja nicht daran, dass ich dich nicht leiden kann, aber irgendwann muss ich dich loswerden, um hier rauszukommen.«

Ich antworte nicht. Spätestens jetzt ist mir klar, wovor mich Muriel immer gewarnt hat.

Er knufft mich in die Schulter. »Was muss ich tun, damit du dich wieder einkriegst?«

Ich presse meine Lippen aufeinander. Nicht schwach werden.

Er stöhnt und wirft die Hände in die Luft. »Willst du deine Achtziger-Playlist anschmeißen, um mich zu bestrafen?«

»Geh einfach.«

»Ich hab's. Du darfst jedes Ritual an mir testen, das du willst. Wer weiß, vielleicht landest du ja irgendwann einen Volltreffer und wirst mich los?«

Ich werfe die Bettdecke von mir und rutschte aus dem Bett. Ich kann nicht hierbleiben. Einige Sekunden lang schwanke ich, weil ich meine Beine nicht spüre, dann stoße ich mich an den Metallstangen des Bettes ab und laufe einige wacklige Schritte in den Raum.

»Wohin willst du?«, fragt Juri alarmiert und folgt mir.

»Ich gehe nach Hause«, erkläre ich und schiebe meine Füße in die Sneaker, die mitten im Raum stehen.

»Das hier ist dein Zuhause.« Juri hält mich am Ellbogen fest, bevor ich beim Schnürsenkelbinden umkippe.

Ich ziehe meinen Arm aus seinem Griff. »Nein, ist es nicht. Ich gehe zu meiner Familie zurück.«

Juri erscheint vor mir im Türrahmen, sein Blick wild und unstet. »Das kannst du nicht tun.«

»Ich kann und ich werde«, zische ich und versuche mich an ihm vorbeizudrängen. Ich nutze meine Fäuste, Ellbogen und Knie, doch er wehrt jeden Angriff ab.

»Discedere spiritus malus –«, beginne ich den Bannspruch, der ihn für einige Zeit verschwinden lässt, doch Juri presst mich gegen den Türrahmen und schlägt mir seine Hand vor den Mund.

»Zwing mich nicht zu gehen«, fleht er und ich versuche dem Ton seiner Stimme keinen Glauben zu schenken. Er lehnt sich zu mir herab, bis seine Stirn meine berührt.

Ich will mich von ihm lösen, wirklich, aber seine Haut ist so kühl an meiner fiebrigen Stirn. Ein erneuter Schwindelanfall rauscht über mich und ich muss mich an etwas festhalten. Meine Finger finden sein Hemd.

»Ich hatte nichts mit dem Nachtalb zu tun, das musst du mir glauben.«

Ich schüttle den Kopf und seine Hand löst sich von meinem Mund, damit ich sprechen kann. »Denkst du, ich bin dämlich?«

»Jemand anders muss ihn gerufen haben. Ich gebe zu, ich wollte, dass er dich für mich los wird. Ich dachte, das wäre ein einfacher Ausweg.« Er atmet tief ein, seine Finger finden meine Wangen, meine Schläfen. »Aber ich konnte es nicht, okay?«

Mein Herz rast bei dem leisen Geräusch seines Keuchens, das ich nur hören kann, weil er mir so nah ist. »Ich hab es begriffen. Weil Muriel zuerst sterben muss.« Ich höre meine eigene Stimme, als wäre sie weit entfernt. Meine Arme und Beine fühlen sich an, als gehören sie nicht mir.

»Weil du es bist. Und ich könnte nie ... Ich will nicht, dass du ... Ich ...« Juris Augen, blaue Flammen, suchen nach etwas in meinem Blick, als wäre er sich meiner sicher, aber wüsste nicht, was genau es ist, das er von mir will. »Ich will dich so sehr berühren, wie ich dich loswerden will.« Er legt den Kopf in den Nacken und meine Finger graben sich tiefer in sein Hemd. »Gott, du kannst nicht wissen, wie sehr ich dich manchmal küssen will. Und ich weiß, es ist nicht richtig. Ein menschliches Mädchen und eine Entität. Ich will dich küssen, aber ich will nicht, dass es dich zerstört. Nicht das Mädchen, das herkommt und uns *zuhört*. Du weißt vermutlich nicht einmal, was uns das bedeutet.«

Seine Worte lullen mich ein und ich bin mir nicht sicher, ob ich sie richtig verstehe. Ich löse meine Hände aus seinem Hemd und lege sie in seinen Nacken. Ich sollte wegrennen, so schnell ich kann. Doch etwas in mir zieht mich zu ihm. Vielleicht meine Aura, so, wie Muriel es mir vorgeworfen hat. Ich sollte stärker sein. Doch mein Kopf ist schwer, als befände ich mich in einem Delirium. Und das muss die Erklärung sein, warum ich ihm erlaube sich zu mir zu beugen, bis sich erst unsere Nasenspitzen berühren, dann unsere Lippen.

Seine Haut ist kalt, aber es ist, als spränge man an einem heißen Sommertag in einen kühlen Bergsee. Mein Kopf versinkt unter Wasser und für einen ausbleibenden Atemzug bereue ich den Sprung. Doch dann umgeben mich die Wassermassen, kühl und sicher und endlos, und für diesen Moment gibt es nur uns. Unseren Kuss. Die kalte Spitze seiner Nase gegen meine Wange, die angespannten Sehnen seines Nackens unter meinen Fingern. Seine Hände an meinem Hals, meinem Hinterkopf. Und seine Lippen, sanft, gleichzeitig so sicher und unsicher, voller Verlangen und Unruhe.

Der Kuss dauert zu lange und ist zu schnell vorbei. Seine Nähe lichtet den fiebrigen Nebel in meinem Kopf. Ich schiebe ihn von mir, bevor seine Hände meine Arme hinabwandern, er mich noch fester gegen den Türrahmen presst. Ich will ihm ins Gesicht schreien, dass das hier falsch ist. Dass er mich loslassen soll. Doch ich kann nur einatmen, dann ausatmen. Tiefe Atemzüge, die in meiner Lunge brennen und sich zwischen unseren Gesichtern mit seinem Atem mischen. Er presst sein Gesicht gegen meine Schulter, bevor mich sein wilder Blick verbrennt.

Ich erlaube ihm für drei Atemzüge dort zu verharren. Erlaube es *mir*. Dann ducke ich mich unter seinem Arm weg. »Discedere spiritus malus. Evanesce spiritus malus. Abolesce spiritus malus«, flüstere ich. Juri blickt mich anklagend an und löst sich in Nebel auf, der kurz darauf verfliegt.

Ich verschränke meine Hände vor meinem Mund und sinke auf mein Bett. Ich finde keinen Anfang und kein Ende für die Gedanken in meinem Kopf. Sie wirbeln durcheinander, eine Übelkeit erregende Mischung aus dieser Hochstimmung nach einem ersten Kuss und dem Grauen, jemanden zu küssen, den zu küssen dir verboten ist. Nicht verboten durch die Eltern oder die Gesellschaft, nicht einmal durch meine eigenen Prinzipien, sondern verboten vom Schicksal.

Meine Finger flattern zum Aventurin. Der einzige klare Gedanke, den ich fassen kann, ist, dass ich es niemals schaffen werde, eine endgültige Bannung zu erlernen. Ich kann die Geister nicht erlösen. Denn dann wäre auch Juri fort.

KAPITEL 15

Tagelang lässt sich Muriel nicht im Anwesen blicken. Soll sie doch eingeschnappt in ihrer Villa hocken. Ich brauche sie nicht, da bin ich sicher, auch wenn eine kleine Stimme in meinem Kopf flüstert, dass mich ein Nachtalb fast getötet hätte, sobald sie außer Haus war. Juri sehe ich ebenfalls nicht, auch wenn ich seine Anwesenheit einen Tag nach unserem Kuss wieder spüre. Doch er zeigt sich mir nicht und darüber bin ich froh. Ich habe keine Ahnung, wie ich dieses Chaos geradebiegen soll.

Halbherzig verbringe ich die Tage in der Bibliothek, wechsle zwischen Büchern über Magie und Rechtsbüchern. Wobei ich nicht weiß, warum ich mir überhaupt Mühe gebe, wenn Muriel die Anhörungen absichtlich sabotiert.

Die altertümlichen Buchstaben auf dem Pergament des Buches vor mir verschwimmen. Wie in so vielen Büchern finde ich auch hier ein kurzes Kapitel über die Verbannung von bösen Geistern. Der Spruch ähnelt all den anderen Sprüchen, einige obskure lateinische Wörter, dazu eine grobe Skizze des Siegels. Immerhin zeigt mir dieses Buch eine etwas andere Herangehensweise, eine, die eher dem Lichtritual in Mums Sekte ähnelt als den Ritualen in anderen Büchern. Daran erkenne ich, was für ein Humbug hier steht. *Befreie deine Seele, löse dich von allen weltlichen Wünschen, folge dem Weg,* blablabla. Es ist ein Ritual, um die eigene Seele zu öffnen oder so, nichts, womit man Entitäten verbannt. Der weiße Buchdeckel mit der eingeprägten Sonne hätte mir ein Hinweis sein sollen. Die Zeit hätte ich mir sparen können.

Ich klappe das Buch zu und lege es auf den wachsenden Haufen von Büchern, die ich bereits studiert habe. Ein Blick auf die Bücherregale und mir wird klar, dass ich noch jahrelang in dieser Bibliothek verbringen könnte, ohne alle Bücher durchgearbeitet zu haben.

Mit einem Seufzen steige ich auf die Leiter, mit der ich an die höheren Regalböden komme, um mir das nächste Buch zu holen. Ich ziehe den schmalen Band ein Stück heraus, dann überlege ich es mir anders, schiebe ihn mit der flachen Hand zurück und lehne meinen Kopf gegen die Bücher. Das hat doch keinen Sinn. Ich weiß, dass ich es nicht schaffen werde, die Entitäten zu verbannen. Wenn ich eins von Muriel gelernt habe, ist das, wie wichtig Intention und Wille ist. Wie schnell dich der kleinste Funken Unsicherheit infiziert. Und obwohl der Großteil von mir die Fähigkeit der Verbannung lernen will, ist da dieser kleine Teil, der genau das verhindern will.

Die Türglocke klingelt und ich klettere die Leiter herunter. Ich trabe den langen Flur entlang zur Haustür, die ich einen Spalt öffne. Wenn das Hallows ist, der mich erneut erpressen oder bestechen will, schlage ich die Tür sofort wieder zu.

Doch vor mir stehen Larkin und Viper, in dicke Mäntel gepackt und mit Rucksäcken bewaffnet.

»Filmabend!«, ruft Larkin, bevor ich sie begrüßen kann.

»Wir wollen nicht *eine* Ausrede hören, warum es jetzt ungelegen kommt!«, warnt mich Viper.

Meine besten Freunde grinsen mich an und eine Last fällt von mir ab. Erst ihr Anblick zeigt mir, wie einsam ich mich gefühlt habe. Vielleicht ist das der Grund, warum ich schwach geworden bin und Juri geküsst habe. Ich verzehre mich nach Kontakt zu anderen Menschen.

Eigentlich sollte ich sie wegschicken. Es ist hier nicht sicher für sie. Aber ich habe erst gestern das Anwesen geräuchert und bisher hat sich keine der Entitäten bemerkbar gemacht. Sie sind noch zu geschwächt, um eine ernsthafte Bedrohung zu sein. Und nach der Begegnung mit dem Nachtalb habe ich die Sicherheitsmaßnahmen in meinem Schlafzimmer erhöht. Es gibt keinen Weg für eine Entität, ohne meine Erlaubnis hereinzukommen.

Doch das ist eine Ausrede. Ich lege mir Gründe zurecht, warum ich eine Ausnahme machen kann. Dabei bin ich einfach nur einsam und nicht stark genug, um das Richtige zu tun. Ich schließe Viper und Larkin in die Arme, wobei ich mir den Nacken zerre, weil sie so unterschiedlich groß sind.

»Ich habe noch kein Wohnzimmer, also müssen wir auf meinem Bett schauen.« So schnell es geht, scheuche ich sie in mein Schlafzimmer, dann renne ich in die Küche und krame ein Päckchen Salz hervor. Ich eile zurück in mein Zimmer, wo meine Freunde es sich auf dem Bett bequem machen, und streue im Flur zwei dünne Salzspuren vom Schlafzimmer zum Badezimmer. Primitiv, aber wirkungsvoll.

Viper verfolgt jede meiner Bewegungen mit gerümpfter Nase. »Was tust du da?«

Sie pellt sich aus ihrem Mantel, unter dem sie aus welchen Gründen auch immer bereits ihren Flanellschlafanzug für Männer trägt, und fläzt sich auf mein Bett. Larkin legt sich neben sie, in einer unfassbar normalen Jogginghose und einem pinken Power-Puff-Girls-T-Shirt.

»Das Holz ist etwas feucht, ich muss jeden Tag Salz verstreuen, um die Feuchtigkeit zu binden«, lüge ich, ohne rot zu werden. Lieber lügen, als die Wahrheit zu sagen, und für eine lügende Irre gehalten zu werden.

»Sie kommt nach ihrer Großmutter«, flüstert Viper Larkin zu und kreist ihren Finger neben ihrer Schläfe.

Ja, danke, das höre ich öfter. Und langsam sehe ich die Familienähnlichkeit auch.

»Okay, wen muss man hier im Mörderhaus umbringen, um eine Pizza zu bekommen?«, fragt Viper dann laut in den Raum hinein.

»Den Pizzaboten. Und wir bringen ihn nicht um, wir rufen ihn an«, erkläre ich langsam.

Viper wedelt mit ihrer Hand, an der zwei Dutzend Silberringe glitzern. »Mir egal was ich tun muss, solange es mir eine Pizza in dieses Zimmer bringt.«

Larkin greift sich meinen Laptop und sucht einen Lieferanten heraus, während ich meine Jeans gegen Schlafshorts tausche. Eigentlich will ich nicht, dass sie über Nacht bleiben, aber sie haben es sich gemütlich gemacht, als würden sie hier wohnen. Ich muss wachsam bleiben, während sie hier sind, dann klappt das schon. In meinem Hinterkopf nörgelt eine Stimme, die ausgesprochen stark nach Muriel klingt, dass ich einen Fehler mache. Aber Muriel hat mich allein gelassen mit dem Anwesen und der Gerichtsverhandlung, deshalb ignoriere ich ihre Meckerei. Ich will einfach nur einen Abend, an dem ich ganz normal bin. Nun, so normal wie vor dem Murkwood-Debakel.

»Habt ihr schon einen Film ausgesucht?«, frage ich und schlüpfe zu den beiden unter die Bettdecke.

»*Stirb langsam*«, ruft Larkin. Und tatsächlich, er hat den Film schon im Browser geöffnet.

Viper kräuselt die Lippen. »Du bist der schlechteste Schwule, den ich kenne«, murmelt sie und Larkin schubst sie ein wenig. Zum Glück ist mein neues Bett so groß, sonst wäre ich auf dem Boden gelandet.

»Das kannst du überhaupt nicht bewerten«, erklärt Larkin ungerührt. »Noch mal: Ich bin der *einzige* Schwule, den du kennst, weil du niemanden außer uns kennst.«

»Ich kenne deinen Freund«, antwortet Viper mit einem überlegenen Lächeln.

»Was?«, japse ich. »Seit wann hast du – habe ich was verpasst?«

Ein Schatten huscht durch Vipers Augen. Er erinnert mich an ihren Blick, als wir uns das letzte Mal gestritten haben. »Wir haben uns das letzte Mal vor Ewigkeiten gesehen und deine Nachrichten werden auch immer spärlicher. Natürlich hast du etwas –«

Bevor Viper einen Streit anzetteln kann, nimmt Larkin sie von hinten in einen Würgegriff. Sie wehrt sich dagegen, doch gegen Larkins Football-Stärke kann sie nichts ausrichten.

Larkin wuschelt ihr durch die Haare, was er später garantiert bereuen wird. »Er heißt Kevin und ist der neue Runningback. Wir sind erst seit ein paar Tagen zusammen, also hast du nicht allzu viel verpasst.«

Meine Augen werden groß. »Der Runningback, für den du dich in deine schwarzen Shirts geschmissen hast?«

»Wehe, du erwähnst das ihm gegenüber!«

Ich grinse. »Du weißt schon, dass eure Namen doof zusammen klingen? Wie Zwillinge.« Mein Grinsen wird noch breiter, weil Viper heftig nickt und ihre Arme trotz Larkins Umklammerung zu einer Ich-hab's-ja-gesagt-Geste anhebt. Ich fahre mit Singsangstimme fort. »Laaarkiiin und Keeeviiin sitzen auf dem Baum –«

Bevor er von Viper ablassen und mich attackieren kann, klingelt mein Handy. Eine Nachricht vom Pizzalieferanten, der nach seinem letzten Besuch hier das Grundstück nicht mehr betreten will. Ich kann mich nicht mehr erinnern, was beim letzten Mal passiert ist, so unbedeutend ist der Vorfall für mich gewesen, aber ihn muss es extrem erschrocken haben. Immerhin weigert er sich nicht mich überhaupt zu beliefern und wartet vor dem Tor.

»Die Pizza ist da, aber er will nicht bis zur Haustür kommen«, erkläre ich. »Ich hol sie eben.«

Larkin schwingt sich nach mir aus dem Bett. »Ich kann mitkommen«, bietet er an.

»Nein, bleib im Schlafzimmer«, sage ich etwas zu schnell. Ich starre auf sein pinkes T-Shirt. »Ich denke, allein wirke ich bedrohlicher als mit meinem rosaroten Begleiter.«

Im Flur werfe ich einen Blick unter meinen Pullover, der das Amulett von Tanit sowie die Rune Isa auf meinem Brustbein verbirgt. Sehr gut, sie ist noch unversehrt, auch wenn die Ränder der Farbe ein wenig verwischen. Ich fürchte die Dunkelheit nicht mehr, zumindest nicht, wenn ich vorbereitet bin. Ich fische den Turmalin-Dolch von einem Beistelltisch im Flur und schiebe ihn in den Bund meiner Shorts. Seit dem Nachtalb habe ich überall im Haus Dolche platziert, deren Silber die meisten Entitäten nicht berühren können. Den Fehler, unbewaffnet zu sein, wiederhole ich nicht.

Auf der Treppe vor der Haustür sitzt Juri mit dem Rücken zu mir. Das Erste, was ich sehe, ist sein Nacken, den ich vor wenigen Tagen mit meinen Fingerspitzen berührt habe. Hitze bahnt sich einen Weg in meine Wangen und ich bin froh, dass es dunkel ist.

Für einen Moment weiß ich nicht, was ich tun soll. Dann weht der Nachtwind eisig über meine nackten Beine. »O Scheiße, ist das kalt!«, keuche ich und Juri schnellt herum.

Er legt den Kopf schief und ich kann seinen Blick nicht deuten. Ich hasse es, wenn ich so neben mir stehe. Wenn ich zumindest seine Aura sehen könnte –

aber da ist nur sein blasses, hübsches, ausdrucksloses Gesicht, um mir Hinweise zu geben, was er denkt.

»Was tust du hier draußen?« *Mist, wollte ich ihn nicht ignorieren?*

Er steht auf, seine langen Gliedmaßen anmutig und gleichgültig. »Nun, ich bezweifle, dass du mich bei deiner kleinen Pyjamaparty dabeihaben willst.«

Ich ziehe meine Brauen hoch. »Oh, du bist also nicht so dumm, wie du aussiehst«, entgegne ich und schiebe mich an ihm vorbei die Treppe hinunter.

Juri hält mich fest, bevor ich die letzte Stufe nehmen kann. »Und du bist dümmer, als du aussiehst. Bringst den nächsten Typen hier ins Haus.«

Ich taste nach dem Brieföffner an meiner Seite. Ich mag schwach sein, aber unvorsichtig bin ich nicht. »Erst willst du mich umbringen, jetzt bist du eifersüchtig – vielleicht solltest du dich endlich mal entscheiden«, trieze ich ihn. Ich kann die überlegene Nuance nicht aus meiner Stimme halten.

»Eifersüchtig? Ich fühle nichts außer Langeweile, schon vergessen?« Juri lächelt spöttisch zu mir herab. »Und ich mag es nicht, wenn mir jemand mein Lieblingsspielzeug wegnehmen will.«

Ich schürze meine Lippen. »Larkin ist schwul, du Intelligenzallergiker.«

Er hat den Anstand, mich für einen kurzen Moment verblüfft anzustarren. Dann zuckt er mit den Schultern. »Du begreifst es immer noch nicht, oder? Ich will dich nicht zu meiner Freundin machen und von Geigenmusik begleitet glücklich bis an dein Lebensende mit dir zusammen sein. Hier sind keine dämlichen, menschlichen Gefühle im Spiel. Ich langweile mich und du bist das Einzige in diesem gottverdammten Irrenhaus voller sabbernder Verlierer, das halbwegs unterhaltsam ist.«

Mein Kiefer verkrampft sich und meine Zähne knirschen. Er sagt nichts, das mir nicht schon vorher bewusst war. Ich bin dämlich genug, ein klein wenig für ihn zu empfinden, aber ich bin nicht dämlich genug anzunehmen, dass er das Gleiche fühlt.

Trotzdem schmilzt mein Herz bei seinen Worten. Kein schwärmendes Dahinschmelzen, sondern als würde er einen voll aufgedrehten Bunsenbrenner unter mein Herz halten, bis es wie billiges Plastik zu einem zähen Haufen schrumpelt. »Alles klar, Nachricht angekommen«, presse ich hervor. »Bei der nächsten Gelegenheit besorge ich dir eine Töff-Töff-Eisenbahn, wenn du unbedingt ein Spielzeug brauchst.«

»Ich könnte mir anderes Spielzeug vorstellen, das mehr nach meinem Geschmack ist«, murmelt er grinsend.

Ich schiebe ihn von mir und werfe meine Hände in die Luft. »Okay, du bekommst dein Barbie-Malibu-Traumhaus!«

Juri steckt die Hände in seine Hosentasche und verfolgt mich den Weg zum Tor hinab. »Danke schön, endlich!« Und schon verfallen wir wieder in das übliche Geplänkel. Warum ist es nur so schwer, ihn zu ignorieren?

Es war eine dumme Idee, bei den Temperaturen in Shorts rauszugehen. Was tut man nicht alles, um ein Geisteranwesen zu schützen. Vor Viper, die das Haus in alle Einzelteile zerlegen wird, wenn sie nicht bald Essen bekommt. Ich reibe meine Hände aneinander, dann meine bibbernden Oberschenkel.

Hinter mir höre ich das Rascheln von Stoff auf Stoff. Ich werfe einen Blick über die Schulter und drohe Juri, der im Begriff ist, sich seinen Parka auszuziehen, mit meinem Finger. »Wage es ja nicht, mir jetzt deine hässliche Jacke anzudrehen!« Ich beschleunige und Juri eilt hinter mir her.

»Ich dachte nach unserem Kuss –«

Ich schnelle herum. »Nein!« Mein flacher Atem verpufft in der Luft. »Wag es ja nicht darüber zu reden! Ich war geschwächt und krank und allein. Du hast ausgenutzt, dass ich nicht ganz bei mir war, und wenn ich könnte, würde ich es sofort wieder rückgängig machen!« Ohne auf eine Antwort zu warten, stürme ich weiter in Richtung Tor.

Mit einer raschen Bewegung dreht er mich zu sich und wirft den Parka über meine Schultern. Er hält die Enden der Jacke fest und zieht mich zu sich. In den zu großen Parka gehüllt und ihm so nah spüre ich die Kälte kaum noch, obwohl der Wind immer noch um meine Beine weht. Mein Herz stolpert und Juri lässt keine Sekunde verstreichen, bevor er sich zu mir heruntergebeugt und mich küsst. Das hier ist ganz und gar nicht wie der Kuss vor wenigen Tagen. Nur ein schnelles Wischen seiner Lippen gegen meine. Ich kann nicht einmal reagieren, da ist es schon wieder vorbei. Er verharrt einen

Moment, in dem sich unsere Unterlippen noch ein wenig berühren, dann löst er sich von mir. »Du fühlst ... gar nichts?«, fragt er mich.

Sein eisiger Atem verweilt auf meinen Lippen. Ich schlucke das Flattern in mir hinunter und lege meinen Kopf schräg. »Wenn du denkst, dass du dich im Anwesen als Einziger langweilst, täuschst du dich.« Ich schenke ihm noch ein strahlendes Lächeln, bevor ich mich umdrehe und zum Tor eile. Hoffentlich ist der Pizzatyp nicht schon abgehauen.

Ich ziehe Juris Parka fester um mich und kann ein Zittern trotzdem nicht unterdrücken.

***

Irgendwie bekommt Viper doch ihren Willen und wir schauen statt *Stirb langsam* einen alten französischen Film mit Untertitel, der selbst mir ein wenig zu artistisch ist. Larkin schläft nach der Hälfte ein und zufrieden lächelnd beobachte ich, wie Viper seinen Kopf an ihrer Schulter toleriert. Sie rümpft kaum die Nase, obwohl sie jeden anderen Menschen – mich eingeschlossen – geradewegs aus dem Bett getreten hätte. Das Gefühl, das fünfte Rad am Wagen zu sein, genauso wie bei meinen Schwestern, steigt in mir auf. Ich presse die Eifersucht hinunter, die ihre Fühler nach meinem Herzen ausstreckt. Ich darf so nicht fühlen. Nicht nachdem meine besten Freunde, nach allem, was geschehen ist, immer noch keine Mühen scheuen, den Kontakt zu mir zu halten.

Viper ergreift meine Hand und drückt zu, nur ganz kurz, als würde sie spüren, was in mir vorgeht. Sie schaut weiterhin auf den Laptop, doch ihre Geste treibt Wärme in mein Herz und Tränen in meine Augen. Egal wie tough sie immer tut – Viper ist einer der sensibelsten Menschen, den ich kenne.

»Ich weiß, es ist momentan ziemlich viel los bei dir«, beginnt sie, ohne ihren Blick vom Laptop zu nehmen. »Und ich hoffe, deine Projektnote leidet nicht darunter. Ich weiß, wie viel es dir bedeutet zu malen. Es würde mir das Herz brechen, wenn du das verlierst.«

Ein leichtes Lächeln schleicht sich auf meine Lippen. »Du klingst wie eine weise, alte Frau. Wenn weise, alte Frauen Piercings und violette Haare hätten.« Dann seufze ich. »Erst mal hoffe ich einfach, dass ich bis zum Abgabetermin etwas Vernünftiges auf die Leinwand bekomme.«

Viper schreckt auf und stößt Larkin ihre Schulter gegen den Unterkiefer, sodass er fluchend aufwacht. Doch sie ignoriert ihn. »Mel!«, kreischt sie, »der Abgabetermin war heute!«

Ich schnappe nach Luft, während eine plötzliche Kälte mich in meiner Mitte trifft. »Nein, das kann nicht sein«, stammle ich und grapsche nach meinem Handy, um mir das Datum anzusehen. Doch eine erneute eisige Welle bricht über mich herein, als mir klar wird, dass ich keine Ahnung habe, wann der Abgabetermin ist. Ich habe das Datum einfach vergessen. »Das kann nicht sein!«, wiederhole ich lauter. Schwindel breitet sich in meinem Kopf aus.

»Okay, Mel, ganz ruhig«, redet Viper auf mich ein. »Es ist erst halb elf, wir können es noch zur Uni schaffen und du legst Warwick einfach ins Fach, was du bisher geschafft hast.«

»Ich habe nichts geschafft!«, klage ich.

Viper, die schon halb aus dem Bett ist und mit dem Knie in Larkins Magengegend steckt, bleibt mitten in der Bewegung stehen. »Wie … *nichts*? Scheiß drauf, wie dir die Bilder gefallen, gib einfach irgendwas ab.«

Ich springe aus dem Bett. »Ich habe seit Monaten nichts mehr gemalt, außer ein paar halb fertiger Augen.«

Und plötzlich bricht alles aus mir heraus. Ich heule hemmungslos, Rotz und Wasser – der ganze peinliche Kram.

Viper starrt mich mit offenem Mund an, während Larkin mich zu sich zieht, seine Arme um mich legt und meinen Kopf streichelt. Er flüstert belanglose Worte in mein Ohr, während ich sein Power-Puff-T-Shirt vollheule. Irgendwann legt Viper ihre Hand auf mein Schulterblatt und ich spüre jeden ihrer Silberringe, während sie mir immer und immer wieder über den Rücken streichelt.

»Hier geht's nicht nur um den verpassten Termin, oder?«, fragt Larkin vorsichtig.

Ich schüttle meinen Kopf an seiner Schulter. Wenn ich ihnen doch nur sagen könnte, was wirklich los ist. Alles, nicht nur die angespannte Beziehung zu meiner Familie. Doch ich kann nicht. Etwas in mir verkrampft sich, sobald es um das Thema meiner Andersartigkeit geht, erinnert sich an das, was mir vor so vielen Jahren passiert ist.

Meine Tränen versiegen irgendwann und wir liegen nebeneinander im Bett, ich zwischen meinen Freunden, je eine meiner Hände in ihren. Es muss eine Überwindung für Viper sein, aber sie hält meine Hand, ohne zu murren. Ich könnte deswegen fast schon wieder anfangen zu heulen. Ich bin mir ihrer Wärme und Freundschaft noch lange nach dem Einschlafen seltsam bewusst.

***

Ich bin wieder sieben Jahre alt und die Auren meiner Freunde sind schwammiger, schwächer, als ich sie jetzt sehe. Mir ist klar, dass ich nur träume. Doch der Anblick des gedeckten Geburtstagstisches mit all unseren Gästen beschwört die Enge in meinem Rachen herauf, ohne dass ich dagegen ankämpfen kann.

Mein Blick fällt auf das Mädchen im blauen Kleid, dessen Name ich vergessen habe. Ich bin mir unsicher, ob ich ihren Namen damals kannte oder ob sie eine Freundin von Thalia und Kalliope war, mit der ich vorher nichts zu tun hatte. Schmerz sticht in meinen Kopf und ich sehe eine graue neblige Vision. Ich beobachte, wie ein schwarzes Auto das Mädchen erfasst. Ich schlucke den Schrei hinunter, als ich den Aufprall des Autos spüre. Dann springe ich von meinem Stuhl auf und der lächerliche Geburtstagshut rutscht von meinen Haaren. »Du musst gehen«, dränge ich das Mädchen.

Sie starrt mich an und die Gabel mit dem Bissen Kuchen schwebt vor ihrem Gesicht. Dann verzieht sich ihr Gesicht, läuft rot an. Langsam steigt ihr Jaulen an, bis es in meinen Ohren schmerzt.

»Mel, das war gemein!«, ruft Kalliope. Ihre pummeligen Hände sind zu Fäusten geballt.

Ich verstehe nicht, was ich falsch gemacht habe. Ich will ihr doch nur helfen. Sie muss sofort gehen, sonst wird das, was ich gesehen habe, wahr. Ich will nicht, dass ihr das Auto wehtut.

Mein Kopf schmerzt noch immer und ich presse meine Hände gegen meine Stirn. Aus den Augenwinkeln sehe ich ein Monster aus Knochen hinter dem Mädchen stehen, das immer noch heult. Das Monster hält eine riesige Sense in einer seiner sechs Hände. »Geh weg!«, rufe ich ihm entgegen.

»Mel!«, ruft nun auch Thalia, die dem Mädchen einen Arm um die Schulter schlingt. Sie denken, ich habe wieder das Mädchen gemeint. Sehen sie denn nicht, wer hinter ihr steht?

Das Monster bewegt seine Finger, langsam und bedächtig. Es ist nicht hier, um uns etwas zu tun. Es wartet. Es wartet darauf, dass das Mädchen zur falschen Zeit am falschen Ort ist. Es wartet auf das Auto. Es wartet auf den Tod des Mädchens.

Ich springe auf und zerre am Arm des Mädchens. »Du musst jetzt gehen.«

»Ein kleines Mädchen, das mit dem Schicksal spielen will«, ertönt eine Stimme wie Dunst, die nur dem Monster gehören kann.

Ich funkle das Monster an und zerre weiter an dem Mädchen. Meine Schwestern versuchen mich von ihr abzubringen, doch ich finde ungeahnte Kräfte in mir. Ich muss verhindern, dass ihr etwas passiert.

Mum rennt zu uns. »Mel!«, ruft sie, dann erreicht sich mich und reißt mich fort. »Was ist in dich gefahren?«

Ich schlage mit Armen und Beinen um mich, während Mum mich von dem Mädchen wegträgt. »Sie muss jetzt gehen!«, brülle ich. Dann zeige ich auf das Monster. »Er sagt, sie muss sonst sterben!«

Andere Kinder fangen an zu weinen, und Mum zuckt zusammen. »Wer sagt das? Wieder einer deiner besonderen Freunde?« Ich weiß, dass sie denkt, meine Freunde seien ausgedacht. Normalerweise ist mir das egal.

»Er ist kein Freund! Er ist nicht mein Freund!«, schreie ich mit Tränen im Gesicht.

Mum sperrt mich ins Haus und telefoniert, während ich heule und zetere, bis mir die Kraft ausgeht. Das Mädchen verlässt die Party nicht, bis ihre Mutter eine halbe Stunde nach dem Telefonat auftaucht. Sie nimmt ihre Tochter an die Hand und brüllt meine Mum an. Ich will raus, will meine Mum beschützen.

Dann gehen die beiden. Und das Monster mit ihnen.

Mum lässt mich zurück auf die Party, obwohl ich nicht will. Ich will hinter dem Mädchen herrennen und sie beschützen. Ich bin mitten dabei, mir einen Fluchtplan zu überlegen, als eine Gruppe von Kindern mich umzingelt.

»Ihre Mutter hat gesagt, du bist verrückt. Bist du verrückt?«, fragt die Anführerin.

Ich schüttle den Kopf. Ich hasse, dass sie mich das immer wieder fragen. Seit Monaten schauen mich alle anderen immer so seltsam an, seit ich zum ersten Mal gesagt habe, was ich sehe.

»Du bist ein Freak. Du redest immer mit Menschen, die gar nicht da sind«, feixt ein anderes, etwas älteres Kind.

Ich springe auf. »Sie sind da, ihr seht sie nur nicht.«

»Meine Mum sagt, du bist zu alt für imaginäre Freunde. Und dass es die Schuld deiner Mutter ist.«

»Es ist nicht Mums Schuld!« Ich schubse den Jungen. Es ist mir egal, dass er stürzt und sich die Ellbogen aufschrammt. Laub wirbelt auf und mir ist, als wehe der Wind, um mir zu helfen.

Die Kinder starren mich mit großen Augen an. »Du *bist* ein Freak«, haucht die Anführerin.

»Ich bin KEIN FREAK!«, brülle ich und schubse auch sie, obwohl sie größer ist als ich.

Sie grinst, weil mein Angriff sie nicht zu Boden wirft. »Freak!«

Ich knurre und stürze mich erneut auf sie. Bevor ich sie berühre, fällt sie und rutscht einen Meter über den Boden.

»MEL!«, rufen meine Schwestern, die zu uns stürmen, gemeinsam. Jede von ihnen hält einen meiner Arme, doch ich reiße mich los.

»Ich bin kein Freak!«, weine ich. »Ihr seht sie doch auch, oder?«

Thalia und Kalliope schauen sich an, dann blicken sie zurück zu mir und schütteln den Kopf. »Wir sehen niemanden.«

Der Verrat trifft mich hart. Ich war mir sicher, dass sie ebenfalls sehen, was ich sehe. Wir sind schließlich Drillinge. Neue, heiße Tränen wellen in meinen Augen auf und ich renne los.

Vielleicht bin ich verrückt, aber ich kann dem Mädchen noch helfen. Hoffentlich. Ich spüre ihre Aura, die wütende Aura ihrer Mutter, und folge ihnen. Ich renne, so schnell mich meine kurzen Beine tragen können.

Und dann sehe ich erneut meine Vision. Ein Auto, das um die Ecke rast, den Zebrastreifen ignoriert. Das Auto erfasst den Körper des Mädchens und ich schreie, weil ich den Aufprall spüre. Schreie, weil es diesmal keine Vision ist, sondern die Wirklichkeit.

Ich schreie und weine weiter, während das Monster aus Knochen über dem Mädchen kauert. Es wirft mir einen gleichgültigen Blick zu. »Du solltest nicht mit dem Schicksal spielen. Hättest du dich nicht eingemischt, wäre sie noch am Leben.«

***

Ich wache in meinem Bett auf, den Laptop auf wundersame Weise noch neben meinen Beinen statt auf dem Boden. Ich atme tief ein. Ich hasse diesen Traum. Ich hasse, wie unfähig ich war. Mir wird übel, aber meine Muskeln sind zu starr, um zur Toilette zu rennen. Ich darf nicht daran denken. Auch nicht daran, wie mich in den nächsten Wochen alle angeschaut haben, als wäre ich schuld. Und stimmt es nicht? Wenn ich nichts getan hätte, wäre das Mädchen länger geblieben. Nur weil ich mich wegen der Vorahnung in das Schicksal eingemischt habe, hat ihre Mutter sie früher abgeholt. Sogar das Knochenmonster hat es gesagt. Ohne mich wäre vielleicht gar nichts passiert – oder? Ich begreife solche Paradoxa schon in Filmen nicht. Wäre das Mädchen so oder so gestorben? Gab es für mich irgendeine Entscheidung, mit der ich sie hätte retten können?

Ich zwinge meine Gedanken in eine andere Richtung. Wenn ich jetzt nicht aufhöre, versinke ich in der Erinnerung und in den Fragen, für die es keine Antworten gibt. Ich atme tief ein und aus, bis ich einen anderen Gedanken fassen kann. Viper wird darauf bestehen, über den verpassten Termin zu reden. Und über alles andere, was mich beschäftigt.

Mein Kopf und einer meiner Arme liegen auf Larkins Oberkörper, doch von Viper ist keine Spur zu sehen. Ich drehe meinen Kopf ganz langsam, um ihn nicht zu wecken, falls er noch schläft. Doch es ist nicht Larkin.

Juri grinst auf mich herab. Ich schrecke auf und meine Stirn kollidiert mit seinem Kinn. Er stöhnt auf und flucht, während ich meine Stirn reibe. Dann sitze ich ihm einige Sekunden gegenüber, in denen ich nichts sagen kann. Die Situation ist zu absurd.

»Albtraum?«, fragt er mit einem Glitzern in den Augen. Seine glatten Haare sind zerzaust, als sei er gerade erst aufgewacht. Ich bin mir ziemlich sicher, dass Entitäten nicht schlafen, und will nicht darüber nachdenken, was seine zerzausten Haare deshalb bedeuten.

»Wo sind meine Freunde?«, frage ich panisch.

»Vor einer Stunde abgehauen. Niemand ist geblieben, um dir Frühstück ans Bett zu bringen. Außer ich.«

Ich schaue mich im Zimmer um, doch ihre Rucksäcke und Mäntel sind verschwunden. Keine Entität hätte ihnen etwas getan und sich dann die Mühe gemacht, ihre Sachen wegzubringen. Ich atme aus, auch wenn mir ihr plötzliches Verschwinden einen Stich versetzt. Ich hätte gedacht, sie würden nach der gestrigen Nacht bleiben, um mit mir zu reden. Auch wenn ich vermutlich nicht geredet hätte. Und es meine eigene Schuld ist, dass sie davon auch gar nicht ausgehen.

»Na ja, ich hab nicht Frühstück im klassischen Sinn gemacht. Aber ich bin hier und hab Saft geholt.« Er deutet auf eine alte Packung Orangensaft, die ich schon längt hätte entsorgen sollen.

Ich wende mich ihm zu. »Wie bist du hier reingekommen?«, frage ich und inspiziere die Symbole an meinen Wänden, die Amulette und Talismane, die überall im Raum verteilt stehen. Alles unversehrt.

»Mit einem klitzekleinen Hauch Feenstaub!«, verkündet er theatralisch.

Ich greife mir mit den Händen an den Kopf und versuche die Kopfschmerzen, die im Anmarsch sind, wegzumassieren. Heute Nachmittag ist der nächste Gerichtstermin und ich fühle mich absolut nicht in der Lage, mich auch noch mit ihm herumzuschlagen. »Kannst du nicht einfach gehen?«

»Wo bliebe da der Spaß?«

Ich klettere aus dem Bett und könnte schwören, etwas berührt mein Handgelenk – sanft wie eine Feder. Doch ich schaue mich um und Juri lehnt mit verschränkten Händen am Kopfende des Bettes. Ich trabe zum Badezimmer und er springt auf, um mir zu folgen.

Im Flur bleibe ich stehen. Mein Kopf schmerzt und rattert. »Ich meine, ich weiß, dass du dein Entitätending nicht einfach abstellen kannst. Aber wäre es so schwer, dich nicht ständig so widersprüchlich zu verhalten? Erst bist du nett, dann bringst du mich fast um. Dann bist du eifersüchtig, danach –«

»Ich bin nicht eifersüchtig. Ich –«

Ich knalle ihm die Badezimmertür vor der Nase zu. Drinnen lasse ich mir viel Zeit mit dem Zähneputzen, Waschen und Haarekämmen. Hier kommt er nicht rein, also muss ich beim Schlafzimmer etwas falsch gemacht haben. Ich streiche mir über die Augen. Wie konnte ich nur so nachlässig sein? Was, wenn meinen Freunden etwas passiert wäre?

Natürlich steht Juri immer noch vor der Tür, als ich das Bad verlasse. »Ich bin nicht eifersüchtig!« Er wiederholt seine Worte, aufgebrachter als beim ersten Mal.

Ich darf nicht darauf eingehen. Wortlos hole ich meinen treuen Helfer, den Salzstreuer, aus meinem Zimmer. Zurück im Flur lege ich meine Hände an Juris Schultern und dränge ihn gegen die Wand.

»Ich mag, in welche Richtung das hier geht«, summt er, seine Aufgebrachtheit verflogen.

Ich gehe vor ihm in die Hocke und er lacht leise, triumphierend, auf. »Ich mag *sehr*, in welche Richtung das hier geht.«

Erst als ich den Salzstreuer komplett entleere, um einen Bannkreis um ihn zu ziehen, realisiert er meinen Plan. »Hey, das ist unfair!«, murrt er.

Ich lasse ihn dort stehen, während ich im Schlafzimmer mein Ensemble vom letzten Gerichtstermin heraushole und begutachte. Dann werfe ich es in eine Ecke. Der Spießerlook reißt auch nichts mehr raus. Also schnappe ich mir andere Sachen und laufe am protestierenden Juri vorbei ins Bad. Dort ziehe ich mir ein dunkelrotes Samtkleid über, das Mum in den Neunzigern gehört hat, und dazu schwarze Strümpfe, die kurz unter dem Kleid enden. Ich betrachte mich im Spiegel und richte den Wollhut auf meinem Kopf. Ich hatte schon immer einen Hang zu dunklen Farben und alternativen Klamotten, aber ich kleide mich jeden Tag mehr wie eine neuzeitliche Hexe. Kommt vermutlich mit dem Beruf.

Ich trete in den Flur und bleibe vor Juri stehen. »Du kannst mich nicht weiterhin wie einen Zeitvertreib behandeln«, erkläre ich ruhig. Ich muss einen Weg finden, um das ganze Drama aufzuhalten. Meine fehlgeleiteten Gefühle für ihn dürfen sich nicht weiterentwickeln. »Ich weiß, du bist gelangweilt hier und ich verstehe das. Ich langweile mich auch. Also was hältst du davon, wenn wir einen Waffenstillstand beschließen, uns wie normale, zivilisierte Menschen verhalten und einfach normale Dinge tun, um uns nicht ganz so sehr zu langweilen? Keine Handgreiflichkeiten im eiskalten See, keine nächtlichen Besuche, keine Salzschrotflinten. Nur normaler Gelangweilte-Leute-Kram.«

Juri verschränkt die Arme. »Klingt ... langweilig. Mir gefällt es mehr, wenn du in ständiger Angst um dein Leben –«

Ich werfe den Kopf in den Nacken und stöhne laut auf, eine Mischung aus Knurren und Ächzen. »Kannst du nicht einfach zugeben, dass wir uns vielleicht sogar ganz gut verstehen könnten, wenn du nicht immer versuchen würdest meinen Tod herbeizuführen?«

»Du täuschst dich. Ich hab dir oft genug klar gemacht, dass ich dich nicht mag.«

»Ich glaube dir nicht«, widerspreche ich und funkle ihn an. »Manchmal sehe ich hinter deiner Fassade einen einigermaßen anständigen Typen. Den Teil von dir, der noch menschlich ist.« Er schnaubt nur und verschränkt die Arme. »Manchmal spüre ich, dass irgendwo in dir Menschlichkeit ist. Ich spüre, dass du mich nicht hasst.« Etwas in seinen Augen flackert auf und lässt mich weiter auf ihn eindrängen, obwohl ich das Thema nie wieder ansprechen wollte. »Ich habe es gefühlt, als du mich geküsst hast.«

Juri schnellt herum, seine Augen tiefschwarz. Er ragt über mir, mit so viel Zorn in jeder seiner Fasern, dass ich schlucken muss. »Bist du verdammt noch mal bescheuert? Glaubst du ernsthaft, *du* bedeutest mir was? Nach Jahren in diesem Haus bin ich verzweifelt genug, dass ich sogar die erstbeste hässliche Jägerschlampe anfassen würde. Das ist alles. Und du erträumst dir irgendeine bescheuerte *Romeo-und-Julia*-Liebesgeschichte, die allen Widrigkeiten trotzt.«

Meine Augenwinkel brennen, aber ich bin zu sehr in Rage, um zu weinen. Ich will ihm mit meiner bloßen Faust die Nase brechen. Ich will ihm seine Zunge ausreißen. »Du bist dumm und eingebildet genug zu glauben, dass ich Gefühle für *dich* habe. Aber *du* empfindest natürlich nur Langeweile und ich bin für dich nur eine unbedeutende Ablenkung. Weißt du was?«, zische ich. Dann atme ich tief ein und fahre ruhiger fort, die Hände neben mir zu Fäusten geballt. »Ich hab deine dämlichen Spielchen satt! Und wenn du nicht in der Lage bist, dich halbwegs normal zu verhalten – was übrigens alle anderen Entitäten hier hinbekommen – gebe ich mich freiwillig geschlagen.«

Juri funkelt mich an, seine Augen brennende Sterne in der Dunkelheit, und lehnt sich etwas vor. »Bist du fertig mit deinem albernen ›Warum sind wir keine Freunde‹-Quatsch?«

Ich atme hektisch ein und aus und in mir sind so viele weitere Dinge, die ich ihm an den Kopf werfen will. Meine Schultern beben, weil ich die Worte in mir behalte. »Ja«, zwänge ich zwischen zusammengepressten Zähnen hervor.

Wir stieren uns einige Atemzüge lang an. Sein Blick lässt meine Wirbelsäule surren, aber ich halte seinen Blick. Juris Gesicht bleibt abgesehen von seinen flammenden Augen regungslos, doch sein Brustkorb hebt sich schnell und deutlich. Dann atmet er scharf durch seine Zähne aus, lehnt sich zu mir hinab und streckt seine Hände nach meinem Gesicht aus. Er besitzt die Nerven einen Kuss zu wagen.

Ein Teil von mir zwischen dem Sakral- und Wurzelchakra fleht danach, meinen Hals ein wenig mehr zu recken. Der Teil von mir, der meinen Stolz beinhaltet, tritt mit einem von Muriels Manövern gegen seine Fußknöchel. Juri sackt zusammen und stößt ein Keuchen aus. Ich schicke ein Stoßgebet voller Dank an Muriel und gehe einen Schritt zurück, sodass er mich nicht mehr erreichen kann. »Du langweilst dich? Vielleicht sollte ich dich einfach hier im Bannkreis stehen lassen. Dann weißt du, was Langeweile ist«, zische ich. »Oh … und fass mich nie wieder an!«

Ich ignoriere seine lautstarken Beschwerden und verlasse das Anwesen. Die letzten Tage haben mir klargemacht, dass ich es ohne Muriel nicht schaffe.

KAPITEL 16

Den Weg zu Muriel bringe ich rennend hinter mich, doch vor der Tür bin ich kaum außer Atem. Das habe ich ihr zu verdanken. Egal wie streng und eigentümlich sie ist, ich sollte mich ihr ab und zu erkenntlich zeigen. Aber zuerst muss ich mich mit ihr versöhnen.

Mein Leben geht den Bach runter, ich bin dabei, mein Studium zu versauen, meine besten Freunde hauen ab, wenn ich ein Gespräch dringen gebrauchen könnte. Ich kann nicht den ganzen Tag im Geisterhaus hocken, ohne irgendjemand … Normales. Und ich hätte nie gedacht, dass ich Muriel jemals als normal bezeichnen würde, aber ich brauche sie. Sie ist der einzige Mensch, der mir bleibt, dem ich mich anvertrauen kann.

Deshalb klopfe ich an die Tür ihrer Villa, um mich zu entschuldigen. Doch ein kleiner Fleck in meinem Herzen vermisst Muriel auch. Ihre in Sarkasmus verpackte Weisheiten, ihre …

»Hast ja lang genug gebraucht«, blafft sie mich durch den Türspalt an. Ihre unverwechselbar liebreizende Art.

Ich strecke ihr ein paar der Heilkräuter entgegen, die ich am Wegesrand gepflückt habe. Wermut und Baldrian. Muriel wird das mehr zu schätzen wissen als einen Blumenstrauß. Und tatsächlich, nach einem abschätzigen Blick auf den mageren Strauß in meiner Hand nimmt sie ihn an sich und winkt mich herein.

»Es tut mir leid«, zwinge ich mich zu sagen. »Ich hätte nicht sagen sollen, dass du mich im Stich lässt. Du verfolgst eine andere Taktik als ich, aber im Grunde wollen wir das Gleiche. Und ich weiß, dass du deine eigene Art hast, dich um mich zu kümmern.«

Muriel führt mich in die Küche, wo sie die Kräuter an einem der unzähligen Bindfäden an der Decke aufhängt. »Eine Entschuldigung von dir? Dass ich das noch erleben darf.« Sie zupft ein paar Kräuter aus einem anderen Bündel an der Decke ab und holt Teetassen aus einem Schrank.

Ich fülle einen Wasserkessel und presse meine Lippen aufeinander. »Ich entschuldige mich immer, wenn ich falsch liege«, kontere ich.

Muriel zerbröselt seufzend die Blätter in zwei Teesiebe. »Aber ein wenig hast du auch recht. Wenn du mir bei meinem Plan mit der Bannung hilfst, sollte ich dein Vorhaben vor Gericht unterstützen. Ich fürchte nur, du versteckst dich wegen der Klage vor deinem wahren Schicksal.«

»Versprich mir nur, dass du bei der letzten Anhörung dein Bestes gibst. Und *ich* verspreche, ich gebe mein Bestes bei der Bannung.«

Muriel betrachtet mich einen Moment nachdenklich. »Dir ist das Anwesen wirklich ans Herz gewachsen. Nicht nur der Junge und deine neue Geisterfreundin.« Sie nippt an ihrem Tee.

Ihren Kommentar über Juri und Giselle ignoriere ich. »Ich hab versucht es zu hassen. Wollte es bei der ersten Gelegenheit verkaufen. Aber ich habe das Gefühl, ich gehöre dorthin. Dass ich auch in der Zukunft dort sein muss, damit alles richtig verläuft.«

Muriel verengt ihre Augen. »Hast du oft solche Gefühle? Über Dinge, die in der Zukunft liegen?«

Ich zucke mit den Schultern. »Ja, seit ich klein bin. Aber es sind meist nur schwammige Ahnungen.«

»Mhm«, summt Muriel.

»Ist das was Schlechtes?«, frage ich nervös. Ich fühle mich wie ein kleiner, bebrillter Zauberer, der gerade erfährt, dass es nicht gut ist, mit Schlangen reden zu können.

»Überhaupt nicht. Du hast ein natürliches Talent für Präkognition. Das und dein Gedankenlesen von neulich … das könnte erklären, warum du so wenige Fortschritte machst.«

»Vielen Dank.« Genau die aufbauenden Worte, die ich brauche.

»So meine ich das nicht«, erklärt sie, auch wenn sie mir oft genug gesagt hat, was sie von meiner Entwicklung hält. »Du scheinst weniger für die aktiven, kämpferischen Fähigkeiten geeignet, sondern eher der geistigen Ebene zugeneigt zu sein. Ich hätte dein Training anders angehen müssen. Nur bin ich genau das Gegenteil von dir.«

»Also ist alles, was ich bisher gelernt habe, für die Tonne?«

Muriel schnalzt mit der Zunge. »Wie viele Geister, glaubst du, kannst du verbannen, indem du ihre Gedanken liest?«

»Ich schätze –«

»Keinen!«, schmettert Muriel mir entgegen. »Du brauchst ein gewisses Repertoire an Fähigkeiten, mit denen du aktiv kämpfen kannst. Körperkraft, Kampftechniken, aber auch Telekinese, die Beherrschung der Elemente, Bannrituale sowie Runen- und Symbolmagie.«

Ich strecke ihr beide Arme entgegen. »Okay, ich hab's verstanden. Aber du hast immer noch nicht gesagt, ob du ab jetzt vor Gericht dein Bestes gibst.«

»Da du das Anwesen definitiv behalten willst ... meinetwegen. Auch wenn ich nicht weiß, was du heute noch erreichen willst. Wir haben keine Chance.«

»Ein Glück, dass du immer so positiv gestimmt bist. Macht einem richtig Mut.«

***

Ich rutsche wieder auf dem gleichen Stuhl im Gericht hin und her, während Mr Hallows seine schier endlose Liste an Beweisen fortführt. Zu gern würde ich wissen, wo er Baupläne und Sicherheitsgutachten herhat, doch das wird wohl für immer ein Geheimnis bleiben.

Irgendwann ruft er seinen ersten Zeugen auf. Mich.

Mit steifen Schritten gehe ich auf den Zeugenstand zu. Einige Geschworene verziehen ihr Gesicht, weil meine Stiefelschritte durch den gesamten Saal hallen. Ich wünschte, ich hätte doch etwas anderes angezogen. Ich setze mich und fühle mich viel zu klein.

»Miss Adler«, beginnt Hallows ohne Umschweife. »Wie lange kümmern Sie sich schon um das Murkwood-Anwesen?«

»Seit fast drei Monaten«, antworte ich und hoffe, meine grobe Schätzung wird nicht als Meineid ausgelegt.

»Und Sie beaufsichtigen die Renovierung des Anwesens?«

Ich runzle die Stirn, denn das wurde bereits geklärt. »Ja, wie ich schon sagte.«

Hallows geht vor mir auf und ab, doch es wirkt nicht nervös, sondern selbstsicher. »Und wie viele Jahre Erfahrung haben Sie in der Sanierung und Instandhaltung alter Gebäude?«

»Gar keine«, presse ich nur hervor, um nicht damit herauszuplatzen, was ich am liebsten sagen würde. *Ich bin eine einundzwanzigjährige Kunststudentin, was denken Sie?*

»Also besitzen Sie keinerlei Qualifikationen, die Sie dazu befähigen, ein äußerst baufälliges Gebäude aus dem vergangenen Jahrhundert zu sanieren?«

Ich funkle ihn an. »Nein«, knirsche ich.

»Hatten Sie in den letzten Monaten eine Ungezieferplage?«

»Nein«, antworte ich und atme tief ein. Worauf will er hinaus?

Hallows dreht sich zum Richter. »Beweisstück G bitte.«

Ein Mitarbeiter des Gerichts schaltet einen Laptop an, auf dem ein Video von einem brennenden Haus zu sehen ist. Erst auf den zweiten Blick erkenne ich, dass es das Murkwood-Anwesen bei einem Räucherritual ist. Ich zucke zusammen, denn es sieht wirklich aus, als stände das Haus in Flammen. Wer von den Nachbarn hat das aufgenommen?

»Wie erklären Sie diese Aufnahme vom 22. September?«

Ich starre Muriel an, die mit gespitzten Lippen dasitzt. »Ich … wir haben ein Räucherritual durchgeführt.« Muriel spitzt ihre Lippen noch mehr, aber sie muss ja auch nicht hier sitzen und sich Antworten einfallen lassen.

»Ein *was?*«, fragt Hallows verdutzt.

Ich presse meine Lippen aufeinander, bevor ich mit der Wahrheit antworte. »Ein Ritual, um negative Energien zu vertreiben. Wir führen öfter solche Rituale durch, die vollkommen ungefährlich sind. Viele Menschen –«

»Nutzen Sie für solche Rituale auch Gewächse, die unter Naturschutz stehen?«

Endlich etwas, wo ich glänzen kann. »Nein, ich achte darauf, der Umwelt nicht zu schaden. Ich bin Mitglied bei WMF und anderen Naturschutzorganisationen und –«

»Wie konnte dann dieses Foto zustande kommen?« Hallows hält mir eine Vergrößerung vor die Nase, auf der ich zu sehen bin, wie ich ein Büschel Kräuter ausrupfe. Hallows reicht das Foto den Geschworenen und erklärt ihnen, dass es sich um eine geschützte Pflanze handelt.

Mein Blick zuckt zu Ernesta, die mich dabei erwischt hat, wie ich die Pflanze gepflückt habe. Schwach erinnere ich mich daran, dass ihr eine Kamera um den Hals hing. Diese hinterhältige … Hat Hallows die Nachbarn angestiftet belastende Beweise gegen uns zu sammeln?

Genau so geht es Ewigkeiten weiter, Frage nach Frage, deren Antworten mich nur noch mehr hereinreiten. Als ich endlich wieder an meinen Platz zurückdarf, atme ich erleichtert auf. Gleichzeitig lasse ich meine Schultern hängen.

Hallows ruft Ernesta in den Zeugenstand. Sie spielt ihren Part der besorgten, gewissenhaften Hausfrau perfekt. Der Großteil der Geschworenen nickt kaum merklich und ich brauche keine Auren zu sehen, um zu spüren, dass sie gegen uns sind. Ich sinke in meinem Stuhl zusammen. Wir können nichts mehr tun. Panik schnürt meinen Hals zu, während ich die anderen Nachbarn ausblende und daran denke, was mit dem Anwesen passieren wird. Ich versuche mich zusammenzureißen und meine abgehackten Atemzüge zu unterdrücken, doch immer lauter sauge ich Luft ein.

Bis ich merke, dass nicht ich so laut atme, sondern Muriel. Erschrocken blicke ich in ihr kreidebleiches Gesicht und nehme ihr eiskalte Hand.

»Alles in Ordnung?«, frage ich leise. Obwohl sie geschworen hat mir zu helfen, hatte ich nicht das Gefühl, sie hinge besonders am Anwesen. Wird ihr erst jetzt bewusst, was eine Niederlage bedeutet?

Muriel springt auf, wobei der Stuhl zu Boden fällt. Das Krachen lässt alle aufblicken. Mit gerunzelter Stirn schauen sie Muriel an, die sich an ihrer Handtasche festkrallt. »Ich fürchte, ich bin krank und fühle mich nicht mehr in der Lage, als Anwältin zu fungieren«, keucht sie. Sie sieht wirklich blass aus, doch sobald ich ihren Körper ausblende und mich auf ihre Aura konzentriere sehe ich, dass sie alles andere als krank ist. Sie surrt vor Energie.

Der Richter stellt ihr einige Fragen, die ich nicht mitbekomme. Meine Ohren rauschen. Sie kann mich doch jetzt nicht allein lassen! Ich versuche ihre Aufmerksamkeit zu mir zu lenken, doch Muriel sackt auf ihrem Stuhl zusammen und ignoriert mich.

Der Richter wendet sich mir zu, vermutlich, um der spontan erkrankten Muriel nicht noch mehr zuzumuten. »Miss Adler, Ihre Großmutter kann einen Pflichtverteidiger in Anspruch nehmen oder Sie bekommt eine Woche Zeit, um sich einen neuen Anwalt zu suchen.«

Mein Blut rauscht noch lauter in meinen Ohren und mein Herz verkrampft. Wie kann sie mich JETZT im Stich lassen? Ich hätte niemals auf Muriel hören und uns direkt einen vernünftigen Anwalt suchen sollen. Hat sie nicht ernst gemeint, was sie gestern gesagt hat, und von Anfang an geplant, mich so auflaufen zu lassen? Nur damit ich gezwungen bin, die Bannung zu erlernen? Ihr Verrat bohrt sich wie ein stumpfes Messer in meinen Rücken.

»Miss Adler?«, drängt der Richter auf mich ein. Die Geschworenen tuscheln.

Ich versuche zu atmen, doch mein Brustkorb ist starr, erlaubt nur kleine Atemzüge. Ich will hier raus. Ich muss an die frische Luft. Ohne nachzudenken, stehe ich schwankend auf. »Ich …«, meine Stimme bricht und ich versuche es erneut, »ich werde einen anderen Anwalt …«

Die Tür zum Gerichtssaal fliegt auf. »… in Anspruch nehmen«, beendet eine weibliche Stimme meinen Satz.

Alle drehen sich zur Frau um, welche in den Saal tritt. Sie trägt eine Seidenbluse und ein Kostüm, das noch hochwertiger aussieht als das von Hallows. Die Frau strahlt einen »Girl Boss Powerfrau Ruth Bader Ginsburg«-Vibe aus, doch ihre Aura weht wie Herbstlaub hinter ihr her, gar nicht passend zu ihrem Badass-Aufritt. Sie ist tough, professionell – und meine Mum.

Ich klappe meinen offenen Mund erst zu, als sie ihren Aktenkoffer auf meinen Tisch knallt. Laut genug, um zäh zu wirken, aber nicht so laut, dass es verzweifelt scheint.

»Und Sie sind?«, fragt der Richter, sichtlich genervt von unseren Eskapaden.

»Dhalia Adler. Professorin für Mythologie, ehemalige Jurastudentin und Kriegerin des Lichts, Rang fünf«, erklärt sie mit vor Stolz geschwellter Brust.

Ich stöhne leise auf. Die Kriegerin des Lichts hätte sie ruhig weglassen können. Aber das ist Mum. Sie steht zu dem, was sie ist. Nun ... abgesehen von der Jurastudentin.

»Mum, was wird das?«, zische ich ihr zu. »Du hast ein paar Semester Jura studiert und ein paar Semester lang hast du nur gekifft und die Sonne angetanzt.«

Sie lächelt auf mich herab. »Und dennoch habe ich die Prüfungen mit Bestnoten bestanden. Und Mr Hallows wurde nur Abschlussbester, weil ich mich dazu entschied, meinem wahren Weg zu folgen und nicht mehr für die Abschlussprüfung zu lernen.« Jetzt lächelt sie Hallows an, süß und unschuldig und gerissen.

Erneut starre ich mit offenem Mund in ihre Richtung. Mum ist einer der intelligentesten, gebildetsten Menschen, die ich kenne, aber sie ist einfach niemand, der ausgerechnet im trockenen Fach Jura brilliert. Ich meine, die Frau verbringt ihr Wochenende damit, nackt Fruchtbarkeitsgöttinnen zu töpfern oder Tantraseminare abzuhalten.

Doch bevor ich ihr sagen kann, was für eine unfassbar schlechte Idee das hier ist, übernimmt sie die Führung des Verfahrens. Sie nimmt Ernesta ins Kreuzverhör, stellt ihr dreiste Fragen über ihr Geistererlebnis im Anwesen, das sämtliche Geschworenen an ihrer Zurechnungsfähigkeit zweifeln lässt. Sie wirft mit Paragrafen und Beweisen um sich, zitiert Präzedenzfälle, als würde sie den ganzen Tag nichts anderes tun, und gewinnt jedes Jurymitglied mit ihrer Art für sich.

Bevor mein Gehirn wieder richtig arbeiten kann, ziehen sich die Geschworenen zurück. Mum setzt sich neben mich, leicht außer Atem. Ich kann meinen Blick immer noch nicht von ihr wenden. »Wie hast du das gemacht? Und woher wusstest du, dass ich hier bin?«, frage ich sie.

Sie verdreht kokett die Augen. »Es war Muriels Idee. Sie kam vor ein paar Tagen zu mir und hat mich in eure Probleme eingeweiht.«

Ich werfe einen Blick auf Muriel, die immer noch wie ein Häufchen Elend neben mir sitzt.

»Muriel? Unsere Muriel?«

»Natürlich habe ich sie zuerst zur Schnecke gemacht, was sie sich dabei denkt, ohne Rechtsbeistand vor Gericht zu ziehen. Und dann haben wir die Beweise der Gegenseite durchgearbeitet.«

Ich beiße mir auf die Lippe. »Mum, du warst ... bist unglaublich.«

Sie schnalzt mit der Zunge. »Das war gar nichts. Ehrlich, im Grunde ist die Anklage lächerlich. Wollen euch aus dem Haus schmeißen, weil ihr ein paar Mal zu laut wart.«

Mir fällt die Erpressung ein. »Hallows hat die halbe Geschworenenschaft bestochen. Ich habe keine Beweise, aber –«

»Oh, keine Sorge. Darum haben wir uns gekümmert.«

Mein Herz schlägt schneller. »Ihr habt sie doch nicht auch bestochen?«

»Mel, wie lange kennst du mich? Ich habe ihnen einfach nur ganz freundlich mitgeteilt, dass Hallows sie für immer in der Hand hat, wenn sie sein Geld annehmen. Alle waren sehr einsichtig.« Etwas in ihren Augen blitzt auf und verrät mir, dass sie nicht einfach nur *ganz freundlich* war.

Wieder spüre ich, wie meine Augen nass werden, nur diesmal, weil ich langsam begreife, dass Mum mir geholfen hat. Trotz unseres Streits, trotz allem, was ich getan habe, kam sie mir zur Hilfe. Ich bin davon ausgegangen, dass mir niemand helfen kann Muriel durch dieses Verfahren zu boxen. Ich wollte das hier allein durchstehen.

»Du hättest dich mir früher anvertrauen sollen«, scheltet Mum mich.

Im ersten Moment will ich ihr sagen, dass ich nicht davon ausgegangen bin, sie könne mir helfen. Wer hätte schon gedacht, dass in Mum eine waschechte, knallharte Juristin steckt? Aber das ist es nicht, warum ich sie nicht um Hilfe gebeten habe. »Es war mir peinlich, dass ich mich so sehr reingeritten habe.«

»Es ist nicht peinlich, um Hilfe zu bitten, wenn man allein nicht mehr weiterkommt. Wie oft musstest du mir erklären, wie man einen Laptop verwendet?«

Ich lache. »Ungefähr tausend Mal.«

»Glaubst du, das war mir nicht peinlich? Jedes Mal war ich mir sicher, sogar Muriel könne damit besser umgehen als ich. Aber ich habe dich gefragt, nicht wahr? Und in drei Sekunden hast du geschafft, was mir in drei Stunden nicht gelungen wäre.«

Bevor ich antworten kann, betreten die Geschworenen den Gerichtssaal. Ich greife nach Mums Hand. Sie steht auf und zieht mich mit hoch. Der Richter fragt die Geschworenen, ob sie zu einem einstimmigen Urteil gekommen sind und sie nicken. Wie in einer Blase beobachte ich, wie sie dem Richter einen Zettel vorlegen. Er liest ihn, reicht ihn zurück und gibt Anweisungen, die ich nicht höre, weil meine Ohren erneut rauschen. Ich zwinge mich langsam zu atmen.

»... nicht schuldig«, dröhnt es in meine Ohren. Mein Atem stockt. Ich schau zu Mum, um mich zu vergewissern, dass ich richtig gehört habe. Mum unterdrückt ein Lächeln, nur ihre Mundwinkel zucken verräterisch hoch. Plötzlich fühle ich mich ganz leicht, besonders mein Kopf, und ich kann keinen klaren Gedanken fassen. Ich bekomme nichts vom Ende der Verhandlung mit, bis Mum mich hinter Muriel den Gang hinabzieht, durch die Geschworenen und Nachbarn hindurch.

»Das hier ist noch nicht vorbei, Mädchen.« Hallows funkelt mich an und ich erblicke Scarletts verkniffenen Mund, dann schiebt Mum mich und Muriel nach draußen. Das eben noch so zerbrechliche Großmütterchen strotzt vor Gesundheit und Energie.

Ich will sie anmotzen, weil sie mich so hat auflaufen lassen, doch ich zerre sie in eine Umarmung, die sie ächzend toleriert.

»Wie lange hast du das geplant?«, frage ich sie, als ich sie erlöse.

»Nach unserem Streit. Erst war ich sauer, aber dann wurde mir langsam klar, dass es vielleicht an der Zeit ist, meinen Stolz fallen zu lassen. Deine Mutter war ... sehr enthusiastisch, als ich sie um Hilfe bat.« Muriel klingt, als wäre Mums Enthusiasmus das Schrecklichste, was sie je erlebt hat.

»Vielleicht solltest du in Zukunft nicht die gleichen Fehler machen wie ich.«

Erst weiß ich nicht, welche Fehler sie meint. Doch ich blicke Mum und Muriel an, die sich mit völlig gegensätzlichen Gesichtsausdrücken anschauen und ich begreife, wie viel Überwindung es Muriel gekostet haben muss, Mum um Hilfe zu bitten. Und wie viel Überwindung es mich ebenfalls kostet, mich anderen mit meinen Problemen anzuvertrauen.

All meine Willenskraft bringt mir nichts, wenn ich es nicht schaffe, über meinen Schatten zu springen. Die jähe Gewissheit, wer ich bin, was ich kann und was ich nicht kann, breitet sich in mir aus wie ein Lauffeuer. Das Solarplexuschakra hat sich geöffnet.

***

Wieder im Anwesen – zu Hause – werfe ich nur einen kurzen Blick auf Juris Bannkreis aus Salz, den irgendwer verwischt hat. Vielleicht sollte ich darüber nachdenken, welche Entität in der Lage ist, Salz zu berühren, aber ich möchte nicht einen Gedanken mehr als nötig an Juri verschwenden. Dazu lässt Muriel mir auch keine Zeit. Sie tut selbstverständlich so, als wäre rein gar nichts passiert. Natürlich krempelt ein wenig Einsicht einen Menschen nicht komplett um. Und irgendwie hänge ich mittlerweile an Muriels verschrobener Art. Auch wenn das bedeutet, dass wir, statt zu feiern, den ganzen Tag lang meine geistigen Fähigkeiten trainieren, bis Muriel am Abend das Anwesen verlässt. Und zum ersten Mal habe ich Zeit nachzudenken.

Ich laufe Kreise um den Arbeitstisch, auf dem mein Handy liegt, die Nachrichtenapp geöffnet. Abwechselnd stöhne ich und raufe mir die Haare. Jetzt da ich das Solarplexuschakra beherrsche, will ich mich mit meinen Schwestern versöhnen. Aber ich hab keine Ahnung, wie das gehen soll. Ist eine Nachricht in Ordnung, oder ist das wie Schlussmachen per WhatsApp ein totales No-Go?

»Sag ihnen einfach, dass es dir leidtut. So schwer kann das doch nicht sein«, motzt Giselle, die voller Konzentration ein uraltes Browsergame auf meinem Laptop spielt.

»Und was sage ich? Tut mir leid, dass ich so mies war, ich kann euch nur leider nicht sagen, warum ich so mies war?«

»Klingt nach einem Anfang. Die meisten Leute wollen die Wahrheit doch gar nicht wissen. Wenn du dich entschuldigst, reicht das schon.«

Ich bezweifle es. Meine Schwestern sind die Letzten, die eine ehrliche Entschuldigung ausschlagen, aber ich habe das Gefühl, eine Entschuldigung beseitigt das Problem nicht. »Ich brauche frische Luft.«

Giselle ignoriert mich und jubelt stattdessen, als sie ein verpixeltes Männchen abschießt. Ich gehe zur Veranda, wo ich fast so gut nachdenken kann wie im Uhrenturm. Doch nachdem ich mich im Schneidersitz auf den kalten Marmorboden niedergelassen habe, kreisen meine Gedanken weiter, ohne ein Ergebnis zu finden. Ich spiele mit dem Aventurin, der mich ein wenig erdet.

»Du solltest ihnen einfach von deinen Fähigkeiten und uns erzählen«, erklingt Juris Stimme.

Ich schrecke auf und stopfe die Kette, die er mir geschenkt hat, in meinen Ausschnitt. »So einfach ist das nicht. Und du hast keine Ahnung.« Kurz denke ich nach. »Und habe ich nicht gesagt, du sollst mich in Ruhe lassen?«

Juri hebt die Hände. »Du hast nur gesagt, ich soll dich nicht mehr anfassen. Und das tue ich nicht.« Er legt den Kopf schief, diese Bewegung, die seine Haare in seine Augen fallen lässt. »Oh … und natürlich hast du gesagt, dass du dich nicht mehr mit mir abgeben willst. Aber hier sind wir nun und du redest mit mir.«

Juri setzt sich neben mich und obwohl ich es sollte, obwohl es das einzig Vernünftige wäre, stehe ich nicht auf. Etwas hält mich am Platz, ein magnetischer Sog. Wie schafft er es immer wieder, mich in Gespräche zu verwickeln? Es muss diese verdammte Anziehungskraft sein, die er auf mich ausübt. Ich scheine einfach anfällig für alles zu sein, was Ärger bedeutet. Und die Liste führt er an.

»Du bereust doch, dich ihnen nicht anvertraut zu haben?«

Meine Antwort kommt zu schnell. »Nein! Die schlimmste Zeit meines Lebens habe ich durchlebt, nachdem ich anderen Menschen gesagt habe, was ich sehe. Ich bin schlauer, als ich es mit sieben war. Ich riskiere das nicht noch einmal.«

»Aber ihr seid nicht mehr sieben, oder? Ich bin sicher, du willst ihnen mittlerweile am liebsten einfach die Wahrheit sagen.«

»Spiel dich nicht als der große Menschenkenner auf«, schnaube ich. Aber mir fehlt mein üblicher Biss, denn tief in mir weiß ich, dass er recht hat. Es gibt Wege, meiner Familie zu beweisen, dass ich nicht verrückt bin.

Juri dreht sich zu mir und zieht seine Beine in einen Schneidersitz. »Ist dir nie in den Sinn gekommen, dass gerade wir Entitäten einiges über Dinge wissen, die man bereut? Schließlich sind wir genau deshalb hier. Dinge, die wir nie getan, nie gesagt haben. Man muss nicht sterben oder zu einem Dämon werden, um ein verbitterter Schatten seiner Existenz zu werden. Es reicht, alle Menschen zu vergraulen, die einem etwas bedeuten.«

Ich will ihm einen Spruch über seine neu gefundene philosophische Ader reindrücken, doch kann nur einen Kloß im Hals herunterschlucken. Nach einigen Augenblicken, in denen ich den letzten Streifen Sonnenlicht am Horizont beobachte, wird mir klar, was hier gerade vorgeht. Der alberne, manische, grausame Juri erteilt mir eine Lebenslektion. Und eine gute noch dazu. »Welche Menschen hast du vergrault, bei denen du es bereust?«

»Dich.« Schwarze Sterne funkeln dort, wo seine Augen sein sollten. Ihren Glanz sehe ich sogar aus den Augenwinkeln.

Ich wende meinen Blick noch mehr ab. Die Ehrlichkeit in seiner Stimme, von der ich mittlerweile weiß, dass sie gespielt ist, legt sich wie eine Hand um mein Herz. Der sanfte Druck fühlt sich wie immer angenehm an, eine Liebkosung voller Geborgenheit, bis er die Hand zu einer Faust schließt. Ich falle darauf nicht mehr herein. Und ich traue mir nicht zu in seine Augen zu blicken.

»Du glaubst mir nicht.«

»Ich bin nicht dumm.« Ich meine, was ich sage. Egal was er mich fühlen lässt, ich bin nicht so dumm darauf einzugehen. »Vielleicht bin *ich* dumm. Dumm genug, mich in einen …«

Seine Stimme bricht und lässt mein Herz in Flammen aufgehen. Ich darf nicht zulassen, dass er mich erneut in seinen Sog zieht. Ich weiß, es sind

Lügen, verzweifelte Versuche einer verlorenen Seele, ein wenig Menschlichkeit zu bewahren. Er interessiert sich nicht für mich, sondern für die letzten Reste eines Lebens, nach denen er mit verzweifelten Händen greift.

»Du bist *wirklich* dumm, wenn du glaubst, dass ich wieder darauf hereinfalle. Du hast ziemlich deutlich gemacht, was du von mir denkst.«

Ich springe auf, um durch die Glastür in den erleuchteten Saal zu flüchten. Hinein in die Wirklichkeit, raus aus der Nacht, die ihre dunkle Decke über meinen Verstand legt. Die mit ihrer Finsternis seine Lügen einhüllt.

Doch Juri hält mich am Handgelenk fest, bevor ich einen Schritt gehen kann. Ich spüre seine kühlen Finger und den leichten Griff kaum. Es wäre ein Leichtes, mich aus seinem Griff zu befreien. Doch ich bleibe stehen. Ich will weg von ihm. Ich will ihm sagen, er soll mich nicht anfassen. Ich will eine Sache, doch tue das Gegenteil. Meine Brust ist viel zu eng und ich bin sicher, er hört jeden einzelnen meiner hämmernden Herzschläge.

»Ich bereue wirklich dich von Anfang an vergrault zu haben.« Juri steht auf, ohne meine Hand loszulassen. Etwas in seinem Blick lässt einen stillen Schauer über meinen Rücken kriechen.

Ich erhebe mich ganz und baue die Mauer um mich auf, die er immer wieder einreißt. »Ehrlich gesagt ist mir das mittlerweile so was von egal. Du bist mir egal.«

Seine Finger verkrampfen um meine Hand und sein Blick verdunkelt sich, lässt mich meine Worte fast bereuen. Vielleicht, wenn ich ehrlich zu ihm bin – doch bevor ich zu Ende denken kann, grinst er. Ein wenig zu breit, ein wenig zu verrückt. »Ich bereue es, weil es so viel witziger gewesen wäre, dich länger an der Nase herumzuführen, um dann dein Wolkenschloss mit einem grandiosen Knall zum Fall zu bringen.«

Wut, Scham und Hitze wallen in mir auf. Er hat es wieder getan. *Ich* habe es wieder getan. Ich will ihn anschreien, ihn erneut von der Veranda in den See stoßen, reiße mich aber zusammen. Schüttle nur seine Hand ab und werfe ihm einen schneidenden Blick zu. Ich hülle mich in Eis, in Kälte. Besonders sorgfältig forme ich die Eisschichten um mein Herz. Nie wieder lasse ich zu, dass er mich so fühlen lässt.

KAPITEL 17

Ich wache mit so viel Gewissheit im Kopf auf, dass ich Muriel einen Zettel schreibe, mir zwei trockene Scheiben Toast greife und zu meiner Familie laufe. Während ich auf dem Weg am Toast nage – obwohl mein Appetit sich verabschiedet hat – lege ich mir die Worte zurecht. Ich erreiche unser Haus, ohne eine perfekte Lösung gefunden zu haben. Denn wie zur Hölle beichtet man jemandem, dass man Geister sehen kann und all den Kram? Aber ich kann es nicht länger vor mir herschieben.

Ich klingle mit zitternden Fingern. Falls Ehrlichkeit der einzige Weg ist, mich mit meinen Schwestern zu versöhnen, gehe ich das Risiko ein. Ich muss sie einfach so sanft wie möglich an das Thema heranführen, mit den halbwegs glaubwürdigen Sachen beginnen und bloß nicht mit zu vielen, zu verrückten Informationen überrumpeln.

Die Tür öffnet sich und Thalia streckt ihren Kopf heraus.

»Ich kann Geister sehen und Auren und Muriel bringt mir bei, wie ich gegen Dämonen kämpfe. Das Murkwood-Anwesen ist ein Geisterhaus, ich kann Gedanken lesen und in die Zukunft sehen, auch wenn die beiden Sachen eher noch schwammig sind und mir nur ein ungenaues Bild liefern. Aber ich sehe diese Dinge schon seit ich klein bin und habe euch nie davon erzählt, weil ich Angst hatte, euch dadurch zu verlieren. Nur wurde mir jetzt klar, dass ich euch verliere, weil ich euch nicht davon erzähle, und vielleicht könnt ihr ja diesen ganzen Dämonenkram und meine übersinnlichen Fähigkeiten leichter wegstecken, als ich vermute, und alles wird wieder wie früher.« Nun, das geht gegen alles, was ich vorhatte, aber immerhin ist jetzt alles raus. Ich hole tief Luft. »Und Entschuldigung für alles, was ich gesagt und getan habe.«

Thalia starrt mich zehn Atemzüge lang mit aufgerissenen Augen an. Dann kommt eine Antwort, die auch von mir sein könnte. »*Was?*«

»Vielleicht sollte ich das noch mal in Ruhe erklären, wenn Mum und Kalliope dabei sind?«

***

Eine gute Stunde später atme ich nach einer längeren Version meiner Erklärung tief durch. Mum und meine Schwestern starren mich mit dem gleichen verwirrt-erstaunten Blick an.

»Also willst du uns weismachen, dass du Geister siehst?«, fragt Thalia.

»Nun, Geister, Dämonen und andere Entitäten ebenso wie Auren, Gedanken und Ausschnitte der Zukunft.«

Thalia wedelt mit der Hand durch die Luft. »Lass uns noch mal kurz zurück auf die Geister kommen. Waschechte, lebendige Geister?«

»Lebendig würde ich sie jetzt nicht unbedingt nennen, außer im metaphorischen Sinne vielleicht, aber ja. Echte Geister.«

Thalia stopft sich einen Keks in den Mund, ungefähr den zwanzigsten, seit ich mit meiner Erklärung angefangen habe. »Du weißt, dass das ziemlich verrückt klingt.«

Ich verschränke die Arme. »Was glaubst du, warum ich euch nie davon erzählt habe?«

Thalia knallt einen Keks zurück auf das Tablett. »Na ja, weil du uns *nie* irgendwas erzählst. Du malst ja immer nur.«

»Das stimmt nicht«, wehre ich ab, überrascht, dass Thalia diejenige meiner Schwestern ist, die so aufbraust. »Du tust so, als hätte ich nie mit euch geredet. Als hätte ich mich wie so ein verrückter Künstler in einem Atelier verkrochen und wäre nie rausgekommen, um mit euch mein Leben zu teilen. Als wäre ich die schlechteste Schwester der Welt.«

»Ich hab nie gesagt, dass du nicht mit uns geredet hast. Aber du vertraust uns nichts an. Du hörst dir unsere Probleme an und gibst uns gute Ratschläge, aber sobald wir versuchen, über dich zu redet, blockst du ab. Deshalb haben wir deine Malerei immer geliebt und gehasst.

Wenn du malst, scheinst du so erfüllt. Wir waren dagegen immer unbedeutend.«

Einige unversöhnliche Kommentare kämpfen darum, an die Oberfläche zu gelangen. Doch dann denke ich an all die Momente, in denen ich mich fühlte, als gehöre ich nicht dazu. Als wären meine Schwestern eine untrennbare Einheit und ich nur ein Eindringling. Niemals hätte ich mir erträumt, dass es den beiden mit mir uns der Kunst ebenso geht.

»Es tut mir leid«, raune ich. Ich sollte ihr ins Gesicht schauen, sollte mich mehr von Herzen entschuldigen, doch die Worte fallen mir so schwer wie eh und je. Dennoch will ich alles dafür tun, meine Schwestern nicht mehr zu verletzten. Und wenn ich dazu ehrlich sein muss, aussprechen muss, was mich belastet, muss ich da durch. »Ich wollte euch nie … Hätte ich gewusst, wie ihr empfindet, hätte ich es anders gemacht. Aber ich hatte immer das Gefühl, allein zu sein. Als würdet ihr mich nicht brauchen.«

»Nun, wir haben das Gleiche gedacht. Und ich glaube immer noch, dass dieses Geisterding ein Witz ist. Aber du solltest nie wieder glauben, dass wir dich nicht brauchen«, entgegnet Thalia trotzig. Einige Sekunden starren wir uns an, dann fallen wir uns in die Arme. Superkitschig und alles, aber jetzt gerade habe ich die Umarmung genauso nötig wie Thalia.

Kalliope, die sich bisher zurückgehalten hat, steht vom Sofa auf. Ich ducke mich, denn von der realistischen, faktenorientierten Kalliope erwarte ich noch mehr Widerstand. »Es gibt genug unerklärliche Phänomene und sogar einige wissenschaftliche Studien, die solche Vorkommnisse, na ja, vielleicht nicht bestätigen, aber zumindest nicht widerlegen. Geigerzähler, EMF-Meter …« Ihre Augen blitzen auf und sie lehnt sich mit beiden Händen auf dem Tisch zu mir herüber. »Benutzt ihr EMF-Meter? Gibt es nutzbare Ergebnisse?« Sie hält kurz inne. »O bitte, sag mir, dass ihr eure EMF-Ergebnisse wissenschaftlich korrekt festgehalten habt!«

Ich lehne mich etwas von ihr weg. Wer ist bitte jetzt die Verrückte der Familie? »Wir benutzen kein EMF-Meter. Unser Ding sind eher außersinnliche Wahrnehmungen und so.«

Kalliope lässt sich zurück ins Sofa fallen. Sie schaut tatsächlich enttäuscht drein.

Ich werfe einen Seitenblick zu Mum. Eine stille Träne läuft über ihre Wange.

»Mum?«, frage ich erschrocken. O Gott, das war zu viel für sie. Sie kann nicht damit leben, eine verrückte Tochter zu haben.

Mum wirft sich auf mich und umschlingt mich mit ihren Armen. »O Mäuschen, das ist alles meine Schuld. Du hast mir vor Jahren davon erzählt und ich habe dir nicht geglaubt! All meine Meditationen und Lichtrituale, doch meiner eigenen Tochter glaube ich nicht, dass sie mehr sieht als ich.«

Ich tätschle ihren Rücken. »Schon okay, Mum. Eine Siebenjährige, die erzählt, dass sie den Sensenmann sieht, ist nicht unbedingt etwas, das in den Statuten deiner Lichtsekte behandelt wird.«

Mum schnüffelt in meine Schulter, etwas, das verdächtig nach »Keine Sekte« klingt.

»Bin ich die Einzige hier, die nicht einfach so hinnimmt, dass meine Schwester angeblich verdammte Geister sieht?«, brummt Thalia. Für sie muss ich wohl tiefer in die Trickkiste der Übernatürlichkeit greifen.

***

Ich hole Mum und meine Schwestern am Eisentor ab und behänge sie auf dem Weg zum Anwesen mit sämtlichen Talismanen und Amuletten, die ich im Anwesen auftreiben konnte. Jeder von ihnen male ich so sorgfältig wie noch nie Kenaz auf die linke Handfläche. »Die Rune öffnet euren Blick und –«

»Es wird nicht klappen.« Muriel stellt sich breitbeinig vor die Tür.

Ich ziehe die letzte Linie auf Thalias Hand. »Du hast selbst gesagt, jeder Mensch kann seine Fähigkeiten bis zu einem gewissen Grad schulen. Vielleicht sehen sie etwas, vielleicht nicht. Ich werde es auf jeden Fall nicht unversucht lassen.«

Mum betatscht die Amulette um ihrem Hals, die an ihr aussehen, als trage sie sie bereits seit Jahrzehnten. »Ich bin sicher, ich werde etwas sehen. Und wenn nicht, ist die Hauptsache, dass du etwas gefunden hast, das dich erfüllt.«

Ich ignoriere sie. Wenn ich jetzt anfange darüber zu diskutieren, dass mich die Geisterjagd definitiv nicht erfüllt, stehen wir noch Stunden vor dem Haus.

Muriel poliert demonstrativ ihren liebsten Dolch. »Ganz abgesehen davon ist es fahrlässig, drei Normalsterbliche in das Anwesen zu lassen.«

»Aber die Handwerker waren okay?«, spotte ich. Langsam ahne ich, dass Muriel übertreibt. Sie sorgt sich weniger um ihre normalsterbliche Verwandtschaft, als dass sie Angst hat, sie zu sehr in ihr Leben zu lassen. Ich tue das hier genauso für sie wie für mich.

»Die Handwerker boten kaum Angriffsfläche für die Entitäten. Deine Familie ist deine Schwachstelle, das werden sie ausnutzen.«

»Meine Freunde haben auch eine Nacht hier überlebt.« Ich schiebe mich an Muriel vorbei und öffne die Tür.

Sie hastet hinter mir her. »Wann, zum Teufel, waren deine Freunde hier?«

»Als du abgehauen bist. Und beide sind wohlauf.« Soweit ich weiß, sind sie das. Gemeldet haben sie sich immer noch nicht, nachdem sie am Morgen nach unserer Mini-Aussprache spurlos verschwunden sind. Vielleicht habe ich das verdient. Trotzdem. Treulose Tomaten.

Auch die anderen folgen und bleiben dicht hinter mir, so, wie ich sie angewiesen haben. Keine Entität ist zu sehen, während ich meine Familie durch das Anwesen führe. Ich würde darauf wetten, dass sie das absichtlich machen, um mich zu ärgern. Als wir in der Küche ankommen, blicken Kalliope und Mum genauso skeptisch drein wie meine größte Zweiflerin Thalia.

Ich verknote meine Finger. »Nun, wie gesagt … nicht jeder Mensch ist in der Lage, Entitäten zu sehen.«

Mum hebt den Finger und zeigt auf eine Stelle über meiner Schulter. »Da! Ich sehe etwas! O Himmel, ist das aufregend!«

Ich drehe mich hastig um, starre einen Moment den Nebel an, dann Muriel, die am Herd herumwerkelt, und drehe mich zurück. »Mum. Das ist Wasserdampf vom Teekessel.«

Mum lässt enttäuscht die Schultern sinken.

Zeit für Plan B. »Giselle?«, rufe ich durch das Anwesen, dann nochmal lauter.

Nach einigen Augenblicken tritt Giselle durch die Küchentür, natürlich in ihrer menschlichen Form. Sie knickst vor Mum, die zu einer Begrüßung ansetzen will. Bevor eine endlose Begrüßungsrunde beginnt, zerre ich Giselle in eine Ecke.

»Kannst du ihnen deine Geisterform zeigen?«, bitte ich sie mit gesenkter Stimme, während Mum sich daran macht, meine Küchenschränke nach verbotenen Lebensmitteln zu durchforsten. Zum Glück halte ich mich an ihren chakraleitenden Ernährungsplan. Meine Schwestern, höflich wie immer, halten ein gezwungenes Gespräch mit Muriel aufrecht.

Giselle runzelt die Stirn. »Sicher nicht.«

»Komm schon, Freundinnen tun so was füreinander, oder?«

»Wären wir Freundinnen, wüsstest du, wie sehr ich meine Geisterform hasse«, widerspricht sie mit verschränkten Armen. »Wieso fragst du nicht Juri? Der würde doch eh alles für dich tun.«

»O bitte. Er macht nie, worum ich ihn bitte.«

Giselle hebt eine Augenbraue. »Vielleicht fragst du ihn einfach falsch«, kontert sie mit einer Stimme, die gleichzeitig Karies verursacht und direkt aus der Hölle kommt.

Ich ergreife ihre Schultern. »Bitte. Das ist der einzige Weg, meine Familie nicht zu verlieren.« Es ist gemein, ihre Gefühle zum Verlust von Familie auszunutzen, aber ich weiß mir nicht anders zu helfen. Keiner der anderen Entitäten würde das für mich tun.

Sie presst die Lippen aufeinander, dann schmeißt sie den Kopf in den Nacken. »Na gut. Aber nur ganz kurz! Und ich erwarte ein eigenes Zimmer für mich als Gegenleistung.«

»Ich verspreche dir ein eigenes Zimmer einzurichten«, stimme ich zu, obwohl ich keine Deals mit Entitäten eingehen soll. Aber ein eigenes Zimmer klingt harmlos. Und ich vertraue Giselle.

Sie räuspert sich, knickst theatralisch und beginnt, perfekte Pirouetten zu drehen. Alle beobachten, wie sich von ihrer Fußspitze aus ihr Körper langsam durchsichtig färbt.

Ich presse Daumen und Zeigefinger in meine Nasenwurzel. Natürlich muss sie einen Riesenakt daraus machen. Aber Mum und Kalliope starren sie mit offenem Mund an, während Thalia einen Schritt zurückweicht. Ich habe vergessen, wie gruselig Giselles von Widerhaken übersäte Geisterform aussieht. Unter wildem Haar erkenne ich ihr hübsches Gesicht kaum noch wieder.

»Ist das Beweis genug?«, fragt sie mit hallender Stimme und verwandelt sich bereits zurück.

Bevor jemand etwas sagen kann und bevor Giselle wieder ihre menschliche Gestalt angenommen hat, fliegt die Küchentür auf.

Mr Hallows und Scarlett treten ein. »Was tun Sie hier?«, fragt Hallows mit zusammengekniffenen Augen.

Sofort schiebe ich mich vor Giselles immer noch halbtransparenten Körper. »Das sollte ich wohl eher Sie fragen. Sie haben hier nichts zu suchen! Und wie sind Sie überhaupt hier reingekommen?«

»Die Tür stand offen«, erklärt Scarlett selig lächelnd. Bekommt sie überhaupt mit, was für ein Typ Mensch ihr Mann ist?

Ich funkle Mr Hallows an. »Verschwinden Sie auf der Stelle. Oder haben Sie vergessen, dass Ihre Klage –«

»Ich sorge mich wirklich um Ihre Sicherheit und die unserer Nachbarn«, unterbricht Hallows mich. »Deshalb wende ich mich erneut mit einem großzügigen Angebot an –«

Macht surrt durch meine ersten drei Chakrapunkte und bevor ich mich versehe, durchbreche ich Hallows persönliche Wohlfühlgrenze. Ich sehe jede einzelne Pore seiner Nase. »Wann bekommen Sie endlich in Ihr Erbsenhirn, dass wir Ihr dreckiges Geld nicht wollen? Und Sie werden unser Anwesen nicht bekommen!«

Hallows Augen flammen auf und er greift die Front meines Pullovers. »Ich habe es lange genug auf die freundliche Weise probiert. Aber wenn du kleine Made nicht hören willst, muss ich andere Maßnahmen ergreifen!«

Scarlett bewegt ihre manikürte Hand auf seine Schulter zu, um ihn zu beruhigen, doch Mum ist schneller. Sie stürmt auf uns zu und drängt mich zur Seite. »Ich wusste schon im Studium, dass du ein widerlicher, opportunistischer Schleimbeutel bist, Hallows, aber wenn du meine Tochter noch einmal anfasst …!«

Hallows ergreift Mum an ihrem Schal, zerrt daran, bis sie nach Luft japst.

Ich knurre und lange nach seinen Armen. Erst als ich ihn berühre, merke ich, wie warm, *heiß*, meine Handflächen sind. Flammen züngeln zwischen meinen Fingern hervor, versengen seine Haut. Das sollte mich beunruhigen, doch ich greife nur noch fester zu, bis er Mums Schal loslässt.

Er weicht vor mir zurück, doch die Flammen, die Brandblasen an seinen Armen, scheinen ihn nicht im Geringsten zu beunruhigen. Im Gegenteil, er grinst noch breiter. »Ihr werdet es bereuen, euch mit mir angelegt zu haben. Ich zerquetsche euch wie Fliegen.« Er krallt sich Scarlett, die mir noch einen entschuldigenden Blick zuwirft, und zerrt sie aus dem Anwesen.

***

Mum, Thalia und Kalliope setzen sich mit Muriel und Giselle an den Küchentisch. Während sie sich unterhalten, sichere ich die Küche mit Salz vor unerwünschtem Entitätenbesuch. Die ganze Zeit über kriecht Gänsehaut über meine Arme, meinen Rücken. Etwas fühlt sich falsch an, als würde ich etwas übersehen. Etwas, das mit Hallows schmutzig-brauner Aura zu tun hat. Ich kann mich nicht einmal darüber freuen, dass ich ohne irgendeine Einweisung von Muriel Flammen beschwören konnte. Okay, ein wenig stolz bin ich schon, ich mein, da kamen verdammte Flammen aus meinen Händen. Doch immer wieder finden meine Gedanken zurück zu Hallows.

Ich suche nach der Energie des Wurzelchakras, die meine Ängste abschwächt. Ich kann mich nicht von Angst leiten lassen, sondern muss nach vorn blicken. Einige Atemzüge später spüre ich die Illusion von Erde zwischen meinen Fingern, unter meinen Füßen, und finde neue Sicherheit. Ein Lächeln schleicht sich auf meine Lippen, als ich mich zu den anderen setze. Egal was er vorhat, ich werde mich wappnen, so gut es geht. Und ich bin nicht mehr allein.

Mum und Thalia schneiden Zwiebeln und Tomaten, weil Mum der Meinung ist, ich bräuchte dringend wieder etwas Vernünftiges zu essen. Obwohl sie in meinen Schränken keine Lebensmittel gefunden hat, wegen derer sie mir einen Vortrag halten kann.

Kalliope lehnt sich so weit zu Giselle, dass sie fast auf ihrem Schoß liegt. Wissbegierde glitzert in ihren Augen. »Und du erinnerst dich nicht daran, wann du geboren wurdest, wie du mit Nachnamen heißt? Erinnerst du dich daran, wie du gestorben bist?«

»Nein, nein, ja«, antwortet Giselle mit gerümpfter Nase, bevor sie sich mir zuwendet. »Deine Schwester ist genauso unverschämt wie du.«

»Schon, aber bei ihr ist es wissenschaftliche Neugierde. Bei mir nur Taktlosigkeit. Wenn du ihr sagst, dass die Fragen dir unangenehm sind, hört sie auf.«

Giselle zieht die Augenbrauen hoch und winkt ab. »Schon gut. Frag halt, wenn es dich so brennend interessiert«, erlaubt sie Kalliope mit gönnerhaftem Ton. Doch zwischen den Zeilen lese ich heraus, dass sie das Interesse ein wenig ehrt. Es gefällt ihr, im Mittelpunkt zu stehen.

»Erinnerst du dich an deine Familie?«, fährt Kalliope fort.

Giselle schlägt die Augen nieder. »Ja, sogar glasklar.« Wenn sie wüsste, dass ich die rohe Emotion in ihrer Stimme hören kann, würde sie nicht weitersprechen. »Meine Mutter war wunderschön, die eleganteste Frau der Stadt. Und mein Vater war … so anders als andere Männer. Gütig und gerecht, obwohl er so viel Macht besaß. Und meinen kleinen Bruder, Jack, habe ich geliebt. Nichts und niemand war je so wertvoll für mich.« Giselles Stimme bricht und wir alle starren auf den Tisch. Keiner weiß, was er sagen soll.

Mum räuspert sich und legt ihr eine Hand auf den Rücken. »Das klingt nach einer bezaubernden Familie.«

Giselle blickt in Mums Augen, dann steht sie wortlos auf und geht zur Tür. Ich springe auf, um die Salzspur wegzuwischen, und keine Sekunde später verlässt sie die Küche.

Wir schweigen, bis Thalia die Stille unterbricht. »Ich hab eine Idee«, erklärt sie und springt auf, gleichzeitig mit Kalliope. »Ich auch!«

Ich spüre den üblichen Zug an meinem Herzen, wenn die Gedanken der beiden so verschmelzen, doch ich lasse die Eifersucht nicht zu. Nicht mehr.

Mum zieht die beiden zurück auf ihre Stühle. »Das kann aber bis morgen warten! Jetzt kochen wir erst mal.«

Muriel, die neben mir und so weit wie möglich von den anderen entfernt sitzt, schnaubt auf. Das Schnauben klingt verdächtig nach einem abfälligen, ironischen *»Kochen?«*. Doch auch Muriel scheint dazugelernt zu haben, denn sie sagt nichts gegen Mums Kochkünste. Auch nicht, während sie mit stoische Mine Dinkelspirelli mit wässriger Tomatensauce isst.

***

»Du checkst es immer noch nicht, oder?«

Ich zucke zusammen, und das Wasser, mit dem ich die Kräuter in der hinteren Küche gieße, läuft über die Arbeitsfläche. Mit mehr Schwung als nötig wische ich das Wasser weg. »Was meinst du?«

Juri lehnt sich gegen die Arbeitsfläche und ich schiebe ihn weg, um weiter zu gießen. »Na, dass ein Dämon hier sein Unwesen treibt. Einer von den ganz großen.«

»Hier ist kein Dämon.« Ich stelle die Gießkanne ab, sobald ich zwischen all den Kräutern und Pflanzen einen Platz für sie finde. Es war eine gute Idee, die zweite, größere Küche zu etwas umzufunktionieren, das Mum Hexenküche getauft hat. So müssen wir mit dem ganzen Weihrauchkram und Muriels zahlreichen Mittelchen nicht in der normalen Küche herumhantieren.

Juri folgt mir durch die Küche ins Esszimmer. »Ich wette, Muriel hat es schon längst bemerkt und weiht dich nur nicht ein, weil du nutzlos bist.«

»Meinst du?«, frage ich nur und wende mich von ihm ab, um Säckchen mit Farbpulver aus einem der Lagerräume zu hohlen.

Juri versperrt mir mit gerunzelter Stirn die Tür. »Du bist anders als sonst. Langweilig.«

Ich zucke die Schultern und zwänge mich an ihm vorbei, mehrere Tüten in jeder Hand. Dann krame ich Schälchen aus dem Schrank, gebe ein wenig Farbpulver in jedes von ihnen und verrühre sie zu dicken Pasten.

»Was erhoffst du dir davon, mich zu ignorieren?« Er versucht nach einem Schälchen zu greifen, doch dank meiner mittlerweile geschulten Reflexe halte ich es fest auf dem Tisch.

»Ich ignoriere dich doch gar nicht.« Ohne ihn anzuschauen, arbeite ich weiter.

»Rede mit mir«, quetscht er zwischen zusammengebissenen Zähnen hervor.

»Ich rede doch mit dir«, antworte ich.

Juri springt auf, blaue Flammen in den Augen. »Hör damit auf. Ich hasse es, wenn du so bist.«

Ich stehe ebenfalls auf, aber langsam, gefasst. Jetzt blicke ich ihm direkt in die Augen. »Das hättest du dir vorher überlegen sollen«, erkläre ich ruhig, obwohl in mir ein Sturm wütet, den ich nicht zulassen will.

»O bitte«, Juri umrundet den Tisch und bleibt vor mir stehen. »Du hast die Spielchen seit Monaten mitgemacht. Für dich bin ich ebenso die einzige Ablenkung in diesem Höllenloch. Wir haben uns zweimal geküsst, mehr nicht. Jetzt erzähl mir nicht, das hätte dir was bedeutet und ich hätte dich so sehr verletzt und wie sehr du es hasst, wenn ich –«

»Ich hasse es *wirklich!*«, brülle ich. Feuer lodert durch meine Adern. »Ich hasse es, nie zu wissen, was du wirklich denkst. Ich hasse es, wenn du meine Gefühle ausnutzt, und ich hasse es, wie du es immer wieder schaffst, mich zu verletzten. Denn ich hasse es nicht, dich zu küssen, okay? Aber ich habe genug davon. Also mach mit der Information, was du willst, denn es interessiert mich nicht mehr.«

Juri verengt seine Augen und ich erwarte einen beißenden Kommentar zu meinem Geständnis. Doch er schweigt, länger als es angenehm ist. Ich spüre, wie sich meine Wangen unter seinem starren Blick röten. Aber ich schaue nicht weg. Ich lasse ihn nicht gewinnen. Dann streckt er seine Hand aus, vor der ich zurückweiche. Seine Hand verharrt in der Luft. »Wenn du es nicht hasst, mich zu küssen, können wir doch einfach –«

»Nein«, zische ich. »Ich habe lange genug versucht dich zu verstehen. Hab dir immer wieder Chancen gegeben. Und ich verstehe es, weißt du? Ich verstehe, was du durchmachst, gefangen zwischen Leben und Tod. Aber ich habe es satt, die Einzige zu sein, die versucht ... die Situation zwischen uns irgendwie erträglicher zu machen.«

»Es ist deine Schuld!« Juri knallt eine Hand auf den Tisch, dessen Holz unter seiner Berührung knarzt. »Weil du glaubst mich mit ein paar dämlichen Küssen besänftigen zu können. Ist es das, was du willst? Aus mir eine dämliche, gefügige, liebeskranke Entität machen?«

Ich schüttle sanft den Kopf. »*Du* hast immer mich geküsst, nicht umgekehrt.«

Juri zögert. Dann verdunkeln sich seine Augen. »Ich weiß.«

»Ich will dich nicht ändern. Ich weiß, dass es nicht möglich ist. Und ich weiß, dass eine Entität und ein Mensch ... dass du und ich ...«

»Es gibt kein Du und Ich. Ich will nur nicht ignoriert werden. Ich will, dass du mich beachtest. Mir egal, ob durch bescheuerte Scherze oder einen sinnlosen Streit oder ein paar unbedeutende Küs–«

Ich lege meine Finger an seine Brust, nur eine federleichte Berührung, die ihn verstummen lässt. Ich kann ihm nicht in die Augen blicken. »Du hast zweimal versucht mich umzubringen. Ich lasse nicht zu, dass du mich wieder verletzt.« Ich wähle meine Worte so, dass es klingt, als ließe ich keine seiner Angriffe mehr zu, doch eigentlich meine ich, wie er mich immer wieder innerlich verletzt. Doch das werde ich nicht zugeben.

Juri stößt die Farbschalen vom Tisch, deren Inhalt über den Holzboden läuft, in jede Rille sickert. »Das muss ich auch nicht. Dafür sorgt schon der Dämon.« Er nähert sich mir, bis ich seinen kalten Atem auf meinen Lippen spüre. »Und ich freue mich auf den Tag, wenn er dich vernichtet.«

KAPITEL 18

Am nächsten Morgen schreckt mich nicht die Türklingel des Anwesens aus dem Schlaf, sondern die Stimme meiner Schwester. »Meeeeel!«, gellt sie durchs Haus. Thalia stürmt in mein Zimmer, Kalliope mit einer Rolle Pergament in der Hand an den Fersen.

Ich werfe einen Blick auf den Wecker, drehe mich auf den Bauch und verstecke meinen Kopf unter dem Kissen. »Es ist nicht mal sieben, spinnt ihr?«

»Das hier kann nicht warten!«, kreischt Thalia und zieht mir die Decke weg.

Kalte Luft trifft auf meine Haut und ich kugle mich in Embryonalstellung zusammen. Ich kann nur weinerlich aufstöhnen. Thalia kramt in meinem Schrank herum. Sie schafft es innerhalb von Sekunden, meine biederste Hose und meinen langweiligsten Strickpullover herauszuziehen, doch ich ziehe die Sachen so schnell über, wie ich kann, bevor ich erfriere.

»Wo ist Giselle?«, fragt Kalliope und zieht mich aus dem Bett.

Widerwillig quäle ich mich in einen aufrechten Stand. »Keine Ahnung, ich bin nicht ihre Babysitterin.«

»Wir finden sie schon«, unterbricht uns Thalia, während Kalliope mir das Pergament in die Hand drückt.

Langsam rolle ich es auf und ein alter, vergilbter Stammbaum kommt zum Vorschein. »Wenn das hier Mums neues Hobby ist und sie jetzt will, dass ich ihr bei der Ahnenforschung im Internet helfe, geh ich direkt wieder ins Bett.«

Thalia grinst und drückt meinen Kopf weiter hinunter, näher an den Stammbaum. »Sieh genauer hin!«

Ich reibe mir den Schlaf aus den Augen und entziffere mit zusammengekniffenen Augen die verschnörkelte Schrift. Der Familienname ist so ausgeblichen, dass ich ihn nicht lesen kann, doch die Namen darunter erkenne ich. Gilbert, Isabella, Hepzibah … Die altmodischen Namen ziehen sich vom 17. Jahrhundert bis ins frühe 19. Jahrhundert. Obwohl die filigranen Ranken des Baums noch Platz für weitere Namen lassen, bricht die Stammlinie mit den letzten Kindern ab. Jackson Charles und Giselle Blanche.

Ich blicke meine Schwestern fragend an. »Okay, was soll mir das jetzt –« Ich blicke so ruckartig zurück auf das Pergament, dass meine Zähne aufeinanderschlagen.

Giselle. Und Jackson. Giselle hat von ihren Bruder Jack erzählt. Das winzige Gemälde über dem Mädchen ist verblichen, doch wenn man es weiß, erkennt man die Ähnlichkeit. Giselles Tod wird auf das Jahr 1889 datiert.

Ihre Eltern folgen einige Jahrzehnte später, ihr Bruder Jack starb 1959.

»Du weißt, was das bedeutet?«, fragt Kalliope. Und zum ersten Mal seit Langem nehme ich an ihrem Gedankenaustausch teil.

»Giselle hat keinen Grund mehr, im Diesseits zu bleiben.«

***

Wir finden Giselle im großen Ballsaal, wo sie neben dem Fenster auf dem Boden sitzt und auf den See hinausblickt.

»Giselle?« Ich nähere mich ihr langsam und lege ihr eine Hand auf die Schulter, plötzlich unsicher, wie sie auf die Neuigkeit reagiert.

Ihr Kopf schnellt herum und sie lächelt mich an. Also hat sie immerhin gute Laune, auch wenn ihre Körperhaltung seltsam starr ist. »Bekomme ich jetzt endlich das Zimmer, das du mir seit Ewigkeiten versprochen hast?«

»Ich habe dir das erst gestern versprochen«, erwidere ich.

Giselle lehnt sich zurück und blickt verträumt an die Decke. »Mhm. Manchmal fühlen sich Stunden wie Sekunden an. Und manchmal ein Tag wie Jahrzehnte.« Sie bereitet mir ein wenig Sorge, denn auch wenn die Entitäten nie ein wirklich gutes Zeitgefühl hatten, ist das hier eine Nummer heftiger.

Thalia schiebt sich an mir vorbei. »Wir haben etwas Besseres als ein Zimmer!«, jauchzt sie und schiebt Giselle die Pergamentrolle in die Hand.

Ich will sie aufhalten, doch Giselle greift bereits nach dem Papier. »Wir müssen ihr das schonend beibringen«, zische ich meiner Schwester zu.

Kalliope hockt sich vor die lesende Giselle. »Thalia und ich haben ein wenig recherchiert, deinen Namen und den deines Bruders gegoogelt und sind auf diesen Stammbaum in den Stadtarchiven gestoßen.«

Während Giselle das Pergament weiter studiert, wende ich mich Thalia zu. »Durftet ihr das einfach so mitnehmen?«

Thalia streicht sich über den Kopf. »Na ja, wir haben es uns sozusagen geliehen.«

»Thalia!«, rufe ich, gleichermaßen geschockt wie begeistert. Dann grinse ich, weil meine Schwester versucht ihr ebenso schuldbewusstes wie stolzes Lächeln zu verbergen.

Giselle steht ruckartig auf und eine unsichtbare Schockwelle, die von ihr ausgeht, durchfährt mich. »Ich bin seit über hundert Jahren tot?«, haucht sie. Das Pergament in ihren Finger zittert.

Ich lege meine Hände an ihre und übe leichten Druck auf sie aus, damit Giselle mich ansieht. »Ich weiß, das muss schwer für dich sein.«

Giselle reißt sich von mir los. »Das kann nicht sein. Ich bin höchstens zehn Jahre tot. Vielleicht zwanzig.«

Innerlich verfluche ich mich, nicht daran gedacht zu haben eine wie auch immer geartete Ausrüstung mitzunehmen. Ich trage nur meinen Dolch und ein paar Phiolen Salz bei mir, kein Räucherwerk, um Giselle zu beruhigen. »Hast du das Bild gesehen? Das bist du, oder? Und daneben dein Bruder Jack.«

Giselle blickt hinunter auf das Blatt. Ihre Lippen stehen leicht offen und beben. »Nein. Jack wartet darauf, dass ich zu ihm zurückkehre.«

»Giselle ...«

»Nein – NEIN!« Ihre Stimme bricht und mit ihr mein Herz. Ihre Familie war das Einzige, was sie am Leben gehalten hat. Wenn ich auch nur daran denke, wie es ist, wenn einem der einzige Grund zu leben genommen wird, weicht jedes Bisschen Wärme aus mir.

Juri schlendert durch den Rundbogen in den Saal. »Was ist hier los?«

Meine Schwestern drehen sich zu ihm um. »Wer ist das?«

Bitte nicht auch noch er. Giselle schaukelt sich gerade in einen Panikanfall hinein, da ist er der Letzte, den wir gebrauchen können. »Er soll Giselle nicht zu nahe kommen«, warne ich meine Schwestern und drücke ihnen zwei Phiolen mit Salz in die Hände. »Zieht einen Kreis um uns!« Dankbar beobachte ich, wie sie sich sofort an die Arbeit machen, obwohl meine Anweisung für sie beknackt klingen muss. Dann wende ich mich Giselle zu, die langsam an der Wand herunterrutscht. Ich halte sie an beiden Oberarmen fest.

Giselles wirre Augen finden meine und sie starrt mich plötzlich mit beunruhigender Intensität an. »Er wartet auf mich«, kreischt sie erneut. Ich kann sie kaum aufrecht halten.

»Was habt ihr getan? Ich spüre ihre Energie durch das gesamte Anwesen!« Muriel stürmt in den Saal und stößt Juri zur Seite, der am Rand des Salzkreises auf und ab trottet. »Jetzt verjag sie schon! Nimm deinen Dolch. Oder Salz, ganz egal!«

Ich stelle mich schützend vor Giselle, schirme sie vor Muriel ab, die bereits ihren eigenen Dolch zückt. »Haltet sie auf!«

Meine Schwestern folgen meiner Anweisung und halten unsere Großmutter an beiden Armen zurück. Für einen Moment zuckt Muriel, doch dann lässt sie die Hand mit dem Dolch sinken.

»Hab ich dir gar nichts beigebracht?«, poltert sie und stemmt sich gegen meine Schwestern. »Sie ist nicht deine Freundin. Das da ist ein Geist, der kurz davor ist, in einen Blutrausch zu geraten!«

Mit aller Kraft zerre ich Giselle in die Senkrechte. Sie stottert nur noch unverständliche Silben vor sich hin. Ich greife ihre Wangen mit beiden Händen und zwinge sie mich anzuschauen. Ich weigere mich ihr einen Dolch in die Brust zu rammen, egal ob sie lebt oder nicht. Denn egal was Muriel sagt, Giselle ist meine Freundin. »Giselle«, rede ich mit ruhiger Stimme auf sie ein. »Giselle, hör mir zu.«

Ihre Augen rollen. »Lass mich zu meinem Bruder!«

Juri stürmt zum nächsten Punkt in meine Nähe, den er erreichen kann. »Warum zeigst du ihr so was? Sie hält das nicht aus!«, blafft er mich an. Mit einem Seitenblick erkenne ich den Wahnsinn in seinen Augen, aber auch eine Spur Sorge. Mein Atem stockt, als ich realisiere, dass sie ihm wichtig ist. Meine Schwestern und ich verletzten jemanden, der ihm wichtig ist. Ich hätte das nie zulassen dürfen.

»Es tut mir leid«, stottere ich, Giselle immer noch in meinen Armen. Jetzt krallt sie sich an meinen Schultern fest. Juri knurrt frustriert und wischt mit einem Arm durch die Luft. Eine Glasscheibe zerbirst. Ich funkle ihn an. »So machst du es auch nicht besser!«

Juri schlägt eine Faust gegen das Treppengeländer. »Dann lass mich zu ihr!«

»Geh nicht auf ihn ein!«, geifert Muriel.

Ich presse die Lippen aufeinander und wäge einige Atemzüge lang die Gefahren ab. Dann lasse ich Giselles starren Körper auf den Boden sinken, hechte zu Juri und verwische die Salzspuren. Bei der ersten Lücke im Salz drängt er sich an mir vorbei. Etwas Schweres drückt auf meine Brust, weil ich für einen Moment glaube, dass er mich zur Seite stößt. Doch er ergreift meine Hand und zieht mich mit sich zu Giselle auf den Boden. Ich ignoriere die Wärme, welche sich zwischen unseren Fingern bildet. Giselle braucht unsere Hilfe.

»Was soll ich tun?«, wispere ich.

Er hebt Giselles Kopf auf seinen Schoß und streicht ihre Haare aus dem Gesicht. »Bin ich Geisterjäger, oder du? Du weißt doch sonst alles!« Seine schneidenden Worte treffen mein Herz, doch ich schlucke eine ebenso bissige Erwiderung herunter. Seine Sorge lässt ihn so sprechen. Und auch wenn seine Aufgebrachtheit mich trifft, wird mein Herz wieder ein wenig wärmer. In dieser Situation denkt er nicht daran, seine Gefühle zu verbergen. Zorn und Hilflosigkeit kämpfen in seinen dunklen Augen miteinander. Keine Spur von Langeweile.

Ich atme tief ein. Ich kann jetzt nicht den Mut verlieren. Ich atme aus. Leichtigkeit und Schwere umspielen mein Herz, erden mich und erheben mich. Meine Familie hat mir geholfen. Jetzt ist es an der Zeit, dass ich denjenigen helfe, die keine Familie mehr haben. Muriel und ich kamen noch nicht dazu, das vierte Chakra anzugehen, doch so leicht wie keines zuvor öffnet sich der Chakrapunkt meines Herzens.

Ich dränge Juri zur Seite und ergreife Giselles zitternde Hand. Ich blicke in ihr Gesicht, obwohl sie es zu einer Grimasse verzerrt und ihre Augen schwarz glühen. »Giselle. Dein Bruder wartet auf dich.«

Giselle bäumt sich auf. »Ich will zu ihm!«, kreischt sie. Ihr halber Rücken hebt sich vom Boden und Widerhaken bohren sich in meine Kleidung, meine Haut.

Ich beiße die Zähne zusammen, ignoriere das Brennen und öffne den obersten Knopf ihres Kleides.

»Was tust du?«, zischt Juri und versucht, meine Hände von Giselle zu lösen.

Ich schiebe seine Arme fort und zeichne mit meinem Finger eine beruhigende Rune über ihr Schlüsselbein. Ohne Farbe, aber die Geste allein sollte Wirkung zeigen. »Er wartet auf dich, aber nicht hier. Nicht im Diesseits.« Ich schlucke Tränen herunter. »Deine Familie wartet seit langer Zeit auf dich.«

Giselle sackt zurück auf den Boden. »Sie warten auf mich«, flüstert sie.

Ich lehne mich zurück, aber lasse sie nicht aus den Augen. Die Kälte von Juris Hand legt sich um meine Finger. Die Kraft, meine Hand aus seiner zu lösen, finde ich nicht.

Irgendwann, nach Sekunden oder Minuten, klären sich Giselles Augen ein wenig. Frieden legt sich über ihren Körper wie eine Decke. »Mel«, haucht sie schließlich und blickt mich endlich an. »Versuch es jetzt.«

Ich muss sie nicht fragen, was ich versuchen soll. Ich spüre es, genauso, wie sie es spürt. Ihr Ende ist nah. Und so beunruhigend der Gedanke auch ist, gleichzeitig legt sich ihr Frieden auch über mich. Sie ist bereit, also bin ich es auch.

Juri lässt meine Hand los, sobald ich mich aufrichte. Ich ignoriere die Blicke der anderen, blende ihre Worte aus, und hole weiße Farbpigmente und getrocknete Blüten, sowie Salbei und Engelwurz aus der Kräuterküche. Dann suche ich in der Bibliothek nach dem weißen Buch mit der goldgeprägten Sonne, das ich vor einiger Zeit unachtsam weggeworfen habe. Ich hielt die esoterisch angehauchten Rituale für schwachsinnig, aber jetzt begreife ich, dass ich falsch lag. Muriel hat mir beigebracht, wie man Geister bekämpft und genauso bin ich auch die endgültige Verbannung angegangen. Doch statt eines Kampfes, statt einer Verbannung, rät mir meine Intuition zu einer Erlösung. Es klingt kitschig und müsste ich es laut aussprechen, wären mir die Worte peinlich, aber davon darf ich mich jetzt nicht aufhalten lassen. Giselle wartet auf mich. Auf ihre Erlösung.

Wieder zurück gebe ich das weiße Pigment in ein Holzschälchen, träufle einige Tropfen Weihwasser darauf, doch meine Hand zittert zu sehr, um beides zu vermengen. Juri legt seine Fingerspitzen auf meine Hand, nur ganz kurz, doch ich finde die Kraft weiterzumachen. Nur vage bekomme ich mit, dass er aufsteht und geht, während ich einen Doppelkreis um Giselle ziehe und den Platz zwischen den Ringen mit Runen fülle. Ansuz, für die Einsicht. Raidho für die Versöhnung, den Zyklus, die Reise. Das Geschenk, Gebo. Wunjo, Naudhiz, Jera. Und zuletzt, jeweils oben, unten, links und rechts, Eihwaz, die Eibe, die Verbindung zwischen Diesseits und Jenseits.

Tränen fallen auf die Runen, doch sie verlaufen nicht. Giselle lächelt und greift nach meiner Hand. »Danke, Mel«, haucht sie und ich muss schluchzen. Ich schlinge meine Arme um sie, gerade noch rechtzeitig, bevor ihr Körper verblasst, verschwindet.

Dann sind meine Arme leer.

***

Muriel ist erstaunlich still, während Thalia und Kalliope mich zur Küche leiten und betüddeln. Das Ritual hat an meinen Kräften gezehrt und am liebsten würde ich einfach ins Bett fallen, doch ich lasse ihre Umsorgung zu, weil ich verarbeiten muss, was passiert ist. Kalliope kocht Tee und nimmt die Kräuter, die Muriel ihr stillschweigend in die Hand drückt, ohne Murren an. Thalia findet eine Decke in meinem Schlafzimmer, die sie mir um die Schultern legt.

Ich ziehe die Decke enger um mich. »Du sollst nicht allein durch das Anwesen laufen«, ermahne ich sie, doch kann die Worte nur murmeln.

»Jaja, alles ist gut.« Thalia tätschelt meinen Kopf gönnerhaft. Immerhin schaukelt das Amulett von gestern an ihrem Hals.

Kalliope stellt den Tee vor mir ab und ich winde meine Finger um die heiße Tasse. Meine Schwestern schwärmen von dem transzendentalen Erlebnis und von meinen Fähigkeiten, doch ich höre nur mit halbem Ohr zu. Ich weiß, dass Giselle jetzt für immer fort ist und dass das etwas Gutes ist. Meine Brust schmerzt trotzdem. Ich habe sie nicht lange gekannt, aber in den wenigen Wochen – nein, Monaten – ist sie mir so sehr ans Herz gewachsen, dass es sich anfühlt, als wäre eine gute Freundin ganz unerwartet und viel zu früh bei einem Unfall ums Leben gekommen.

»Nun, du hast endlich geschafft, was drei Generationen der Adler-Frauen vor dir nicht vermochten«, grummelt Muriel und die Worte sind so nah an einem Lob, dass ich aus meiner Trance aufwache.

»Wehe, du sagst jetzt, du hättest es ja gewusst.«

Muriel deutet auf eine Stelle über meiner Schulter. »Das habe ich. Denn ich sehe an deiner Aura, dass du zu Großem bestimmt bist. Perlmutt, Indigo und Gold, die Farben von Spiritualität und Schicksal. Und mit jedem geöffneten Chakra strahlen sie mehr.«

Ich richte mich ein wenig mehr auf. »Du hast gesagt, ich darf nicht wissen, wie meine Aura aussieht!«

»Durftest du auch nicht. Du hättest dich darauf ausgeruht, dass du dazu bestimmt bist, die Entitäten zu erlösen. Und dann wäre das nie was geworden. Ein wenig Druck und du wächst über dich hinaus. Hast dir trotzdem ganz schön Zeit gelassen. Ein paar Wochen eher, und wir hätten das Anwesen an Hallows verkaufen können.«

Natürlich kann sie es nicht bei einem Lob belassen. Ich verschränke meine Arme auf dem Tisch und lege meinen Kopf auf ihnen ab. »Du weißt, dass ich das Anwesen selbst dann hätte behalten wollen. Ich mag es.«

Muriel schweigt und legt den Kopf schräg. »Du meinst es wirklich ernst.«

Thalia rutscht in ihrem Stuhl hin und her. »Heißt das, du renovierst jetzt richtig?« Sie stiert mich erwartungsvoll an und ich weiß genau, worauf sie hinauswill.

Ich schlucke die Panik hinunter, die in mir ansteigt, wenn ich daran denke, meine Schwester den Tücken des Anwesens auszusetzen. »Ich würde mich sehr freuen, wenn du mir dabei hilfst«, beantworte ich ihre unausgesprochene Frage grinsend. Ich brauche ihre Unterstützung und habe mittlerweile genug Vertrauen in meine Kräfte, um sie zu beschützen.

Thalia springt auf und wirft ihre Arme um mich. »O danke, danke, danke! Ich könnte das vielleicht sogar als Abschlussprojekt für die Uni nehmen!«

»Willst du weiterhin hier wohnen?«, fragt Kalliope.

»Ich denke schon. Das Anwesen braucht mich, das spüre ich. Und es gibt noch so viele Entitäten, die erlöst werden müssen.« Wenn ich wirklich im Anwesen leben und mich um die Geister kümmern will, muss ich einen Weg finden, meine Familie und Freunde damit zu vereinen. Ich kann nicht wie Muriel mein ganzes Leben der Geisterjagd widmen.

»Wenn Thalia dir helfen darf, will ich das auch«, besteht Kalliope.

»Ich bezweifle, dass ich die Entitäten für Physiknachhilfe begeistern kann.«

Kalliope patscht mir auf die Hände. »Ich kann dir bei den Recherchen helfen. Schließlich haben wir auch herausgefunden, wer Giselle ist. Dann könntest du dich auf deinen Hokuspokus und dein Studium konzentrieren.«

Zuerst will ich ihr Angebot ausschlagen. Es allein schaffen. Aber wie gut hat das bisher geklappt? Also suche ich im Solarplexuschakra nach dem Teil von mir, der sich weiterentwickelt hat, und nutze die Kraft, um ein ehrliches Lächeln auf meine Lippen zu zaubern. »Danke, Kalliope, ich könnte deine Hilfe, glaube ich, wirklich gebrauchen.«

Meine Schwestern lächeln mich unheimlich an. Unheimlich sanft und zufrieden – und auch ein bisschen verwirrt.

Ich rücke ein Stück von ihnen ab. »Was?«

»Du hast dich verändert«, erklärt Kalliope.

»Du scheinst glücklicher. Ruhiger«, fährt Thalia fort. »Als wärst du deinem inneren Frieden näher gekommen.«

Ich schnappe mir die Decke, rolle meine Augen gen Himmel und stehe auf. »Innerer Frieden?«, grummle ich. »Sag bitte nicht, Mum hat euch jetzt auch für ihre Sekte begeistert.«

»Manche Dinge ändern sich nie«, flüstert Kalliope Thalia zu.

***

Thalia rennt bereits den dritten Tag mit Amuletten, Runen und einem Zollstock bewaffnet durch das Anwesen und misst alle Wände, Türen und jede einzelne Fuge im Boden aus. Währenddessen sitzen Kalliope und ich in der Bibliothek, sie in den Laptop versunken, ich in meine Meditation. Ich will ausnutzen, dass mir das Öffnen neuer Chakrapunkte in den letzten Tagen so viel leichter fiel als zuvor. Aber ich musste auch Kalliopes pausenlose Befragungen zu den Entitäten aushalten und ständig die Schwingungen im Haus erspüren, um sicherzugehen, dass es Thalia gut geht.

Als dann auch noch Muriel durch die Tür platzt, zerre ich meine Beine endgültig aus dem Lotussitz, der mir mittlerweile tatsächlich gelingt. Muriel pfeffert mir ein Säckchen in den Schoß. »Wir müssen endlich mit den Elementen beginnen. Sind schon viel zu spät dran.«

Kalliope horcht auf. »Elemente? Melpomene, das Periodensystem solltest du auswendig können! Das lernt man als Fünftklässler.« Sie blickt mich tadelnd an.

Ich komme auf die Füße. »Nicht *die* Elemente.« Ich wedle meine Arme in komplizierten Bewegungen durch die Luft. »Ich werde eine Meisterin der vier Elemente sein. Meine Feinde werden mich fürchten, meine Freunde mich bewundern. Avatar Mel!«

Muriel unterbricht meine Vorstellung, indem sie beherzt meine Arme einfängt. »Hör auf so überzeugt von dir zu sein. Ich wäre schon zufrieden, wenn du es schaffst, ein Streichholz zu entzünden. Die Beherrschung der Elemente liegt nicht jeder Adler-Frau.«

Ich ziehe meine Augenbraue hoch. »Aber ich habe schon Feuer heraufbeschworen.«

»Die Betonung liegt auf *Beherrschung*. Du bist wie ein Kleinkind, das mit einem Feuerzeug und einem Eimer Benzin spielt.« Muriel deutet mir an das Samtsäckchen zu öffnen.

Ich ziehe vier Oktaeder aus Glas heraus, von denen jeweils zwei in eine

Hand passen. Es wundert mich nicht, dass sich in der unteren Spitze eines Oktaeders Erde sammelt, in der Spitze eines anderen Wasser. In einem Oktaeder klappert ein Feuerstein gegen das Glas, der letzte hingegen ist leer.

»Normalerweise würde ich testen, zu welchem Element du die meiste Bindung hast, aber ich denke, das erübrigt sich bei dir. Als klassische Cholerikerin –«

»Ich bin keine Cholerikerin!«, brause ich auf, bevor ich merke, dass ich ihre Vermutung damit bestätige. Kalliope kichert hinter vorgehaltener Hand. Ich presse die Lippen aufeinander und lasse meine Hände zurück in meinen Schoß sinken.

Muriel hebt den Glasoktaeder mit dem Feuerstein auf. »Als klassische Cholerikerin fällt dir das Feuer am leichtesten. Bevor ich dich in freier Wildbahn an Feuer lasse, übst du hiermit. Ebenso die anderen Elemente.« Sie drückt mir den Feuer-Oktaeder in die Hand.

Ich starre sie einen Moment lang an. »Und was soll ich damit tun? Jonglieren?«

Muriel nimmt den Oktaeder mit der Erde und hält ihn mit Daumen und Zeigefinger an beiden Spitzen. Die Erde trotzt der Schwerkraft und fliegt Körnchen für Körnchen in die obere Spitze. Dann fällt sie, wirbelt in der Mitte des Oktaeders ineinander, bis sich daraus ein Kieselstein, bildet. »Völlig egal, Hauptsache, es passiert irgendwas.«

»Und wenn ich es schaffe, Feuer zu machen – zerspringt oder schmilzt das Glas dann nicht oder so?«

»Wenn das passiert – und du danach das Feuer kontrollieren kannst, sodass du nicht das gesamte Anwesen niederbrennst –, bist du bereit für die nächste Stufe.«

Ich drehe den Oktaeder mit dem Feuerstein in meinen Fingern hin und her. »Und wie entzünde ich ein Feuer?«

Muriel tippt sich an die Stirn. »Konzentration!« Dann dreht sie auf der Stelle um und verlässt die Bibliothek.

»Klasse. So präzise und hilfreich wie immer.«

***

Etwa eine Stunde lang wende ich den Oktaeder in meinen Händen, starre den Stein darin an, werfe ihn in die Luft, reibe ihn zwischen meinen Handflächen, doch nichts passiert. Natürlich. Wäre ja auch zu schön, wenn ein einziges Mal etwas auf Anhieb klappt. Ich lasse mich auf meinen Rücken fallen und starre die Decke an.

Kalliope wippt einen Stift zwischen ihren Fingern hin und her. »Vielleicht gehst du raus in die Kälte, damit dein Körper sich nach Wärme sehnt?«

Ich starre meine Schwester an, die schon wieder auf der Tastatur rumtippt. »Das könnte tatsächlich funktionieren. Wieso kannst *du* nicht meine Lehrmeisterin sein?« Voller neuem Elan springe ich auf und mache mich auf den Weg zur Veranda, bleibe aber noch kurz stehen. »Kalliope? Hast du schon etwas über Juri herausgefunden?«

Kalliope blättert durch ihre Notizen. »Nein nichts. Ein alter Komponist namens Juri Wolkow, der vor etwa einem Jahrhundert hierhergefunden hat und unter mysteriösen Umständen starb, und ein vierzehnjähriger Junge, der in einem tragischen Unfall gestorben ist. Passt beides nicht, da Geister ja anscheinend ihre Gestalt, die sie im Moment des Todes haben, beibehalten. Und ansonsten hab ich zu wenige Infos, um herauszufinden, ob er eine Art Dämon oder so ist. Wenn es dringend ist, kannst du ja vielleicht mehr herausfinden oder …«

»Nein, nein, schon okay. Ist nicht so wichtig«, murmle ich.

***

Ich schaffe es nicht, den Feuerstein zu entzünden, ebenso wenig, wie ich etwas mit den anderen Elementen hinbekomme – außer dass mich das Element des Eises fast erfriert. Doch mich überkommt bei all der Konzentration, dem Stillsitzen, dem winterlichen Ausblick das Bedürfnis zu malen. Also packe ich die Oktaeder in die Tasche meines Cardigans und eile hoch ins Zeichenzimmer. Die Weiße Frau ist nicht hier, was mich erleichtert. Ich muss jetzt allein sein.

Sofort mische ich Farben an, reiße die alte Leinwand von der Staffelei und stelle eine neue auf. In mir schlummert eines dieser Bilder, für das ich keine Skizzen anfertigen kann. Eines der Bilder, bei denen ich nicht mittendrin aufhören kann, weil ich weiß, sobald ich meine Gedanken abschweifen lasse, verliere ich das Bild in mir. Und finde es nie wieder.

Also male ich. Dunkle, kalte, schlammige Nuance zuerst. Dicke Pinselstriche mit zähen Farben. Winter und Nacht und Sehnsucht. Ich weiß, was entstehen soll, doch ich weiß noch nicht, wie es aussieht. Ich wische die dunklen Farben mit einem feuchten Tuch von meiner Palette, um jeden Rest Umbra und Schwarz zu entfernen.

Doch was jetzt? Ich brauche etwas Reines, Pures. Meine Finger sehnen sich nach einer Farbe, die ich nicht benennen kann. Sie verlangen nach Magie, Wolken, die Art, wie Licht da ist, ohne dass man es sieht.

»Arg deprimierend für jemanden, der alles hat«, ertönt Juris Stimme.

Ich schnelle zu ihm herum und mein Pinsel verwischt die Farbe auf der Leinwand. Ich verliere das Gefühl für mein unvollendetes Bild. An dessen Stelle tritt brodelnde Hitze. »Du sollt mich in Ruhe lassen. Hast du es immer noch nicht begriffen?«

Juri rümpft die Nase und schlendert auf mich zu. »Warum machst du dir die Mühe, eine Diskussion anzufangen?«

»Was?«

Juri bleibt eine Armlänge vor mir entfernt stehen. Seine Kälte sickert in jede meiner Poren. »Du kannst mich doch jetzt loswerden«, grollt er. »Ein bisschen was von deiner neu gewonnenen Magie und du musst mich nie wiedersehen.«

Obwohl mein Herz bei dem Gedanken verkümmert – und es überrascht mich, wie sehr – verankere ich beide Füße im Boden. Ich habe mir geschworen, nie wieder auf so etwas einzugehen. »Ja, könnte ich. Jederzeit.« Ich schaffe es sogar, den Hauch eines Lächelns auf meine Lippen zu legen.

Juris Augen schwärzen sich und er hebt eine Hand in die Luft, schlitzt die Leinwand in der Mitte auf, ohne sie zu berühren.

Ich taste nach dem Dolch in meiner Hosentasche. »Was jetzt? Bin ich als Nächste dran?«

Juri ballt seine Hände neben seinem Körper zu Fäusten. »Ich könnte dir niemals wehtun.«

»Ja, klar, du hast ja nur versucht mich im See zu ertränken.«

Im einen Moment funkelt er mich einen Schritt von mir entfernt an – dann erscheint er direkt vor meiner Nase, so nah, dass sein Atem die feinen Haare an meiner Schläfe aufwirbelt. »Du hast mich zuerst angegriffen.«

Ich öffne meinen Mund, um mich zu verteidigen, doch Juri zieht mich an den Schultern zu sich, bis mein Kiefer gegen sein Schlüsselbein stößt. Meine Fingerspitzen kribbeln, als sich seine Arme um mich winden. »Ich bereue den Tag«, flüstert er in mein Ohr. »Aber seitdem habe ich dir nie wieder wehgetan. Etwas treibt mich dazu an, dir Leid zuzufügen, doch ich habe mich dagegen gewehrt. Ich will dich nicht verletzten.«

Ich will ihn an den Nachtalb erinnern, doch kann nicht atmen, weil ich sein Kinn an meinem Kopf spüre, seinen Atem an meiner Stirn, ihn, so nah bei mir. Ich kann nicht atmen, weil ich realisiere, was mich immer wieder zu ihm zieht, egal wie sehr ich dagegen ankämpfe. Mein Verstand sagt Nein, mein Herz sagt Nein – auch wenn ich mir da mittlerweile nicht mehr so sicher bin. Doch dieser Instinkt in mir, der sich gegen Cole gewehrt hat, schreit in mir aus vollem Halse *Ja*. Das hier ist richtig.

Nur ist es das nicht. Diese Gefühle sind ein grausamer Scherz des Schicksals.

»Ich glaube dir nicht«, flüstere ich.

Juri schiebt sich von mir weg, doch seine Hände greifen nach dem Aventurin, mit dem er gedankenlos spielt. »Vielleicht ist es besser, wenn du mich ebenfalls fortschickst wie Giselle.« Seine Augenlider flattern. Sonst strahlen seine Augen Ehrlichkeit und Verletzlichkeit aus, wenn er etwas sagt, das mein Herz berührt. Doch diesmal schaut er weg.

Ich will ihn zurück zu mir ziehen, will ihn küssen, ihm beteuern, dass ich ihn niemals wegschicken könnte. Doch ich löse seine Hände von mir, bevor er aufdeckt, dass er mich erneut hinters Licht geführt hat. Oder noch schlimmer, bevor ich bemerke, dass er alles ernst meint. »Das werde ich. Aber du bist noch nicht so weit.«

Das ist eine Lüge. *Ich* bin nicht so weit.

KAPITEL 19

Obwohl mich Giselles Erlösung mitgenommen hat, sowohl emotional als auch körperlich, und ich völlig erschöpft bin, kann ich nicht schlafen. Ich denke so viel nach, dass sich ein dumpfer Schmerz in meinen Schläfen ausbreitet, gegen den keine Schmerztablette ankommt. Doch meine Gedanken drehen sich immer weiter. Ich komme zu keiner Lösung. Vermutlich weil es keine Lösung gibt für ein Mädchen, das Gefühle für eine Entität entwickelt, und eine Entität, die vielleicht, ganz eventuell, ein kleines bisschen auch so fühlt. Zumindest der kleine Teil in ihm, der noch menschlich ist. Eigentlich will ich gar nicht an Juri denken, sondern an Giselle, die ich mehr vermisse, als ich gedacht hätte. Doch immer wieder schweifen meine Gedanken ab. Ich tröste mich damit, dass Giselle, wo immer sie jetzt auch ist, sich wegen meiner Gedanken über Juri ins Fäustchen lachen würde.

Das Schellen der Türglocke höre ich kaum, auch nicht, wie Thalia durch das Anwesen schreit, dass sie öffnet. Meine Schwestern spüren natürlich, dass mich etwas beschäftigt und ich fühle mich schlecht, weil ich so kurz, nachdem ich versprochen habe mich ihnen mehr anzuvertrauen, kein Wort darüber verliere. Doch die beiden wissen, dass ich Zeit brauche, um meine Gedanken zu sortieren. Ich könnte heulen, weil sie es mir nicht übel nehmen und sich so verhalten wie immer, vielleicht nur ein klein wenig sanfter, mit mehr Achtsamkeit in ihren Worten.

Ich kehre erst in die Realität zurück, als Thalia Viper und Larkin in die Bibliothek führt. Meine besten Freunde grinsen mich an und plötzlich erinnere ich mich daran, wie sie mich einfach hier allein gelassen haben, nachdem sie mir eröffnet haben, dass ich den Abgabetermin verpasst habe. Nachdem ich ihnen unter Tränen gebeichtet habe, wie lange ich nichts mehr gemalt habe. Ich kann die Wut in mir nicht unterdrücken, obwohl ich weiß, dass sie an keinem meiner Probleme schuld sind. Doch ich knalle den Oktaeder in meiner Hand auf den Boden und rapple mich hoch. »Habt ihr die Noten für eure Bilder bekommen und wollt jetzt damit prahlen?«

Viper verschränkt die Arme vor der Brust und sieht mich schief an. »Nein, wir haben Professorin Warwick davon überzeugt, dir einen Aufschub zu gewähren. Damit wollten wir prahlen.«

»Und ich hab gar kein Bild abgegeben. Ich studiere nicht mal mit euch«, murmelt Larkin vorwurfsvoll, während ich die beiden einfach nur anstarre.

Langsam löst sich eine der Ketten um mein Herz. Ich realisiere, was die beiden für mich getan haben. »Sie hat das wirklich durchgehen lassen?« Ich sinke in einen Sessel.

»Hat ein paar Anläufe gebraucht, aber letztendlich hat sie eingewilligt«, erklärt Viper.

»Höchstwahrscheinlich, weil sie keinen Nerv mehr hatte, Viper täglich in ihrem Büro sitzen zu haben«, fügt Larkin hinzu und Viper tritt ihm auf den Fuß.

»Du hast noch zwei Wochen ... bis Weihnachten«, erklärt Viper lächelnd.

Ich fasse mir erst an den Mund, dann an den Hals, wie so eine peinliche Miss-America-Gewinnerin. Dann stemme ich mich aus dem Sessel hoch und ziehe meine Freunde in eine feste Umarmung, bei der beide aufstöhnen. »Danke, danke, danke«, murmle ich tausendmal, bis meine Stimme versagt und Viper mich mit mehr Kraft als notwendig von sich stößt.

»Hör auf dich zu bedanken. Das macht mir Angst.« Viper wendet sich an Thalia. »Seit wann ist sie so unausstehlich nett geworden?«

»Oh, das ist nur phasenweise. Gleich verwandelt sie sich wieder in ihr altes grantiges Selbst«, erklärt Thalia.

Ich muss laut auflachen, weil Viper natürlich die angebliche Veränderung in mir, die meine Schwestern so verzückt, zum Kotzen findet.

Viper besteht darauf, dass ich ihr mein Zeichenzimmer zeige, also wiederhole ich die Hausführung für meine beiden Freunde. Und wo ich schon dabei bin, wiederhole ich auch mein Geständnis, das beim letzten Mal so gut geklappt hat. »Ich kann Geister sehen und Auren und Muriel bringt mir bei, wie ich gegen Dämonen kämpfe. Das Murkwood-Anwesen ist ein Geisterhaus, ich kann Gedanken lesen und in die Zukunft sehen, auch wenn die beiden Sachen eher noch schwammig sind und mir nur ein ungenaues Bild liefern. Oh, und neuerdings lerne ich Feuer zu beherrschen. Ich dachte, ihr solltet das vielleicht wissen, wenn ihr hierherkommt. Wenn ihr noch herkommen wollt.«

»Ich wusste, mit dir stimmt irgendwas nicht«, murmelt Larkin, der aussieht, als müsse er sich übergeben, aber die Botschaft ganz gut auffasst.

Vipers Augen glitzern. »Ich *wusste*, mit dir stimmt irgendwas nicht!«, jubelt sie. »Eine verdammte Geisterjägerin. Eine Hexe. Melpomene, im Bann der Dä–«

»Viper, das reicht!«, befehle ich lachend. »Larkin braucht einen Moment, glaube ich.«

Larkin winkt ab und setzt sich auf einen Stuhl. »Nein, nein, alles okay. Meine beste Freundin ist eine ... Alles ganz normal, nicht wahr? Ich mein, ich hab mich auch schon geoutet, ich weiß, das muss eine Überwindung gewesen sein. Und ich will sicher nicht die konservative Oma sein, die behauptet, dass es so was nicht gibt. Oder der besorgte Onkel, der dir Flyer über deine *Krankheit* zusteckt. Gibt es so was überhaupt? ›Geistersehen und was du dagegen tun kannst‹?«

»Brauchst du ein Glas Wasser oder so?«, frage ich Larkin besorgt.

Viper zieht mich weiter zu meiner leeren Staffelei. »Ach was, der wird schon wieder. Hier, das habe ich dir mitgebracht, damit du direkt loslegen kannst.« Viper schüttet ihren Rucksack auf dem Boden aus und zahlreiche Farbtuben und Pinsel kullern heraus. Die guten, teuren Marken, für die ich zu geizig bin.

»Das hättest du nicht tun müssen«, hauche ich, erneut viel zu gerührt.

»Sieh es als verfrühtes Weihnachtsgeschenk an.« Viper neigt den Kopf ein wenig. »Kannst du wieder malen?«, fragt sie, ihr Ton ernster als sonst.

Ich werfe einen Blick auf die letzte, zerstörte Leinwand – auf die Farben. Einen Blick in mein Inneres. Das Kribbeln in meinen Händen erinnert mich daran, was ich beim letzten Mal vor dieser Leinwand gespürt habe. »Ja, ich kann wieder malen«, antworte ich mit fester Stimme.

***

Also male ich. Ich male Tag und Nacht, zwischen Räucherritualen, Trainingseinheiten und Unterhaltungen mit Kalliope und Thalia über die Renovierung des Anwesens und neue Erkenntnisse über die Entitäten. Muriel lässt sich immer seltener blicken. Sie sagt zwar, dass sie nichts tun kann, solange ich nicht eines der Elemente beherrsche, aber ich spüre, dass sie mehr Vertrauen in mich steckt.

Sie zeigt mir ihr Vertrauen, eine Woche, nachdem ich mit der Abschlussarbeit begonnen habe, indem die Fläschchen mit Lapislazuli-Pigment und Bleiweiß eines Morgens neben meiner Leinwand stehen. Der Vertrag ist noch nicht erfüllt, doch dort stehen sie. Meine Belohnungen.

Ich berühre die Fläschchen mit meinem Zeigefinger und lächle. Genau das, was ich benötige.

Eine weitere Woche male ich, ohne dass Juri sich zeigt. Ich will wissen, was er denkt, aber noch mehr will ich malen. Ich spüre jeden Tag, dass er in meiner Nähe ist, obwohl er sich vor mir verbirgt. Bis ich das letzte, das wichtigste Gemälde beende. Mit einem weichen Pinsel setze ich den finalen Punkt Bleiweiß in die Mitte der Leinwand.

Mein Herz schlägt schnell. Viel zu schnell. Ich betrachte die fünf Gemälde. Dunkle Hintergründe, so wie auf dem Bild, das Juri zerstört hat. Und darauf Licht, so strahlend, so real, dass man denken könnte, das Gemälde werde an manchen Stellen von hellen Lampen angeleuchtet.

»Du *kannst* malen.« Juri tritt neben mich und mit einem Mal verstärkt sich der Sog, den ich in den letzten Tagen nur als sanften Zug gespürt habe.

Ich zwinge mich, nicht vor ihm zurückzuweichen. Oder schlimmer, mich ihm zu nähern. »Na ja, ich studiere Kunst.«

»Ich habe dich nie richtig malen gesehen. Nur diese Kritzeleien und ein paar Farbkleckse.«

»Was willst du?«, frage ich, damit er zum Punkt kommt.

Juri umrundet mich und das Bild in der Staffelei. »Es überrascht mich einfach, dass du wirklich etwas auf die Leinwand gebracht hast. Natürlich ist das potthässlich, aber hey, Kunst ist subjektiv.«

Ich schiebe mich zwischen ihn und das Gemälde. »Was hast du davon, so gehässig zu sein?«, frage ich, obwohl es mir egal ist, was er denkt. Nur dass es das nicht ist, merkt eine leise Stimme in meinem Hinterkopf an.

»Ich bin nur ehrlich.« Er streckt sich ungeniert, sodass sein Pullover hochrutscht und ich einen Blick auf einen Streifen seiner blassen Haut erhasche.

Ich blicke zur Seite. »Nein, du bist absichtlich gehässig, um mich runterzumachen.«

Er bleckt die Zähne zu einem Grinsen. »Würde mir im Traum nicht einfallen.«

Ich trete einen Schritt zur Seite, um auf das Gemälde zu deuten. »Das bist du.«

Juri legt den Kopf schief und betrachtet den dunklen Hintergrund, die richtungslosen Zacken aus den verschiedenen Rotpigmenten der rituellen Farben. Das blendendweiße Zentrum, das Licht. »Ich bin nicht *so* hässlich.«

Ich schiebe ihn von der Leinwand fort. »Es ist deine Aura, okay? So, wie ich sie mir vorstelle.« Ich deute auf die anderen Bilder, die an die Wände gelehnt trocknen. »Die von den anderen Entitäten.«

Juri schweigt tatsächlich einige Atemzüge lang. Sogar so lang, dass es mir unangenehm wird. Ich reibe mir über die Augen, um seinen konzentrierten Blick, mit dem er das Gemälde seiner Aura studiert, loszuwerden.

Dann dreht er sich zu mir, seine Augen blass und weich. »Nun, ich würde sagen, für eine Aura ist das doch ziemlich gut aussehend. Aber wer erwartet bei *dem* Motiv etwas anderes.« Seine Worte sind hochmütig, aber der Klang seiner Stimme ist es nicht. Er klingt verloren.

»Du kannst nie ehrlich sein, oder?«, frage ich. Ein wenig selbstgerecht, wenn man bedenkt, dass ich bis vor Kurzem auch nicht wirklich oft ehrlich hinsichtlich meiner Gefühle war. Aber wenn ich nichts sage, verliere ich den Verstand.

Juris Augen verengen sich. »Was willst du von mir hören? Dass du talentiert bist? Ich die Lichtsetzung aus John Singer Sargents *Carnation, Lily, Lily, Rose* wiedererkenne, auch wenn das Motiv, die Atmosphäre, natürlich eine völlig andere ist?«

Überrascht blicke ich ihn an. »Ich hätte schon gern eher gehört, dass du anscheinend ein Verständnis für Kunst ...«

Er nähert sich mir. »Willst du, dass ich sage, wie krank du mich machst?« Jäh fokussiert er sich und seinen Hass auf mich, mit dieser Art, die ich kaum ertragen kann. »Dass ich nichts mehr will, als aus dieser verdammten Welt zu verschwinden, damit ich dein Gesicht nicht mehr sehen muss?«

Mein Herz hämmert gegen meine Rippen. Es passiert schon wieder. Ich lasse es wieder geschehen.

Juri greift den Aventurin um meinen Hals, zerrt an der Kette. »Oder willst du gar nicht die Wahrheit hören? Willst du mehr Geschenke wie das hier? Willst du, dass ich dich anlüge und dir sage, dass du mir ja ach so viel bedeu–«

Voller Weißglut zerre ich an der Kette. Der Silberverschluss bohrt sich in meinen Nacken, dann reißt das Band und ich werfe es ihm vor die Füße. »Dann nimm deine Kette und verschwinde endlich!«

Er starrt auf den Haufen aus Silber und Aventurin. »Ist es das, was du willst?« Seine Stimme ist seltsam ruhig, während er die Kette aufhebt.

»Ja«, fauche ich. Ich wende meinen Blick von seinen Händen ab, die sich um die feingliedrige Kette ballen.

Er verengt die Augen, zieht mich am Handgelenk näher zu sich. »Willst du, dass ich mich entschuldige?«

»Ich will, dass du endlich, *endlich* begreifst ...« Mein Brustkorb verkrampft sich und mir fehlt die Luft, um den Satz zu beenden.

»Es tut mir leid.«

Mit offenem Mund starre ich ihn an. Seine Bitte um Verzeihung stachelt mich an und das Feuer in mir lässt die Worte wieder fließen. »Oh wirklich? Ich würde mich ja kratzen, aber es juckt mich nicht. Spar dir deine Sprüche.« Ich stürme zur Tür.

Juri folgt mir. »Es tut mir leid. Verzeih mir, okay?« Sein Ton ist seltsam leicht, die Worte kommen ihm zu leicht über die Lippen.

Ich ignoriere ihn. Er hat es zu weit getrieben und ich bin nicht dumm genug – es ist nicht fair, dass er mich so … Ich kann den Gedanken nicht beenden, denn der Sog zu ihm verzerrt mein Denken.

»Ignorier mich nicht. Du weißt, dass ich es nicht so meinte –«

Ich schnelle herum, Tränen in meinen Augen, und er läuft in mich hinein. Er geht keinen Schritt zurück, also weiche ich auch nicht zurück. »Ich weiß gar nichts mehr. Ich hab einfach nur genug *hiervon.*« Ich deute auf ihn und mich. »Ich hab dir oft genug klar gemacht, was ich für dich empfinde. Und du gibst einen Scheiß auf meine Gefühle.«

Juri erstarrt. »Was du für mich empfindest?« Seine Augen weiten sich und ich höre, spüre, wie sein Herz gegen seinen Brustkorb schlägt. Sein Herz, das nicht echt ist. Mein Geständnis – und was es ihm an Überlegenheit bietet – muss ein wahr gewordener Traum für ihn sein.

»Bist du jetzt zufrieden?« Ich ringe nach Luft, damit sich kein Schluchzen aus meinem Hals löst.

»Was empfindest du für mich?«, haucht er und hebt eine Hand, wie um mich zu berühren, doch er lässt sie sofort wieder fallen.

Meine Augen brennen, aus Frustration, Wut ihm und mir gegenüber, aus Resignation, weil ich zu schwach bin gegen diese unnatürlichen Gefühle anzukämpfen. »Als ob du das nicht wüsstest«, speie ich aus.

»Du musst mir sagen –«, braust Juri auf, dann stockt er, erschaudert und wischt sich mit einer Hand über das Gesicht. Er fährt fort, mit so sanfter Stimme, dass ich mich näher zu ihm lehnen muss, um ihm zu verstehen. »Du hast mir nie gesagt, was du für mich empfindest. Ich habe dir ständig …« Juris Worte stolpern in kurzen, atemlosen Silben heraus. »Wenn du mir nur einmal gesagt hättest …«

Ich schüttle den Kopf. »Versuch gar nicht erst, mir weiszumachen, dass du nicht wusstest –«

Juri legt eine Hand an meinen Kiefer, drängt mich dazu, ihn anzuschauen. »Gefühle sind etwas anderes als Begehren.«

Ich hasse es, wie ich bei nur einer kleinen Berührung all meine Selbstbeherrschung verliere. Also suche ich Zuflucht in einer bissigen Entgegnung. »Begehren?«, lache ich. »Du weißt, dass altmodische Worte mich nicht beeindrucken.«

»Du musst ehrlich zu mir sein.« Juri streicht mit seinem Daumen über meine Unterlippe. »Wieso benutzt du dein loses Mundwerk nicht *ein* Mal, um mir die Wahrheit zu sagen?«

Ich schiebe ihn von mir und spüre eine verzweifelte Leere, wo vorher er war. Doch ich lache erneut auf, und das Geräusch brennt in meinem Hals. »Das aus deinem Mund. Warum muss *ich* die Wahrheit sagen? Warum darfst du mich wieder und wieder anlügen, aber ich soll –«

Juri legt eine Hand auf meinen Mund. »Weil du der Mensch bist und ich die Entität.« Er atmet tief und stockend ein. »Wie könnte ich erwarten, dass du irgendetwas für mich empfindest? Wie könnte ich darauf hoffen, dass du mich küssen willst? Mich, nicht nur diesen unechten Körper? Ich war immer derjenige, der deine Nähe gesucht hat. Der mit dir geredet hat. Derjenige, der einen Kuss begonnen hat.«

Ich ziehe seine Hand von meinem Mund. Behalte sie in meiner, auch wenn die Berührung mich verwirrt, mir die Worte im Kopf verdreht. »Du hasst mich. Ich liege nur noch nicht auf dem Grund des Sees, weil ich das Amulett trage und diese Kräfte habe. Wie könnte *ich* erwarten, dass du für mich irgendetwas anderes empfindest als –«

»Aber das tue ich«, flüstert er, doch seine Worte treffen mich, als würde er schreien. »Wie könnte ich nicht? Du redest mit mir. Du hörst mir zu. Du zeigst Mitgefühl, wo andere nur Angst und Hass und Unverständnis zeigen. Egal wie sehr du es verbergen willst, weil es dir aus welchem Grund auch immer zuwider ist, wenn andere merken, wie mitfühlend und warmherzig du bist.«

Ich drehe meinen Kopf weg, schaue auf den Boden. »Und wie lange dauert es diesmal, bis du mir erklärst, dass alles nur eine große Lüge war?«

Juri legt seine Hände an mein Gesicht. Sein Daumen streicht über meinen Wangenknochen, sein kleiner Finger liegt an dieser empfindlichen Stelle unter meinem Ohr und mein Puls wird unter der sanften Berührung seiner Fingerspitzen schneller. Er beugt sich zu mir. Ich weiche zurück, doch er folgt mir, bis ich gegen die Fensterbank des Erkers stoße. Ich spüre, wie sein Atem stolpert, fühle ihn an meinen Lippen wie einen winterlichen Lufthauch. Der stille, sanfte Klang, jedes Mal, wenn er nach Luft ringt, bringt mein Herz zum Rasen. »Sag mir, was du empfindest. Ich muss es wissen.«

Und das tue ich. Ich vergrabe meine Finger in Juris Pullover, und mein Instinkt schaltet meine Vorsicht aus. Ich sage es ihm, aber nicht mit Worten, weil ich den letzten Rest Sauerstoff brauche, um ihn zu mir zu ziehen und zu küssen. Ich gebe auf. Was auch immer sich das Schicksal bei diesem grausamen Scherz gedacht hat – ich kämpfe nicht mehr dagegen an. Ich kann nicht erklären oder rechtfertigen, was ich fühle, genauso kann ich mich nicht dagegen wehren. Ich konnte mich bei Cole nicht gegen diesen Instinkt wehren und noch weniger kann ich es bei Juri.

Meine Lippen pressen gegen Juris starren Mund. Er bewegt sich nicht und mein Herz stöhnt, weil das der Moment ist, den ich so sehr gefürchtet habe. Doch dann erwidert er meinen Kuss und ich spüre unbedachte, hungrige, kratzende Finger in meinem Nacken. Der Kuss wandelt sich von einer sanften, unsicheren Annäherung zu etwas Ursprünglicherem, Wilderem, das mir den Atem raubt, und wieder zurück zu zarten Berührungen. Keiner von uns ist sich sicher, wohin das hier führt.

Mir fehlt Platz zum Denken und Sauerstoff, doch im letzten Moment, bevor ich ohnmächtig werde, löst Juri sich von mir und ich atme gierig ein. Er betrachtet mich mit dunklen Augen und leicht geöffneten Lippen. »Du musst mich irgendwann aus dieser Welt fortschicken.«

»Ich weiß«, antworte ich. Ich versuche ihn wieder zu mir zu ziehen, stelle mich auf meine Zehenspitzen, um ihn zu erreichen.

Juri nimmt meine Handgelenke und drängt mich zurück, obwohl der unersättliche Schein immer noch an seinen Augen haftet. »Es muss heute Nacht sein.«

Mein Herz würde stehen bleiben, wenn es nicht so schnell schlagen würde. »Ich kann damit warten, bis –«

Juri lehnt seine Stirn gegen meine. Seine Haut glüht – so anders als sonst. Mir wird schwarz vor Augen und ich weiß nicht, ob er will, dass ich seine Gedanken sehe, oder ob er keinen Einfluss darauf hat. Ich habe immer angenommen, sein treibendes Gefühl sei Langeweile, aber ich begreife jetzt, dass es Einsamkeit ist. Verlassen worden zu sein.

Ich erlange meine Sicht wieder und das Verständnis trifft mich so sehr, dass mein Herz für einen kurzen Moment gefriert. Ich verstehe ihn. Ich verstehe so sehr, was er durchmacht. Vielleicht ist das, was mich immer wieder zu ihm zieht, obwohl dieser eine Unterschied das, was zwischen uns ist, verbietet. »Ich verstehe nicht, was das mit …«, wispere ich, eine Hand auf seinem wild schlagenden Herzen. Es interessiert mich nicht mehr, dass dort eigentlich gar nichts schlagen sollte.

»Nach dieser Nacht bin ich nicht mehr einsam. Wenn du mir Nähe zeigst, hätte ich keinen Grund mehr, der mich im Diesseits hält. Du könntest – müsstest – mich erlösen, so wie Giselle.«

Trotz der Umstände zwicke ich ihn in die Schulter. »Du scheinst ziemlich sicher zu sein, in welche Richtung das hier geht«, schelte ich ihn mit einem Lächeln. Vielleicht sollte ich empörter darüber sein, wie selbstverständlich er annimmt, dass wir heute Nacht miteinander im Bett landen. Doch sein letzter Wunsch ist nicht, mit einem Mädchen zu schlafen. Ich spüre, dass es um mehr geht als nur die körperliche Nähe. Ich habe genug Zeit, um zu realisieren, was das bedeutet – wir landen zusammen im Bett –, aber nicht genug, um Zweifel aufkommen zu lassen. Denn er küsst mich erneut, bevor das Grinsen von meinen Lippen verschwindet.

»Ich liebe es, wenn du lachst«, gesteht er zwischen zwei flüchtigen Küssen, bevor seine Lippen zu meinem Hals wandern. Die Gedanken in meinem Kopf verschwimmen und ich will mehr von ihm berühren, ihm den verdammten Kapuzenpullover ausziehen, doch meine Finger flattern hilflos an seinen Seiten entlang.

Juri hebt mich mit beiden Händen auf die Fensterbank, sodass unsere Köpfe auf einer Höhe sind, und schiebt sich zwischen meine Beine. Er presst meinen Rücken gegen die eisige Scheibe, und ich bin sicher, ich spüre, wie die

Schneeflocken draußen gegen das Glas fliegen, so geschärft sind meine Sinne. Ich genieße die Kälte in meinem Rücken und die Kälte seiner Hände, seiner Lippen, die Hitze überall dort hinterlassen, wo sie mich berühren.

Gerade als er seine Hand unter meinen Pullover schiebt und ich zusammenzucke, weil seine Finger an meiner Taille so kalt und perfekt sind, verschwindet er. Die kalte Elektrizität in der Luft, wo er zuvor war, quält meine elektrisierten Nerven, gleichzeitig eilt ein wenig Vernunft zu mir zurück.

Doch bevor ich einen tiefen Atemzug nehmen kann, erscheint Juri wieder vor mir, leicht keuchend und mit einem halben Dutzend Decken in den Armen. »Ich hab alle geholt, die ich finden konnte.« Er räuspert sich und ein wenig Farbe breitet sich auf seinen Wangenknochen aus. »Es ist Winter und meine Körpertemperatur ist nicht unbedingt das, was man wohlig warm bezeichnen würde.« Er lädt die Decken auf mir ab und ich kämpfe mich durch die Lagen, bis sich einige der Decken zwischen mir und der Fensterbank befinden.

»Ernsthaft? Jetzt machst du dir Sorgen um mein Wohlbefinden?«, necke ich. »Nach allem, was du mir angetan hast.« Ich ergreife seine Hand und ziehe ihn zu mir auf die Fensterbank, die breit genug ist, um darauf zu sitzen.

»Ich wollte nie ...«, setzt er zur Widerrede an, doch ich nutze die Klarheit, die sein kurzes Verschwinden mir gebracht hat, greife den Saum seines Kapuzenpullovers und ziehe ihn über seinen Kopf. Ich erröte tatsächlich beim Anblick seines Oberkörpers und bevor er mich deswegen necken oder seinen vorherigen Satz beenden kann, streiche ich mit meinen Fingern über die Haut zwischen seinen Rippenbögen. Die Muskeln spannen sich unter meiner Berührung an und er erschaudert.

Juri versucht meinen Pullover zu ergreifen, aber ich habe das Gefühl, mich noch nicht genug für sein Verschwinden gerächt zu haben. Ich küsse sein Schlüsselbein, fahre mit meiner Zunge über seine Haut, die so blass ist, dass sie im Mondlicht leuchtet. Er riecht nach nichts, außer diesem leichten Hauch des Übernatürlichen, das sich so fremd und so vertraut anfühlt.

Ich presse meine Finger in seine Seiten und das sanfte Grollen in Juris Brustkorb spüre ich unter meinen Händen, bevor er mich mit einer fließenden Bewegung auf den Rücken dreht. »Werd nicht zu übermütig«, raunt er.

Zusammen befreien wir mich aus meinem Oberteil, lachen leise, als sich meine Haare in der Kapuze verheddern. Dann blickt er mit dunklen Augen, dunkler als je zuvor, auf mich hinab. Eine andere Dunkelheit als sonst. Seine Augen wandern über meinen Körper und ich verspüre kurz den Drang, eine Decke über mich zu ziehen. Doch seine Finger folgen der Spur, die sein Blick auf meiner Haut hinterlassen hat, und erlauben mir keine Zeit für Hemmungen oder Zweifel. Ich genieße die Kälte seiner Berührungen, weil mir zwischen all den Decken und unter ihm so heiß ist, dass ich es kaum aushalte. Ich lehne meinen Kopf gegen den Fensterrahmen, während er die Sehne meines Halses mit seinen Lippen verfolgt, seine Hände nach dem Saum meiner Hose suchen.

Mein Brustkorb fühlt sich zu eng an, während er seine Finger quälend langsam über meine Oberschenkel wandern lässt. Ich schlinge meine Arme um seine Schultern, beiße in den Muskel, der von seinem Hals zu seinen Schultern verläuft, um mein Wimmern zu dämpfen. Der Klang vibriert gegen seine Haut und scheint etwas in ihm zu lösen.

Dunkles, verzweifeltes Verlangen flackert durch seinen Blick und ich fürchte mich an den blauen Flammen seiner Augen zu verbrennen, wenn ich nicht wegschaue. Doch ich kann nicht. Ich zwinge mich nicht zu blinzeln, damit ich jede Regung in seinem Gesicht sehen kann, während er sich an mich drängt.

Seine Intensität lässt mich erzittern und ich beiße in seine Unterlippe, nur leicht, aber Juri zuckt zusammen, seine Bewegungen ruckartig, fieberhaft.

»Mel«, raunt er meinen Namen, sodass ich auf der Stelle dahinschmelzen könnte. Doch ich spüre die Frage, die Unsicherheit, die hinter seiner Stimme lauert.

»Was ist?«, murmle ich, zu verloren in seinen Berührungen, um mehr Worte aneinanderzureihen.

»Ich will nicht – du bist so – kannst du mir verzeihen ...« Die Silben stürzen über seine Lippen, kitzeln an meinem Ohr, meinem Hals und er atmet tief ein, um sich zu fassen. »Ich muss wissen, dass du mich nicht für alles, was ich dir angetan habe, hasst.« Wieder presst er seine Finger in meine Schultern. Er könnte sie genauso gut in mein Herz pressen.

Ich lege meine Hände an seine Wangen, zeichne die dunklen Ringe unter seinen Augen mit meinen Fingerspitzen nach, beobachte, wie er die Augen schließt. »Das tue ich nicht.« Meine Stimme ist nur ein Kratzen und ich bin mir unsicher, ob meine Worte Sinn ergeben. Aber die Wärme in meiner Brust will, dass er weiß, was ich fühle, also versuche ich es erneut. »Ich hasse dich nicht.«

Das scheint ihm zu reichen, denn er fängt meine Lippen zwischen seinen. Ich weiß nicht mehr, wo ich aufhöre und wo er beginnt. Und dann verliere ich mich, sehe nur noch Sterne und Dunkelheit.

***

Wärme und Kälte umhüllen mich und ich fühle mich geborgen. Juri küsst meine geschlossenen Augenlider, berührt meine Hüfte mit sanften Fingern. Widerwillig öffne ich meine Augen.

Er sieht mich an, als hätte ich ihm den Weg zur Erlösung gezeigt. Vielleicht habe ich das. Vielleicht war er auch schon lange für den nächsten Schritt bereit und brauchte nur noch diesen kleinen Anstupser, um ihn zu gehen.

»Wirst du es tun?«, fragt er und ergreift meine Hände.

Ich schlüpfe in meinen Kapuzenpullover und ziehe Juri von der Fensterbank und hinunter zum Ballsaal. Mondlicht taucht den stillen, leeren Raum in einen blassen Schimmer. Es fühlt sich nicht real an. Darüber bin ich glücklich, denn so fällt mir das leichter, was ich tun muss. Ich vergesse diesen Sog in mir, dieses trügerische Gefühl, etwas Falsches zu tun, wenn ich ihn wegschicke. Hierbei darf ich nicht an mich denken.

Ich leite ihn zur äußersten Ecke, in der beide Wände aus Fenstern bestehen. Der Ausblick ist wunderschön und eine seltsame Energie liegt auf dem leicht zugefrorenen See. Der Mond reflektiert auf der regungslosen Oberfläche und Juris Augen leuchten in der gleichen Farbe wie die Reflexion. Er hat noch nie unwirklicher ausgesehen und vielleicht hilft mir das dabei, ihn gehen zu lassen.

Wir schweigen während des Rituals, während ich den Bannkreis auf den Boden male. Ich will meine Arme um Juri werfen, ihn küssen und nie mehr loslassen, aber ich will es auch so schnell und schmerzlos wie möglich hinter mich bringen. Bevor ich unter meiner Selbstsucht einknicke und es mir anders überlege. Denn er gehört nicht in diese Welt und mit jedem Monat, jedem Jahr, würde er mehr von seiner Menschlichkeit verlieren. Das kann ich ihm nicht antun.

Juri tritt in den Bannkreis und dreht sich zu mir. »Ich …« Er räuspert sich. »Danke.«

Nur ein Wort, doch es hallt in meinem Herzen wider. Jeder Atemzug schmerzt in meiner Brust und ich muss schluchzen, um den Knoten in meinem Hals zu lösen.

Juri zieht mich zu sich in den Kreis in eine Umarmung und ich flüstere den Spruch. Die letzten Silben wispere ich in seine Schulter. Wir legen uns hin und er hält mich, während er verblasst. Unsere Finger verflechten sich und mein Verstand, mein Herz, schafft es nicht zu verstehen, wie sich etwas gleichzeitig so richtig und so falsch anfühlen kann.

Dann höre ich seinen Herzschlag nicht mehr und ich liege allein im Bannkreis. Eine Leichtigkeit umspielt mein Herz und ich weiß sofort, dass die Selbstlosigkeit meiner Tat mein Herzchakra geöffnet hat. Die Kraft, mich zu bewegen, finde ich dennoch nicht. Leise Tränen, die ich mir in seiner Gegenwart nicht erlaubt habe, rinnen über meine Wangen und vermischen sich mit dem Bannkreis.

Kalt und allein und elend schlafe ich ein.

KAPITEL 20

Ich liege immer noch im Bannkreis, als ich aufwache. Das Erste, was ich spüre, ist nicht die Eiseskälte der Luft oder den unnachgiebigen Marmorboden, sondern das, was fehlt. Dort, wo bis gestern Juri war, herrscht jetzt eine Leere, die mehr schmerzt, als ich vermutet hätte. Als hätte mir jemand ein Körperteil amputiert, das eigentlich gesund war. Ich schlinge meine Arme um meine Beine und warte auf die Tränen. Doch sie kommen nicht. Vermutlich weil ich weiß, dass es so am besten ist. So ist es richtig.

***

Die nächsten Tage funktioniere ich einfach. Mein Leben geht weiter. Ich trainiere mit den Elementen und perfektioniere meine Fähigkeiten. Ich kann wieder malen und vielleicht ist es das, was mich rettet.

»Mel, bist du bereit die nächste Entität zu erlösen?« Kalliope steht plötzlich in der Kräuterküche neben mir, wo ich regungslos vor einem Blumentopf verharre. Was wollte ich hier? Ich starre hinunter in meine Hand. Die zarten Glasscheiben des Feuer-Oktaeders liegen in meiner Handfläche. Zersprungen. Über ihnen schwebt ein kleines Feuer. Ich erschrecke und die Flamme löscht sich.

Ich schüttle den Kopf, um in der Realität anzukommen. »Ich kann es versuchen.« Gemeinsam gehen wir in den Ballsaal, den ich seit Juris Erlösung nicht betreten habe. Mein Herz stottert. Irgendjemand hat Juris Bannkreis weggeschrubbt und ich betrachte den Boden mit Erleichterung und Grauen.

»Ich glaube, wir sollten weiter ermitteln, ob Dämonen ebenso erlöst werden können wie Geister. Da du Juri –«, Kalliope stockt und schlägt sich die Hand vor den Mund. Ich habe ihnen nur erzählt, dass ich ihn erfolgreich verbannen konnte, also kann sie nicht wissen, was in mir vorgeht. Doch das tut sie, genauso wie Thalia. Nur reden sie nicht darüber, um mich nicht in eine blöde Situation zu bringen.

Ich atme tief aus. »Ist schon okay. Du kannst ihn erwähnen.« Ich weiß sowieso, worauf sie hinauswill. Da Juri kein Geist war, sondern irgendetwas anderes, das ich nie herausfinden werde, scheint die Erlösung nicht nur bei Geistern zu funktionieren.

Kalliopes Gesicht wird weich und zurückhaltend. Ihre Ozeanaura ermattet. »Warst du …? Hast du ihn …?«, beginnt sie.

Ich zucke mit den Schultern. »Nicht wirklich. Ich meine, wir kannten uns nur wenige Monate und die meiste Zeit über hat er mich genervt. Aber ich habe etwas in ihm gesehen. Etwas, das es mir nicht erlaubt hat, mich von ihm fernzuhalten.« Kalliope kommt einen Schritt auf mich zu und streckt ihre Arme aus, doch ich trete zurück und räuspere mich. »Aber es ist gut so, wie es ist. Ich komme drüber hinweg. Er gehört nicht hierher.« Aber das tut er, schreit die fiese Stimme in meinem Hinterkopf.

Thalia schweigt, bis sie sicher ist, dass ich nichts weiter dazu sagen will. Dann öffnet sie ihren Laptop.

»Ich habe herausgefunden, dass die Braut vermutlich ein Dämon ist.«

»Wie?«, frage ich, dankbar über die Ablenkung.

»Nun, in erster Linie habe ich mit ihr geredet. Sie erinnert sich daran, viel Hass verspürt zu haben, und an eine diabolische Macht, die sich in ihr ausgebreitet hat. Das ist typisch für die Besessenheit mit einem Dämon.« Thalia seufzt. »Übrigens redet sie sehr viel über ihren Bräutigam. Ex-Bräutigam. Das scheint der Auslöser für ihre Besessenheit zu sein.«

»Lass mich raten. Er hat sie für eine andere sitzen gelassen, ein Dämon hat ihren Hass ausgenutzt, und jetzt will sie nichts anderes, als irgendeinen armen Typen heiraten? Und töten, um Rache zu nehmen?«

Kalliope dreht den Laptop zu mir, auf dem ein vergilbtes Foto zu sehen ist. »Nicht ganz.« Kalliope vergrößert das Foto eines jungen Paares und ich erkenne die Braut sofort. Ein hochgewachsener Mann mit harmonischen Gesichtszügen hat einen Arm um ihre Schulter gelegt.

»Wir haben uns geliebt.« Die Braut kommt die Treppe von der Empore hinunter. »Und wir wollten heiraten. Ich liebte ihn und er liebte mich.« Ihre Stimme bricht, als sie auf der untersten Stufe angelangt.

»Was ist passiert?« Mein Blick wechselt zwischen Kalliope und der Braut.

Die Braut schnaubt. »Die Realität. Das ist, was passierte. Meine Eltern waren gegen die Hochzeit. Und das Gesetz auch. Sie haben uns getrennt, weil er kein Weißer war. Er – Thomas – wehrte sich, stand jeden Tag vor meinem Elternhaus, um mich zu sehen, ganz egal, wie oft sie in verprügelt und verscheucht haben. Und ich saß in meinem hübschen Zimmer, sah ihn jeden Tag durch mein Fenster, sehnte mich nach ihm, doch ich tat nichts.«

Sie weint nicht, doch das muss sie auch nicht. Ich höre ihre Reue in jedem ihrer Worte. Sie greift sich an ihr Herz.

»Ich konnte mir nie verzeihen. Jede Nacht wälzte ich mich hin und her, jede Nacht wurde ich schwächer. Bis etwas von mir Besitz ergriff.« Ihre Hände zittern und sie verknotet ihre Finger, um sie still zu halten.

»Was war –«, setze ich an.

Kalliope unterbricht mich. »Vermutlich eine Art Succubus.« Sie zeigt mir einen Wikipedia-Eintrag. »Ein Dämon in Frauengestalt, der Männer verführt, um ihre Energie –«

Ich winke ab. »Ja, danke, ich schaue Serien, ich weiß, was ein Succubus ist.«

Kalliope sieht mich strafend an. »Serien spiegeln nicht die Realität wider.«

»Ach, aber Wikipedia ist wissenschaftlich fundiert?«

»Willst du darüber diskutieren oder sollen wir weitermachen?« Kalliope reicht mir einen schmalen Ordner mit Fotos, die sie ausgedruckt hat. Ich blättere sie mit einem Kloß im Hals durch, während meine Schwester weiterredet. »Der Succubus hat Besitz von der Braut ergriffen, um ihre negativen Gefühle zu nutzen und Männer zu verführen.«

Die Braut krallt sich am Geländer fest. »Ich habe versucht mich gegen sie zu wehren, denn die Liebe eines Paares zu zerstören ist das Letzte, was ich wollte. Aber ich habe es nicht geschafft, mich zu kontrollieren, bis ich hierherkam. Dieses *Etwas* in mir ist zu stark. Und sie lässt mich den Verlust von Thomas nicht vergessen.«

Das Foto wird ein wenig zerknüllt unter dem Druck meiner Finger. »Was willst du? Willst du ihn wiederhaben? Ihn vergessen? Willst du Rache?«

»Ich will nur, dass er glücklich ist«, schluchzt die Braut.

Die Decke über uns knarzt. Kalliope und ich blicken hoch, doch dort ist nichts. Ich wende mich wieder der Braut zu. »Schau dir die Bilder an.«

Sie nimmt mir die Fotos aus der Hand und ich beobachte ihr Gesicht beim Durchblättern. Fotos von Thomas beim Militär, mit Freunden. Dann, bereits im mittleren Alter, seine Hochzeit mit einer anderen Frau. Fotos von den beiden mit einem Kind, dann mit zwei. Ich fürchte die Reaktion der Braut.

Doch sie lächelt. Stille schwarze Tränen laufen über ihre Wange, tropfen auf die Fotos, aber sie lächelt. »Er sieht glücklich aus.«

»Aber er hat dich nie vergessen«, flüstere ich und reiche ihr das letzte Foto. Eines, das mit einer Handykamera aufgenommen und auf Mums antikem Drucker ausgedruckt wurde, der immer zwei magentafarbene Linie druckt. Die Braut schluchzt beim Anblick von Thomas, mittlerweile ein gebückter, alter Mann, der vor ihrem Grabstein steht.

Kalliope legt eine Hand auf die der Braut. »Sie haben dich vor vielen Jahrzehnten für tot erklärt«, haucht sie. »Ich habe Thomas sofort erkannt, als ich deinen Grabstein aufgesucht habe, obwohl er so viel älter ist als auf den Fotos. Er besucht dich jeden Monat, manchmal auch mit seiner Frau und seinen Kindern. Es war Zufall, der mir in die Hände gespielt hat, ich war nur zweimal dort.«

Beim Anblick der lächelnden und gleichzeitig weinenden Braut brennt jeder Atemzug in meiner Lunge. »Vielleicht können wir den Succubus von dir lösen und du kannst Thomas treffen. Wenn du das willst.«

Die Braut schüttelt langsam den Kopf. »Ich bin schon lange nicht mehr in der Lage, ohne ihre dämonischen Kräfte zu leben. Und ich möchte sein Glück nicht durcheinanderbringen.« Sie blickt hinab auf die Fotos in ihrer Hand. »Sein Leben ist ein gutes Leben. Ein Leben, das er verdient.«

Wir sitzen eine ganze Weile schweigend auf dem Boden. Ich ergreife Kalliopes Hand und gemeinsam warten wir darauf, dass die Braut bereit ist.

Irgendwann blickt sie auf. »Ich will gehen.«

Ich zwinge mich zu lächeln. »Ich weiß. Du bist bereit, das spüre ich.«

Mein Halschakra öffnet sich mit Leichtigkeit, auch wenn der Kloß in meiner Kehle bestehen bleibt. Ich weiß nicht, wieso mir die letzten beiden Chakren so leicht gefallen sind. Vielleicht ist es, was Juri gesagt hat. Ich höre ihnen zu, fühle mit ihnen. Die Gefühle für das Herz- und Halschakra fallen mir nicht so schwer wie Vertrauen, Verzeihen und Willenskraft.

Ich weiß genau, was zu tun ist, als hätte ich das hier schon tausendmal gemacht. Zwei Bannkreise male ich auf den Boden des Ballsaals. Einen, um den Succubus zu bannen, einen für die Seele der Braut. Ich befreie die Braut mit der Rune Othila von dem Succubus, welcher sich zu einer schwarzledrigen Schlange formt. Sie reißt ihr Maul so weit auf, dass ich jeden einzelnen, pechschwarzen Giftzahn sehe. Ihre gespaltene Zunge schneidet durch die Luft, während sie auf dem Boden lauert. Dann bewegt sie ihren schweren Körper zurück, holt aus.

»Mel!«, kreischt Kalliope.

Ich spüre, wie die Aura der Braut schrumpft, aber die Aura des Dämons sich verdunkelt und auf mich zubewegt.

Ich weiche nach hinten, strecke einen Arm aus, um meine Schwester zurückzudrängen. Doch die Schlange prallt gegen eine unsichtbare Wand. Mein Bannkreis funktioniert.

Nur einen kurzen Blick werfe ich auf die Braut, deren durchsichtiges Gesicht jede Sekunde ein wenig mehr altert. Doch sie lächelt selig und ein Bannspruch findet seinen Weg in meine Gedanken, mit dem ich den Succubus verbanne. Nicht ins Jenseits, denn dort gehört sie nicht hin, sondern an einen anderen Ort. Einen Ort, den ich nicht anders als Hölle nennen kann, doch der so viel mehr ist als das. Die Schlange stößt ein unheimliches, menschliches Kreischen aus und verschrumpelt zu einem Haufen Asche in der Mitte des Bannkreises.

Das Ritual für die Braut ist kurz und leise. Ich halte eine ihrer Hände, während sie mehr und mehr verblasst. Ich muss schlucken, auch wenn ich sie nicht so gut kannte wie Giselle. Oder Juri.

Die Braut lächelt, als würde sie etwas sehen, das wir nicht sehen können.

Nur kurz klären sich ihre Augen und sie blickt mich direkt an. »Achte auf den Dämon«, flüstert sie mir zu.

»Ich habe den Succubus bereits verbannt«, erinnere ich sie, doch die Braut ist bereits verschwunden. Ihre letzten Worte kriechen über meinen Rücken und hinterlassen eine Gänsehaut.

***

Weihnachten und Neujahr ziehen leise an mir vorbei und den ganzen Januar über arbeiten wir weiter. Ich gebe meine Gemälde bei Professor Warwicks Sekretär in der Uni ab. Das Anwesen nimmt unter Thalias Regime neue Formen an, auch wenn ich sie immer wieder davon abhalten muss, zu viel von ihrem eigenen pastelligen Geschmack einzubringen. Kalliope entwickelt sich zu einer wandelnden Entitäten-Enzyklopädie und nutzt jede Erlösung, um wissenschaftliche Beobachtungen durchzuführen. Ich zwinge sie mir zu versprechen, das niemals zu veröffentlichen, und sie beteuert, dass es nur um persönliches Interesse gehe. Ich mache Fortschritte mit dem Feuer, das ich mittlerweile jederzeit hervorrufen kann. Es umspielt meine Hand so, wie ich es will. Sogar Muriel ist überrascht, wie instinktiv ich das Feuer beherrsche, obwohl unser Augenmerk momentan auf den Entitäten liegt.

Sie zu erlösen ist ein mühseliger Job. Nur über einen kleinen Teil von ihnen kann Kalliope etwas im Internet herausfinden, mit den anderen versuchen wir jeden Tag Gespräche zu führen. Nur langsam erfahre ich mehr über sie, doch immerhin hilft mir das Halschakra bei der Kommunikation. Jede Erlösung bringt mich den Tränen nah und kostet mich viel Kraft, doch keine von ihnen geht mir so nah wie die von Giselle und Juri. Sie gehörten nicht in diese Welt, aber sie waren auf eine seltsame Weise meine Freunde. Und obwohl jetzt alles gut ist, wir den Prozess gewonnen haben, ich mich mit meiner Familie versöhnt habe, ich die Erlösung erlernen konnte, werde ich das Gefühl nicht los, etwas vergessen zu haben. Etwas, das Juri gesagt hat. Doch jedes Mal, wenn ich an ihn denke, verschwimmen meine Gedanken und mir ist, als würde jemand mein Herz in meiner Brust verdrehen.

»Mel?« Thalias Flüstern schreckt mich aus meinen Gedanken.

Ich stehe vor einer Leinwand, doch gemalt habe ich nichts. Ich erinnere mich daran, morgens in den Zeichenraum gegangen zu sein, aber es ist bereits Mittag.

»Was gibt's?«, frage ich betont fröhlich, auch wenn ich weiß, dass sie mich durchschaut. Ich möchte kein Gespräch anfangen, denn wie erkläre ich, was ich fühle? Nicht Traurigkeit und Schwermut, die normal sind, wenn man jemanden verliert – darüber kann ich reden. Am Anfang habe ich fast pausenlos von Giselle erzählt, traurig, aber auch erleichtert, dass sie nun ihren Frieden gefunden hat. Doch ich kann dieses Gefühl nicht erklären, das tief in mich hineinragt und nicht benannt werden kann. Wie ich Juri vermisse, als wäre er wie Luft oder Erde oder Wasser, etwas Elementares, das nicht fehlen darf.

Es ist nicht so, dass ich ihn für meine große, wahre Liebe halte. Daran glaube ich nicht. Ich glaube daran, sich kennenzulernen, gemeinsam in eine Richtung zu gehen und an tiefe Verbundenheit, die über Jahre wächst. Was schmerzt, ist nicht der Verlust eines Geliebten, denn das war er nicht. Er hätte es vielleicht werden können. Aber – und ich realisiere das mit einem Schock, der meinen Brustkorb zerquetscht – das wird niemals geschehen. Er und ich waren nicht füreinander gedacht.

Was schmerzt, ist das Gefühl, dass er hierhergehört, nicht ins Jenseits. Ich fühle es wie eine glasklare Vorhersehung. Doch Vorhersehungen sind schwammig und unstet. Und daher weiß ich, dass mein Herz mir einredet, er gehöre hierher.

Ich muss stärker sein als meine Trauer.

»Mel«, wiederholt Thalia, etwas strenger, aber immer noch mit einer sanften Neigung in der Stimme.

Ich schrecke erneut auf und drehe mich zu ihr. »Ja, sorry. Ich höre zu.«

»Ich wollte dir nur sagen, dass Mum kommt, um uns Abendessen zu kochen. Sie will uns etwas besonders Nahrhaftes vorsetzen.«

Ich verziehe mein Gesicht zu einer Grimasse. »Klasse. Das klingt nach Rosenkohl-Chicorée-Auflauf.«

»Das befürchte ich auch«, seufzt Thalia mit einem so gequälten Gesichtsausdruck, dass ich auflachen muss. Thalia steigt mit ein und wir lachen über Mums diverse fehlgeschlagene Gerichte, bis wir im Erdgeschoss angelangen. Es fühlt sich gut an zu wissen, dass ich noch lachen kann. Es fühlt sich an, als könnte ich über alles hinweggekommen. Nicht vergessen, aber verarbeiten.

***

Mum serviert uns wirklich besagten Rosenkohl-Chicorée-Auflauf.

»Das machst du doch echt mit Absicht«, schelte ich Mum, während ich mir eine Gabel in den Mund schiebe. Ich schüttle mich, als sich die wässrige Bitterkeit in meinem Mund ausbreitet.

»Kreuzblütler sind unfassbar gut für –«

»– für meine Gesundheit. Ich weiß«, beende ich. »Aber nicht, wenn ich es wieder auskotze.«

»Melpomene!«, ruft Thalia empört.

Ich schiebe mir schnell die nächste Gabel voll in den Mund. »Tut mir leid. So schlimm ist es nicht.« Ist es *doch.* »Aber würde es uns umbringen, das wenigstens mit Käse zu überbacken? Meinetwegen auch Hefeschmelz. Irgendwas, das gegen diesen muffigen –«

Die Küchentür explodiert. Holzsplitter und der Türknauf fliegen durch die Luft. Rauchschwaden strömen in die Küche. Ich werfe mich vor Mum, der ihre zweite Portion Auflauf vom Servierlöffel fällt, doch so weit fliegen die Überreste der Tür zum Glück nicht. Muriel springt auf und stellt sich vor meine Schwestern. Wir alle starren den Türrahmen an, bis eine verhasste Gestalt durch den Rauch steigt.

Hallows.

Ich trete neben Muriel und schiebe Mum ebenfalls hinter uns. Hallows Augen glühen gräulich, doch das ist nicht, was meine Alarmglocken schrillen lässt. Es ist seine Aura, von schlammiger Konsistenz und farblos. Tot. Und obwohl Auren nach nichts riechen, steigt mir der Geruch von Verwesung, der nur von seiner Aura kommen kann, in die Nase. Etwas ist falsch mit ihm.

Gleichzeitig ziehen Muriel und ich unsere Dolche. »Was wollen Sie hier?«, ranze ich ihn an, obwohl ich ahne, was er will. Er hat den Verstand verloren und will uns etwas antun.

»Ich will befreien, was ihr gefangen haltet«, grollt er. Die Wände wackeln und Putz rieselt auf den Boden.

Ich blicke zu Muriel. »Was ist los mit dem Typen?«

»Ist das nicht offensichtlich?«, kreischt Kalliope. »Er ist ein Dämon!«

Bei ihren Worten macht etwas in mir Klick. Seine seltsame Aura. Seine selbstbewussten Drohungen. Wie es ihn völlig kaltgelassen hat, als mir verdammte Flammen aus den Händen kamen. Meine schlechte Vorahnung. Selbst Juri hat mich vor einem Dämon gewarnt, kurz nachdem Hallows in unser Haus eindrang.

»Hast du das gewusst?«, frage ich Muriel.

Sie umkrallt ihren Dolch fester. »Er hat eine Aura. Ich wusste nicht, dass Dämonen eine Aura vortäuschen können.«

»Genug mit dem Gerede«, knurrt Hallows. Er hebt die Hände, hölzern wie eine Marionette, und das Anwesen bebt.

Ich weiche zurück und ziehe Muriel mit mir. »Irgendwelche Tipps?«

»Wir wissen nicht, was für eine Art Dämon er ist. Er muss äußerst stark sein, wenn er sich vor mir verbergen konnte.« Ihre Stimme wackelt. Das ist kein gutes Zeichen. »Reagiere nicht voreilig. Das, was einen anderen Dämon schwächt, könnte ihn stär–«

Ich höre ihr nicht zu, sondern hebe meine Hände und rufe das Feuer aus meinem Solarplexuschakra. Eigentlich will ich ihn nur warnen, doch die Energie übermannt mich. Flammen peitschen in Hallows Richtung, treffen ihn im Gesicht, an den Armen.

»Ha!«, rufe ich triumphierend. Bisher habe ich nur geschafft, kleine Flammen zu erzeugen. Das Adrenalin in mir und dass ich meine Familie beschützen will, wirkt wie ein Verstärker auf meine Kräfte.

»Melpomene, wann fängst du endlich an mir zuzuhören?«, keift Muriel.

Ein Blick auf Hallows, und ich verstehe, was sie meint. Die Flammen kräuseln sich um ihn, liebkosen seine Kontur, bevor sie von seinem Körper aufgesogen werden. »Vielen Dank für diese Zwischenmahlzeit«, gackert er. Er verliert jeden Rest Menschlichkeit und ich frage mich, wie ich ihn jemals für einen Menschen halten konnte. Ich erstarre. Wieder habe ich alles falsch gemacht.

Er lässt seine Arme sinken. Ich atme durch, doch im gleichen Moment steht er vor mir, nur einen Hauch von mir entfernt. Ich kann nicht einmal zucken, da packt er bereits meine Unterarme. Vor meinen Augen wird alles schwarz. Seine Berührung spüre ich noch, aber ich kann mich nicht lösen.

Langsam bilden sich Schemen heraus. Es fühlt sich an wie Gedankenlesen, nur diesmal *zeigt* er mir etwas. Ein Monster aus Knochen, schwarzem Fleisch und Feuer. Schwarze glühende Kohlen statt Augen. *Er.* Das Monster brennt in meiner Vision das Anwesen nieder. Befreit alle Geister und Dämonen, die kreischend über die Stadt fliegen. Nur Bruchstücke, doch sie reichen, um mir zu zeigen, was er vorhat. Ich will schreien, doch mein Körper, so weit entfernt von mir, ist gelähmt. Das Monster wendet sich zu mir. »Ein letzter Handel«, raunt es mit einer Stimme wie Stahl auf Stahl. Keine Deals mit Dämonen, schreit etwas in mir. Doch ich höre gebannt zu. »Du überlässt mir das Anwesen. Im Gegenzug ...«, seine Knochenfinger streichen sanft über meine Wange, meinen Kiefer, und Übelkeit presst gegen meine Innereien, »zeige ich dir, wie du deinen geliebten Juri wiederbekommen kannst.«

Hoffnung und ein stechendes Gefühl von Krankheit regen sich unter meinem Herzen. Ich will fliehen, will jedes seiner Worte aufsaugen. Ich will ihn anflehen, mir zu verraten, wie ich Juri zurückholen kann. Ich will ihm mit bloßen Händen das modrige Herz ausreißen, weil er es wagt, so eine Lüge zu erzählen.

Bevor ich irgendetwas davon tun kann, befinde ich mich wieder in der Küche. Muriel stürzt sich auf Hallows, der grinsend und menschlich vor mir steht. Hallows geht einen Schritt zur Seite und Muriel strauchelt an ihm vorbei. Er tippt sich gegen eine imaginäre Hutkrempe. »Du hast eine Woche Zeit, eine Entscheidung zu treffen.«

Und er ist fort.

***

Ich erzähle keinem, was in meiner Vision geschehen ist. Stattdessen gebe ich konfuse Erklärungen von mir, dass er ein Feuerdämon ist und mir eine Woche gibt, um ihm das Anwesen freiwillig zu überlassen, oder er brennt es mit uns darin nieder. Meine Familie glaubt mir sofort, was mir einen weiteren Stich versetzt. Dann planen sie unsere Verteidigung. Ich erzähle ihnen nicht die Wahrheit über das Angebot, Juri zurückzuholen, weil sie mir vertrauen würden, dass ich niemals auf so etwas eingehen würde. Und ich bin mir nicht sicher, ob ich die Kraft habe, das Angebot abzulehnen.

***

Vier Tage später befinde ich mich immer noch in einer Trance. Ich tue, was die anderen mir sagen, versehe das Anwesen von oben bis unten mit Runen und Siegeln, meditiere – den ganzen Kram. Aber ich spüre nichts, weder Angst noch Hoffnung noch Abscheu mir gegenüber.

Sobald niemand etwas von mir will, verkrieche ich mich in den Uhrenturm und meditiere. Auch jetzt sitze ich auf meinem Kissen, die Hände mit den Handflächen nach oben auf meinen Knien, und beschwöre das Feuer hervor. Flammen tänzeln von einer Hand zur anderen, immer wieder.

»Hier, mach dich damit vertraut.« Muriel erscheint auf dem obersten Treppenabsatz und wirft mir einen Haufen Gurte in den Schoß. »Die Holster sind praktisch beim Kampf.«

Ich entwirre das Gürtel- und das Beinholster. Definitiv praktisch.

Muriel rümpft bei meinem Anblick die Nase. »Wenn du Zeit zum Rumspielen hast, solltest du lieber üben das Wasser zu kontrollieren«, krittelt sie und wirft mir den Wasseroktaeder entgegen.

Ich fange ihn mit Leichtigkeit. »Es funktioniert nicht.«

»Deshalb sollst du ja trainieren. Oder willst du mit Feuer gegen einen Feuerdämon kämpfen?«

Vor Kurzem hätte ich ihr entgegengepfeffert, dass ich gar nicht mit einem Feuerdämon kämpfen will, egal ob mit Feuer, Wasser oder einem Laserschwert. Doch jetzt nehme ich den Oktaeder zwischen Daumen und Zeigefinger, beobachte das Wasser in der unteren Hälfte und seufze. Ich bin mir nicht sicher, ob ich Hallows Angebot ausschlagen kann, jedoch bin ich mir über eins sicher: Egal was passiert, ich werde meine Familie beschützen.

Und dafür muss ich lernen, das Wasser zu beherrschen.

KAPITEL 21

Stunden später brennen die Muskeln in meinem Nacken. Ich bin mir unsicher, ob die Oberfläche des Wassers im Oktaeder sanft hin und her schwappt, weil ich besser werde oder weil meine Arme so zittern. Ich schließe meine Augen und presse meine freie Hand in die empfindlichen Muskeln neben meinen Nackenwirbeln. *Konzentrier dich, Mel. Reiß dich zusammen.*

Ich öffne meine Augen und starre das Wasser an. Ein winziger Tropfen löst sich aus der Masse, schwebt kurz über der Oberfläche. »Endlich!«, juble ich mit krächzender Stimme.

»Mel!«, steigt die Stimme von Kalliope den Turm hinauf. Ich lehne mich über den Vorsprung und blicke die Stufen hinab. Ihr Kopf erscheint und sie rennt die Stufen so schnell hoch, wie ich noch niemanden habe rennen sehen.

Ich springe auf. Was, wenn Hallows schon zurück ist? Natürlich hält er sich nicht an seine Worte, taucht bereits nach vier Tagen hier auf. Ich stürme meiner Schwester entgegen, bis wir auf der Mitte der Treppe ineinanderlaufen. »Wo ist er?«, brülle ich.

»Parkway Drive 305«, antwortet Kalliope wie aus der Pistole geschossen. Dann runzelt sie die Stirn. »Woher weißt du von ihm?« Ihre Augen weiten sich. »Ohh! Habe ich telepathisch mit dir kommuniziert?«

»Parkway ... Was?«, frage ich verwirrt.

Kalliope legt den Kopf schräg. »Von wem redest du?«

»Ich dachte, Hallows greift an. Von wem redest du?«

Kalliope atmet flach ein. Unsicherheit huscht durch ihre Augen. »Juri.«

»Was?«, keuche ich. Die Treppenstufen unter mir kippen. Ich kralle mich an der Wand fest und Kalliope ergreift meine Schultern. Ich kann nicht denken.

Sie navigiert mich die Treppe hinunter. »Ich habe noch mal recherchiert und … Oh Mel, ich weiß nicht, was das bedeutet.« Sorge färbt ihre Stimme. Unten greift sie meine Hand und führt mich in die Bibliothek, setzt mich vor ihren Laptop.

Ich werfe einen Blick auf den Zeitungsartikel, welcher auf dem Bildschirm vergrößert ist. *»Sohn einer stadtbekannten Familie in Unfall verwickelt.«* Verwirrt blicke ich zu Kalliope.

»Es ist der Junge namens Juri, der in einem Autounfall umgekommen ist. Ich habe dir bereits von ihm erzählt.«

»Ja, aber er kann nicht unser Juri sein. Wenn er mit vierzehn gestorben ist, behält er seinen vierzehnjährigen Körper. Und sowieso, Juri ist … Juri war kein Geist.«

Kalliope ergreift meine Hand. »Das ist es ja, Mel. Der Junge beim Autounfall ist nicht gestorben. Und er müsste jetzt in Juris Alter sein.«

***

Kalliope leiht sich Mums Auto. Sie, Thalia und ich fahren zu dritt zum Elternhaus des verunglückten Juri. Ich kann die ganze Fahrt über nicht stillsitzen und zerquetsche Thalias Hand in meiner. Ich erlaube mir nicht zu hoffen. Es kann nicht Juri sein. Nur ein seltsamer Zufall. Nach zwanzig Minuten stehen wir vor einem Anwesen, das noch beeindruckender ist als meins. In erster Linie, weil die gesamte Gartenanlage top gepflegt ist – selbst im Winter – und die Fassade aus hellem Sandstein mit dem Schnee um die Wette strahlt.

»Hallo, wir sind Freunde von Juri«, flötet Thalia in die hypermoderne Sprechanlage. Mein Kopf schnellt herum, denn ich habe gar nicht bemerkt, dass sie auf den Knopf gedrückt hat. Ich bin nicht bereit zu erfahren, was in diesem Anwesen ist. Ich habe Angst davor, dass Juri hier ist. Und davor, dass er es nicht ist.

Das silberne Tor, durch welches ein breites Auto passt, öffnet sich automatisch. Meine Schwestern ziehen mich hinter sich her. Wir erreichen das Ende der Auffahrt, wo der Weg sich um einen Brunnen windet. Das Anwesen sieht aus wie ein Märchenschloss.

»Sieht nicht so aus, als wäre Juri hier großgeworden.« Ich stemme mich gegen meine Schwestern, die mich weiter in Richtung Eingang ziehen.

»Wir drehen jetzt nicht um«, besteht Kalliope. »Oder du wirst dich immer fragen, was mit Juri passiert ist.« Sie hat recht, deshalb erklimme ich mit wackligen Knien die Treppe.

Eine ältere Dame in einem maßgeschneiderten Kostüm aus blauer Seide erwartet uns mit vor dem Schoß gefalteten Händen. Ihr rotbraunes Haar steckt in einem strengen Knoten, der aussieht, als würde er schmerzen. »Willkommen. Sie sind Freunde von Master Juri?« Ihr Ton ist geschäftsmäßig, ebenso wie ihre akkurate Aura, doch ich erkenne etwas hinter ihren brüsken Worten.

Thalia greift hinter ihrem Rücken mein Handgelenk und übt sanften Druck aus. Sie wird reden. »Wir kennen ihn von früher aus der Schule und haben schon länger darüber nachgedacht ihn einmal zu besuchen.«

Kalliope setzt eine Trauermiene auf. »Wir haben ihn nie wirklich vergessen.«

Ich trete gegen ihren Fuß, damit sie bloß nicht zu dick aufträgt. Und ich fühle mich nicht richtig dabei, diese Frau zu belügen.

Ihre Argusaugen schauen auf uns herab, doch nach einigen unangenehmen Sekunden tritt sie zur Seite und deutet uns an, einzutreten. »Ich bin die Haushälterin der Volkovs, Mrs Laurent. Die Hausherren sind nicht zugegen, aber Master Juri freut sich bestimmt über den Besuch.«

Sie führt uns durch das glänzende Foyer und ich will mich an der Balustrade der geschwungenen Treppe festklammern, um nicht weiterzumüssen. Doch ich gehe Schritt für Schritt. Von der Einrichtung bekomme ich kaum etwas mit, nur verschwommenes Gold in meinen Augenwinkeln. Nach einem endlosen Flur in der ersten Etage bleiben wir vor einer Doppeltür stehen. Ich versuche zu erspüren, was dahinterliegt, doch vergeblich. Dort herrscht nur Leere.

Mrs Laurent öffnet die Tür und ich grapsche nach Kalliopes Hand. Gemeinsam treten wir in ein weitläufiges Zimmer, dessen Fenster den Ausblick auf den verschneiten Garten freigeben. Spärliche Möbelstücke und nichts, das etwas über die Persönlichkeit des Bewohners verrät.

Doch dort, im größten Bett, das ich je gesehen habe, sitzt er. *Juri.*

Zumindest sieht die Person mit den starr geöffneten Augen aus wie Juri. Aber er ist es nicht. Er kann es nicht sein. Mein erster klarer Gedanke ist, dass ich seine nach hinten gegelten Haare durcheinanderbringen will. Er ist blasser, als ich ihn je gesehen habe, und ohne den Hauch einer Regung auf seinem Gesicht.

Ich verliere den Kontakt zum Boden unter meinen Füßen. »Juri?«, flüstere ich.

Mrs Laurent tätschelt seine Hand. »Ich vermute, wenn man ihn zum ersten Mal sieht, kann es verstörend sein. Aber er verspürt keine Schmerzen. Er erfreut sich sogar bester Gesundheit. Nun, abgesehen von ...«

»Was ist mit ihm?«, fragt Kalliope mit krächzender Stimme.

»Sämtliche Spezialisten waren hier. Niemand konnte uns sagen, was er hat. Kein Schock, kein Koma.« Mrs Laurent räuspert sich. »Master Juri isst und trinkt nichts, doch er bleibt seit Jahren bei Kräften. Er ist vollkommen gesund, abgesehen davon, dass er auf nichts reagiert.«

Ich greife mir an den Hals, um den Wehlaut gefangen zu halten, der sich in meiner Brust bildet. Ohne ein Wort zu sagen, stolpere ich aus dem Zimmer, die Treppe hinunter. Ich kann hier nicht bleiben.

***

Obwohl ich nicht weiß, was ich mir davon erhoffe, renne ich zu Muriels Villa, sobald wir am Murkwood-Anwesen ankommen. Kalliope und Thalia folgen mir, doch mittlerweile können sie nicht mehr mit mir mithalten. Ich klingle an Muriels Tür, bevor sie auch nur in ihre Straße abbiegen.

Muriel öffnet die Tür und zieht mich herein. »Ich hab deine Aura schon vor Meilen gespürt. Was ist passiert?«

»Wie hast du Juri an das Anwesen gebannt?«, keuche ich und halte mir die Seiten.

»Ich habe so viele gebannt, da kann ich mich nicht an alle erinnern.«

Ich greife ihre Schultern und schüttle sie. »Du musst dich erinnern!«

Muriel befreit sich aus meinem Griff. »Es ist vorbei, Melpomene. Du solltest aufhören an jemanden zu denken, der unerreichbar ist.«

»Er liegt in so einem stinkreichen Herrenhaus.« Ich schlucke. »Sein Körper zumindest.«

Muriel starrt mich an. »Das kann nicht sein.«

Ich zücke mein Handy und öffne den Onlineartikel über Juri Volkovs Autounfall. Ich halte ihn ihr unter die Nase, bevor das Bild laden kann.

Sämtliche Farbe weicht aus Muriels Gesicht, während sie den Artikel überfliegt. Meine Schwestern stürmen durch die Tür, und Muriel sagt immer noch nichts.

»Sag etwas!«, befehle ich, halb flüsternd, halb brüllend.

Muriel stolpert nach hinten, ihre Hand sucht nach Halt. Kalliope greift ihr unter die Arme und leitet Muriel in den Salon, wo sie unsere Großmutter in einen Sessel bugsiert. Muriel hebt ihre Hand an ihren Mund und ihre Augen starren in die Ferne. »Mir ist ein Fehler unterlaufen.«

Ich atme tief ein und aus, um sie nicht erneut zu schütteln. Die Wut in mir ist besser als Hilflosigkeit, aber sie bringt mich nicht weiter. Ich muss wissen, was passiert ist. Ich laufe Kreise durch den Salon, bis Muriel sich aufrichtet.

»Das Foto … Ich erinnere mich an den Unfall. Ein Dämon hat ihn verursacht. Ich war zum Glück früh genug am Unfallort, um die Geister zu bannen. Menschen, die ganz plötzlich aus ihrem Leben gerissen werden, neigen dazu, zu Geistern zu werden.«

Ich stemme beide Hände auf den Tisch. »Aber Juri ist kein Geist.« Ich weiß nicht, worauf sie hinauswill.

»Das Ritual funktioniert nicht bei lebenden Seelen.« Sie verschränkt ihre Finger. »Es kann nur eine Erklärung geben.«

Meine Finger vergraben sich in meinen Knien, während ich auf eine Erklärung warte.

»Der Junge muss vom Dämon besessen gewesen sein. Und mit dem Dämon habe ich seine Seele an das Anwesen gebannt, während sein Körper weiterlebte, genährt durch den Dämon.«

Das Bild von Juri, das sich in meinen Kopf gebrannt hat und ich vor mir sehe, selbst wenn ich die Augen schließe, ergibt plötzlich Sinn. Ein Körper ohne Seele. Meine Kehle schnürt sich zu. Ich blinzle den schwarzen Nebel vor meinen Augen weg, schlucke die Übelkeit hinunter. Dann wird mir etwas klar. »Und ich habe die Seele eines Lebendigen ins Jenseits geschickt.«

***

Jeden Tag laufe ich um den See, damit ich die nervöse Energie in mir etwas beruhigen kann. Ich will sauer auf Muriel sein, weil sie so einen riesigen Fehler begangen hat. Weil Juris Seele ihretwegen von seinem Körper gerissen wurde. Doch ich kann nur auf mich wütend sein. Denn ich habe ihn fortgeschickt. Ich weiß nicht, wohin, ich weiß nicht, was dort mit ihm passiert, und vor allem gibt es nichts, was ich tun kann. Die Ausweglosigkeit wickelt sich wie eine Eisenkette um mein Herz, legt sich wie ein undurchsichtiger Nebel um meine Gedanken. Ich sehne mich nach der Begegnung mit Hallows, weil ich hoffe, dann etwas anderes zu fühlen als Schuld.

Und am siebten Tag nach seinem Angebot spüre ich seine Anwesenheit im Ballsaal, während ich eine weitere Runde um den namenlosen See drehe. Die Macht, die Hallows ausstrahlt und bisher verborgen haben muss, windet sich um meine Wirbelsäule wie Stacheldraht. Meine Nerven singen lauter, je mehr ich mich dem Anwesen nähere.

Dann betrete ich den Ballsaal über die Veranda und schüttle mich aus meiner Winterjacke, um die darunter befestigten Holster freizulegen. Erst jetzt sehe ich, dass Scarlett hinter ihm steht, mit glasigen Augen. Ihre Aura wird völlig von der seinen übertönt. Wieso macht er sich noch die Mühe, seine falsche Aura aufrechtzuerhalten?

»Warum ist sie hier?« Ich deute auf seine Frau.

»Oh, keine Sorge. Eine kleine Absicherung. Mir war klar, dass du deine Familie so weit weg wie möglich schickst.« Er grinst.

Ich balle meine Hände zu Fäusten und schweige. Er weiß genau, wo meine Schwachstellen sind.

»Wie hast du entschieden?«, fragt Hallows, während Muriel durch die Tür an der anderen Seite des Saals stürmt. Sie ist die einzige im Anwesen, denn ich habe meiner Familie befohlen, nicht zu kommen. Sie können hierbei nicht helfen, wären nur ein weiterer Schwachpunkt.

Ich schlucke. Eine verzweifelte Stimme in mir schreit danach, sein Angebot anzunehmen. Alles dafür zu tun, um Juri zu retten. Juri gehört ins Diesseits, an meine Seite, und die Leere in mir zerrt immer noch an meinem Herzen.

Doch ich kann mich nicht über die anderen stellen. »Lektion fünf: Keine Deals mit einem Dämon«, zische ich. Ich werde nicht dafür verantwortlich sein, mehrere Dutzend Entitäten auf die Stadt loszulassen.

Hallows grinst, bevor er auf mich losstürmt. Doch ich bin vorbereitet. Ich zücke meinen Dolch, den ich in feinen Malachitstaub getränkt habe, und trete zur Seite. Ich hole aus, doch er ist zu schnell. Er greift mein Handgelenk und bevor ich ausweichen kann, dreht er mein Gelenk, sodass der Dolch scheppernd auf den Boden fällt. Mit voller Wucht lasse ich meinen Ellbogen auf seinen Unterarm krachen, trete gleichzeitig gegen sein Knie, sodass er einsackt.

Er meint es ernst. Keine Zeit für Gerede.

Muriel stürmt auf Hallows zu und wirft einen Dolch in seine Richtung, der haarscharf sein Gesicht verfehlt und mit der Spitze in der Wand stecken bleibt. Mir bleibt keine Zeit, um ihre Kraft zu bestaunen. Ein paar Augenblicke lang kämpfen wir mit zusammengepressten Zähnen gegen Hallows. Er ist gut, aber der Kampf ist ausgeglichen. Ich werde das Gefühl nicht los, dass er sich zurückhält. Und obwohl ich jetzt weiß, dass er der Grund für meine schlechte Vorahnung ist, nagt sie immer noch an meinen Gedanken.

Ich hole zu einem Tritt aus und treffe ihn in den Magen, so fest, dass er über den Boden schlittert.

»Er versucht uns auszulaugen!«, zische ich Muriel zu. Energie pulsiert durch mich, doch Muriel rappelt sich schwer atmend auf. Wann bin ich stärker als sie geworden?

»Wieso zeigst du nicht dein wahres Ich?«, brülle ich ihm entgegen. »Schämst du dich so sehr, weil du der hässlichste Haufen Knochen der Welt bist?«

Hallows grinst. »Scarlett, Liebling, wieso kommst du nicht her?«

Scarlett wankt zu ihm und ihren Bewegungen fehlt die übliche überzogene Anmut. Sobald sie vor ihm steht, legt er ihr einen Arm um die Schultern, fast schon liebevoll, und hält sie als Schutzschild vor sich. »Für kleine Würmer wie euch brauche ich nur einen Bruchteil meiner Kräfte. Und einen armseligen Menschen zu kontrollieren ist für mich einfacher, als meinen kleinen Finger zu heben.«

Muriel schubst mich an. »Wir müssen das Risiko eingehen, dass sie verletzt wird.«

Ich stolpere vor, aber greife nicht an. Ich kann nicht riskieren sie zu verletzten. Vielleicht ist es dumm von mir, vielleicht bin ich zu sentimental und sollte das Ganze wie Muriel rational sehen. Doch ich kann meine Hände nicht heben. Unsicher drehe ich langsam eine Runde um ihn, Muriels Keuchen im Nacken. Was sollte ich auch tun? Ihn weiter in einen Faustkampf verwickeln, bis ich erschöpft bin? Mein Feuer einsetzen, das Scarlett verletzt und ihn stärkt? Wenn es etwas gäbe, das andersrum funktioniert – aber was könnte einem schwachen Menschen nichts anhaben, aber einen Dämon verletzten?

Das ist es! Meine Hand zuckt zu meinem Beinholster, doch ich zwinge mich, nicht nach einer der Phiolen zu greifen. Ich muss ihn überrumpeln. Und auch wenn ich durch Hamsa davor geschützt bin, dass er meine Gedanken liest – eine falsche Bewegung und er weiß, was ich vorhabe. Also zücke ich einen weiteren Dolch aus meinem Gürtel.

Er lacht, als ich auf ihn zusprinte, den Dolch mit der Intention gehoben, ihn zu treffen. Aber kurz vor ihm ziehe ich mit der linken Hand eine Phiole, löse den Korken mit dem Daumen und schleudere ihm den Inhalt entgegen.

Salz. Er flucht und stößt Scarlett zur Seite, um seine Hände schützend vor sein Gesicht zu reißen. Muriel fängt die schwankende Scarlett auf, die in ihren Armen zusammensackt.

Ich zücke meinen Dolch und werfe mich auf Hallows, der am Boden kauert. Er hält seine Hände vor das Gesicht und wimmert. »Bitte, tu mir nichts!« Ich zögere, obwohl ich wissen sollte, dass der Dämon mir etwas vorspielt. Ich zwinge meine Hände den Dolch zu heben.

»An deiner Stelle würde ich meinen Mann nicht verletzten«, erklingt Scarletts säuselnde Stimme.

Ich wirble herum, denn ihre Stimme, kalt und sicher und schneidend, klingt nicht nach der Scarlett, die ich kenne. Mein Herz bleibt stehen, denn sie hält Muriel mit einer Hand am Hals in der Luft. Muriel scharrt über Scarletts Hände, deren lange Nägel sich in ihren Hals bohren, und ich höre ihr schwaches Röcheln bis hierher. Ein schwarzes Loch breitet sich auf Scarletts Wange aus, doch dann schließt sich das Loch wieder und hinterlässt nur makellosen Highlighter.

Gänsehaut krabbelt über meinen Rücken wie ein Schwarm Ameisen. Mir ist klar, was das bedeutet, doch ich kann es nicht glauben und werfe einen Blick auf Hallows, der immer noch auf dem Boden kauert. »Lässt *er* dich das tun?«, keuche ich.

Scarlett schleudert Muriel zur Seite wie eine Puppe. »O Süße. Ich habe dir einst geraten, dich nicht von solch mickrigen Männern herumschubsen zu lassen. Glaubst du, ich folge meinem eigenen Rat nicht?«

Langsam pirsche ich auf sie zu, erlaube mir nur einen Seitenblick auf Muriel, um mich zu vergewissern, dass sie atmet. »Was bist du?« Eine schreckliche Vermutung schnürt mir die Kehle zu. Meine Gedanken überschlagen sich bei dem Versuch, in meinen Erinnerungen nach Hinweisen zu suchen. Der blutrote Schriftzug in meinem Zimmer. Juri sagte, *sie* hätte ihn dazu gezwungen.

Scarlett betrachtet ihren Fingernagel. »Du hast mich bereits gesehen«, flötet sie. »Aber natürlich unterschätzt du mich, so, wie alle anderen es tun. Die hübsche Trophäenbraut am Arm ihres Ehemanns. Wer würde da schon argwöhnen, dass *ich* hinter all dem stecke?«

Ich werfe keinen Blick auf Muriel, die zu ihrem Rucksack kriecht. Was immer sie vorhat, Scarlett darf nicht auf sie aufmerksam werden. »Aber deine Aura … und seine …« Ein kurzer Schulterblick verrät mir, dass seine Aura immer noch wie Schlamm um ihn herumsickert. Um sie hingegen fliegt nicht mehr der übliche rosa Glitzer. Sie hat keine Aura.

»Ein Leichtes dich sehen zu lassen, was du sehen willst.« Sie wendet sich Hallows zu. »O ja, der Gute hat nicht mehr viel Lebenskraft übrig. Aber für einen Menschen hat er lange durchgehalten, das muss ich ihm lassen. Die Kraft der Liebe, nicht wahr?« Sie gackert und legt den Blick auf all ihre perfekten Zähne und ihren Gaumen frei. »Zu schade, dass er so ein hässlicher, alter Sack ist, sonst hätte ich ihn vielleicht länger behalten.«

Ich bewege mich auf einen Punkt rechts von ihr zu, sodass sie Muriel den Rücken zukehrt. »Ich werde dich damit nicht durchkommen lassen«, fauche ich. Dann hole ich zu einem Faustschlag aus, doch sie verschwindet und taucht neben mir auf, stellt mir ihren in Glitzer-High-Heels steckenden Fuß in den Weg und ich stolpere.

Sie bohrt ihren Absatz tief in meinen Oberschenkel, sodass ich aufschreien muss. Dann seufzt sie. »Ebenfalls zu schade. Ich wusste von Anfang an, dass du nicht kampflos aufgibst. Dabei habe ich versucht gut zu dir zu sein.« Sie beugt sich zu mir hinunter und legt ihren zierlichen Finger unter mein Kinn. »Weil ich dich mag. Du hättest Hallows Nachfolgerin werden können und Gott weiß, deine Gesellschaft hätte ich sogar genossen.« Sie wirft mir ein anzügliches Grinsen zu. »Und deinen hübschen, jungen Menschenkörper. So eine Schande, dass du ihn unter diesen Lumpen versteckst.«

Etwas poltert über ihr, und eine seltsame Sicherheit breitet sich in mir aus. Ich spüre Juris Anwesenheit, ganz schwach nur, doch habe keine Zeit, mir darüber Gedanken zu machen. Ich nutze Scarletts kurze Ablenkung, drehe meinen Oberkörper zur Seite, um auszuholen, dann wuchte ich meine Ellbogen gegen ihre Beine, bringe sie zum Stolpern und springe auf.

Doch Scarlett sieht meinen Blick in Muriels Richtung.

Sie dreht sich um, hetzt auf Muriel zu und reißt ihr die erhobene Schrotflinte aus den Händen. Ich schreie auf, als sie Muriel mit einem Stoß gegen die Brust an die Wand schleudert. Hilflos beobachte ich, wie das Bewusstsein aus Muriels Augen weicht. Dann stürze ich mich auf Scarlett, bevor sie auch nur einen weiteren Finger an Muriels leblosen Körper legen kann, und vergrabe meine Hände in ihren Haaren. Ich zerre an ihnen, bis ich mehrere Büschel Extensions in den Fingern halte. Sie zieht ihre Tarnung echt durch, das muss ich ihr lassen. Mit gerümpfter Nase schüttle ich die Haare von meinen Händen, bevor ich zurückhechte, um ihrem Schlag auszuweichen.

Mit zusammengebissenen Zähnen verteidige ich mich gegen sie, doch sie drängt mich immer weiter zurück. Ich stolpere rückwärts über die Treppe und die Treppenstufen bohren sich in meine Wirbelsäule. Meine Nerven schreien vor Schmerz, doch ich krieche die Stufen hoch, weiche ihren Tritten aus. Ich hebe eine Hand vor mein Gesicht und wühle mit der anderen in dem Säckchen an meinem Gürtel.

Eine dumme Taktik. Muriel hat mir gedroht, was sie tut, wenn ich auf so eine Taktik zurückgreife – aber Muriel ist bewusstlos. Also greife ich mir einen Malachit und schleudere ihn in Scarletts Gesicht. Er trifft ihre Stirn mit einem befriedigenden Tock.

Sie strauchelt zurück, beide Hände an der Stirn, kreischt gellend laut auf und ich rapple mich auf. Auf der Empore taste ich nach einem weiteren Dolch, finde ihn im Beinholster.

Feuer bricht aus, Hitze schlägt mir ins Gesicht und der beißende Gestank von schmelzenden Extensions brennt in meiner Nase. Ich versuche Luft aufzusaugen, doch nur Hitze strömt in meine Lungen. Mit zusammengekniffenen Augen erkenne ich die lodernden Umrisse des Feuerdämons vor mir. Welche Lektion war noch mal einen Dämon nicht zu provozieren?

Sie macht kurzen Prozess mit mir. Sie hebt ihre brennende Knochenhand und eine vor Hitze wabernde Schockwelle rast auf mich zu, erfasst mich, lässt mich durch die Luft fliegen. Die heiße Luft versengt meine Haut. Ich krache durch die deckenhohen Fenster und Scherben bohren sich durch meine Kleidung, ratschen über mein Gesicht. Meine Arme rudern hilflos umher, während ich wie in Zeitlupe durch die Winterluft fliege. Ich sehe nur das Grinsen in Scarletts Dämonengesicht, dann falle ich. Ich kann mich nicht auf den Aufprall vorbereiten, da knalle ich schon auf den Boden. Nein, kein Boden. Wasser. Ich breche durch eine dünne Eisschicht und versinke in den Untiefen des stillen, dunklen Sees. Für einen Moment erleichtert mich die Eiseskälte, welche meine versengte Haut kühlt.

Und dann: nichts.

***

Ich erwache in Licht und Dunkel. Keine Wände um mich, aber auch kein Boden, keine Decke. Nichts. Nur Licht und Schatten, ein harscher Kontrast.

Anders, als immer behauptet, spüre ich Schmerzen. Tatsächlich leide ich Höllenqualen, aber ich schwebe seltsam über den Schmerzen.

Da ist etwas vor mir. Etwas mit einer großen Anzahl an Armen und einem wunderschönen Gesicht, nicht Frau, nicht Mann. Dann ist das Gesicht fort. Ich reibe mir die Augen, doch kann das Wesen nicht richtig fassen. »Wer bist du?«

Eine Stimme hallt durch meinen Kopf. »Ein wenig zu viel für deinen sterblichen Kopf, nicht wahr?«

»Bist du Gott?«

Die Stimme lacht schallend. »Gott?«

»Gott, Göttin, Götter, Allah, Nirwana, Odin, Zeus, was auch immer.«

»So aufmüpfig, wie sie sagen.« Das Wesen legt eine Hand an meine Wange. »Und hältst dich für wichtiger, als du bist. Glaubst du wirklich, dass das, was ihr Gott nennt, dich aufsucht, nur weil du kurz vor dem Ertrinken bist?«

Ich verschränke die Arme, während mein Körper, mein richtiger Körper, sich verkrampft. Ich spüre ihn, als wäre er Meilen weit entfernt. »Dieses ganze ›Ich bin ein überweltliches Wesen und spreche in Rätseln‹-Ding wird langsam alt. Entweder sagst du mir, was du von mir willst oder du lässt mich in Ruhe.«

»In der Tat aufmüpfig«, sinniert das Wesen. »Aber wir brauchen dich noch für ein oder zwei Dinge. Also biete ich dir etwas an. Du besiegst Abaddon und ich gewähre dir einen letzten Blick auf den Jungen.«

Mein Herz rast. Den Namen Abaddon kenn ich aus einem der Bücher der Adler-Bibliothek. »Scarlett ist der Engel der Unterwelt?«, keuche ich.

Erneut lacht das Wesen. »O nein, sie hat nur Abaddons Namen gewählt. Sie ist mächtig, zugegeben, und könnte deine Welt in den Untergang stützen, aber sie ist nicht *so* mächtig. Warum glaubst du, lebst du noch?«

»Also sterbe ich doch nicht?«

»Ich sagte du lebst *noch*.«

Wut schäumt in mir auf. Ich hasse diese Spielchen schon in Filmen und sie jetzt selbst zu erleben, treibt mich in den Wahnsinn. Doch das Wesen will etwas von mir und das werde ich ausnutzen. »Ich will, dass du Juris Seele zurückholst.«

Ein melodiöses Kichern ertönt. »Was lässt dich glauben, dass das möglich ist?«

»Er gehört nicht ins Jenseits«, erkläre ich, plötzlich absolut sicher. Denn das ist, was ich gespürt habe. Nicht der Verlust einer Liebe, sondern die Sicherheit, dass sein Verlust nicht vorgesehen war. »Der Dämon sollte verdammt werden, nicht er. Es war ein Fehler, nicht sein Schicksal.«

»Und ein Fehler kann kein Schicksal sein?«

Ich schweige mit verschränkten Armen, denn ich darf nicht einknicken. Mein Gefühl täuscht mich nicht. Ich kann nicht falsch liegen, fühle ich es doch mit alles verzehrender Sicherheit. Hier, wo auch immer ich bin, mehr als jemals zuvor. Dieser Ort löst mich von meinen menschlichen Beschränkungen. Ich sehe mehr, weiß mehr.

Das Wesen seufzt. »Eine Seele kann nicht aus dem Jenseits zurückgeholt werden.«

Mein Herz stolpert. Ich bin nicht sicher, ob es dieses in meinem imaginierten Körper ist oder das in meinem echten, ertrinkenden Körper. Ich spüre, hoffe, dass dieses Wesen mir helfen kann, meinen Fehler rückgängig zu machen.

Es hebt eine Hand, eine fahrige Geste. »Dein Glück, dass der Junge nicht im Jenseits ist.«

Mein Herz stoppt, dann schlägt es doppelt so schnell. Meine Lunge verkrampft, weit weg von mir.

»Ich werde seine Seele nicht zurück zu dir bringen.« Die Gestalt löst sich langsam auf. Ich versuche eine Hand nach ihr auszustrecken, doch Schmerz durchfährt mich. Die Stimme redet weiter auf mich ein. »Aber ich zeige dir, wie du ihn zurückholen kannst. Wenn du Abaddon besiegst. Du hast Glück, dass sie auf der Erde wandelt, weil jemand anderem ein Fehler unterlaufen ist. Abaddons Seele gegen die des Jungen.«

Die Stimme verblasst und eisiges Wasser umgibt meinen Körper. Meine Wange scharrt an einer dünnen Schicht Eis entlang und ich sehe den verzerrten Himmel durch das Eis, spüre den Druck des Wassers auf meiner Lunge. Ich darf nicht einatmen. Noch nicht.

Das Wasser flüstert in meinem Kopf. »Und borge dir meine Kräfte, Menschenkind. Ich kann deine erbärmlichen Versuche diesen heiligen Ort zu retten, nicht mit anschauen.«

Meine Faust bricht durch das Eis. Mein Kopf bricht durch die Wasseroberfläche. Und Macht aus mir heraus.

Das Wasser umgibt mich, umfließt mich, hebt mich in die Luft. Ich bin nicht umgeben von Wasser, ich *bin* Wasser. Diese Kraft zu benutzen ist anders als mein Feuer. Eine geliehene Kraft. Sie steigt mir zu Kopf und ich bin sicher, mehr als ein paar Minuten hält mein Körper diese Macht nicht aus. Ich spüre schon jetzt, wie meine Muskeln brennen, meine Haut schmerzt, weil die Energie zu viel für meine sterbliche Hülle ist.

Also nutze ich die Macht des Sees. Die sonst so seltsam stillen Wassermassen regen sich, folgen meinem Willen. Getragen vom Wasser presche ich auf Abaddon zu, deren lodernde Knochengestalt immer noch auf der Empore im ersten Stock lauert. Es kann nicht viel Zeit vergangen sein während meines Gesprächs mit dem seltsamen Schutzgeist des Anwesens. Ich hebe meine Hand und Wasser strömt zu meiner Seite hoch, peitscht nach Abaddon.

Abaddon versucht auszuweichen, zu kontern, doch ihre Flammen erreichen mich nicht. Die Gischt löscht sie. Ich hole wieder und wieder aus, vergesse alles andere. Ich bin Kraft, ich bin Vergeltung. Ich bin der See.

Wir kämpfen wie uralte Titanen. Feuer gegen Wasser. Doch ich gewinne. Ich spüre es in mir, spüre es in jedem Molekül des Wassers. Und dann verliere ich das Bewusstsein.

KAPITEL 22

Ich erwache mit Wasser in den Lungen und neuem Wissen in meinem Kopf. Als hätte ich es schon immer gewusst. Seit Anbeginn der Zeit, weiß ich, wo Juri ist und wie ich ihn zurückholen kann. Ich winde mich und huste Wasser auf den Boden, erst dann fühle ich Muriels Aura, ihre Hand auf meinem Rücken. Wasser dringt durch jede meiner Poren, erschüttert mich bis auf die Knochen. Muriel wickelt mir eine Decke um die Schultern, die rein gar nichts bringt. Mein Inneres brennt, meine Haut erfriert.

Meine Finger zucken unkontrolliert, doch ich greife Muriels Handgelenk. »Ist sie weg?«, krächze ich.

Muriel nickt grimmig. Ich will sie fragen, was passiert ist, nachdem ich ohnmächtig geworden bin, doch Kalliope, Thalia und Mum hasten durch den Türbogen und bremsen erst, als sie mich erreichen. Meine Schwestern betrachten das Chaos um uns – die zerbrochenen Scherben, die verbrannten Geländer und das Wasser, überall Wasser – mit vor die Münder geschlagenen Händen.

Mum lässt sich auf die Knie fallen und legt meinen Kopf auf ihren Schoß. »Muriel hat mich gerufen und wir sind sofort los, obwohl du ja wolltest, dass wir zu Hause bleiben, aber –«

»Du hattest Zeit, mit Mum zu telefonieren, während ich hier in einen epischen Kampf verwickelt war?«, röchle ich. Nicht, dass ich viel vom Kampf mitbekommen habe.

Mum hält meinen Kopf fest. »Nein, sie hat mich *telepathisch* gerufen!«

Ich lehne mich zurück, genieße die Wärme von Kalliopes und Thalias Händen, die meine Finger fest umklammern. »Es fällt mir schwer, das zu glauben.«

Muriel löst Thalias Hand von meiner und presst mir einen gigantischen Bergkristall in die Hand. Seine heilende Kraft durchströmt mich, aber die Hand meiner Schwester wäre mir dennoch lieber. Muriel zerreibt Kräuter über meiner Brust. »Erstaunlicherweise hat sich herausgestellt, dass deine Mutter recht feine Sensoren für telepathische Botschaften hat.«

Mum nickt begeistert. »Jetzt können wir jederzeit miteinander kommunizieren, ist das nicht wunderbar? Muriel und ich werden uns *so* viel näherkommen!« Da ist ein Zwinkern in ihren Augen, das mir verrät, dass sie Muriel neckt.

»So toll ich es auch finde, der Held des Tages zu sein«, beginne ich und richte meinen Oberkörper auf, »ich muss noch etwas erledigen.«

Muriel presst ihre Hand gegen meine Schulter, um mich zurück in eine liegende Position zu bringen. »Du machst heute gar nichts mehr! Ich habe keine Ahnung, wie du das angestellt hast –«

»Ein Deal mit dem Schutzgeist des Anwesens«, werfe ich ein.

»– aber du brauchst Ruhe. Deine Aura ist kaum spürbar.«

»Wir stimmen Muriel ausnahmsweise zu«, erklären meine Schwestern einstimmig.

Ich schiebe Muriel fort und stehe auf. Meine Beine wackeln und ich bin sicher, eigentlich sollte ich nicht stehen können. Aber ein wenig der Kraft des Sees verweilt noch in mir. Nur ist es nicht genug für das, was ich versuchen will. Versuchen muss. »Juris Seele und die seines Dämons sind in einer Zwischenwelt gefangen.« Wieder dieses Poltern über uns, das Juri sein muss. »Menschenseelen und Dämonen können nicht zum gleichen Ort. Deshalb sind ihre Seelen gefangen.«

»Das klingt nach etwas, das jemand sagt, der gerade aus einer dämonisch bedingten Ohnmacht aufwacht«, zweifelt Thalia.

»Du bist definitiv noch zu schwach für so was, selbst wenn es funktionieren könnte«, wendet Muriel ein und Mum will ebenfalls zur Widerrede ansetzen.

Ich hebe eine Hand. Ich verstehe nicht, warum sie die Tragweite meines neuen Wissens nicht begreifen wollen, doch für Ungeduld habe ich jetzt keine Zeit. Lange hält die Kraft in mir nicht mehr an – entweder ich versuche es jetzt oder nie. »Ihr müsst mir vertrauen. Und ihr müsst mir helfen. Später erkläre ich euch alles.« Ich blicke jede einzeln an. »Aber jetzt *brauche* ich euch.«

Die vier Frauen vor mir blicken sich an. Ich will sie berühren und ihre Gedanken lesen, doch ich muss meine Kräfte sparen. Und ohne meine Familie schaffe ich es nicht.

Mum redet als Erste. »Sag uns, was wir tun sollen.«

***

Ich brauche kein Buch, um das überdimensionale Siegel auf den Boden zu zeichnen. Ich sehe es, jedes Mal, wenn ich die Augen schließe, als hätte das Wesen es innen auf meine Augenlider gemalt. Mum, Kalliope und Thalia rühren unter Muriels Anleitung schalenweise schwarze Ritualfarbe an, die ich sogleich nutze, um das komplizierte Muster auf den Boden zu malen. Sanfte Schnörkel, Linie wie Dolche und Runen, die ich nie zuvor gesehen habe. Ich bin mir nicht sicher, ob Menschen diese Runen benutzten sollten.

Sobald ich das Siegel beendet habe, zeige ich ihnen, wo sie sitzen sollen. Jede von ihnen lässt sich zwischen zwei Spitzen des Achtsterns nieder. Ich knie mich auf die letzte freie Lücke. Wir reichen uns die Hände und in einer anderen Situation wäre das der Moment, in dem ich mir einen Spruch nicht mehr verkneifen könnte. Doch dafür habe ich keine Zeit, denn mit jeder Minute schwindet die fremde Macht in mir.

Ich nehme einen tiefen Zug Luft und Worte verlassen meine Lippen, ohne dass ich darüber nachdenke. Die Silben sind mir fremd, als hätte sie jemand anders auf meine Zunge gelegt, aber sie gleiten mir über die Lippen wie die Namen meiner Schwestern. Die Worte lösen mich von meinen Gefühlen und ich verschwinde. Mein Körper sitzt noch auf dem Siegel und ich sehe meine Familie vor mir, aber ein Auge, mein drittes Auge, sieht einen anderen Ort. Ich glaube, ich atme nicht mehr. Intuition, Konzentration, Bewusstsein umfließen mich.

Juri schwebt vor mir, eingehüllt in schwarzen Nebel vor schwarzem Grund.

Geschlossene Augen, weiße Haut. Er scheint zu schlafen. Ich nähere mich ihm, strecke eine Hand aus. Kurz bevor sie seinen Oberkörper berührt, reißt Juri seine Augen auf.

Doch es ist nicht Juri. Der Dämon starrt mich aus silbernen Augen an. »Ein Mädchen mit dem dritten Auge«, lallt er mit Juris Stimme, doch etwas Dunkleres, Älteres webt sich durch den Klang. Das, was ich ab und zu in Juris Augen gesehen habe. »Bist du hier, um ihn zu retten? Um mich zu retten?«

Ich balle meine Hände. »Nur einer von euch wird heute gerettet.«

Der Dämon lässt Juris Kopf in den Nacken fallen. Er gackert, so unmenschlich und markerschütternd, dass es selbst Juris manischstes Grinsen tausendfach übertrifft. »Aber bist du sicher, dass der Junge ohne mich der gleiche ist?«

Ich gehe einen weiteren Schritt auf ihn zu.

Er umschließt mich in seinen Armen und ich lasse es geschehen. Seine Stimme ist ein Wispern an meinem Ohr. »Was, wenn ich bin, was dich anzieht? Wenn er nur ein langweiliger, normaler Junge ist, so wie Cole? Wenn ich derjenige bin, mit dem du verbunden bist?«

Ich schiebe ihn von mir, muss schlucken. »Ich rette ihn und nur ihn.«

»Denk noch mal drüber nach.« Er pflanzt eine Vision in meinen Kopf, von ihm und mir. Ein Leben voller Macht, voller Leidenschaft. Wir ständen über allem. Und der Dämon liebt mich, abgöttisch, mehr als alles andere auf der Welt.

Ich schüttle den Kopf, um mich von der Vision zu befreien.

Juri – der Dämon – ergreift meinen Nacken, Nägel bohren sich in meine Haut, und er küsst mich. Seine gierige Zunge streicht über meine Lippen und ich werde schwach in seinen Armen, die mich halten, die mich beflügeln, die mich zerstören. Er löst sich von mir, kurz bevor ich den Verstand verliere, und lehnt seine Stirn gegen meine, so wie Juri es tun würde. »Ich könnte dein Leben sein. Und du meines.«

Ich suche nach der Kraft in mir, um abzulehnen. Sicherheit surrt durch mich, Muriels Standfestigkeit, die ich in meiner rechten Hand spüre. Ich trete zurück.

»Ahhh«, säuselt der Dämon und streicht einen Finger über meine Wange. »Du willst etwas anderes, oder?«

Juri küsst meine Stirn, im perfekt renovierten, pastelligen Anwesen. Er wirft ein Mädchen in die Luft, meine Tochter. Eine perfekte, harmonische Familie. Das Bild ist so widerlich süß, dass ich würgen muss. In meiner linken Hand spüre ich Mums Energie, die mich daran erinnert, was für ein Leben ich mir wirklich wünsche. Ich hole aus, treffe den Dämon in Juris Gestalt an der Wange.

»Du hast keine Ahnung, was für ein Mensch ich bin«, speie ich. »Ich jage keinen Träumen hinterher. Ich will nichts von dem, was du mir bieten kannst.«

»Ich könnte für dich zu ihm werden. So wie du ihn kennst. Nicht dieser langweilige, kümmerliche, fade Normalsterbliche. Du musst mich nur mitnehmen«, flüstert er mir süße Versuchungen ins Ohr. Ich könnte damit leben, wenn er in meiner Gegenwart der Juri ist, den ich kenne. Das *ist*, was ich will. Trotz meiner Worte bietet er mir, was ich will. Aber ich bin nicht hier, um das zu bekommen, was ich will. Ich bin hier, um einen Fehler zu begleichen.

Mein Stirnchakra, das dritte Auge, öffnet sich in einem Strudel von konzentrierter Energie. Zum ersten Mal sehe ich wirklich, als hätte ich bisher durch ein halb geschlossenes drittes Auge geblickt. »Es ist mir egal, wenn er sich nicht an mich erinnert. Es ist mir egal, wenn er ein anderer ist. Aber ich nehme den Jungen mit, dessen Seele du zu Unrecht gestohlen hast.«

Und das ist, was ich tue. Ich greife in die Brust des Dämons, wickle meine Finger um etwas Unberührbares – und befreie Juri.

***

Ich wache mit einem Ruck auf.

Statt im Siegel sitze ich aufrecht im Bett, doch das schnelle Aufrichten zerrt Übelkeit in mir hoch. Ich lehne mich zurück und versuche mich an das zu erinnern, was passiert ist. Die Erinnerungen an alles, was nach meinem Fall in den See passierte, verschwimmen. Doch ich weiß noch genug, sodass sich mein Magen dreht.

Die Macht ist fort, außer einem letzten, winzigen Überbleibsel. Eine Erinnerung, mehr nicht. Es erleichtert mich, denn jetzt spüre ich, was die Macht mit meinem Körper gemacht hat. Jeder Muskel brennt, jede Sehne fühlt sich an, als sei sie gerissen. Ich bin sicher, jemand hat meine Luftröhre mit Schmirgelpapier bearbeitet.

Sobald die Übelkeit etwas verfliegt, öffne ich die Augen. Draußen geht die Sonne auf, lässt noch nur wenige Strahlen in das Zimmer fallen. Ein rötlicher Streifen erleuchtet Viper, die mit einem Buch auf der Brust in meiner Leseecke eingeschlafen ist. Sie sieht aus, als wache sie über mich – aber auf ziemlich schlechte Art und Weise. Ich muss grinsen.

Meine Lippen reißen auf und ich fahre mit meiner trockenen Zunge über ebenso trockene Lippen. Ich brauche Wasser. Aber Viper werde ich nicht wecken. Ich könnte mir einreden, dass ich sie schlafen lasse, weil sie bestimmt ewig wach war, aber wenn ich ehrlich bin, fürchte ich einfach nur die Morgen-Viper vor ihrem ersten Kaffee. Ich schmunzle erneut, obwohl meine Lippen dabei schmerzen. Ich habe es mit zwei Dämonen an einem Tag aufgenommen, aber Viper ist mir doch eine Nummer zu viel. Irgendwo muss auch ich Grenzen ziehen.

Anstatt mit meiner krächzenden Stimme durch das Anwesen zu schreien, tatsche ich nach meinem Handy und schicke eine kurze Nachricht in unsere Schwestern-Gruppe. Ich erschrecke nicht wirklich darüber, welches Datum mein Handy anzeigt. Ich habe vier Tage verpasst.

Sekunden später stürmen Kalliope und Thalia herein. »Dem Himmel sei Dank, du bist wach!«, jauchzen sie gleichzeitig und die Sorge löst sich von ihren Auren. Ich werfe einen Blick auf Viper, die grummelt und sich eine Decke über den Kopf zieht.

Kalliope reicht mir ein Glas Wasser und ich nehme gierige Schlucke. Dann stelle ich es ab und schaue in die betroffenen Gesichter der beiden. »Beruhigt euch. Mir geht's gut, ich bin quicklebendig und bereit, dem nächsten Dämon den Arsch zu versohlen.«

»Du, Madame, wirst die nächsten drei Monate keinen einzigen Dämon sehen!« Mum betritt den Raum und baut sich vor meinem Bett auf. Ihr

Herbstfeuer flackert gleißender als jemals zuvor um ihren Körper. »Du hast ... Dämonenarrest! Genau. Dämonenarrest.«

»Mum, ich glaube es ist ein wenig spät, mit Erziehungsmaßnahmen anzufangen«, erklärt Thalia und legt ihr eine Hand auf den Arm.

Ich richte mich auf. »Und da Hausarrest bedeutet, man darf das Haus nicht mehr verlassen, bedeutet Dämonenarrest dann nicht, dass ich Dämonen nicht verlassen darf?« Ich ziehe eine Augenbraue hoch.

Mum schüttelt ihre Fäuste durch die Luft. »Hör auf, über so was Späße zu machen! So habe ich euch nicht erzogen.«

»Du hast uns gar nicht erzogen, weil du uns auf Augenhöhe begegnen wolltest. Das ist irgendwie genau der Punkt, auf den wir hinauswollen«, erwidert Kalliope schulterzuckend. Beide meiner Schwestern grinsen mich verschwörerisch an.

»Ich muss zu Juri«, erkläre ich.

Das Grinsen auf ihren Gesichtern erlischt. »Meinst du, dass du damit nicht noch etwas warten solltest? Du siehst nicht aus, als solltest du das Bett verlassen«, sagt Thalia.

»Vielleicht hat es nicht funktioniert. Oder er erkennt dich nicht«, fügt Kalliope hinzu.

Ich schlucke den Kloß in meinem Hals hinunter und kralle mich an meiner Bettdecke fest. »Ich muss wissen, wie es ihm geht. Sofort.«

Thalia zieht eine Schnute. »Du solltest dich erst noch ausruhen. Du hast einiges durchgemacht. Ich bin dagegen, dass du sofort losstürmst, keine fünf Minuten, nachdem du aus einer viertägigen Ohnmacht erwacht bist.« Ihr besorgter Ton enthält diese messerscharfe Kante, die mir verrät, *sie* würde mir Hausarrest aufbrummen, wenn sie könnte.

Mum deutet mit dem Daumen auf Thalia. »Jetzt weiß ich wieder, warum ich euch nicht erzogen hab. Die ist ja *unerträglich*«, raunt sie.

Kalliope nickt langsam. »Ich verstehe, dass du Bescheid wissen willst. Ich bin auch neugierig. Wenn du sagst, du bist bereit, fahre ich dich zu Juri, egal, was Thalia und Muriel davon halten.«

Meine Schwestern funkeln sich an, einer dieser seltenen Momente, in denen sie nicht einer Meinung sind. Es wäre leicht, auf Thalia sauer zu sein und mich darin zu baden, zur Abwechslung eine meiner Schwestern auf meiner Seite zu haben. Doch ich weiß, dass beide aus Sorge um mich handeln. Und das ist mehr wert als dieser aus Eifersucht geborene Wunsch.

Ich ergreife Thalias Hand. »Ich liege seit vier Tagen hier, langsam muss ich aufstehen und meinen Kreislauf in Schwung bringen.«

»O Gott«, grollt Viper und erhebt sich mit der Decke um ihren Schultern. »Wie lange wollt ihr noch diskutieren? Ich brauche meinen Schlaf!« Sie taxiert mich einmal von Kopf bis Fuß. »Sie sieht ganz wunderbar aus. Wenn sie zu Juri will, könnt ihr sie eh nicht aufhalten.«

Ich nicke übertrieben euphorisch und Thalia gibt endlich nach. »Aber *ich* fahre – in einem für eine aus dem Koma erwachte Person angemessenen Tempo.«

Mum sucht mir eine viel zu bunte Kombination Kleidung aus dem Schrank und Viper verkriecht sich wieder unter ihrer Decke, während Kalliope mir aus dem Bett hilft. Ich deute auf Thalia. »Sie wird die ganze Fahrt über absichtlich zwanzig fahren, oder?«, flüstere ich Kalliope zu.

***

Wieder öffnet uns Mrs Laurent und mir fällt sofort ihre düstere Aura und der verkniffene Mund auf. Ich muss mich ein wenig fester an Kalliope festklammern. Das kann kein gutes Zeichen sein.

»Es ist kein guter Zeitpunkt, um Master Juri zu besuchen«, ranzt sie uns an.

Eine unsichtbare Faust verdreht mein Herz und Kalliope wimmert, weil ich meine Nägel so fest in ihren Arm presse. »Ist … ist ihm etwas passiert?«

»Das kann man wohl so sagen. Die Hausherren wünschen keinen Besuch.«

Ich habe versagt. Meine Gedanken kreisen darum, was ich falsch gemacht habe, wo ich vom Weg abgekommen bin. Ich habe doch alles so gemacht, wie es mir das Wesen gezeigt hat?

Eine Stimme schallt durch das großzügige Foyer. »Ich will dieses verfickte

Haus auf der Stelle verlassen!« Die Spiegel an den Wänden klirren in ihren Goldrahmen.

Ich lasse Kalliope los und ergreife Mrs Laurent am Revers ihres makellosen Kostüms. »Ist er aufgewacht?«

Sie stiert mich aus großen Augen an. »Woher wissen Sie ... Hey!«

Ich kämpfe mich an ihr vorbei und stürme die Treppe hoch, so schnell das mit meinen wackligen Beinen möglich ist. Meine Schwestern stellen sich vor die Treppe, während Mum Mrs Laurent unterhakt.

Mrs Laurent verdreht sich den Hals zu mir. »Die Herrschaften wollen nicht, dass er Besuch erhält, bevor er wieder völlig gesund ist.

»Gute Frau, Ihre Aura beunruhigt mich aufs Äußerste«, höre ich Mums Stimme, während ich den Flur hinablaufe, und hoffe, dass die drei sie erfolgreich aufhalten können.

Dann presche ich durch die Tür in Juris Zimmer.

»Ihr könnt mich nicht zwingen, in diesem Bett zu bleiben!«, brüllt Juri mit der Wut einer Entität kurz vor dem Räucherritual. Zwei Kolosse halten ihn an den Schultern im Bett. Juri, blass und mit wirren Haaren, schmeißt sich gegen ihre Griffe, doch gegen ihre Muskelberge hat er keine Chance. Ein Arzt mit Schnurrbart und weißem Kittel steht neben einem herausgeputzten Ehepaar – ganz offensichtlich Juris Eltern. Seine Mutter hat die gleichen feinen Gesichtszüge wie Juri und sein Vater den hochgewachsenen, schlaksigen Körperbau, nur mit starrer Wirbelsäule, wo Juri eine zwanglose, fast schon flegelhafte Haltung zeigt.

Alle starren mich an und mich verlässt jeglicher Mut. Mein erster Instinkt, Juri von den Kolossen zu befreien, erlischt, sobald alle Augenpaare, seine mit eingeschlossen, auf mich treffen.

»Sie dürfen nicht hier sein!«, zischt Juris Vater.

Doch ich kann nur Juri anstarren. Juri, dessen Aura ich zum ersten Mal sehe. Flammendes Rot, die lebendigste aller Aurafarben. Sein Feuer schlägt um ihn, so intensiv, so weit, dass es mich nicht wundert, wie lange er den Kampf gegen den Dämon ausgehalten hat. Doch seine Flammen sprühen weiße, goldene und indigofarbene Funken, ohne Zweifel ein Beweis dafür, was er Übernatürliches erlebt hat.

Juris Mutter tritt näher zu mir und sie betrachtet mich, als wäre ich eine Made. »Wer sind Sie und was wollen Sie hier?«

Juri hört auf, sich gegen die beiden Männer zu stemmen und starrt mich an. Mein Atem stockt. Und dann, als er mit mir spricht, stockt mein Herz.

»Wer bist du?« Er starrt mich mit einer beunruhigenden Intensität an, ein Blick, den ich kenne, aber an dem etwas anders ist, etwas, das ich nicht greifen kann.

Ich habe dem Dämon gesagt, dass es mir egal ist, wenn Juri mich nicht mehr erkennt, solange er nur zurückfindet. Diese Selbstlosigkeit hat mein Stirnchakra geöffnet. Doch ich habe gelogen. Er erkennt mich nicht wieder, all seine Erinnerungen sind ausgelöscht, Erinnerungen, die ein wichtiger Teil *meines* Weges sind.

Ich will etwas sagen, doch mein Mund ist zu trocken, meine Zunge seltsam angeschwollen. Es ist zu viel. Ich weiche zurück, pralle mit dem Rücken gegen einen Beistelltisch mit einer antiken Vase. Gerade so schaffe ich es, sie festzuhalten, bevor sie fällt. »Ich … ähm«, stammle ich und starre in die strengen Augen seiner Eltern. »Bitte entschuldigen Sie die Störung.« Ich drehe mich auf der Stelle zur Tür, um zu fliehen.

»Warum können Geister so schlecht lügen?«, ertönt Juris Stimme und ich bin mir nicht sicher, was mich mehr schockt, die eigensinnige Neigung seiner Stimme, die so klingt, wie ich sie kenne, oder dass er irgendetwas über Geister sagt.

Ich drehe mich langsam zu ihm. »Was?«, hauche ich mit pochendem Herzen.

»Weil sie so durchschaubar sind!« Juri grinst mich an und mit einem Schlag begreife ich.

Ich stürme auf ihn zu, manövriere den Koloss zur Seite, der versucht mich aufzuhalten, und boxe Juri gegen den Arm. »Du bist doch echt der mieseste …« Meine Stimme bricht und ich schlucke eine Mischung aus Schluchzen und Lachen herunter. »Du hast dich kein bisschen verändert, du elender Mistkerl!«

Juri grinst. »Das erste Mal, dass wir uns berühren, tatsächlich berühren, und du nutzt diesen denkwürdigen Moment, um mich zu verhauen?«

»Du hast recht«, gebe ich zu. Dann zwicke ich ihn in die Seite.

Juri flucht und lacht, schiebt meine Hände weg. »Hey, das kannst du doch niemandem antun, der völlig entkräftet im Bett liegt!«

Seine elegante Mutter tritt näher ans Bett. »Schatz, wer ist dieses … ordinäre Mädchen?«

Ich vergrabe meine Finger in seinem potthässlichen Seidenpyjama. Ich kann immer noch nicht glauben, dass er lebt. Dass er *er* ist. »Ich habe etwa ein halbes Dutzend Dämonen bekämpft, um dich zu retten, und so ein gruseliges Seewesen hat meinen Körper als Stauraum für seine Kräfte benutzt. Ich kann dir antun, was ich will!«

Die Stimme von Juris Mutter steigt zu einem schrillen Kreischen an. »Sie verlassen auf der Stelle unser Haus! Ich weiß nicht, wer Sie sind, aber Sie verschlimmern den Zustand meines Sohnes!« Sie atmet tief ein. »Juri, ich möchte nicht, dass du weiterhin mit dieser derangierten Person redest. Du hast in den letzten Tagen genug Unsinn von Dämonen und Geistern erzählt und auch wenn ich nicht weiß, *was* dieses Mädchen damit zu tun hat, ich bin nicht dumm. Ich weiß, dass sie einen schlechten Einfluss auf dich hat!«

Juri ignoriert sie. »Okay, da du jetzt deine Frustration rausgelassen hast – ich brauche deine Psychokräfte, um hier rauszukommen.«

Ich weiche ein Stück zurück. »Meine Kräfte darf ich garantiert nicht gegen Sterbliche einsetzen!«

Juri schiebt die Decke von sich und ich werfe einen kurzen Blick auf seine Arme und Beine. Er sieht nicht wie jemand aus, der seit Jahren ans Bett gefesselt war – das muss er der Macht des Dämons zu verdanken haben. »Ich meinte eher meine Mutter, die Drahtzieherin dieser ganzen Sache. Und ich bin ziemlich sicher, sie ist kein Mensch, sondern eine Harpyie.«

Ich drehe mich zu seinen Eltern. Wofür habe ich mein Halschakra geöffnet, wenn nicht, um Konflikte zu lösen? »Warum halten Sie ihn gefangen?«

Seine Mutter bläst sich vor mir auf und lässt ihre Lippen empört vibrieren. »Mein Junge ist krank und geschwächt und verwirrt. Ich werde ihn nicht in diesem Zustand außer Haus lassen. Er leidet an einem schweren Trauma und ist nicht er selbst! Ich bin keine Rabenmutter, die ihr Kind machen lässt, was es will.«

Juri steht auf und bevor die Kolosse ihn packen können, ergreife ich die Finger des einen und biege sie, bis die Fingerknochen kurz vorm Brechen sind. Er jault auf und stürzt von Juri weg, während der zweite Typ mich argwöhnisch anblickt. Juri zieht sich gemütlich rote Samtpantoffeln über die Füße. Dann blickt er seine Eltern kühl an. »Ihr habt euch seit Jahren einen Dreck um mich gekümmert. Und ich lag lange genug hier herum. Grinder gehört zurück auf die Straße. Mic Drop!« Er deutet den Mic Drop tatsächlich an und ich weiß nicht, ob ich lachen oder mir die Hand gegen die Stirn schlagen soll. Bevor ich mich entscheiden kann, zieht er mich am Arm hinter sich her aus dem Raum und schlägt die Tür zu.

Ich zeichne den keltischen Knoten mit Lippenstift auf die Tür, auch wenn er sie ohne rituelle Farbe nicht lange verschließen wird. »Hast du mir nicht gesagt, ich solle mit meiner Familie reden?«, erinnere ich ihn an seinen weisen Rat.

Er lässt mich nicht los, auch während wir den Flur hinunterlaufen. »Ich hab die ganzen vier Tage, die du gebraucht hast, versucht mit ihnen zu reden. Ich glaube, sie brauchen erst mal ein wenig Abstand. Und müssen verdauen, dass ich nicht derselbe bin, den sie damals verloren haben.«

»Die Jahre als Entität haben dir garantiert nicht gutgetan«, necke ich. Langsam vergesse ich den Schock und dass er der mieseste Typ der Welt ist, denn ein Hochgefühl breitet sich in mir aus. Ich fühle mich, als könnte ich fliegen. Nicht metaphorisch, sondern als könnte ich genau in diesem Moment die Luft so manipulieren, dass sie mich schweben lässt.

»Ehrlich? Ich hab das Gefühl, ich habe mich prächtig entwickelt«, erklärt er schulterzuckend. Plötzlich hält er an und zieht mich an sich. Er blickt zu mir herunter und ich spüre mein Herz in meinem Hals.

Doch dann fällt mir etwas auf und ich finde meine Konzentration wieder. »Du hast braune Augen!«

»Jep. Kein Dämon, der aus mir blickt«, antwortet er nur grinsend. Seltsamerweise funkeln mich seine richtigen Augen ebenso an wie die flammend-blauen zuvor. Er denkt echt, er wäre ein Geschenk an die gesamte Welt.

Ich entgegne seiner Lässigkeit mit hochgezogener Augenbraue. »Ein bisschen langweilig, wenn du mich fragst.«

Sein Grinsen wird breiter, das Feuer in seinen Augen stärker, und in der nächsten Sekunde presst er mich gegen die Wand. »Lass mich dir zeigen, *wie* langweilig ich bin.«

Und das tut er, mit einem Kuss, der bis in meine Fingerspitzen kribbelt. Seine Lippen sind nur kurz ein weiches Streichen an meinen, dann übernimmt sein Hunger. Er lehnt sich noch näher an mich, als könnte es nicht nah genug sein, und schert sich nicht darum, dass meine Schulter ein teures Gemälde verschiebt.

Ich will ihn noch näher heranziehen, doch er löst sich von mir. Die Bodyguards trampeln durch den Flur, offensichtlich aus ihrer Trance aufgewacht und mit neuen Anweisungen ihrer Dienstherren bewaffnet. Wir rennen los und ich schicke einen Windstoß durch den Flur, der die beiden stolpern lässt. Lachend erreichen wir die Treppe.

»Hast du ihn befreit?«, ruft Thalia mir entgegen, als wäre das nicht offensichtlich.

»Ich hab Dornröschen gerettet!«, rufe ich zurück, während wir die Treppe hinunterstürmen. Im nächsten Moment frage ich mich, woher sie wissen, dass ich ihn befreien musste. Für Fragen bleibt jedoch keine Zeit, denn die Bodyguards und Juris Eltern erscheinen keuchend am Treppenabsatz.

Mrs Laurent stellt sich in den Türrahmen und ich bin bereit, auch sie mit einem Luftstoß zur Seite zu zwingen, doch sie schließt Juri in ihre Arme, bevor ich meine Hände heben kann. »Master Juri, lassen Sie bald von sich hören.«

Juri presst einen Kuss auf ihre Wange, dann zerrt er mich weiter. Mrs Laurent schließt die Tür hinter uns und diskutiert ruhig mit seinen Eltern. »Master Juri flieht? Aber nein, er sagte, er gehe mit seinen Freunden lediglich ins Kino.«

Dann werfen wir uns alle in Mums viel zu kleines Auto. Thalia hat offensichtlich vergessen, dass sie in einem für angeschlagene Menschen angemessenem Tempo fahren wollte, denn sie düst los und driftet um die nächste Straßenecke.

Juri greift meine Hand. »Danke«, erklärt er leise und so demütig, wie ich ihn noch nie gesehen habe. Und wahrscheinlich nie wieder sehen werde.

»Mrs Laurent hat uns alles erzählt«, beginnt Mum und dreht sich vom Vordersitz zu uns um, bevor ich fragen kann. »Armer Junge. Dein Chakra muss absolut unterdrückt sein. Wenn wir im Murkwood-Anwesen sind, helfe ich dir dabei, mit deinem schamanischen Krafttier in Kontakt zu treten.«

Juri grinst sie an. »Ich freue mich schon außerordentlich darauf!«, erwidert er voller Inbrunst. »Und Melpomene hat nie erwähnt, dass sie *noch* eine Schwester hat.«

Ich deute ein Würggeräusch an. »Glaubst du echt, der Spruch zieht bei irgendwem? Und nenn mich nicht Melpomene.« Doch ungläubig beobachte ich, wie sich Mums Wangenknochen rosa färben und sie zufrieden lächelt.

Klasse. Er wird sie in null Komma nichts um seinen kleinen Finger wickeln.

KAPITEL 23

Zurück im Anwesen verfrachten mich Thalia und Kalliope schnurstracks ins Bett. Ich wehre mich nur wenig, denn auch wenn mein Kopf vor Energie surrt – mein Körper kann nicht mehr. Ich fühle mich ein wenig seltsam, weil sich alle um mich herum versammeln. Muriel, Mum, meine Schwestern, Larkin, Viper und Juri.

Ich richte mich ein wenig auf, um einen Hauch von Würde zu wahren. »Was ist passiert, nachdem wir uns in den Bannkreis gesetzt haben? Habt ihr irgendetwas gesehen?«

Die Augen meiner Schwestern werden glasig. »Oh, es war unglaublich«, erklärt Thalia, dann übernimmt Kalliope. »Wenn ich dir nicht sowieso schon geglaubt hätte, wäre das der Moment gewesen, in dem du mich überzeugt hättest.«

Mum nimmt meine Hand. »Ein Schein hat dich umgeben und ich habe so eine seltsame Energie gefühlt. Elektrizität. Mel, ich glaube, ich habe zum ersten Mal wirklich eine Aura gesehen. Es war so viel intensiver, als jedes Ritual der Lichtritter!«

»Habt ihr gesehen, was ich gesehen habe? Juri oder den Dämon?«

Alle schütteln den Kopf. »Wir haben nichts gesehen«, antwortet Mum. »Nach einigen Minuten jedoch ... Es war wie eine Schockwelle, eine Energie, die durch unsere Körper ging. Und dort war Licht, so viel Licht. Und –«

Kalliope hält eine Hand hoch und grinst. »Okay, Mum, das reicht jetzt. Es war eine unfassbare Erfahrung, aber ich glaube, wir haben jetzt alle verstanden, dass viel Licht und Energie im Spiel waren.«

»Wir alle waren für einen Moment bewusstlos.« Thalia legt den Kopf schief. »Wir kamen wieder zu uns, aber du bliebst ohnmächtig. Wir wollten einen

Arzt holen, aber Muriel hat darauf bestanden, dass du von selbst wieder gesund wirst. Also haben wir gewartet, vier Tage lang, in denen Muriel dich mit Edelsteinen und Kräuterpasten verarztet hat.«

Ich lege meine Hände an meine Schläfen. »Das kommt mir alles noch so unwirklich vor.« Ich werfe einen Blick auf Juri, der verdächtig still ist. Ich will wissen, was er denkt, wie es ihm geht. Doch solange all die anderen hier sind, kann ich ihn nicht fragen.

Viper breitet ihre Arme aus und schiebt alle außer Juri durch den Raum. »Dafür, dass hier jeder mindestens einmal darauf bestanden hat, dass Mel sich ausruhen muss, rückt ihr ihr echt auf die Pelle!« Während sich alle grummelnd durch die Tür trollen, zwinkert Viper mir zu. Dann schließt sie die Tür hinter sich und ich bin allein mit Juri.

Einige Atemzüge lang starren wir uns nur an. Ich habe keine Ahnung, was ich sagen soll, und jede Sekunde, ich der ich keine Worte finde, schnürt meinen Hals etwas mehr zu.

Juri tritt langsam näher. »Nun, jetzt bin ich nur noch ein ganz normaler Mensch.« Sein Ton ist locker, doch er kann mir nichts mehr vormachen. Ich sehe seine Aura, die nicht mehr Flammen wirft, sondern nur wie ein Stück Kohle glüht. Er ist unsicher.

»Normal würde ich nicht sagen«, grüble ich laut nach und seine Augen leuchten etwas auf, bescheren mir eine Erinnerung an seine besessene blaue Version. »Immerhin bist du ein privilegierter, steinreicher Sohn einer altehrwürdigen Familie. Es würde mich nicht wundern, wenn du ein oder zwei Pferde hast, Schimmel vermutlich, vielleicht auch einen Albino-Pfau als Haustier und eine Garage voller Ferraris.«

Er schneidet eine Grimasse und lacht. »Stellst du dir so mein ehemaliges Leben vor?«

»Entschuldigung, aber die Divergenz zwischen dem Straßenjungen Grinder und Juri, dem kleinen Lord, überfordert mich ein wenig.« Ich grinse auch. Doch dann verblasst mein Grinsen, denn was ich sage, ist die Wahrheit. Ich habe keine Ahnung, wer Juri ist. Juri ohne den Dämon, der immer wieder durchblitzte.

Er bemerkt, was in mir vorgeht, denn ohne Umschweife setzt er sich auf die Bettkante. Sein Lächeln bleibt, aber seine Augen werden ernst. »Wir können uns kennenlernen. Wie ganz normale Menschen. Vielleicht einen Kaffee trinken oder ins Kino gehen oder so.« Er hält inne, dann lacht er. »Verdammt, ich habe keine Ahnung, wie Dates heutzutage funktionieren. Mein Wissen stammt aus Filmen, die ich mit fünfzehn gesehen habe. Und die Hälfte meiner Pubertät habe ich unter der Obhut von Geistern und Dämonen verbracht.«

Ich spüre, wie meine Augen groß werden. »O mein Gott!«

Juri furcht die Brauen und seine Aura schrumpft wieder zu einem unsicheren Glimmen. »Du weißt, dass nicht nur mein Körper gealtert ist, oder? Ich bin kein Fünfzehnjähriger im Körper eines Zwanzigjährigen, falls du das denkst. Ich bin nur in einer ... atypischen Umgebung erwachsen geworden und –«

Ich wedle mit den Händen. »Das meine ich nicht.« Ich halte kurze inne. »Auch wenn ich das mit dem ›Erwachsen geworden‹ anzweifle, aber darum geht es mir gar nicht. Ich meinte: O mein Gott, du hast *Stranger Things* noch nicht gesehen!«

Juri blickt mich unbeeindruckt an. »Du hast schon verstanden, dass ich fünf Jahre mit Geistern und Dämonen verbracht habe? Ich weiß nicht, was stranger sein könnte.«

»Du hast *so* viel aufzuholen! Ich kann gar nicht erwarten dir alles zu zeigen.« Mir wird schwindelig bei dem Gedanken, wo wir anfangen werden. Ich weiß, dass es nicht so ein großes Ding ist, aber irgendwie übermannt mich die Begeisterung. Und die Ermüdung.

Juri zerrt meine Decke bis zu meinem Kinn. »Ich denke, das kann bis morgen warten, oder? Ich will nicht wie deine Mum klingen, aber du solltest ernsthaft schlafen.«

Ich will widersprechen, doch halte meinen Mund, weil er recht hat. Mein Körper sinkt schwer in die Matratze und mein Kopf ist viel zu leicht. Ich will nichts mehr, als zu schlafen. »In Ordnung.«

Juri bleibt kurz auf der Stelle stehen, dann schüttelt er den Kopf und umrundet das Bett in Richtung Tür. Er grinst. »Hab vergessen, dass ich mich nicht mehr dematerialisieren kann.«

Ich strecke meine Hand aus. »Bleib!«

Er blickt mich mit wachen Augen an, ein Lächeln auf seinen Lippen. »Bisher hast du mich immer von hier verscheucht. Plötzlich gelten die Regeln nicht mehr?«

Ich kneife meine Augen zusammen. »Wenn du versuchst mich zum Betteln zu bringen ...« Ich beende meine Drohung nicht.

»Ich habe fünf Jahre lang in einem Bett gelegen.« Er geht grinsend einen Schritt auf mich zu. »Was macht da schon ein Tag mehr.« Er tritt die Schuhe von seinen Füßen und klettert zu mir unter die Decke.

Ich vertreibe die Unsicherheit aus meinen Gedanken und schlinge meine Arme um ihn. Ich spüre seine Wärme, seine echte Wärme, und zum ersten Mal bemerke ich, dass er nicht mehr nach nichts riecht. Ich vergrabe mein Gesicht in seinem Pullover und atme seinen Duft ein. Zedernholz vermischt mit dem Feuer seiner Aura – und teures Waschmittel, über das ich die Nase rümpfen will. Doch ich entdecke den letzten Rest übernatürliche Elektrizität unter seinem Geruch und schlafe ein.

***

Ein paar Morgen später erinnert mich eine Nachricht von Viper daran, mir meine Note bei Professor Warwick abzuholen. Bei dem Gedanken daran, ihr gegenüberzutreten, nachdem ich den Abgabetermin verpasst habe, werden meine Knie wacklig. Doch ich hülle mich in Mantel und Schal und stapfe los durch den Schnee, der immer noch nicht schmilzt.

Ich muss meine Beine zwingen weiterzugehen, je näher ich der Uni komme. Vor Professor Warwicks Tür halte ich kurz inne. Etwas in mir hofft, dass sie nicht da ist. Aber ich will so nicht mehr sein, will nicht mehr vor schwierigen Situationen flüchten. Also klopfe ich an die Tür und trete ein.

Professor Warwick lehnt an ihrem Schreibtisch, eine Hand am Kinn, und betrachtet meine Gemälde. »Ich dachte eine Weile lang wirklich, Sie lassen den Kurs dieses Jahr sausen.«

Ich sacke ein wenig zusammen, entscheide mich aber, die Wahrheit zu sagen. »Um ehrlich zu sein dachte ich das auch. Und ich möchte Ihnen danken, dass Sie mir mehr Zeit gegeben haben.«

»Nun, immerhin haben Sie die Zeit genutzt.« Warwick stößt sich vom Tisch ab. »Natürlich sollte ich Ihnen eine Note abziehen, da sie Ihre Gemälde so spät abgegeben haben, aber ... es sind fantastische Werke. Ich habe das nach Ihren Problemen in diesem Semester so nicht erwartet.«

Ich wippe auf meinen Zehenspitzen. Kann sie mir nicht einfach meine Note sagen? Ich wäre mit allem zufrieden, Hauptsache, ich falle nicht durch.

»Ich würde Ihre Arbeit gern auf der diesjährigen Ausstellung zur Schau stellen.« Professor Warwick rollt meine Leinwände zusammen.

Ich trete von einem Bein auf das andere, weil sie es so unfassbar spannend machen muss. »Dafür darf meine Note nicht schlechter als eine A- sein.«

Mit gefurchten Augenbrauen steckt sie die aufgerollten Leinwände in die Transportrolle. »Ganz genau.« Sie seufzt so laut auf, dass ich zusammenzucke. Dann dreht sie sich zu mir. »Die Ausstellung ist eine große Chance. Und ich möchte Ihnen diese Chance nicht verwehren. Deshalb haben Sie mit Ach und Krach eine A- geschafft. Herzlichen Glückwunsch! Ich hoffe, im nächsten Semester nutzen Sie Ihre Zeit besser, denn ein zweites Mal lasse ich das nicht durchgehen!«

Ich widerstehe dem Drang, ihr um den Hals zu fallen. Stattdessen strahle ich sie breit an. »Vielen Dank, Professor! Ich werde Sie nicht enttäuschen!«

Sobald sie mein Lächeln sieht, entspannen sich ihre strengen Züge ein wenig. Mit einer laxen Bewegung ihrer Hand scheucht sie mich raus.

Draußen lehne ich mich kurz an die Wand und reibe meine Hände über mein Gesicht, um nicht triumphierend loszubrüllen. Ich kann es nicht fassen. Nach allem, was passiert ist, habe ich eine so gute Note bekommen. Und meine Bilder werden in der Ausstellung hängen! Ich krame mein Handy aus meiner Jackentasche und schicke mit breitem Grinsen eine Nachricht an meine Freunde und Familie. Meine Wangen tun vom vielen Grinsen weh, doch ich hüpfe den Flur hinab, ohne damit aufzuhören.

Dann kommt mir ein Gedanken. Ich sollte meine gute Laune ausnutzen und etwas erledigen, das ich schon viel zu lange hinausgezögert habe. Ich antworte auf die Glückwünsche meiner Schwestern und schicke eine zweite Nachricht in unsere WhatsApp-Gruppe. Thalia schickt mir die Raumnummer und ich mache mich auf den Weg zu Coles Seminarraum. Er müsste in ein paar Minuten Pause haben.

Auch dieses Mal hoffe ich, dass ich meine Zielperson nicht antreffe, doch durch die Glasfenster erblicke ich Cole in der Holzwerkstatt, wo er voll konzentriert an einem Modell arbeitet. Ich weiche schnell zurück und lehne mich an die Wand, damit er mich nicht zu früh entdeckt.

Fünf Minuten lang antworte ich auf Mums emotionale Nachrichten über ihre begabte, talentierte kleine Künstlerin. Juri, dem Mum vor drei Tagen ein Handy gekauft hat, schreibt mir, was ich bei dem Motiv anderes erwartet habe und dass im Grunde er zum größten Teil für meine Note verantwortlich ist. Ich antworte ihm, dass er recht hat und viele Menschen der Meinung sind, Kunst solle die hässlichen Seiten der Menschheit zeigen. Er schickt mir nur eine Reihe zusammenhangsloser Emojis, die es noch nicht gab, als er das letzte Mal ein Handy besaß.

Die Tür der Holzwerkstatt fliegt auf und ich wische mir das breite Grinsen vom Gesicht, während ich auf Cole warte. Er tritt mit Thalia und einem weiteren Freund aus dem Raum und bemerkt mich nicht, bis er fast an mir vorbeigeschlendert ist. Einen Moment lang starrt er mich nur an. »Oh.«

Ich will ruhig bleiben, aber ziehe eine peinlich berührte Grimasse. »Hey. Können wir reden?«

Er verabschiedet sich von den anderen und Thalia hält mir zwei gedrückte Daumen hoch, was sie meinetwegen lieber hätte bleiben lassen sollen. Das macht die Situation nur noch peinlicher.

Ich hole tief Luft, bevor ich es mir anders überlegen kann. »Es tut mir leid, wie ich mich verhalten habe ...«

»Ja, das hab ich mir schon denken können. Und es ist ehrlich kein Problem. Ich hätte nicht einfach so bei dir auftauchen sollen. Und ich hätte dich im Café –«

Ich halte eine Hand hoch. »Nein, bitte spiel das nicht runter. Ich hab mich unmöglich verhalten und bin dir eine Entschuldigung schuldig.« Ich ziehe am Gurt meines Rucksacks. »Also hier ist sie: Entschuldigung! Bei unserem Kuss habe ich gemerkt, dass es irgendwie nicht passt. Und das hätte ich dir direkt sagen sollen.«

Er lächelt. Natürlich. Der gute, alte Cole. Vielleicht zu gut für mich. »Aber du wusstest nicht, wie, schon klar. Und dann bin ich auch noch unangekündigt vor deinem Haus aufgetaucht.« Er grinst noch breiter und greift sich an die Brust. »Du hast mir mein Herz gebrochen, Mel Adler, aber ich denke, ich komme darüber hinweg. Du bist sowieso nicht enthusiastisch genug, was Holz und andere Baumaterialien betrifft, also hätte das mit uns eh nicht geklappt.«

Ich lege den Kopf schräg und grinse auch. »Ich wette, das nächste Mädchen schätzt deine Sammelvisitenkarten mehr wert als ich.«

»Das will ich wohl schwer hoffen!«

***

Die nächsten Tage vergehen wie im Flug und es fällt mir schwer, wieder zurück in den Alltag zu finden. In meinen Rhythmus. Doch meine Familie ist da, meine Freunde sind da – und Juri ist da. Und wir finden irgendwie einen Weg, alles zu klären. Zimmer für Zimmer. Entität für Entität. Problem für Problem.

Mehr als je zuvor weiß ich nun, dass ich im Murkwood-Anwesen bleibe. Meine Schwestern wollen mir mit den Entitäten und der Geisterjagd helfen. Besser gesagt mit den administrativen Aufgaben, die nicht unbedingt unter meine Talente fallen. Kalliope schleppt täglich neue Gerätschaften an, die ihr helfen sollen ebenfalls Geister zu sehen. Sie ist erstaunlich engagiert in der ganzen Sache und ich stimme Muriel zu, dass Kalliope die Begabung hätte erben sollen. Doch immerhin werde ich immer besser darin, Geister zu erlösen.

Und ich male. Ich male jeden Tag – draußen am See, im Zeichenzimmer, im Ballsaal, überall dort, wo ich Inspiration spüre. Seit meinem ersten Besuch des Anwesens habe ich gefühlt, dass ich hierhergehöre, auch wenn ich es lange nicht wahrhaben wollte. Ich gehöre hierher, nicht nur, weil ich den Entitäten helfen muss, sondern auch, weil ich hier wieder zurück zu meinen Leinwänden und Farben gefunden habe. Jeden Tag sitze ich vor dem Feuerstein, den mir Thalia zum Geburtstag geschenkt hat, und halte meine Hände an seine Oberfläche. Noch weiß ich nicht, was ich mit ihm anstellen soll, aber ich spüre, dass etwas in seinen Rillen und Kanten schlummert. Und ich bin zuversichtlich es eines Tages ans Licht holen zu können.

An manchen Abenden besucht Mum uns mit einer – wie sie es nennt – selbstgemachten Köstlichkeit, weil wir sonst bis in die Nacht in unsere Aufgaben versinken würden. Heute hat sie Humus in ihrer Häkeltasche, das Einzige, was sie wirklich gut zubereiten kann. Meine Schwestern, Juri und ich stürzen uns alle darauf, als hätten wir seit Tagen nichts mehr gegessen.

Mum zupft an ihrem Fladenbrot herum. »Vielleicht solltet ihr beiden mit hier einziehen. Geisterjagd, Exorzismus, Auralesen. Ihr könntet euer Unternehmen ›Die Drei Schwestern‹ nennen!«

Juri lässt sein Brot sinken. »Und was bin ich? Nur ein unwissender Besucher?«

Mum grinst ihn an. »›Die Drei Schwestern und der Freund der Drittgeboren ohne Schulbildung‹ klingt nicht wirklich eingängig. Und wo wir schon dabei sind – ich habe einen geeigneten Privatlehrer für dich gefunden!«

Juri hebt lustlos die Faust zu einer Siegerpose. »Yeah. Und ich dachte, mein Plan, mich von einem Dämonen besetzen zu lassen und die Schule zu umgehen, würde klappen.«

Ich grinse, ein wenig schadenfroh. Dann druckse ich herum. »Wir haben echt darüber nachgedacht, ob Kalliope und Thalia hier einziehen sollten.« Ich werfe einen kurzen Blick auf Mum, denn wir haben uns schon öfter gefragt, was sie macht, wenn wir ausziehen. »Aber wenn du willst, kannst du auch gern einziehen. Wir wollen nicht, dass du allein bist. Und Räume gibt es ja genug.«

Mum wirft die Hände in die Luft. »Ich? Hier einziehen? Bloß nicht!« Sie stopft sich ein trockenes Quinoa-Wirsing-Bällchen in den Mund, die wir anderen geflissentlich ignorieren. »Ich bin froh, wenn Horst und ich endlich mal etwas Ruhe habe!«

»Ist Horst ihr Sektenleiter?«, flüstere ich Thalia zu.

Die verzieht ihr Gesicht leicht angeekelt. »Ja, da läuft irgendwas, von dem du gar nichts wissen willst.«

Muriel, die den ganzen Tag unterwegs war, platzt zur Tür hinein. »Neuer Auftrag, zack, zack!«, befiehlt sie ohne Begrüßung.

»Quinoa-Wirsing-Bällchen?«, frage ich und halte ihr die BPA-freie Tupperdose entgegen.

Muriel rümpft die Nase. »Nein danke. Aber nimm das mit, könnte sich als effektiv gegen Dämonen herausstellen.«

Alle außer Mum brechen in Lachen aus. »Hast du gerade ernsthaft einen Witz gemacht?«, frage ich sie ungläubig.

»Irgendwas hat Besitz von ihr ergriffen. *Sie* ist der neue Auftrag!«, ruft Juri und meine Schwestern und ich lachen noch mehr.

Während ich meine Holster umschnalle und den Rucksack packe, denke ich, dass ich mich an dieses Leben gewöhnen könnte.

***

»Scheiße!« Juri schmeißt seine Pokerkarten auf den Tisch. Er hat gegen Killian verloren.

Viper schüttelt herablassend den Kopf. »Ich hab dir gesagt, Killian ist gut. Und dein Pokerface ist beschissen.«

»Ich bin sicher, wenn ich nur halb so viel Eyeliner wie du tragen würde, wäre mein Pokerface ebenfalls unschlagbar«, zischt er Viper an.

Die legt ungerührt ihren Flush ab. »Es würde zumindest dein Gesicht erträglicher machen.«

Killian, der auf seinem Sessel sitzt und die Diskussionen der anderen ignoriert, legt ein Full House ab. Viper stöhnt auf und schiebt die Chips zu dem Geist neben sich. Seit Tagen versuchen Larkin und sie ihn zu besiegen, und heute ist auch Juri mit von der Partie.

Kalliope hat vor vier Tagen herausgefunden, dass Killian während eines Pokerspiels umgebracht wurde, bei dem er genug Geld verdienen wollte, um sich in ein richtiges Turnier einzukaufen. Doch die damaligen Hausherren hatten wohl bemerkt, dass er kurz davor war zu gewinnen, und keine Lust, ihn auszuzahlen.

»Ich hab euch schon vor Tagen gesagt, wir alle sind zu schlecht für ihn«, erkläre ich. Ich lehne mich mit den Ellbogen auf Juris Schultern und zähle die wenigen Chips, welche den dreien noch bleiben.

»Wieso reicht es dir nicht, gegen uns zu gewinnen?«, fragt Juri Killian.

Der Geist lehnt sich zurück. »Ich habe mein Leben nicht dem Glücksspiel verschrieben, um zu gewinnen oder Geld zu machen. Ich will eine Partie spielen, die jede Faser meines Seins beansprucht.«

Juri blickt zu mir auf. »Redet er immer so aufgeblasen?«

»Für dich kann ich es auch einfacher ausdrücken. Es ist keine große Befriedigung, gegen drei untalentierte Kinder zu spielen.« Killian steht von seinem Platz auf.

Bevor er sich in Luft auflösen kann, drehe ich ihn an der Schulter zu mir. »Ich verspreche dir, ich finde einen würdigen Gegner!« Er nickt nur und meine Hand greift nur noch Luft.

Viper reibt sich die Augen und verschmiert ihren Eyeliner, sodass sie aussieht wie ein Panda mit grünen Haaren. »Ich weiß, es betrübt euch alle, aber ich hau ab!«

Larkin verabschiedet sich etwas herzlicher von uns und folgt ihr dann nach draußen. Viper ist schon halb durch den Vorgarten und winkt uns nur müde zu.

Dann stehe ich allein mit Juri im Eingangsbereich. Ich lege meinen Kopf schief. »Du bist jetzt zwei Wochen hier. Willst du nicht langsam mal mit deinen Eltern sprechen?«

»Ich hab den Rat für dich damals ein wenig tiefgründiger verpackt«, schmollt Juri. Dann seufzt er. »Gib mir noch ein paar Tage. Ich muss mich erst mal an all das gewöhnen.« Nebeneinander gehen wir in den Ballsaal. »Besonders daran, dass ich überall hingehen muss. Wie hältst du es aus, nicht einfach irgendwo erscheinen zu können?«

Ich lache und Juri strahlt bei dem Geräusch. Wir setzen uns nebeneinander auf den Kissenberg, den wir uns hinter der Prunktreppe aufgehäuft haben. Von ihm aus haben wir einen perfekten Blick durch die riesigen Fenster auf den See. Thalia hat ein phänomenales Wohnzimmer eingerichtet, auch wenn sie immer noch über meine dunkle Farbwahl jammert. Ich habe eine Bibliothek, ein Zimmer mit sämtlichen Spielekonsolen, und natürlich mein Schlafzimmer. Aber Juri verbringt die Abende am liebsten hier, mit geöffnetem Fenster, wo er schweigend den See betrachtet und die Winterluft auf seinem Gesicht spürt. Tagsüber macht er alles mit ein wenig zu viel Energie, zu viel Elan, als müsse er aufholen, was er all die Jahre verpasst hat. Nur ich sehe, wie sich nachts seine Aura beruhigt.

»Ehrlich gesagt habe ich keine Ahnung, was ich jetzt machen soll.«

Ich nehme seine Hand. »Du hast genug Zeit, um das herauszufinden. Und du kannst so lange hierbleiben, wie du willst. Mir mit den Entitäten helfen, wenn du möchtest.«

Er dreht sich zu mir und grinst. »Ist es nicht etwas zu früh zusammenzuziehen?«

»Wir haben es monatelang geschafft, ohne uns umzubringen.« Ich überlege kurz und korrigiere mich dann. »Gerade so geschafft, ohne uns umzubringen.«

»Ja, du warst echt unerträglich.«

Ich knuffe ihn in die Seite. »Ich meine es ernst. Ich kann jede Hilfe gebrauchen. Und da du die Entitäten sehen kannst, weil du dir das dritte Auge irgendwie erschummelt hast, wärst du nicht die schlechteste Wahl als Assistent.«

»Assistent«, murrt er und klettert über mich, bis seine Knie die Außenseiten meiner Oberschenkel berühren und seine Haare meine Stirn kitzeln.

Ich grinse. »Da du auch irgendwie die Schule nachholen musst, wärst du eher so was wie mein Praktikant.«

»Praktikant? Ich bin deutlich länger in diesem Business als du«, raunt er gegen meine Lippen.

Ich ziehe an seinem T-Shirt. »Jep, und in der Zeit hast du hier so gut wie nichts hinbekommen. Ich hingegen ... « flüstere ich und lasse meine Finger über seine Rippen wandern, »habe in wenigen Monaten ein halbes Dutzend

Entitäten erlöst, zwei Dämonen besiegt, Small Talk mit dem Schutzgeist des Hauses gehalten und … deinen traurigen Hintern aus einer Zwischendimension gerettet.«

Juri küsst mein selbstgefälliges Grinsen. »Du wirst nie aufhören damit anzugeben, oder?«

»Nicht, bis du ebenso erstaunliche Dinge leistest.«

»Das«, murmelt er gegen die zarte Haut hinter meinem Ohr und lässt mich erschaudern, »kann ich sofort tun.« Er vergräbt seine Finger in meinen Haaren und küsst mich, beides ein klein wenig zu fest, zu gierig, sodass ich Halt an einem Kissen suche und meine Hüfte näher an seine presse. *Das* hier ist ebenfalls etwas, das er mit ein wenig zu viel Eifer und Hingabe tut. Nicht, dass ich mich beschweren möchte …

Er bringt die Entitäten irgendwie dazu, uns in Frieden lassen. Er hat eine seltsame Macht über sie, von der ich nur träumen kann. Mittlerweile vertraue ich darauf und kann mich tiefer in die Kissen sinken lassen. Ich lasse meine Hände die sanften Linien zwischen seinen Bauchmuskeln entlanggleiten, hinunter bis zu seiner Jeans, und küsse sein leises Keuchen. Jedes Mal, wenn er versucht sein hektisches Einatmen zu unterdrücken, breitet sich die Wärme in meinem Unterleib etwas weiter aus.

Als wir uns so nah sind, dass es näher nicht mehr geht, lasse ich den Sog zu. Er ist nicht so stark wie das Gefühl zuvor, ihn zurück ins Diesseits holen zu müssen. Aber der Sog legt sich um mein Herz und bestätigt mir, dass er und ich zusammengehören. Ich weiß nicht, ob für immer, aber ich weiß, dass wir einen langen gemeinsamen Weg vor uns haben.

Einen Weg, den zu gehen ich bereit bin.

Ende

DANKSAGUNG

Es fühlt sich seltsam an, eine Danksagung zu schreiben. Ich kenne nur die seitenlangen Danksagungen von englischen Autoren, in denen gefühlt von der Hebamme bis zum Postboten jedem gedankt wird. Und dann schaffen sie es auch noch, all das humorvoll zu verpacken. Da ich leider meinen Jahresvorrat an Humor (oder das, was ich als humorvoll empfinde) für Mels Mum aufgebraucht habe, mache ich es einfach kurz und schmerzlos.

Danke an die Teams von Dark Diamonds und Sweek.de, die dieses Buch ermöglicht haben.

Danke an Mini, die vom ersten Kapitel an überzeugt davon war, dass ich den Schreibwettbewerb gewinnen werde. Ohne den Hauch eines Zweifels, auch wenn *ich* regelmäßig verzweifelt bin.

Danke an meine wunderbaren, ehrlichen und talentierten Testleserinnen Franzi Koschke und Janina Roesberg. Ihre Nachnamen nenne ich nicht, weil wir uns nach dem Testlesen von zwei Büchern immer noch siezen, sondern weil ich will, dass beide ganz viele Lektoratsaufträge bekommen, um die deutsche Buchwelt ein wenig schöner zu machen.

DARK
DIAMONDS
Jeder Roman
ein Juwel
fantastisch
romantisch
faszinierend
sinnlich
dramatisch
Das Imprint für New Adult Fantasy
www.darkdiamonds.de

Von Elfen, Drachen und Phönixen ...

Finde den Elfenprinzen und werde zur Königin ...

Jess A. Loup
Elfenspiel
(Enchanted 1)
Softcover
ISBN 978-3-551-30114-7

Eine Liebe, die stärker ist als die Gesetze der Natur

Eyrisha Summers
Wenn Tag und Nacht sich finden
Softcover
ISBN 978-3-551-30133-8

Wie der Phönix aus der Asche ...

Christina M. Fischer
Durch Magie erwacht
(Die Magie-Reihe 1)
Softcover
ISBN 978-3-551-30113-0

www.darkdiamonds.de

Modernes Rockgirl trifft auf einen Jahrhunderte alten Gentleman …

Cat Dylan
Call it magic
Band 1: Nachtschwärmer
314 Seiten
Taschenbuch
ISBN 978-3-551-30093-5

Nichts liebt die 25-jährige Eliza mehr als ihre Nachtschichten als Radiomoderatorin des alternativen Musiksenders Shine-a-light. In diesen Momenten gibt es nur sie, die Musik, ein paar wenige Zuhörer – und seit kurzem einen mysteriösen, aber charmanten Anrufer, der geradewegs ihre Gedanken zu lesen scheint. Der smarte Morgan würde hingegen alles tun, um der mentalen Verbindung mit der hippen Radiomoderatorin zu entgehen. Denn eine solche Verbindung kann für Morgan als Wesen seiner Art nur eins bedeuten: Eliza ist seine Auserwählte und damit die Frau, an die er für immer gebunden sein wird. Dabei gilt es in seiner Vampirgemeinschaft als niederträchtig, Gefühle für eine Menschenfrau zu hegen …

www.darkdiamonds.de

Dark Diamonds
Jeder Roman ein Juwel.

Laura Cardeas Debütroman »Mel. Wächterin der Dämonen« belegte bei der Schreibchallenge von sweek und Dark Diamonds den ersten Platz.

Dark Diamonds
Ein Imprint der CARLSEN Verlag GmbH
Juli 2019

Lektorat: Julia Feldbaum
Umschlagbild: shutterstock.com / © Ipedan / © pixaroma / © geen graphy
Umschlaggestaltung: formlabor
Satz und Umsetzung: readbox publishing, Dortmund
Druck und Bindung: CPI Books GmbH, Birkach
ISBN 978-3-551-30173-4
Printed in Germany
www.carlsen.de/darkdiamonds

Alle Bücher im Internet: www.carlsen.de